AF277815

BESTSELLER

Claudia y Nadja Beinert son dos hermanas gemelas nacidas y criadas en Stassfurt, Alemania. Ambas estudiaron Gestión Internacional. Antes de que Claudia convirtiera su pasión por las novelas históricas en su profesión, impartía una cátedra en Gestión Financiera. Claudia vive y escribe en Leipzig; Nadja, en Erfurt, y lleva varios años trabajando en la industria del cine.

CLAUDIA & NADJA BEINERT

Marilyn Monroe y las estrellas de Hollywood

Traducción de
Mateo Avit, Ana Guelbenzu y **Jorge Seca**

DEBOLS!LLO

Papel certificado por el Forest Stewardship Council®

Título original: *Marilyn und Die Sterne von Hollywood*

Primera edición en Debolsillo: mayo de 2026

© 2022, Aufbau Verlage GmbH & Co. KG, Berlín
(publicado en Aufbau Taschenbuch;
una marca registrada de AufbauVerlage GmbH & Co. KG)
© 2022, 2026, Penguin Random House Grupo Editorial, S. A. U.
Travessera de Gràcia, 47-49. 08021 Barcelona
© 2022, Mateo Avit, Ana Guelbenzu y Jorge Seca, por la traducción
Diseño de la cubierta: Adaptación de la cubierta original de www.buerosued.de:
Penguin Random House Grupo Editorial / Begoña Berruezo
Imagen de la cubierta: © Ildiko Neer / Arcangel / © mauritiu

Printed in Spain – Impreso en España

ISBN: 978-84-663-7012-7
Depósito legal: B-4.297-2026

Compuesto en MT Color & Diseño, S. L.
Impreso en Novoprint
Sant Andreu de la Barca (Barcelona)

P370127

La verdad es que nunca he engañado a nadie.
He dejado que la gente se engañase a sí misma.
No se esforzaron en averiguar quién ni qué soy.

Marilyn Monroe

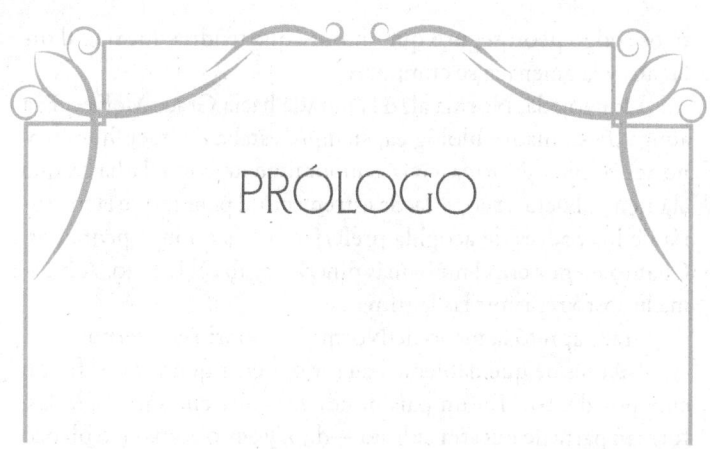

PRÓLOGO

Agosto de 1934

Norma contemplaba fascinada en el Hollywood Boulevard el Teatro Chino de Grauman. La entrada de esa construcción en forma de templo era una pagoda que se erguía hacia el cielo, con unos horripilantes dragones sujetando el techo. Aquel edificio parecía salido de un cuento y, al mismo tiempo, su belleza cautivadora intimidaba. En sus años de vida, jamás había visto nada tan impresionante como ese cine. Había estado dudando si acercarse más al edificio. En su recuerdo, la voz de su antigua madre adoptiva sonaba tan real como si Ida Bolender estuviera justo a su lado. «Si el mundo se desmorona y tú estás en un cine, ¿sabes qué pasará? —le preguntó Ida con voz temblorosa—. Que arderás con todas esas malas personas. ¡El ser humano debe ir a la iglesia, no al cine! Solo ahí está en manos de Dios y protegido». Ya había pasado más de un año desde que su primera familia de acogida la había rechazado. Se había vuelto demasiado difícil para ellos.

Cuando en ese momento Norma apretó con más fuerza la mano de su acompañante, murmuró una oración, por si acaso. Grace la había invitado al cine ese caluroso día de verano, previo aviso de que tenía algo importante que comentarle. Cuando los adultos decían algo así, casi siempre eran malas noticias, castigos o algo peor: seguro que ahora sí que tendría que irse al orfanato y la amenaza se cumpliría.

Acongojada, Norma alzó la mirada hacia Grace McKee. Era amiga de su madre biológica, siempre estaba de buen humor y no tenía hijos. Norma vivía temporalmente con ella hasta que alguien volviera a acogerla. Se estremeció al pensar que la mayoría de los padres de acogida preferían bebés o niños pequeños. Cuanto menor era el niño, más dinero pagaba el Estado. A Norma le costó reprimir las lágrimas.

Grace apretó la mano de Norma y le sonrió con ternura.

—Antes de que hablemos en serio, tienes que ver por fin un cine por dentro. En un país donde hay más cines que iglesias, forman parte de nuestra cultura —dijo, y agitó el abanico blanco primero delante de su cara y luego de la de Norma—. La vida también puede ser entretenida y alegre, y no siempre seria y avinagrada.

Sonaba increíble. Norma le devolvió una sonrisa vacilante. Desde que vivía con ella, Grace le dedicaba mucho tiempo y le enseñaba Los Ángeles. Y siempre estaba muy guapa. Aquel día llevaba un alegre vestido de color azul cielo con topos blancos que dejaba al descubierto incluso los tobillos. Se había peinado el cabello rubio platino con unas ondas. Así no parecía en absoluto una supervisora del pequeño Consolidated Film Industries que vivía en una casa de dos estancias, más bien se asemejaba a las estrellas de cine de esas revistas coloridas que tanto adoraba Norma hojear. Grace gustaba a todo el mundo y jamás pasaba desapercibida, aunque fuera menuda y delicada. Cuando Norma pasaba tiempo con ella, olvidaba su pasado triste. Grace nunca se quejaba cuando Norma se desesperaba y necesitaba llorar; al contrario, la consolaba con cariño. En general, Grace le mostraba afecto con frecuencia, la agarraba del brazo y le hacía mimos. Norma nunca había pasado momentos tan despreocupados y divertidos como aquellos con Grace.

—Ven, corazón —dijo Grace, y tiró de la mano de Norma por el Hollywood Boulevard, que parecía decorado con las breves sombras de las palmeras, como si fuera un bordado. El sol vespertino de California freía el asfalto como si fuera una tortilla del desayuno. Hacía semanas que la sequía tenía paralizada Los Ángeles.

Norma se aferró a la mano de Grace al entrar en el Teatro Chino de Grauman. A cada paso amenazaba con quedarse pegada al suelo con las sandalias mexicanas, que le iban pequeñas, mientras Grace se erguía a su lado balanceando las caderas con unos tacones altos como un banquillo.

—Hoy me gustaría presentarte a Jean Harlow —dijo Grace.

Norma no sabía quién era, pero sonaba prometedor.

—Tengo ganas de conocerla, tía Grace —dijo, aunque se moría por saber qué tenían que comentar más tarde. Sin embargo, no preguntó por miedo a parecer curiosa o incluso una persona difícil. Tenía en mente la imagen del orfanato del Centro Avenue de Hollywood.

—Jean es la actriz más guapa y con más talento que ha habido jamás en Hollywood —se deshizo en elogios Grace—. Su última película se titula *La chica de Missouri* * y se estrenó la semana pasada. Te gustará.

Norma acaba de poner el pie en la acera cuando Grace le señaló con el abanico las losas de hormigón que tenían delante.

—Aquí han quedado inmortalizados los iconos de Hollywood con las huellas de manos y pies.

—¿Qué es un icono? —preguntó Norma, que se agachó con cuidado para no ensuciar el único vestido de verano que tenía.

—Un icono es una persona de mucho éxito, una actriz, cantante o bailarina que es respetada durante generaciones por mucha gente debido a sus habilidades —explicó Grace—. Estas, por ejemplo, son las huellas de tu tocaya, la actriz Norma Talmadge, a la que tanto admiraba tu madre por su belleza.

«¿Mi madre biológica?». Norma se mordió los labios con fuerza. Lo único que le había quedado de esa mujer era una fotografía en la que aparecía su padre, un hombre sonriente con un bigote tan fino que parecía dibujado a lápiz.

---

* Estrenada en España con el título *Busco un millonario. (N. de la E.).*

Norma recorrió cautelosa con el dedo índice la huella de la mano izquierda en el hormigón; incluso se atrevió a colocar la mano sobre ella.

—Icono —murmuró en tono reverente para sus adentros.

—Ya crecerás poco a poco —dijo Grace, y le dedicó una sonrisa. Luego se acercó a la taquilla y adquirió las entradas.

Norma dudó un instante si aceptar la entrada, pero luego la cogió. Si realmente el mundo se desmoronara ese día, ardería en el cine, desde donde ni siquiera se veía la iglesia más próxima. Pero por lo menos estaría con Grace.

A Norma se le aceleró el corazón al entrar en el Teatro Chino de Grauman. Boquiabierta, paseó la mirada por el techo revestido de madera, los tapices de las paredes y los lujosos suelos. ¡Qué mundo tan colorido, tan resplandeciente…! Ese cine tan ostentoso evocaba los palacios de los libros de cuentos que los Bolender se negaban a leerle en voz alta porque la Biblia siempre tenía prioridad. Mirara adonde mirara veía rojo, bronce y dorado: las cortinas bordadas en oro con cordones gruesos como animales de peluche, tinas de bronce que parecían lavamanos, puertas con emblemas y herrajes trabajados, demasiado pesadas para abrirlas de un empujón. Jamás se había atrevido a soñar que el mundo pudiera ser tan vibrante, suntuoso y refulgente. Como el corazón cada vez le latía más rápido con tanta emoción, se llevó una mano al pecho por si acaso. Si se le salía, quería atraparlo.

—Hollywood es la capital mundial de la tentación —anunció Grace, y avanzó con seguridad, como si estuviera en el salón de su casa.

Arropada por el aroma a palomitas de maíz y mantequilla derretida, Norma entró en la sala del cine de la mano de Grace. El acomodador les indicó sus asientos en la quinta fila de la sala, no menos fastuosa. Allí cabrían el doble de niños que en toda su escuela, y ni siquiera en la iglesia de la comunidad pentecostal el frescor era tan agradable. De nuevo, la abigarrada decoración era en rojo y dorado. El suelo estaba cubierto con una alfombra tan mullida que a Norma le daba la sensación de flotar. Imaginaba la entrada al paraíso muy parecida a aquello.

Agitando el abanico, Grace miró en todas direcciones, como si buscara a un conocido entre los escasos espectadores. Norma pensó que Grace y sus amigos debían de ser ricos si, en una época en la que muchos desempleados hacían cola por pan y gachas de maíz, les sobraban quince céntimos para una entrada de cine.

Norma ocupó la butaca contigua a la de Grace. Era la única niña de la sala y se hundió en el asiento de terciopelo granate. Clavó la mirada en la ornamentación del techo, que parecía una enorme aureola, rodeada en los bordes de maravillosas pinturas.

Cuando el gong anunció el inicio del espectáculo, Norma contuvo el aliento de la emoción y no volvió a respirar con normalidad hasta que apareció Jean Harlow en el lienzo. *La chica de Missouri* contaba la historia de Eadie, de origen humilde, que buscaba un marido adinerado y provocaba todo tipo de incidentes; incluso era acusada de robo. Era una película divertida, aunque el acaudalado señor Paige, uno de los maridos potenciales para Eadie, no vocalizaba al hablar y Norma no pudo seguir todos los diálogos.

Miró varias veces para asegurarse de que Grace aún estaba sentada a su lado y se percató de que ella tampoco paraba de observarla. Sin embargo, la mayor parte del tiempo Norma estuvo concentrada en Eadie, que relucía sobredimensionada en el lienzo. Con el mismo pelo rubio platino que Grace y el vestido blanco ceñido, Eadie transmitía una belleza sobrenatural, como una diosa.

Durante los créditos de la película, Grace y Norma aplaudieron entusiasmadas. Así que eso era un icono. «¡Es todo lo contrario a mí!», se le pasó por la cabeza a Norma. Seguro que cualquiera querría acoger a un icono. Los iconos no acababan en el orfanato. Qué bonito debía de ser no ir pasando de una familia de acogida a otra, que no te atormentaran las pesadillas sobre el orfanato ni despertarte muchas noches empapada en sudor. Seguro que a Jean Harlow la quería todo el mundo y tenía una familia adecuada y muchos amigos. Nadie se burlaba de ella.

Norma aún no quería irse. La película había sido muy bonita y aún quedaba un ambiente especial en el aire. La acción la había absorbido como si Eadie existiera de verdad. Había notado el latido del corazón de la protagonista, había reído y sufrido con ella. Se había sentido como una amiga íntima. ¿Volverían a proyectar la película si Grace y ella se quedaban sentadas sin más?

Por desgracia, Grace se levantó con elegancia al cabo de un instante y sacó a Norma de la sala. Esta se esforzó al máximo en moverse con menos torpeza. Incluso dio unos pasos de puntillas y se imaginó llevando zapatos tan altos como los de Grace.

—Jean Harlow tiene un talento excepcional como actriz —la elogió Grace mientras atravesaba el vestíbulo con su vestido de topos y el bolso bajo el brazo—. Su interpretación es seductora y cómica a la vez.

—Es maravillosa —susurró Norma, con los dedos de los pies doloridos pese a que volvía a caminar con normalidad.

Grace asintió.

—Es perfecta. —Acto seguido se plantó delante de Norma con un movimiento impetuoso. Escudriñó su rostro centímetro a centímetro, igual que durante la proyección de la película—. Tú también lo eres, Norma. Una niña dulce con un gran corazón. —Le dio un golpecito en la punta de la nariz.

Norma bajó la mirada, incrédula. Si era perfecta, ¿por qué no tenía familia? ¿Por qué la habían abandonado primero su madre biológica y luego los Bolender?

Fuera, en el Hollywood Boulevard, Grace volvió a cogerla de la mano.

—Quería comentarte algo —dijo al cabo de un rato, desviando la mirada hacia la costa. Norma notó un nudo en la garganta. Tenía las manos húmedas. Grace se paró de repente. A la niña se le aceleró el corazón. Olía el humo de los árboles que ardían en las colinas—. Tengo intención —empezó Grace— de solicitar tu tutela y acogerte para siempre en mi casa.

Un ruido de fondo empezó a resonar en los oídos de Norma, que al principio no pudo decir ni una palabra.

—Tú… tú… ¿serás mi nueva mamá? —tartamudeó al final.

—Seré tu mamá, sí, y seremos una familia como Dios manda —subrayó Grace, y bajó los párpados. Llevaba hasta las pestañas teñidas de rubio platino.

¿El sueño imposible de tener a una mujer cariñosa y atenta a la que poder llamar «mamá» iba a hacerse realidad? ¿Una madre con la que poder contar siempre y que nunca la abandonara, que la quisiera tal y como era? Norma notó un cosquilleo de ilusión en el estómago. No podía creer su suerte.

—¡Me encantaría! —contestó.

Le costaba respirar, y empezó a imaginar lo bonita que sería la vida con Grace. Una vida llena de color en vez de soledad en blanco y negro. Tardes en el cine en lugar de estrictos servicios religiosos, comidas juntas y por la mañana despertarse acurrucadas en una cama caliente. Sin embargo, lo más importante era tener un hombre en el que apoyarse que no la considerara «demasiado difícil». Si ese sueño se cumplía ahora, sería para siempre la mejor hija que pudiera imaginarse. Se lo juró en ese mismo instante por lo más sagrado. Grace jamás podría decir de ella que era «demasiado difícil».

Norma iba a abrazar a Grace cuando de pronto la expresión en el rostro de esta mutó. Se puso seria como Norma nunca la había visto y bajó el tono al decir:

—Para conseguir tu tutela, tengo que demostrar que tu madre biológica está incapacitada mentalmente. —Norma se detuvo. No conocía el término «incapacitada mentalmente», pero, por el tono vacilante de Grace, no significaba nada bueno—. Y esta es la condición más fácil de las dos necesarias —añadió Grace, afligida. En el vestido de topos bajo las axilas se dibujaron unas manchas oscuras de sudor.

—Y… ¿la… la se… la segunda? —preguntó Norma, aterrorizada.

Grace miró al suelo con gravedad y cerró un momento los ojos, pesarosa; luego volvió a alzar la vista poco a poco.

—Como mínimo, tienes que haber pasado seis meses en un orfanato.

Norma retrocedió un paso en un acto reflejo. ¿En un orfanato? ¿Lejos de Grace? Preferiría no estar ni una hora más sin ella. Se le encogió el corazón.

—Seguro que pasan rápido —se apresuró a decir Grace—. ¿Aguantarás, mi niña? —Tendió los brazos a Norma—. No puedo cambiar las reglas del estado de California, por mucho que quiera. —Norma dudó. Le parecía inconcebible sobrevivir la eternidad de seis meses en un orfanato—. No hay otra manera de que pueda ser tu nueva mamá —le aseguró Grace—, y te prometo que luego siempre podrás contar conmigo.

—¿De… de… de verdad? ¿Para siempre? —preguntó Norma, incrédula.

Grace le acarició el pelo con cariño y le dijo con ternura:

—De verdad, para siempre.

Eso la convenció. Al final asintió y procuró sonreír con la misma confianza que Eadie en la película. Se fundió en el abrazo de Grace y luego hizo un montaje del tiempo que le esperaba en el orfanato, como si fuera la escena de una película. Al final, llegaría una madre, seguramente la mejor del mundo. «Mamá», dijo con cuidado, aún arrimada a Grace. Le cayó una lágrima de felicidad por la mejilla. Dentro de seis meses por fin tendría una madre que la obsequiaría con su amor incondicional y nunca más la abandonaría. Durante las últimas semanas ya había experimentado un poco cómo era el amor maternal: cálido, seguro y dulce como un dónut; un amor que tranquilizaba el corazón y facilitaba la respiración.

PRIMERA PARTE

A los doce años parecía una chica de diecisiete.
Tenía el cuerpo desarrollado y bien proporcionado,
pero no lo sabía nadie más que yo. Seguía llevando el vestido
azul y la blusa que me daban en el orfanato. Me hacían parecer
una idiota con ropa demasiado grande.

MARILYN MONROE

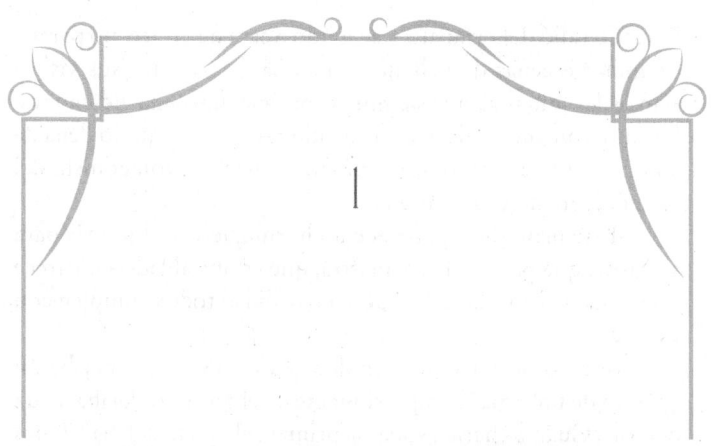

Norma tuvo que agarrarse a la valla del aeropuerto para que no la apartaran a un lado. Hacía semanas que los cineastas y la prensa de Los Ángeles esperaban con emoción el inicio del rodaje de *Todos vienen al café de Rick*. Observaba fascinada la frenética actividad en la pista de rodaje del aeropuerto Metropolitan. Habían montado cámaras con grúas, los micrófonos se erguían en las alturas y multitud de lámparas iluminaban todo aquel ajetreo. Las caravanas, en las que saltaba a la vista el logotipo de Warner Bros., eran un ir y venir continuo. También había mujeres, seguramente actrices. Una de ellas caminaba muy erguida de un lado a otro por delante de la caravana sujetando unas hojas contra el pecho. ¿Esperaba impaciente el momento del vértigo?

Norma sabía por Grace que una actriz solo era capaz de conmover el corazón de los espectadores y arrebatárselo si ella y su papel eran uno, si se metía del todo en el papel y lo convertía en una ilusión de auténtica vida. Grace le había descrito esa unidad como un «momento del vértigo» en el que la actriz ya no diferenciaba entre su propia vida y su papel. Norma quería vivirlo algún día. Se lo imaginaba como cientos de momentos de felicidad concentrados en un solo instante. Desde su primera visita al cine no existía nada más para ella que llegar a ser actriz.

Cuando salió del orfanato y se mudó a casa de Grace, no paraba de imitar escenas de películas en su habitación. En sus visitas semanales juntas al cine siempre experimentaba una vida nueva: heroica, romántica, de vez en cuando trágica, a menudo llena de amor. Y al final siempre le salía todo bien al protagonista del lienzo, fuera hombre o mujer.

—Este plató de cine parece un hormiguero —dijo más para sí misma que para su hermanastra, que estaba al lado—. Parece que reina un caos increíble, pero en realidad todos cumplen con su tarea.

Norma observó a un operador de cámara que manejaba un aparato de un tamaño impresionante en el que se reflejaba la luz del sol. ¿Cuándo harían sonar la primera claqueta del día? *Todos vienen al café de Rick* le gustaba mucho por la peculiar historia de amor. El centro de la película era el club nocturno de Rick, en Casablanca, desde donde este ayudaba a europeos a huir del terror nazi a la seguridad de Estados Unidos. El romance entre Rick e Ilsa era delicioso.

Norma había devorado con entusiasmo la obra de teatro. Se rumoreaba que los autores habían recibido la increíble cantidad de veinte mil dólares por la venta de los derechos cinematográficos. El actor más conocido del reparto era Humphrey Bogart. Interpretaba el papel de Rick y se esperaba que hoy estuviera en el plató. El dueño del club nocturno era uno de sus primeros papeles románticos; hasta entonces sobre todo había encarnado a gánsteres. Aún no estaba claro si Ingrid Bergman, que interpretaba el papel de Ilsa, también aparecería en el rodaje. A Norma le interesaba aún más verla, ya que su hermanastra y ella idolatraban a la señorita Bergman. Como la mayoría de las mujeres que habían aparecido en la gran pantalla, transmitía invulnerabilidad, como si la vida no pudiera afectarla. Además, su belleza era deslumbrante.

De pura emoción, a Norma el corazón le latía casi tan rápido como cuando Grace por fin se la llevó a casa tras la temporada de soledad en el orfanato. Ya hacía seis años que Norma tenía una madre de verdad y la mejor hermanastra del mundo. Hacía seis años que se sentía querida y había encontrado un hogar para siempre. Cada vez que pensaba que su deseo más anhelado se había cumplido, el corazón le saltaba en el pecho de la alegría. Acudía a los platós con su hermanastra con frecuencia y descaro, que era una de las cualidades que sin duda necesitaba una buena actriz. Nada podía darle vergüenza delante de una cámara, ni siquiera un beso.

—¡Debe de ser ese de ahí! —gritó la mujer que estaba detrás de Norma, y con una fotografía en la mano atravesó la valla del aeropuerto—. ¡El hombre de la gabardina gris y el sombrero bien calado!

—¡Sí, ese es Bogie! —confirmó uno de los redactores de periódico entre la multitud, lo que no hizo sino aumentar la exaltación general—. Señor Bogart, ¿tiene tiempo para una breve entrevista?

Norma sintió que la apretaban con brusquedad contra la valla. No reconoció al hombre de la gabardina gris porque el cuello levantado le tapaba una parte de la cara.

—¿Tú qué crees? ¿De verdad es él? Y ¿dónde está Ingrid Bergman? —le preguntó a Bebe.

En realidad, su hermanastra se llamaba Eleanor. Era la hija mayor del hombre con quien se casó Grace un año después de su primera visita juntas al cine, y al que Norma de vez en cuando llamaba «papá» por consideración hacia su madre.

Su hermanastra no reaccionó a la pregunta, tenía la mirada perdida en algún sitio del cielo azul de marzo sobre el aeropuerto. Hacía días que parecía más abatida que de costumbre.

—¿Qué te pasa? —preguntó Norma mientras sacaba el lápiz y la libreta de la chaqueta de punto. En las últimas páginas de la libretita coleccionaba las firmas de las estrellas de Hollywood. Las primeras contenían sus pensamientos más ocultos.

Cuando el hombre de la gabardina gris se acercó a la valla se desató un griterío y se oyó el siseo de los fogonazos de las cámaras. «¡Señor Bogart, por favor, un autógrafo!», sonó una voz aguda, y otra mujer gritó con ardor: «¡Bogie, eres mi héroe!».

En ese momento, Norma solo tenía ojos para su hermanastra. Esperaba animar a Bebe con esa excursión matutina. Hacía un día fantástico de primavera. Hacía poco que se notaba el aroma embriagador de los eucaliptos en flor, recostados contra las laderas de las montañas de Bel Air. Sin embargo, no podía decir precisamente que había conseguido alegrarla. Bebe tenía incluso los ojos llenos de lágrimas y el pintalabios borrado.

—No pasa nada. —Le restó importancia con un gesto y procuró no mirar a Norma.

Entretanto, el hombre había llegado a la valla. ¡Era Bogie de verdad! Norma estaba convencida. Nadie dominaba esa mirada de gánster por encima del cuello alzado como él.

Tras lanzarle al actor una última mirada ardiente, Norma agarró de la mano a su hermanastra y se abrió paso entre la multitud para alejarse de la valla, pasando junto a los periodistas. Con los vestidos claros que Bebe había cosido a partir de unas cortinas viejas, el mismo pintalabios rojo y las chaquetas de punto abrochadas, casi parecían gemelas. Tardaron un rato en lograr escabullirse de la muchedumbre histérica.

—¿Vamos a la casita del árbol? —preguntó Norma.

La casita de madera en el viejo roble tras la casa de la familia era su refugio. Allí arriba, escondidas en un mar de hojas, Norma le había confiado a su hermanastra cómo imaginaba su vida de actriz y el miedo que sentía por si no recibía ninguna invitación para hacer pruebas en los grandes estudios cinematográficos. Por su parte, Bebe le había contado su primer beso con Joe Tyler y su difícil infancia. Su hermanastra nació el mismo año que ella, pero, más que por su edad, se sentían unidas por su pasado. Igual que Norma, Bebe también había vivido en familias de acogida y en el orfanato. Su madre biológica también había sido declarada incapaz. Rodeadas de ramas que crujían y envueltas en la agradable sombra fresca, se convirtieron en hermanas de verdad. Aunque Norma seguía sintiendo más cercanía con Grace.

—Pero tú querías ver a Humphrey Bogart —afirmó Bebe a media voz.

—¡No si veo que estás triste! —insistió Norma, y le colocó bien la chaqueta de punto a su hermanastra en los hombros, que se le había caído con el tumulto. Bebe se limpió las lágrimas con el dorso de la mano, pero las mejillas no le duraron mucho secas—. No creo que el hombre de la gabardina sea Bogie de verdad —mintió Norma al tiempo que se obligaba a no mirar atrás hacia la valla. Le habría encantado llevarse a casa el autógrafo del famoso actor en su diario; tal vez incluso habría conseguido saber más de Ingrid Bergman—. También podría ser Conrad Veidt, que interpreta el papel del comandante Strasser —aclaró con valentía.

Rodeó a Bebe por los hombros y emprendió el camino a casa. Lo principal era que su hermana mejorara pronto. Era motivo suficiente para dejar plantado hasta a Humphrey Bogart. Bebe le había llegado al corazón desde el principio con su amabilidad. El día en que Norma se mudó, Bebe le hizo sitio en su habitación de buena gana, incluso le preparó un ramito de flores silvestres recogidas en la vera de un camino y se lo dejó sobre la almohada para que Norma durmiera siempre bien en la cama de su nuevo hogar y tuviera sueños tan bonitos como esas flores. Acto seguido, Norma le dio un abrazo espontáneo.

Igual que el aeropuerto Metropolitan, la casa de la familia se encontraba en el barrio de Van Nuys. Tres décadas antes, los primeros granjeros llegaron con sus tiendas de campaña a esa zona de Los Ángeles, en el corazón del valle de San Fernando. Ahora mucha gente se ganaba la vida en la industria conservera. En algunas calles del barrio, las casitas estaban tan juntas que ni siquiera había sitio para un jardín estrecho. Mientras Bebe y Norma paseaban hacia casa, charlaron sobre *Todos vienen al café de Rick*. Bebe había leído la obra de teatro antes que Norma y quedó muy conmovida por el amor de Rick hacia Ilsa. Norma sabía que su hermanastra ya sabía algo del amor por Joe Tyler. Ella no podía ni imaginar sentir por un chico una parte del amor que sentía por Grace y Bebe. Además, la idea de que un desconocido le rozara los labios con los suyos le provocaba un gélido escalofrío en la espalda. Cuando llegaron a Odessa Avenue, Bebe volvía a sonreír un poco. Pese a todo, Norma notaba que a su hermanastra le preocupaba algo importante.

—Voy a buscar agua para refrescarnos —propuso.

Habría preferido prepararle una tostada con queso para animarla, pero, como iban justos de dinero, ya no había queso tan a menudo. Grace trabajaba solo de vez en cuando en Consolidated Film Industries, y Ervin, tras una audición fallida como actor, pasaba días tumbado en el sofá sin ganar ni un centavo, y no parecía que fuera a haber cambios en eso; Norma lo sabía porque las audiciones escaseaban. Desde que Estados Unidos se había sumado a la guerra en el mes de diciembre, cada vez se rodaba menos. Necesitaban la celulosa, el material de las películas, para fabricar explosivos, y la resina, con la que se hacían las botellas que se tiraban a la cabeza durante las peleas, quedaba reservada para la industria armamentística. Por lo menos eso habían publicado en *The Hollywood Reporter*, un periódico que Grace y Norma solían leer juntas.

—Sube tú —dijo Norma, y se volvió hacia la casa—. Tendría que haber cojines arriba.

Bebe estaba subiendo los primeros peldaños cuando Grace salió de la casa. Ya estaba arreglada para la visita al Teatro Chino de Grauman por la tarde. Llevaba una falda de tubo, tacones y su blusa preferida color menta con mangas abullonadas. Desde la entrada en la guerra había escasez de materiales, por lo que no se podían producir ni llevar blusas de ese estilo, pero Grace no iba a permitir que le prohibieran su prenda preferida.

—¡Mamá! —exclamó Norma, y vio por el rabillo del ojo que de pronto su hermanastra se había quedado petrificada en la escalera—. Hemos estado a punto de ver a Humphrey Bogart y a Ingrid Bergman, ¿te lo puedes creer?

—Qué bien, corazón —contestó Grace en tono alegre. Bajo el tenue sol primaveral, su piel parecía casi del color del alabastro—. Bebe, ¿has hablado con Norma del tema? —preguntó.

Norma vio que Bebe volvía a bajar despacio hasta llegar a su lado.

—No he tenido el valor —dijo, y miró avergonzada al frente, al suelo polvoriento. Norma no paraba de mirar a su hermanastra y a su madre.

—¿Ya no vamos al Teatro Chino de Grauman? —preguntó con un hilo de voz a Grace—. ¡Por favor, no!

Esa semana proyectaban la nueva película de Rita Hayworth, la bailarina más sensual de todo Hollywood. Norma notó que Bebe ponía la mano encima de la suya y se la estrechaba para apoyarla. Su hermanastra tenía los dedos helados.

—Entremos en casa —propuso Grace, y empujó a Norma con un movimiento suave poniéndole la mano en la espalda. Le temblaba.

—¿Qué…? ¿Qué ha pasado? —preguntó Norma.

Como tantas veces cuando estaba nerviosa o tenía que hablar delante de un grupo grande, tartamudeaba. Desde hacía algún tiempo también le aparecían unas manchas granates muy feas en las mejillas. Se limpió el pintalabios de la boca, de repente ese rojo chillón no le parecía apropiado. ¿Es que tenían noticias de su madre biológica? ¿Pearl Baker había sucumbido a su enfermedad mental? Norma lo había pensado muchas veces y nunca estaba segura de qué debía sentir por Pearl. Hacía años que no se veían. Aun así, pensar en su progenitora le provocaba cierto desasosiego. ¿Tal vez fuera porque las enfermedades mentales podían heredarse? ¿Quizá por eso antes la consideraban «difícil» y aún hoy algunos vecinos la miraban mal?

Norma y Grace entraron en casa, donde la pintura de cada habitación era de un tono pastel y el suelo estaba cubierto de linóleo blanco (el último grito antes de que estallara la guerra). Mientras atravesaban el salón pensativas, Norma desvió la mirada hacia el sofá, donde solía estar sentado o tumbado su padrastro. Cuando se levantaba y pensaba que nadie lo veía practicaba los andares despatarrados de John Wayne.

En la pequeña habitación que compartían las hermanastras, Norma se sentó en el taburete junto al escritorio. El libro de biología del segundo curso del instituto estaba abierto. Lo cerró y guardó su diario en el cajón del escritorio.

Grace caminó de un lado a otro de la habitación varias veces. Tras mucho dudar, al final desembuchó:

—Ervin ha recibido una oferta de trabajo prometedora que no puede ni quiere rechazar.

—¿Por fin le han ofrecido un gran papel? —preguntó Norma, entusiasmada. A lo mejor algún día podría ir a visitar a su padrastro al plató y echar un vistazo entre bastidores.

Grace negó con la cabeza, afligida, y el pelo ahora de color lavanda no se movió ni un centímetro.

—No es como actor, es como vendedor.

Norma estaba desconcertada. ¡Pero si Ervin estaba intentando consagrarse como actor! No paraba de hablar de contratos con la Metro-Goldwyn-Mayer de mil dólares al mes. No obstante, ella sabía que la cuenta doméstica pronto estaría completamente vacía si algo no cambiaba. Su padrastro necesitaba trabajo con carácter urgente, así que ¿por qué no en ventas?

—Le ha surgido la oportunidad de hacerse cargo del departamento de Ventas de Adel Precision en Virginia Occidental —siguió explicando Grace—. Venderá componentes hidráulicos para aviones.

—¿En Virginia Occidental?

Estaba en la otra punta de Estados Unidos y era conocido por sus gélidos inviernos. Norma no quería irse de Los Ángeles, la ciudad donde todo parecía posible, la ciudad que se había convertido en el lugar más glamuroso del mundo a partir de un pedazo de tierra reseco y caliente. En Virginia Occidental jamás cumpliría su sueño de llegar a ser un icono admirado y querido. ¿Por qué no podía buscar Ervin trabajo en Los Ángeles? Ahí estaban los grandes estudios cinematográficos. En Virginia Occidental no se rodaba ni una sola película. Ahí se sentía a gusto, había estado a punto de conocer a Humphrey Bogart y a Ingrid Bergman. Además, por su padrastro era por el que menos estaba dispuesta a renunciar a algo. Algunos días estaba tan gruñón que era insoportable. Cuando Grace no estaba, trataba a Norma como si fuera una boca más que alimentar que solo servía para llevarle cerveza al sofá.

—Entonces ¿está decidido? —preguntó con un hilo de voz.

Grace deslizó la mirada hacia el salón.

—Ervin ya ha aceptado —contestó en voz baja—. Por desgracia, no he sido capaz de convencerlo. —Se le humedecieron los ojos y Norma también notó que se le saltaban las lágrimas—. Es un vendedor nato y quiere ganar dinero para nosotras ya. Necesitamos dinero para comer y tenemos que pagar el alquiler o pronto nos pondrán de patitas en la calle —susurró Grace.

—Procuraré no sentir demasiada nostalgia —prometió Norma para animar a Grace, y se arrimó a ella.

Grace la abrazó con fuerza, como si no quisiera volver a soltarla jamás, y dijo con voz trémula:

—Lo siento… Pero, como eres niña tutelada, tú no puedes salir del estado de California.

Aquella frase fue para Norma como si la apuñalaran por la espalda; la cogió totalmente desprevenida. Se quedó helada. ¿No podía ir porque «solo» era una niña tutelada? ¿Tenía que separarse de su familia, de su querida madre?

—Lo he intentado todo, pero el departamento de Bienestar insiste en que sería ilegal llevarte —le aseguró Grace. Su rostro había perdido todo rastro de brillo. Parecía al borde del colapso y se aferraba a ella, que estaba perdiendo las fuerzas—. Lo siento mucho —murmuró Grace entre sollozos, con las uñas clavadas en el brazo de Norma—. No sé qué más puedo hacer para que no nos separemos. —Las lágrimas le rodaban por las mejillas—. Si todo va bien, Ervin y yo volveremos dentro de un año, o como mucho dos, y tendremos dinero suficiente para poder vivir todos juntos en Los Ángeles.

Norma sintió un doloroso deseo de gritar o por lo menos dar un furioso puñetazo en la pared de madera desvencijada que separaba la habitación de las niñas de la cocina. Sin embargo, cuando miró a su madre, a la que jamás había visto tan blanca, no le salió ni una mala palabra.

Ervin Goddard entró en la habitación. Despatarrado y con los pulgares tras la enorme hebilla del cinturón, se plantó delante de ellas. Estaba tan normal, como si estuviera ensayando para un papel en un western. Norma no entendía por qué Grace seguía encandilada con ese gigante texano. ¿Porque era diez años menor que ella?

—¿Le has dicho de una vez que nos mudamos sin ella, cariño? —preguntó—. Tiene casi dieciséis años, lo puede soportar.

Norma sacudió la cabeza, incrédula. ¡Cómo podía hablar con tanta frialdad! ¿Es que no la conocía en absoluto? Sin duda, no sobreviviría ni un solo mes sin su querida madre, sin su hogar definitivo. Cerró los puños. Tendría que renunciar a comer juntas, a las conversaciones en confianza que solo ellas eran capaces de mantener, a reflexionar con su madre en el sofá sobre los deberes de matemáticas. Las visitas al cine sin Grace no serían lo mismo. ¿Cómo habían podido tomar aquella decisión? ¡Pero si Grace no quería volver a abandonarla jamás! Norma sintió que se le encogía el estómago. Tenía ganas de soltarlo todo a gritos.

Como si tuviera algodón en los oídos, oyó que Ervin afirmaba, satisfecho:

—Entonces, por fin podemos hablar con franqueza de nuestros planes de futuro en Virginia Occidental. —Y su madre asintió en un gesto casi imperceptible.

Norma no entendía por qué Grace, para lo demás tan fuerte, se dejaba dominar de esa manera por Ervin. En sus manos era como de cera.

Por lo menos, le quedaría Bebe. Sola se hundiría, volvería a ser la niña pequeña a la que nadie quería.

—¡Entonces, ya está todo claro! —exclamó Ervin, y se volvió hacia Norma—. Bebe te escribirá.

Dicho esto, se dispuso a marcharse con las piernas bien abiertas.

—¿Bebe también va? —susurró Norma, que de pronto sentía que le faltaba el aire. Se desplomó en el taburete sin fuerzas.

—En la casa nueva hay sitio para una tercera persona —contestó Ervin en el marco de la puerta—, pero no para una cuarta.

Norma miró incrédula primero a Ervin y luego a Grace y sintió un dolor agudo en su interior, como si alguien le moviera un cuchillo en las entrañas camino de su corazón. Se levantó a duras penas, se tambaleó hasta la ventana y miró hacia la casa del árbol, donde Bebe seguía apoyada en la escalera, llorosa. No era culpa de su hermanastra ser la elegida. Era comprensible que un padre tuviera una hija preferida. Norma seguía siendo un acto benéfico, tanto para todo el barrio como para Ervin. Pese a todo, con Grace como madre, siempre se había sentido armada contra todos los ataques. Ya casi ni le dolía. Con Grace de madre ya no se burlaban de ella en el colegio por ser como una «ratita tímida».

Cuando Norma oyó el paso pesado de Ervin en la escalera, cerró la puerta de la habitación y se acercó mucho a Grace.

—Bebe y yo compartimos una habitación diminuta aquí. Po... po... podríamos vivir las dos en una habitación también en Virginia Occidental. —Estaba convencida de que su hermanastra y ella se llevarían bien hasta metidas en un barril de madera—. ¡Por favor, déjame ir, mamá! —suplicó.

—Yo te dejaría, pero el departamento de Bienestar no, corazón —contestó Grace, abatida—. Ya verás que uno o dos años pasan rápido. —Suspiró y Norma vio que mentía.

—¡Uno o dos años son una eternidad! —sollozó Norma.

Se levantó de la silla, desesperada, se dejó caer al suelo de linóleo delante de Grace y rompió a llorar. Su madre biológica la había abandonado, Ida Bolender la había echado y ahora Ervin Goddard, que controlaba a Grace, la abandonaba también. Tendría que volver al orfanato, donde nadie luchaba por ella, nadie creía en ella. Prefería esconderse en la casa del árbol a partir de entonces. Hacía dos años había quemado el vestido azul y la blusa blanca del orfanato. Entonces pensó que esa época se había terminado de una vez por todas.

Norma lloró sin freno, aunque Grace se agachó y la abrazó para consolarla. Sentía un dolor tan grande en su interior que tuvo que llevarse las manos al pecho, pero la aflicción, el tirón y el escozor no remitían.

—Me encargaré de que no tengas que volver al orfanato —prometió Grace, y se limpió las lágrimas con un pañuelito y luego enjuagó las de Norma. Se le había corrido el rímel.

—¿Cómo? —Norma miró a Grace a través de un velo de lágrimas—. ¿Cómo vas a conseguirlo? —El pelo castaño claro se le alzaba en la cabeza, erizado. La cinta rosa que llevaba se había soltado.

—¿Vienes, cariño? —dijo Ervin desde el salón, impaciente.

—¡Ya voy! —contestó Grace, que volvió a atarle la cinta del pelo a Norma—. En junio cumplirás dieciséis años —dijo con ternura—. Eso significa que según la ley de California te puedes casar.

Norma abrió los ojos de par en par. ¿Casarse? Aún se sentía una niña necesitada de protección. Y ¿no había que enamorarse antes de casarse? Por lo menos así funcionaba siempre en las películas. ¡Y no tenía previsto enamorarse!

—Jimmy te cae bien, ¿no? —preguntó Grace con cautela—. Sería tu salvación del orfanato.

—¿Te refieres a Jim Dougherty, el vecino de cuando vivíamos en Archwood Street? —preguntó Norma mientras la palabra «orfanato» resonaba en su cabeza.

En Archwood Street, la madre de Jim y Grace se habían hecho amigas junto a la valla del jardín. Norma había ido algunas veces en el coche de Jim, pero no sabía mucho de él. Durante la Gran Depresión su familia tuvo que vivir en una tienda y cazar la cena en las colinas californianas.

—Jimmie es un buen hombre —dijo Grace—. Era presidente de la asociación de estudiantes del instituto, muy querido y ¿sabes qué más? —Intentó animarla con una sonrisa.

Sin embargo, Norma no pudo responderle. No quería marido, quería conservar a su madre. ¿Por qué no despertaba de una vez de esa pesadilla?

—¿No podría vivir con tu tía Ana? —preguntó, presa del pánico. Ya había pasado unos días en varias ocasiones en casa de la hermana del padre de Grace. A Norma le caía muy bien Ana Lower, era una anciana cariñosa.

Sin embargo, Grace negó con la cabeza.

—La tía Ana no se encuentra bien. El mes pasado estuvo en el hospital por retención de líquidos en las piernas. Sería pedirle demasiado que se hiciera responsable de ti en este estado. Jim es la única salida. Estaba en el equipo de fútbol americano del instituto, incluso era buen actor en el grupo de teatro —detalló Grace—. Podría enseñarte a estudiar para los papeles, y, en cuanto vuelva,

tú y yo nos ocuparemos juntas de las audiciones en la Metro-
-Goldwyn-Mayer.

—¿Hacer audiciones estando casada? —preguntó Norma.
Otro sueño que se desvanecía ese día.

Casada jamás conseguiría un contrato. Los estudios cinematográficos daban por perdidas a las actrices en cuanto se casaban porque el riesgo de que se quedaran embarazadas era demasiado alto.
Todo su esfuerzo y el ensayo constante quedaban en nada. ¡Y eso
que ya dominaba bastante el papel de Dorothy de *El mago de Oz*!

—¿Por qué no vas a poder hacerlas como mujer casada? —dijo
Grace, y asintió para animarla—. Si eres mejor que las demás, te
cogerán a ti estés casada o no.

¿Ella, mejor que las demás? Nunca lo había sido, ni lo sería
jamás. La partida de Grace le demostraba una vez más que valía
menos que cualquier otro miembro de la familia.

—A lo mejor todo esto es una señal del destino que nos de-
muestra hasta qué punto Hollywood es tu sitio —continuó Grace.

—Pe... pe... pero... —empezó a tartamudear de nuevo
Norma. Notó que las manchas rojas de las mejillas se le encen-
dían de nuevo. En ese momento no quería pensar en ser actriz.
Sin Grace, ese futuro perdía importancia—. Ni siquiera sé lo
que debe hacer una esposa.

Grace esbozó una sonrisa tan triunfal como la de una estrella de cine, aunque aún tenía los ojos llorosos.

—Seguro que aprenderás rápido las obligaciones de una esposa. Di que sí para que sepa que tienes el sustento asegurado en
mi ausencia.

Norma pensó en las palabras de Jean Harlow en *La chica de
Missouri*, que, en el papel de Eadie, estaba convencida de que una
mujer solo podía hacer una cosa: casarse. En el orfanato había
sentido una soledad infinita. Les hablaba a los demás niños de sus
fantásticos padres, que pronto irían a recogerla. Todos los días.
Norma hundió la cabeza en el delicado hombro de Grace.

—No lo conseguiré. Sin ti y sin Bebe estoy perdida. —Su
voz sonaba rota, ya ni siquiera tenía fuerzas para levantarse del
suelo.

Grace mecía a Norma en sus brazos.

—Nos escribiremos muchas cartas y en un abrir y cerrar de ojos estaremos otra vez juntas. Y si sigues yendo todas las semanas al cine, estaremos unidas en eso mentalmente.

Norma alzó la vista, petrificada, sin decir palabra. No quería volver a poner un pie en un cine sin Grace. Todo le recordaría a la pérdida de su madre. El cine y las películas de Hollywood estaban unidos para siempre con Grace. Y ese día le demostraba que su destino era ser abandonada una y otra vez. ¡Siempre puñaladas en el corazón!

Norma asintió solo por amor a Grace. Sabía que, de nuevo, todos los colores de su vida se apagarían. Su futuro era solo gris y lluvioso; el brillo había desaparecido, igual que el amor.

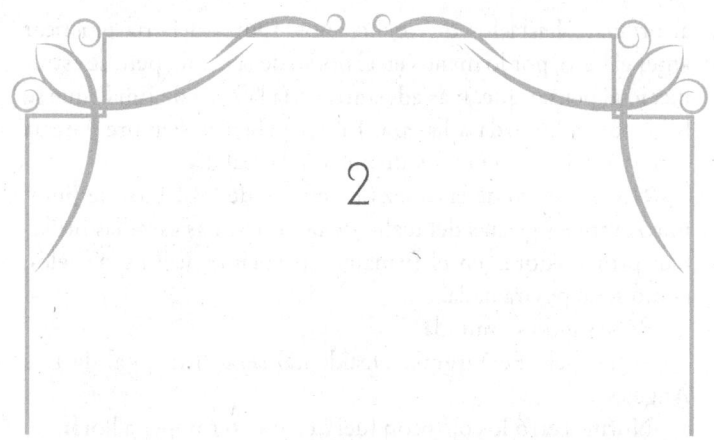

2

Abril de 1942

A principios de abril las noches seguían siendo frías. Norma llevó mantas de lana y cojines a la casa del árbol. Bebe la siguió con provisiones. Para la noche de despedida habían comprado a escondidas cerveza de raíz, que hacía ya un tiempo que la familia no podía permitirse. Sus padres se habían acostado una hora antes. Grace estaba exhausta de hacer maletas.

Cuando Norma terminó de cubrir el suelo de la casa del árbol con los cojines, Bebe y ella se acomodaron con la espalda apoyada en la pared de madera y se taparon con las mantas hasta las axilas. Como si el tiempo se hubiera detenido, estuvieron escuchando el canto de los grillos.

—No habrá un solo día que no piense en ti —susurró Bebe al cabo de un rato.

Norma sentía tanto miedo al futuro y tanta desolación que solo logró decir: «Yo también». Al día siguiente, además de perder a su familia, tendría que casarse con un desconocido, besarlo y «entregarse por completo», como lo había llamado Grace. Nunca la había tocado un chico, ni mucho menos besado. Y en realidad Jim Dougherty ya no era un chiquillo, era todo un hombre, lo que lo hacía todo aún peor. ¿Qué pasaría si su actitud no era la adecuada y él no la quería? Entonces tendría que ir al orfanato hasta los dieciocho años. Quizá debería practicar antes el beso, por lo menos en el dorso de la mano, pero se estremeció al pensar que, más adelante, sería la boca de Jim la que se le acercaría húmeda a la cara. En las películas siempre parecía fácil y romántico; era muy distinto en la realidad.

Norma borró de la cabeza la imagen de los labios de Jim y miró entre las grietas del techo de tablones. Las estrellas brillaban prometedoras en el firmamento encima de Los Ángeles, como si no pasara nada.

Bebe siguió su mirada.

—¿El cielo de Virginia Occidental será distinto al de Los Ángeles?

Norma cerró los ojos con fuerza para no romper a llorar.

—Más gris y lluvioso, creo.

—Si no soportas estar con Jim, me llamas y yo vendré a buscarte, diga lo que diga el departamento de Bienestar —susurró Bebe—. En Virginia Occidental buscaré un roble que ni papá ni Grace conozcan y me pondré a construir una casa en un árbol para nosotras. —Le dio a Norma una botella de cerveza de raíz.

A ella le encantaba esa bebida dulce y espumosa que, a diferencia de la cerveza de verdad, no contenía alcohol y en origen se fabricaba con la corteza de la raíz del sasafrás. Sin embargo, esa noche no acababa de disfrutar del sabor. Sacó el regalo de despedida que tenía para Bebe de detrás de la espalda y con los brazos laxos se lo dio a su hermanastra.

—Para que no olvides nunca el tiempo que hemos pasado juntas.

—¿Es tu diario con todos los autógrafos? —dijo Bebe solamente.

Norma asintió.

—Para que sigamos unidas, quería entregarte una parte de mis pensamientos. Y, por supuesto, los autógrafos.

Antes, su diario era su tesoro; lo protegía con severidad. Lo había defendido con vehemencia incluso ante su padrastro. Cuando un día empezó a tirar todo lo que tenía a mano, borracho, se plantó delante de él, temeraria, y le quitó su libro secreto en el último segundo. Y, cuanto tuvo que aprenderse el texto de Dorothy de *El mago de Oz*, siempre observaba las célebres firmas del diario y se decía que esas personas habían trabajado mucho para alcanzar el éxito y habían tenido que recitar sus frases una y otra vez. Soñaba con poder dejar un día las huellas de las manos y su firma en una de las baldosas del Teatro Chino de Grauman.

—Lo siento, falta Ingrid Bergman —añadió en tono de disculpa.

Bebe abrió el librito con veneración y lo hojeó con mucho cuidado, como si el papel fuera en realidad un viejo y delicado pergamino.

—Las firmas de los hermanos Marx y de Hedy Lamarr tienen un valor incalculable —reflexionó—. ¿No prefieres quedártelas?

Norma sacudió la cabeza con tanto ímpetu que estuvo a punto de marearse. ¡No quería saber nada más del mundo de la interpretación! Lo asociaba a Grace, igual que las visitas al cine. Ella siempre la había animado, le había hablado del «momento del vértigo» y había leído con ella a Stanislavski. Si persistía en su sueño de ser actriz, siempre se acordaría de que incluso Grace la había abandonado; ella, que le había prometido no desentenderse jamás. No podría vivir con ese dolor.

Norma se esforzó en sonar un poco alegre. Tuvo que aclararse la garganta antes de decir:

—Mira en las páginas de en medio.

Bebe sonrió ensimismada mientras leía las líneas que Norma había escrito bajo el título «Cosas que tener en cuenta en los estados más fríos». Empezaba con consejos de vestimenta y terminaba con el almacenamiento de comida por si en invierno se quedaba atrapada durante semanas debido a la nieve. Aunque Norma solo la había visto en las lejanas cimas de las montañas del Bosque Nacional de Ángeles y en las películas.

Bebe sonrió conmovida.

—Eres un encanto, siempre cuidas de mí. Nadie me trata tan bien como tú.

Abrazó a Norma y se echó a llorar. Cuando pudo respirar mejor, le dio a su hermanastra un monedero cosido con cariño, hecho de imitación de cuero marrón y algo más grande que un puño, que tenía una cinta para colgarlo del cuello. Norma abrió la cremallera del monedero diente a diente y sacó un billete de diez dólares. En mitad de este, dentro de un marco ovalado, figuraba el retrato del padre fundador Hamilton. Nunca había tenido tanto dinero, pero aun así dudó. Debían de ser todos los ahorros de Bebe. Norma solo tenía un cuarto de dólar que fuera suyo.

—Es para emergencias —dijo su hermanastra—. Para que de verdad puedas llamarme si Jim no es buen marido. Las llamadas a larga distancia son caras. —Señaló una serie de números que había apuntado en una hoja adjunta al billete—. Es el número de teléfono de la oficina de correos de Huntington, en Virginia Occidental, donde puedes dejarme un mensaje. Pasaré por ahí todos los meses y preguntaré si has llamado.

—Seguro que llamaré. —Norma se colgó el monedero del cuello, lo acarició distraída y se arrimó a Bebe—. Y si no te llamo, me gustaría devolverte los diez dólares en cuanto volvamos a vernos —susurró.

Bebe pasó por alto la propuesta y le dio a Norma su botella de cerveza de raíz.

—Por el reencuentro.

—¡Por el reencuentro! —se esforzó en repetir Norma, aunque seguía sintiendo ganas de llorar.

De nuevo le vino a la mente la imagen de Jim. Como tantas otras veces, tuvo que reprimir el pánico al pensar que pronto viviría con él. Su futuro marido acababa de cumplir veintiún años y seguía viviendo con su madre. Y, a partir de mañana, Norma viviría con ellos hasta que se celebrara el enlace. Estaba a punto de beber cuando se oyó un ruido en la escalera. Bebe y Norma se miraron y pensaron lo mismo: que un zorro venía atraído por los restos de comida.

Al cabo de un segundo, a Norma casi se le cayó la cerveza de raíz de la mano al ver aparecer una cabellera que brillaba con un tono lavanda en la entrada de la casa del árbol.

—¿Os queda sitio para mí?

Grace echó un vistazo al cobertizo de madera con un libro bajo el brazo. Como de día llevaba el pelo perfectamente peinado, aplastado y crespo, nunca había subido allí, porque había demasiado polvo y debía quitarse los zapatos de tacón.

Emocionada por ese insólito gesto de despedida, Norma procuró sonreír y señaló los cojines que tenía al lado. Grace se sentó y actuó como si allí arriba todo fuera acogedor y no hiciera nada de frío. Llevaba sobre el camisón la bata de imitación de satén y tenía las plantas de los pies sucias, pero no le importaba. Bebe le dio una cerveza de raíz y Norma le dejó un poco de manta.

—Por un futuro mejor —dijo Grace, y levantó la botella. Luego miró solo a Norma y bajó el tono—. Por Jimmie y por ti, y porque seáis felices juntos.

Norma asintió, aunque no tenía claro cómo iba a hacer que ese matrimonio fuera feliz. Cuando unos días antes contó lo de su inminente boda en el instituto, su profesora le dijo sin tapujos que se arruinaría la vida casándose tan joven.

Brindaron y bebieron. Tras el primer trago, Grace le dio a Norma el libro que llevaba. Norma lo reconoció enseguida pese a estar a oscuras. El nombre del autor figuraba solo como «Stanislavski», sin nombre de pila.

Norma recorrió aturdida cada letra del título con las yemas de los dedos: *El trabajo del actor sobre sí mismo*. Para Grace ese libro era más sagrado que la Biblia, se lo había leído en voz alta a Norma unas cuantas veces. Pese a haber fallecido, el autor era el profesor de interpretación más conocido e influyente: Konstantín Stanislavski. Él acuñó el término «momento del vértigo».

—Me gustaría que lo tuvieras tú —afirmó Grace, y se lo acercó a Norma a la altura del pecho al ver que dudaba—. Si interiorizas el contenido, serás una buena actriz y también optarás a un contrato con un estudio, aunque estés casada.

Norma no se atrevió a decirle que había desterrado para siempre la interpretación de su vida.

Las tres pasaron una noche larga en la casa del árbol, donde comentaron los detalles del futuro reencuentro con gran congoja.

Bebe contó lo que había leído sobre Virginia Occidental y Grace les confesó que le daba miedo vivir lejos, y que ni siquiera tenía un abrigo grueso de invierno. Al final se quedaron ahí acurrucadas y se durmieron acompañadas por el susurro de las hojas del roble.

Antes de volver a casa a hurtadillas al amanecer, Grace besó a Norma en la frente y le dijo:

—Eres más fuerte de lo que crees. Te quiero. Eres mi corazón.

Una hora después, Ervin Goddard estaba listo para irse. Ni siquiera quiso desayunar unos huevos. Norma se quedó helada con una maletita en la mano y el monedero colgado del cuello frente a la casa vacía. Tendría que ir a pie a casa de los Dougherty.

Observó el ajetreo de su familia como si lo viera a través de un cristal. En cuanto las maletas estuvieron colocadas, su padrastro metió a Grace y a Bebe en el coche, le hizo un gesto con la cabeza a Norma y luego apretó el acelerador con fuerza. En vez de amables palabras de despedida, solo oyó el chirrido de los neumáticos y notó el sabor del remolino de polvo de la calzada. Ni siquiera pudo dar un abrazo a Bebe o a Grace.

Pasados solo unos días de la marcha de los Goddard, Jim Dougherty decidió buscar un hogar propio para Norma y él. Su elección fue una casa diminuta en Sherman Oaks, porque le regalaban un sofá a cambio de un alquiler mínimo de seis meses. La casa tenía una sola estancia en la que la cama se escondía en el armario de pared para poder caminar por el salón.

—Es una cama plegable moderna de la marca Murphy —anunció el agente inmobiliario, entusiasmado como si la estructura de cama incluyera piedras preciosas. Elogió el resto de la casa de madera gris con los marcos de las ventanas blancos como si fuera un palacio, algo típico de Los Ángeles.

Sherman Oaks limitaba al sur con Van Nuys, lo que significaba que, tras la boda, la casa del árbol de Norma no desaparecería del mapa. Desde la marcha de su familia se había refugiado allí en numerosas ocasiones porque aún no habían vuelto a alquilar la vivienda.

Mientras el agente inmobiliario seguía enumerando las ventajas de la casa, Norma solo lo escuchaba a medias. Ella ya tenía la cabeza en la boda. La ceremonia se celebraría el 19 de junio en casa de una amiga de Grace en el oeste de Los Ángeles. Sólo tenía una idea aproximada de cómo sería el supuesto día más importante de su vida. Seguía sin querer besar a Jim, aunque de momento había sido amable y simpático con ella.

Como esposa, su esfera de acción se limitaría al hogar, así que sería mejor que por lo menos le echara un vistazo. Por desgracia no había nada bonito que ver. En la minúscula cocina, que tenía el horno mugriento, se obligó a cerrar los ojos. Intentó con todas sus fuerzas imaginar un sofá cómodo con volantes en los respaldos y un baño con bañera. Grace sentía predilección por los jabones caros que olían a vainilla. A Norma se le llenaron los ojos de lágrimas, pero se contuvo con todas sus fuerzas. Si lloraba ahora, su futuro marido se hartaría de ella antes de estar casados.

Al final de la visita, Jim decidió alquilar la casa a partir de junio y aceptó también el plazo mínimo de alquiler de seis meses. El agente inmobiliario se puso muy contento y le guiñó el ojo a Norma.

Después, Jim condujo con Norma su Ford Coupé de la década de 1940 por Sherman Oaks para investigar su nuevo barrio. El vecindario estaba formado sobre todo por edificios bajos y funcionales; solo hacia el noble Bel Air adquiría mejor presencia.

Jim bajó la ventanilla y apoyó el brazo en la puerta mientras conducía. Norma se sentía muy infantil a su lado. Guardó silencio, cohibida, porque no sabía de qué hablar con él. No paraba de toquetear el monedero que llevaba colgado. Esa bolsita de imitación de cuero marrón era su vínculo con Bebe, su salvavidas.

Jim rompió el silencio al pasar a toda velocidad por el Oaks Diner.

—Sería mejor que esperáramos un poco para casarnos.

Cuando Norma pensaba en el matrimonio, lo primero que se le venía a la cabeza era Ervin tumbado en el sofá hablando con su basto acento texano. Luego se obligaba a pensar en algo más bonito.

—No hemos tenido mucho que decir en todo este asunto —prosiguió Jim, pero con una sonrisa de oreja a oreja.

La noche de la despedida en la casa del árbol, Grace dijo que era un «buen chico» del que Norma podía sentirse orgullosa.

Pensó en qué trabajo podría conseguir cuando terminara los estudios. No había alternativa a la boda si no quería ir al orfanato. La semana anterior la habían borrado del instituto por las inminentes nupcias, pese a ser la mejor alumna de secretariado y escribir con pasión para el periódico escolar. Sus notas en pronunciación, en cambio, eran ridículas porque tartamudeaba cuando tenía mucho público. Para que aguantara mejor el haber dejado el colegio, Grace le contó antes de irse que el gran Louis B. Mayer, el jefe de la Metro-Goldwyn-Mayer, no dejaba ir al instituto a sus hijas porque creía que supondría su ruina moral. Así que dejar el instituto no era motivo para avergonzarse, ¡era mucho más emocionante iniciarse en la vida real! Para Norma era mayor consuelo que Jean Harlow también hubiera dejado los estudios a los dieciséis años. Aunque ella seguramente acabaría de camarera en el Oaks Diner, deambulando día sí y día también con la cafetera en la mano y rellenando tazas de café gratis.

Jim se paró en el borde de la calle con el motor en marcha.

—Me gustaría ser un héroe algún día —anunció, y se levantó el cuello de la camisa. Le dio al gas varias veces estando parados, como para poner énfasis en su declaración. Dos chicas a las que Norma conocía del instituto se pararon y lo señalaron entre risitas.

—¿Eso significa trabajar en un taller aeronáutico, como Lockheed? —preguntó Norma con cautela.

—No, en un taller aeronáutico no. Un amigo del colegio se está convirtiendo en héroe de la nación porque apoya a nuestro país en la guerra contra los japoneses. —Jim se llevó la mano al pecho, como si fuera a entonar el himno nacional de Estados Unidos de un momento a otro. Luego, por primera vez, se volvió hacia Norma en el coche estrecho.

Ella se acercó a la ventanilla en el asiento y agarró la manivela. Desde que los japoneses habían atacado Pearl Harbour y Estados Unidos había entrado en la Segunda Guerra Mundial, reclutaban a muchos hombres. Incluso un gran número de los actores más célebres de Hollywood se habían alistado voluntariamente. Ronald Reagan servía en un cargo de responsabilidad, James Stewart era soldado raso y Henry Fonda luchaba como marinero. Norma pensó en la noche del ataque a la base naval de Hawái y se le puso la piel de gallina, como si una capa de hielo le cubriera los brazos. Sin embargo, su inseguridad también era fruto de la mirada de Jim, clavada en sus labios. Prefería pensar en la guerra que en lo que él podría hacer con ella ahí mismo, mirándole así los labios.

—Eh, tienes lágrimas en los ojos —comentó Jim. Aunque pensó en darle un abrazo, se puso a buscar un pañuelo en los pantalones, pero no tenía. Cuando volvió a mirarla, Norma se había secado las lágrimas—. No tengas miedo. Cuidaré bien de ti como marido.

Jim chasqueó la lengua y pisó a fondo el acelerador sin previo aviso, de manera que Norma acabó arrojada con fuerza contra el respaldo del asiento, agarrada con desesperación a su monedero.

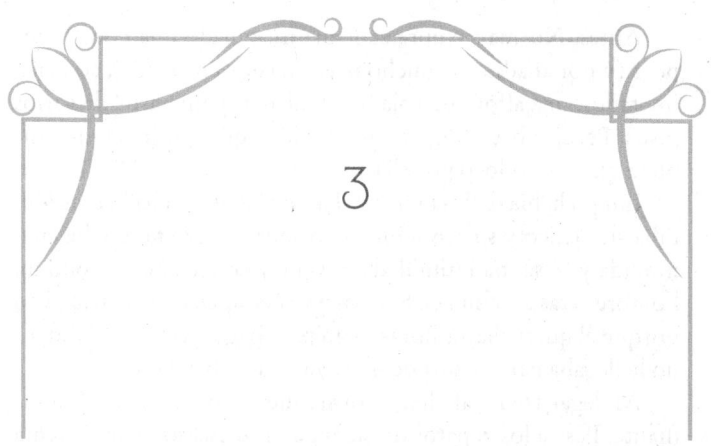

3

Junio de 1942

Los resbaladizos peldaños de la escalera de caracol bajaban desde el exterior de la habitación nupcial al salón. Norma temblaba tanto con el vestido de novia prestado que apenas se tenía en
pie. Pensó por un instante en su padre, al que no conocía, cuyo
deber era llevarla al altar. Luego pensó en Grace y Bebe, cuyas
cartas desde Virginia Occidental guardaba en el fondo de la pequeña maleta y releía una y otra vez hasta que le escocían los ojos.

Norma se esforzó por avanzar lo más erguida posible hacia
el altar improvisado. El sobrino de Jim la acompañaba, pero no
disimulaba su torpeza. Sentía los pies blandos en los zapatos de
tacón y el camino hasta el altar parecía no tener fin. Norma se
había hecho unos tirabuzones en el pelo castaño y crespo que caían
con suavidad, como le había enseñado un día Grace, y se había
sujetado la cola de caballo con horquillas. Lo más valioso que
llevaba era el collar de perlas que le había enviado Grace. Si los
Goddard podían permitirse joyas de nuevo, era señal de que a
Ervin le iba bien. Así volverían antes.

Norma oyó de fondo la marcha nupcial del disco y el murmullo de los invitados. Dos docenas de personas habían asistido
a la ceremonia, sobre todo amigos y familiares de Jim, además
de los Bolender y la tía Ana con muletas.

Antes, Norma siempre se había imaginado una boda pomposa (y por añadidura mucho más adelante en la vida), con cien invitados, una alfombra roja frente al altar y un pastel de varios pisos. Pero, sobre todo, con un novio al que quisiera y que supiera que estaba loco por ella.

Jim no había dicho ni una palabra de amor y ella lo consideraba simpático y su salvación del orfanato, pero no estaba enamorada y se sentía intimidada porque ya estaba hecho todo un hombre. Tras su visita en Sherman Oaks, apenas se habían visto porque él quería hacer horas extra para pagar la boda. El dinero no le llegaba para la luna de miel, ya se lo había dicho.

Al llegar frente al altar, Norma fue recibida por un Jim radiante. Pese a los zapatos de tacón, con su escaso metro sesenta y cinco de altura él seguía sacándole media cabeza. Con el traje blanco y la pajarita negra parecía todo un caballero, demasiado bueno para una chica como ella.

Mientras el clérigo seguía adelante con la ceremonia, la mente de Norma voló de aquella sala como si fuera un pájaro. Viajó hasta la casa del árbol, donde le gustaría estar en ese momento; y luego se fue a Virginia Occidental, a la habitación de Bebe, a tres mil doscientos kilómetros de allí. Como si se le acercara la muerte, vio pasar ante sus ojos toda su vida. Era la historia de una niña a la que, durante mucho tiempo, solo habían acogido si se pagaba por ella. Jim Dougherty tampoco se casaba con ella por voluntad propia.

Norma se sentía insignificante, aunque en realidad debería estar contenta de que alguien la quisiera como esposa. Por lo menos, a partir de entonces Jim se ocuparía de ella y no era un zafio que pegara cuando algo no le encajaba. En general, a su edad a su madre biológica le iba mucho peor.

Jim tuvo que darle un empujoncito a Norma cuando le tocó pronunciar el «sí, quiero». Lo dijo dudosa y en voz baja porque pensaba que ese día renunciaba a su propia vida para, a partir de entonces, dedicarse solo a Jim, como le recomendó Ervin Goddard que hiciera antes de irse. Iba a convertirse en otra Norma. La voz apenas audible de su corazón la avisó de que no se entregara del todo.

En el intercambio de anillos, a Norma le temblaba tanto la mano que incluso el clérigo la miró con compasión. Se avecinaba el beso y tenía el pulso acelerado como la pólvora. Norma notó que casi todas las miradas estaban clavadas en ella. Solo los devotos Bolender miraban la repisa de la chimenea en un gesto elocuente.

En su última carta, Bebe le había escrito unos cuantos consejos para su primer beso. Unos labios cuidados eran requisito imprescindible para que la sensación fuera agradable, y una pizca de perfume en el escote la harían irresistible. Tenía que dejar los brazos relajados, aunque si se envalentonaba podía colocárselos en el cuello. Además, Jim y ella tenían que fijarse en no chocar con las cabezas o los dientes. Sonaba sumamente complicado.

Norma ladeó la cabeza, vacilante, y cerró los ojos como le había visto hacer a Jean Harlow cuando al final de la película mostraba aquella ternura que todo lo arreglaba.

Contra todo pronóstico, los labios de Jim se posaron en los suyos con una dulzura infinita. Norma no se atrevió a corresponder al beso; se quedó quieta sin más. Ervin a menudo atraía a Grace hacia sí con mucho ímpetu y le daba unos besos intensos y húmedos.

El beso de Jim y Norma terminó con los gritos de júbilo y entusiasmo de la familia del novio. Cuando estos se apagaron, Norma pronunció su nuevo nombre para sus adentros. A partir de entonces se dirigirían a ella como «señora Dougherty». Su antiguo apellido, Baker (o temporalmente también Morteson, según quién considerara su madre biológica que era su padre), siempre le resultó ajeno.

Tras la ceremonia, Jim la agarró por la cadera y Norma se estremeció. Sin embargo, los dedos de él se posaban con calma en su cuerpo.

Norma saludó a la tía Ana, que como de costumbre la llamó «mi niña preciosa» y no quiso bajo ningún concepto hablar de sus dolencias. Luego les presentó a sus antiguos padres de acogida a Jim.

Con el tiempo, Ida Bolender había acabado con el pelo canoso y llena de arrugas, pero su mirada severa y rigurosa no había cambiado ni un ápice. Su marido, Albert, estaba medio paso por detrás de ella. Le hizo un gesto alegre a Norma.

—Eres una novia muy guapa, Norma.

Ida se adelantó a cualquier otro halago.

—Una mujer que se casa demasiado pronto no puede ser guapa ante Dios. ¡Tendrías que haber terminado los estudios en el instituto!

Norma se toqueteó cohibida el collar de perlas.

—No quedó más remedio.

—Siempre supe que lo más importante para Grace McKee era ella misma y que no podía asumir la responsabilidad de una criatura —aseveró Ida Bolender mientras desviaba la mirada de desdén hacia el cura aconfesional.

—¡Esto no es culpa de Grace! —replicó Norma con resolución. Además, hacía tiempo que Grace ya no llevaba el apellido de su primer marido, McKee; ahora era Goddard—. Es culpa del departamento de Bienestar —la corrigió—. No podía irme de California. Ya conocéis las reglas, está prohibido que los menores tutelados se muden o viajen a otros estados. —Se ahorró mencionar la contribución de Ervin a su miseria porque no quería malgastar ni un solo pensamiento más en su padrastro—. Además, dentro de un año, o como mucho dos, mamá volverá. —Por lo menos ya habían pasado dos meses.

—¿No nos hemos reunido hoy con motivo de una celebración? —intervino Jim, y dedicó una sonrisa cautivadora a los Bolender.

Fue como si Ida Bolender no hubiera advertido su presencia hasta entonces.

—Por lo menos podría haberse casado con Norma en una iglesia, joven —soltó sin tapujos—. Vamos, Albert. Tenemos que irnos. La misa empieza a las siete.

Norma pretendía preguntarle a Ida por los demás niños de acogida, pero ya no tuvo ocasión. Aquella mujer, que siempre le había prohibido llamarla «mamá», la dejó con la palabra en la boca.

—Pese a todo, Albert y yo te deseamos lo mejor en tu futuro, Norma. Si nunca pierdes la fe, quizá todo vaya bien. —Dicho esto, Ida Bolender dio media vuelta sobre los tacones planos y se marchó. Su marido fue detrás.

Norma los siguió con la mirada y se sumió en sus recuerdos. Cuando aún vivía con los Bolender, un día le concedieron el honor de participar con cincuenta niños más en la misa de Pascua de la comunidad de Pfingst. Todos llevaban traje de gala en blanco y negro y se colocaron formando una cruz. Al recibir la señal, tenían que quitarse la toga negra y convertirse en una cruz blanca impoluta. Norma quedó tan fascinada con el ambiente ceremonial y con que tanta gente la mirara con admiración, a ella, que era solo una niña de seis años, que olvidó su parte y al final fue la única que se quedó con la toga negra. Durante mucho tiempo, Ida Bolender no le perdonó que fuera la mancha en la cruz blanca y le impuso muchas oraciones de castigo. Grace nunca le había impuesto nada. Con su madre, ella sentía plena alegría durante todo el día. Siempre notaba un cosquilleo en el estómago que la hacía reír sin motivo. Era feliz.

Norma volvió a la realidad cuando Jim la sacó de la casa para llevarla a su Ford. La verdadera celebración de la boda era en Florentine Gardens, en Hollywood.

Al poco de llegar al club nocturno, Jim la sacó a la pista de baile. Uno de sus hermanos estaba preparado con un tocadiscos y una gran colección de música. Insegura, Norma confió en que su marido la guiara. Durante un rato se pisaron unas cuantas veces los zapatos pulidos. Cuando oyeron los aplausos de los invitados a la boda empezaron a moverse mejor sobre el parqué. En realidad, Norma era una buena bailarina, dominaba la rumba, el mambo y el foxtrot, además de su baile preferido, el swing, influido por elementos del charlestón y el lindy hop. Grace le había enseñado a bailar y a moverse de forma poco convencional en la pista. Para ella bailar era un poco interpretar otro papel, el de la Norma atrevida y adulta.

Después de unas cuantas canciones, ya se había montado una gran fiesta. Norma se dejó llevar por la música y sintió que la sangre le corría por las venas. Entonces Jim pidió «Only Forever», de Bing Crosby. Norma miró a su marido y a los que bailaban alrededor, que ahora también se movían despacio. Aunque estaba esperando la siguiente canción movida, disfrutó de los suaves sonidos de violín que acompañaban a la voz profunda de Bing Crosby. Llegó incluso a olvidar el miedo al matrimonio y cuánto añoraba a su familia.

Hacia las cuatro de la madrugada, llevaron a Jim y Norma a la casita de Sherman Oaks. Norma pensó que tal vez fuera soportable estar con Jim, la había tratado muy bien durante toda la velada. Pero primero tenía que pasar la noche de bodas, y ella nunca se había desnudado delante de un hombre, ni mucho menos…

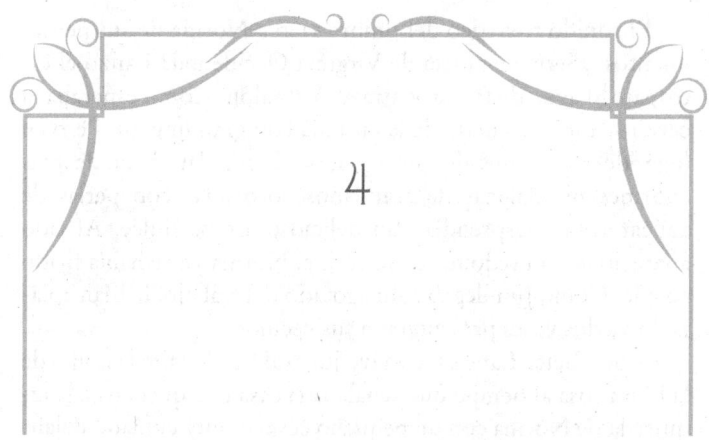

4

Julio de 1942

Norma lavaba los platos con movimientos mecánicos, sin apartar la vista del buzón. Le dio un vuelco el corazón al ver llegar al cartero. ¿No era muy pronto? Solo eran las dos y media. Nunca aparecía antes de las tres, o más bien a las tres y cuarto. Todos los días a esas horas Norma se acercaba a la ventana. Ya había recibido dos cartas de Bebe y Grace en su nueva dirección de Sherman Oaks y había contestado la misma noche.

Norma salió presurosa de casa con las manos mojadas y se dirigió al buzón. El corazón le latió acelerado mientras el cartero metía la mano en su bolsa de yute. Parecía que hoy traía varias cartas. En cuanto el hombre siguió hacia la casa siguiente, Norma abrió la tapa abollada del buzón y sacó el correo. Todo era para su marido. Abatida, volvió a casa.

Mientras guardaba la vajilla en el armario, se distrajo pensando en su vida anterior, que había sido mucho más colorida, sobre todo porque en ella tenía un sueño de futuro. Suspiró. Hoy la interpretación le parecía una ilusión y el «momento del vértigo», una promesa de otro mundo inalcanzable. Recordó a Jean Harlow, pero acto seguido se interpuso la imagen del rostro de Grace y se le encogió el corazón.

El sonido frenético del timbre sacó a Norma de sus pensamientos. ¿Sería una carta de Virginia Occidental? Lanzó el estropajo al agua de fregar y atravesó el salón. Como esperaba al cartero, abrió la puerta de la entrada con gran ímpetu. Pero en lugar del rostro curtido que esperaba vio un plato lleno de unas enormes magdalenas de arándanos coronadas con perlas de azúcar rosa. Desprendían un delicioso aroma dulce. Al lado apareció la cara redonda de la vecina. Norma ya se había fijado en ella. Como Jim llegaba tan agotado del trabajo, habían aplazado ya dos veces presentarse a sus vecinos.

—Soy Betty Lancaster y vivo justo al lado —dijo la mujer de la blusa rosa al tiempo que señalaba la casa que quedaba a la izquierda de Norma con un pequeño césped muy cuidado delante—. Bienvenida a nuestra calle, señora Dougherty. Últimamente he estado muy ocupada con los niños, pero le doy la más cálida bienvenida.

—Pase, pase. —Norma se dirigió hacia el lugar del salón donde estaría el sofá pasados cinco meses. Le incomodaba que la vecina viera el montón de ropa sucia delante del armario—. Siento que todo esté un poco desordenado —murmuró, y tras una breve vacilación fue a buscar dos platos para las magdalenas y los puso en la mesa de la cocina.

—No pasa nada; se acaba de mudar, Norma. No puede estar todo perfecto tan rápido. Yo hace ya doce años que vivo aquí con mi Howard. Es policía de patrulla, ya sabe —aclaró Betty con orgullo. Fue la primera en dar un mordisco placentero a uno de sus dulces.

Betty le habló del amable vecindario, donde se sentía muy a gusto, y entró en detalles sobre su marido policía, que se ocupaba de que reinara la paz en Los Ángeles. Luego volvió a sonar el timbre.

—¡Buenos días, vecina! —se presentó a Norma una segunda mujer, que le recordaba a la actriz Rita Hayworth por el cabello color cobre. Tenía el cuello tan largo como un cisne. No parecía tener mucho más de veinte años; tal vez tuviera incluso la misma edad que Jim.

De pronto, Norma se sintió desaliñada con el pelo desastroso y el anticuado delantal de florecitas, regalo de boda de su suegra. En realidad, esa vecina también llevaba ropa barata y con malas costuras, pero su atractivo lo compensaba. Norma era incapaz de apartar la vista de ella.

—Soy Abigail Summer, vivo enfrente. Mi marido, Bernie, que es piloto de bombardero de las fuerzas aéreas, y yo vivimos en la casa que tiene el rosal trepador inglés en la entrada y los tres dormitorios. —Señaló la vivienda de la acera de enfrente—. Pero estas últimas semanas he estado con los niños en casa de mis padres, en Ohio.

Norma miró las rosas, con la infinidad de flores granates que se erguían junto a la casa.

—Pase, ya somos dos —dijo.

¿Cómo era vivir en una casa con tres dormitorios? Sería práctico tener un poco más de espacio, pero en realidad ya tenía suficiente con mantener limpia una casa de una sola habitación. Si tuviera elección, preferiría hacer otra cosa que no fuera limpiar todo el día. Pero no le quedaba otra opción y aquello no iba de sus deseos. ¿Era demasiado egoísta por no poder evitar pensarlo una y otra vez?

—Llámame Abi —sugirió la vecina—. En este tramo de la calle nos tratamos con confianza.

—Me alegro de conocerte, Abi —contestó Norma con timidez. ¿A lo mejor podían ser sus nuevas amigas? ¿A quienes poder pedir consejo cuando algo no funcionara en su hogar o con quienes poder charlar sin más?

Fregar el suelo, lavar y secar los platos, separar la ropa por colores y lavarla con agua caliente o fría, limpiar las ventanas…, todo eso no se le daba bien. Su pequeña casa parecía atraer por arte de magia todo el polvo de la gran ciudad. A eso se sumaba que, como estaba sola, el día de limpieza se hacía infinitamente largo. Echaba de menos el barullo en los pasillos del instituto y las charlas con sus compañeros. Añoraba incluso leer, aunque nunca había sido una lectora voraz. En realidad, solo le interesaban las novelas de las que habían hecho películas.

Norma fue a buscar otro plato para Abigail. No pudo evitar mirarla un rato. Se movía con más elegancia que las demás mujeres del barrio a las que Norma había visto desde la mudanza, aunque no estaba a la altura de Grace.

—Tenéis unos ventanales muy bonitos en vuestra casa —dijo Abigail, y se dispuso desinhibida a dar buena cuenta de una magdalena. Cogió una perla de azúcar rosa, la observó con una sonrisa y se la puso como si fuera un caramelo en la punta de la lengua. Luego le dio un mordisco a la magdalena y anunció con la boca llena—: Betty es la mejor repostera de Sherman Oaks. —Luego miró alrededor sin disimulo.

Norma siguió su mirada hasta el espartano salón.

—Jim trabaja mucho. Aún no hemos tenido ocasión de instalarnos de verdad.

La realidad era más bien que no tenían dinero para cortinas y muebles. Jim ganaba en Lockheed cincuenta dólares por semana. Con su enorme apetito no quedaba mucho para otras necesidades, y nada para Norma. Además, tenía que mantener el Ford Coupé de 1940; era su gran orgullo.

—Si haces que Jim se sienta realmente a gusto en vuestro hogar, tendrá fuerzas para hacer bien su trabajo —dijo Betty mientras atrapaba migas de magdalena del plato con las yemas de los dedos—. Yo siempre recibo a mi Howard después de la jornada con una bebida fresca y un dulce recién horneado. Hace milagros.

¡Buena idea! Con una bebida fresca en la mano, Jim quizá no se fijaría en su poca experiencia como ama de casa.

—Y si al llegar atraviesa un precioso jardín —añadió Abigail, y se retiró hacia atrás la parte izquierda del cabello igual que Rita Hayworth—, se relaja antes de alcanzar la puerta de casa. Es un hecho que cuando nuestros hombres están relajados también lo estamos nosotras y nuestros hijos.

Norma asintió. Desde la marcha de Grace, se sentía tan tensa como la cuerda de una guitarra por miedo a cometer un error, a que volvieran a abandonarla. Antes, al sentirse así habría ido al cine a distraerse.

—Todos los inicios son difíciles, pero cada día las obligaciones de ama de casa te resultarán más sencillas. —Abigail le dio un empujoncito amistoso—. Y si necesitas consejo en algo, no dudes en preguntarnos. —Betty confirmó sus palabras con un gesto.

Norma sonrió de corazón.

—Es una oferta muy amable, gracias.

A lo mejor la vida en Sherman Oaks podía ser un poco más colorida. Por lo menos volvía a ver el rosa y el cobre.

—¿Ya has conocido a Mildred? —Betty señaló la casa que quedaba a la derecha—. Los Miller son muy simpáticos.

—Hace poco el señor Miller me saludó muy jovial —recordó Norma—. Pero luego su mujer lo llamó para que volviera a casa, así que no pudimos hablar.

—Ya los conocerás. Ahora tengo que volver con los niños. Aún no puedo dejar a los mayores mucho tiempo cuidando de los pequeños —dijo Betty mientras ponía las magdalenas que habían sobrado en la mesa de la cocina—. Si necesitas ayuda con la repostería, tú pregunta, Norma.

Abigail también se despidió e invitó a Norma con naturalidad a ir a su casa, la de las rosas trepadoras.

—Muchas gracias otra vez por vuestra cálida bienvenida —les dijo Norma cuando se iban.

Cuando cerró la puerta sintió que se animaba. Tendría que esforzarse aún más en su nuevo destino, aunque en apariencia no pudiera competir con las vecinas: Betty incluso llevaba la blusa rosa planchada. Norma no se las podía permitir ni siquiera sin planchar. Vestía, como de costumbre, su viejo jersey, que se le había quedado pequeño. Además, las vecinas tenían unos preciosos jardines muy cuidados. Ella aún no le había prestado atención a la árida franja de naturaleza que había delante de la puerta de casa.

Decidida, se plantó delante de la estantería de pared que quedaba encima de la mesa de la cocina. Ahí había colocado el manual *El ama de casa perfecta* junto a dos libros más. Había sido un regalo de su suegro. Edward Dougherty se lo dio sin mediar palabra en la celebración de la boda.

Norma lo cogió y miró hacia la puerta de la terraza, que crujió. No había nadie, seguramente la había movido una ráfaga de viento. Cuando observó con más atención el libro que tenía entre manos, sintió que se le paraba el corazón. Se había confundido y tenía el Stanislavski en las manos. Notó un calor agradable. Recorrió con cariño las letras de la tapa con los dedos. *El trabajo del actor sobre sí mismo.* ¿Y si lo abría para, como mucho, leer las primeras frases del prólogo? ¡De verdad, solo las primeras frases!

Respiró hondo unas cuantas veces, pero no se le pasaron los nervios. Las palabras «trabajo sobre sí mismo» habían quedado grabadas en la retina. ¿No acababa de decidir esforzarse más como ama de casa y centrarse por completo en sus obligaciones? En su nueva vida no había lugar para los sueños. No quería perder su oportunidad con Jim.

Aun así, Norma tardó un rato en recomponerse, volver a colocar el Stanislavski en la estantería y en cambio coger *El ama de casa perfecta* y abrirlo. La impresionó que el índice constara de varias páginas. Abrió uno de los primeros capítulos: «El momento más importante del día del ama de casa perfecta es cuando vuelve su marido del trabajo, duro y lleno de sacrificios». Por lo visto sus amables vecinas habían leído un manual parecido.

«Reduzca todos los ruidos de la casa en el momento de su regreso. Desconecte los aparatos electrónicos y pida calma a sus hijos». Con cada página que leía, Norma tenía la sensación de que hasta entonces no lo había hecho muy bien como ama de casa.

Pronto se sumergió en el manual e intentó recordar los puntos más importantes: sonrisa cálida, atención, calma. Ella no se había esforzado tanto como exigía el libro de la esposa perfecta ningún día de su matrimonio. Después de trabajar, Jim solía acomodarse en la cama plegable Murphy y descansar hasta la cena mientras ella intentaba preparar la comida. Eran impresionantes las montañas de carne que era capaz de engullir. Ella prefería la verdura, para mantenerse delgada como Grace.

Cuando Norma volvió a alzar la vista del manual, tenía a Jim delante comiendo una de las magdalenas de Betty. Con la lectura se había olvidado del tiempo. Ni siquiera lo había oído llegar.

—¿Estás leyendo? —preguntó sorprendido. Luego miró alrededor—. Vaya, tengo un hambre de lobo… —Olía a la grasa con la que untaba tuercas de aviones en Lockheed.

Norma se levantó de un salto de la mesa de la cocina y fue a buscar enseguida un vaso del armario y el bourbon que quedaba de los regalos de boda. Lo sirvió en un vaso de limonada hasta el borde. Le dio la bebida a su marido con una afable sonrisa forzada.

—Para que te relajes —dijo, y se dispuso a quitar de su vista la ropa sucia.

—Eres muy amable —dijo Jim, y echó un ojo al libro que estaba encima de la mesa de la cocina. Brindó hacia ella con una sonrisa de satisfacción y dio dos tragos de pie. El resto lo volvió a verter en la botella—. Es demasiado de una vez —dijo, y aclaró—: El bourbon se sirve en dosis pequeñas y con cubitos de hielo o por lo menos frío de la nevera.

Norma asintió y lo siguió hasta la cama plegable. Se puso a bajar la cama a toda prisa, pero se quedó atascada. No era tan fácil seguir sonriendo con amabilidad. Jim se ocupó de la cama; luego se dejó caer en ella. Norma quiso hablarle de la amable bienvenida de las vecinas, pero se detuvo. ¿Qué decía el manual? «La esposa perfecta puede que tenga muchas cosas que decir a su marido, pero cuando vuelve a casa no es en absoluto el momento adecuado. La esposa perfecta deja que su marido hable primero porque sus pensamientos son más importantes que los suyos».

Norma aguantó un rato en silencio junto a la cama por si Jim tenía ganas de hablar, pero se quedó dormido con una sonrisa de satisfacción en los labios. Sonreía igual que la noche de bodas después de desvirgarla. Ella pasó el resto de aquella noche tan especial despierta y entendió que no había sido tan grave como había imaginado. Jim había tenido mucho cuidado.

Norma se puso a cocinar la cena. Cortó cebollas y puso dos bistecs en la sartén. Mientras lo hacía, soñaba con aquel día en que se despertó con Bebe al alcance de la mano. Jamás olvidaría la última noche que pasaron juntas en la casa del árbol. A continuación, recordó la suciedad de Odessa Avenue y torció el gesto. ¿O era el olor de los bistecs? Asustada, miró la sartén, que echaba mucho humo. La parte inferior del bistec estaba carbonizada. Le dio la vuelta a la carne enseguida y la hizo un poco más. Serviría el pedazo de carne con el lado negro hacia abajo en el plato de Jim.

Puso los aros de cebolla en la sartén y cuando el olor a frito inundó la casa Jim se levantó de la cama y se acercó a la cocina. Mientras Norma comía solo unos cuantos aros, él engulló su doble ración de carne con un hambre canina.

—Ya aprenderás a cocinar —dijo, con la mirada puesta en la parte inferior quemada del bistec, antes de meterse en la boca el último bocado. Por dentro la carne aún estaba roja.

—Seguro —respondió ella con confianza.

—Me gustaría enseñarle a mi familia a mi joven esposa en el día a día por fin.

¿Su esposa en el día a día? Norma desvió la mirada hacia la sartén, indecisa. Seguro que sus vecinas preparaban unos bistecs perfectos.

—¿Te parece bien que invitemos a casa al clan Dougherty el mes que viene? Mamá, papá y mis dos hermanos con sus mujeres, pero sin niños. Mi hermana quiere cuidarse durante el embarazo. Ya la invitaremos más adelante.

—¿Tan pronto? —preguntó Norma. Seguro que dentro de un mes aún no sería una cocinera perfecta.

—Cuando Grace acordó con mi madre nuestro matrimonio, dijo que aprenderías rápido.

Norma sintió de nuevo esa vieja añoranza. Grace siempre había creído en ella. Sin poder evitarlo, su mirada saltó al Stanislavski de la estantería de encima de la mesa de la cocina. Con empeño, se había aprendido el texto de Dorothy en *El mago de Oz*. «Pero ¿cómo vuelvo a Kansas? ¡No sé cuál es el camino de vuelta!», pronunció solo en su cabeza las palabras de la protagonista.

—A papá le encantaría un asado yanqui en su punto —dijo Jim, y sonrió con ironía al pronunciar las palabras siguientes—, aunque le cueste mostrar entusiasmo.

Norma solo oía a Jim de fondo, estaba absorta en el valiente camino que emprendió Dorothy. Por suerte, pronto aparecieron a su lado el León, el Hombre de Hojalata y el Espantapájaros para acompañarla hasta el Mago de Oz, que conocía el camino de regreso a Kansas. Si ella era Dorothy, ¿quién era Jim en la historia?

—Cariño, ¿me estás escuchando? —interrumpió Jim sus pensamientos. ¿«Cariño»? Nunca la había llamado así. Sonaba bien—. ¿Qué me dices del asado yanqui?

Norma abandonó su ensoñación.

—¿Un asado yanqui para ocho personas?

¿Dónde iba a meter a ocho personas?

—Lo conseguirás, estoy seguro de que no decepcionarás a mi familia. Ahora ven.

Dicho esto, Jim la condujo desde la mesa hasta la cama plegable.

—¿A plena luz del día? —preguntó Norma mientras buscaba mentalmente una olla en la cocina donde cupiera una pieza de carne para ocho personas.

Jim le quitó el monedero, que llevaba como un amuleto bajo el jersey, por encima de la cabeza y lo tiró junto a la cama.

Norma cerró los ojos y lo dejó hacer. En la unión conyugal, que él llamaba «sexo» con desenfado, se comportaba igual que con los besos: era muy muy cariñoso.

La gran cena familiar se había aplazado varias veces. Una vez, enfermó el padre de Jim; otra, no podía ir uno de los hermanos. Al final habían llegado a principios de septiembre. Aparte de la salsa Worcestershire, Norma había comprado todos los ingredientes para el asado yanqui el día anterior en el mercado. Abigail le había explicado cómo se preparaba la receta y aprovechó la ocasión para presentarle a sus encantadores hijos.

La víspera de la comida, Norma durmió con rulos en el pelo y soñó con servir a los padres y hermanos de Jim un asado con un olor delicioso. Quería reír con ellos con el mismo afecto que a menudo oía en casa de los Lancaster, con sus cortinas de color rosa. Todos los jueves se reunían allí varias vecinas que llenaban la calle con sus carcajadas divertidas.

Tal vez esa noche conseguiría ganarse un lugar en el corazón de la familia de Jim. No quería renunciar durante un año entero, hasta el regreso de Grace, al amor, la protección, la sinceridad, la naturalidad y el mantenerse unidos también en los momentos difíciles. Tenía que implicarse y comprometerse con su familia política. Además, se lo debía a Jim, que contaba con ella.

Las horas previas a la llegada de los Dougherty pasaron volando. Hacia las cuatro de la tarde, cuando por fin Norma metió el asado en el horno, ya estaba tan alterada que confundió los cuchillos y los tenedores al poner la mesa. Y ¿de verdad era sal y no azúcar lo que había usado para sazonar la carne? Después de lavar, cortar y preparar el brócoli para bañarlo en agua hirviendo con sal, se le acercó Jim.

—Ahora ponte algo bonito, ¿de acuerdo? —Él lucía con orgullo el traje de chaqueta que llevó en la boda. Acto seguido, sacó de detrás de la espalda un fardo de tela y se lo dio a Norma.

Ella lo abrió, vacilante.

—Es un vestido muy bonito —dijo para no desilusionar a Jim. Era de color menta hasta la rodilla y de cintura alta. Con las hombreras formaba una silueta parecida a la de un reloj de arena—. Muchas gracias. Es muy amable por tu parte.

Le parecía un tanto aparatoso, pero le daría un aspecto más adulto. En realidad, necesitaba una blusa como la de Betty. Así podría llevarla en el día a día en vez de los jerséis ceñidos de manga corta.

—Tenía ganas de hacerle un regalo por fin a mi mujer. Y solo es el principio —dijo Jim con el pecho henchido de orgullo—. A partir de la semana que viene pasaré al turno de noche en Lockheed, así ganaré más por fin.

«Así dormirás cuando yo esté despierta, y estarás despierto cuando yo duerma», pensó Norma, pero se guardó el comentario. ¿Qué decía el manual del ama de casa perfecta? «Como señor de la casa, el marido siempre hará efectiva su voluntad de forma justa». No tenía derecho a cuestionar sus decisiones.

En el baño, Norma se quitó el delantal de cocina de flores y los rulos. Le quedaba para arreglarse justo el mismo tiempo que necesitaba el brócoli para cocerse. Se fue poniendo nerviosa poco a poco, la familia de Jim llegaría en cualquier momento. Se desvistió, inquieta, y se puso el vestido nuevo. Le entró sin problema. Desde que estaba casada comía sin apetito. Norma sacó su pequeña maleta del armario. Entre la ropa interior guardaba el pintalabios rojo que le había regalado Grace antes de una visita al Teatro Chino de Grauman y el collar de perlas de la boda. Esa noche quería estar dedicada por completo a las personas que podrían convertirse en su segunda familia. Sin embargo, con el pintalabios no podría evitar pensar en Grace.

Mientras volvía a mirarse en el espejo y acariciaba con las manos la tela suave del vestido, oyó un ruido extraño.

—¡Algo se está quemando! —gritó Jim.

«¡Oh, no!». Norma irrumpió en la cocina. El brócoli estaba demasiado hecho y el agua, que se había derramado, se esparcía espumosa por los fogones. En ese momento sonó el timbre. Norma se estremeció ante el sonido apremiante e impaciente. Se dirigió a la puerta con las piernas temblorosas. Quería lucir una sonrisa cálida, callar sumisa y servir bebidas, igual que hacía para el momento en el que su marido llegaba a casa de Lockheed, pero cuando entraron sus suegros sonó a la vez la alarma del horno. Norma se volvió hacia él al tiempo que veía cómo su suegra pasaba el dedo por encima del zapatero junto a la puerta e inspeccionaba la capa de polvo que se le había quedado en la yema del dedo como si tuviera un microscopio.

Norma notó que le caían gotas de sudor por la espalda. Jim enseñó la casita a la familia, algo muy rápido, y luego los llevó a la mesa improvisada. Habían colocado dos mesas de cocina en medio del salón donde normalmente estaba la cama plegable. La segunda mesa la habían encontrado en el cobertizo que había detrás de la casa. Estaba desvencijada y cojeaba. Un gran mantel tapaba el óxido.

En cuanto la familia se sentó, el padre de Jim preguntó:

—¿Dónde están las bebidas?

Norma aún estaba ocupada con la salsa del asado, y en realidad también hacía tiempo que debería haber sacado el brócoli del agua tibia. En lugar de ocuparse de la verdura, llevó unas cuantas botellas de cola y cerveza a la mesa y saludó a la familia, nerviosa:

—Bien... bienvenidos... a nuestra casa. —Notó que le ardía la cara; en cualquier momento aparecerían las manchas rojas en las mejillas.

El padre de Jim se abrió la botella con un fuerte siseo. La madre de Jim fue a lavarse el dedo polvoriento en el fregadero; luego saludó a Norma. Ethel Dougherty llevaba una permanente densa cuya forma se conservaba gracias a un fijador para el pelo que desprendía un fuerte olor.

Marion era el bromista de la familia y el segundo hermano por orden de edad. Había ido con su mujer. Pese a su apariencia, elogió el vestido de color menta de Norma con efusividad. Era muy distinto al tímido Thomas, el hermano mayor de Jim, que apenas se atrevió a mirarla a los ojos al decir «Hola». A pesar del calor, llevaba una camisa demasiado grande y de manga larga. Lo habían invitado junto con su mujer Mary.

—No hemos escatimado en gastos ni esfuerzos —anunció Jim mientras Norma llevaba a la mesa con paso vacilante el pesado asado yanqui.

Como señor de la casa, era tarea de Jim cortar el asado, y lo hizo bajo la atenta mirada de los invitados.

—Mmm, huele muy bien. —Marion sonrió a Norma—. ¡Enhorabuena, lo has hecho muy bien para ser una esposa tan joven!

Norma le dedicó una sonrisa de agradecimiento y esperó en su fuero interno que la mesa desvencijada soportara el peso del asado.

—La carne está dura como el cuero —opinó enseguida el padre de Jim, que apartó el plato medio lleno. Su gorra de béisbol con la visera desgastada brillaba pringosa.

Aquellas duras palabras fueron para Norma como un puñetazo en la cara. Edward Dougherty le recordaba a su padrastro por su eterno mal humor. Seguramente era imposible ganarse un sitio en su corazón. Mejor sería concentrarse en el resto de la familia.

—Teniendo en cuenta que es el primer asado de Norma, me parece muy logrado. —Ethel acalló así los comentarios de su marido sobre el brócoli demasiado cocido.

Norma no entendía por qué el asado ya no estaba de color rosa oscuro por dentro. Lo había dejado asar exactamente el tiempo que le había recomendado Abigail.

—¿A lo mejor le pasa algo al horno? —Miró hacia la cocina, abochornada.

—¡El horno tiene como mínimo la misma edad que tú! —intervino la mujer de Marion—. No me extraña que el asado no quede al punto. —Sacudió la cabeza como si fuera un caso perdido.

—¡Niños, niños! —les advirtió Ethel—. No vamos a discutir en un día tan bonito. Norma y Jim se han esforzado mucho. Deberíamos estar agradecidos.

—Pues a mí me parece que el asado está bueno de verdad —dijo Jim, aunque saltaba a la vista que le costaba cortar el pedazo de carne con el cuchillo romo. Se volvió hacia sus hermanos en busca de aprobación.

Tom asintió sin decir nada mientras Marion aseguraba con alegría:

—Norma, solo tú consigues que un asado yanqui esté tan rico en un horno tan antiguo.

Norma se volvió y contuvo la respiración cuando Marion se apoyó con ímpetu en la mesa desvencijada tras pronunciar esas palabras.

—Lo siento —dijo Norma, y se secó las lágrimas al parpadear. Mentalmente contaba las semanas que faltaban para que Grace y Bebe volvieran a California.

Durante un rato se quedaron callados.

—¿Es cierto que te gusta el cine, Norma? —preguntó Marion—. A los Goddard los volvía locos.

—¡Ah, sí! —coincidió Ethel—. Y Grace tenía grandes planes para ti, Norma. Quería colocarte como fuera en la Metro--Goldwyn-Mayer.

—Las películas ya no me interesan —contestó ella con voz ronca—. Y tampoco quiero entrar ya en la Metro-Goldwyn- -Mayer. Ahora me dedico solo a Jim y a nuestro hogar —se apresuró a decir. Cuanto más lo decía, mejor se sentía. Por la mañana había desterrado el Stanislavski de la estantería de la pared de la cocina al armario ropero.

—¿Sabías que Jimmy destacaba en el instituto por sus dotes de interpretación? —dijo Marion con sarcasmo.

—Vamos, hace mucho tiempo de eso —le restó importancia Jim—. Ahora tengo otros sueños o, mejor dicho, otros objetivos en la vida.

—Está bien tener sueños —comentó Tom en voz baja, y Norma agudizó el oído. Por primera vez observó con más atención a su cuñado mayor. Era delgado, pálido y tenía el pelo rizado grasiento.

—Lo que necesita nuestro país no son soñadores, sino hombres que vivan en la realidad y se aferren a ella —lo contradijo Jim.

Tom no respondió enseguida; se limitó a desviar la mirada vacía hacia la ventana.

—Los soñadores son valientes —afirmó Tom al cabo de un rato, sin apartar la mirada del cristal—, porque se arriesgan a fracasar.

Norma estuvo a punto de asentir, pero en el último momento se contuvo. Ya solo quería soñar con cosas que encajaran en su nueva vida y no dolieran.

—O se cierran nuevos caminos por no ver más allá de su sueño —repuso Ethel.

—Esta conversación es demasiado filosófica para mí. Nos vamos —gruñó el padre de Jim, y se levantó despacio.

—¿Ya, Edward? —Su mujer respiró hondo—. ¿Quieres dejar plantada a toda esta buena gente? ¿Cómo puedes hacerles eso a los niños?

Norma estaba impresionada y sorprendida a partes iguales por la seguridad con la que Ethel hablaba a su marido e incluso lo reprendía. Jim parecía sorprendido por otro motivo. Delante de Norma se había jactado de que la cena familiar sería una ocasión alegre, aunque esa noche no había rastro de alegría. Norma sabía que era culpa suya.

Edward se caló la gorra de béisbol aún más.

—La carne me ha sentado como una piedra en el estómago. Necesito ir al baño como es debido y luego tumbarme. Si no, volveré a ponerme enfermo.

Norma tuvo que reprimirse de nuevo para no romper a llorar cuando su suegra se despidió. Ethel la abrazó con fuerza contra su pecho abultado. Edward miró a Norma por debajo de la gorra de béisbol durante el abrazo, como si aún fuera un lamentable acto de beneficencia del que no cabía esperar nada.

Cuando se fueron, Jim y Marion se retiraron a la terraza en la parte trasera de la casa con un cigarrillo mientras Tom conversaba con la mujer de este. Ya nadie prestaba atención a Norma, que se había quedado tiesa como un palo junto a la puerta. La velada se había ido al traste. Había dado lo mejor de sí, pero no había sido suficiente. Se enfadó consigo misma, furiosa y desesperada. Aquella mañana aún había tenido la esperanza de ganarse a su segunda familia. Ahora se sentía de nuevo insignificante y sin la destreza suficiente para asumir su nueva función.

De pronto le pareció que se quedaba sin aire en la casa. ¡Necesitaba irse de allí! Salió a hurtadillas como una ladrona. Fuera ya había oscurecido y en algún lugar cantaba un mochuelo y aullaba un perro.

Dio unos cuantos pasos indecisos y respiró hondo varias veces para calmar su pulso acelerado. Pasó la mano por el buzón y notó que el corazón le palpitaba con fuerza. Luego buscó a tientas el monedero del cuello, pero ya no lo llevaba. Seguramente lo había olvidado en el baño al cambiarse, cuando el brócoli se había cocido demasiado. ¡Al día siguiente llamaría a Bebe para pedirle que la sacara de allí!

Miró alrededor. A esas horas en la mayoría de las casas la luz estaba apagada. Posó la mirada en una vela titilante que había en una ventana al final de la calle. La llama ardía con la misma fuerza con la que latía el corazón de Norma.

Pese a que estaba mal visto que una mujer caminara sola en la oscuridad, subió por la acera. Las piernas la llevaban hacia el sudeste, donde estaba Van Nuys. En Victory Street, los pobres dormían en sacos y uno le lanzó una botella de cerveza. Cuando cruzó el río Los Ángeles oyó unos pasos pesados tras ella. No se atrevió a darse la vuelta, así que aceleró, giró por el siguiente callejón y dio un rodeo. Llegó a Odessa Avenue jadeando y empapada en sudor. Apenas le quedaban fuerzas para subir la escalera hasta la casa del árbol. Al ascender se le rajó el dobladillo del vestido nuevo. No solo era una mala ama de casa, encima era tremendamente torpe. Dobló las rodillas contra el pecho y apoyó la cabeza en ellas.

Aunque Jim fingiera delante de sus padres que el asado estaba bueno, seguro que después de esa noche querría una esposa más capaz. Cuando encima viera el vestido rasgado, se pondría hecho una furia. Había tenido que trabajar mucho para ganar el dinero que le había costado. A Norma le rodaron lágrimas por las mejillas y le cayeron de la barbilla al vestido. De pronto, volvió a oír los pasos pesados que la habían seguido antes en el río Los Ángeles. Contuvo la respiración para no emitir ni el más leve sonido. Los pasos se acercaron. Pronto crujieron los peldaños de la escalera de la casa del árbol.

Norma estaba atrapada como un animal en una jaula, y empezó a temblarle todo el cuerpo. Su respiración era rápida y superficial.

—¡Por favor, no me haga nada! Por favor, no me haga nada…

La casa del árbol se tambaleó cuando el hombre, que apenas pasaba por la angosta entrada, se acercó a ella.

—¿Jim?

Norma observó con incredulidad cómo su marido le ponía su chaqueta sobre los hombros, se sentaba a su lado y la estrechaba entre sus fuertes brazos. Olía a grasa, pese a la loción de afeitado.

—Todo irá bien. —Su voz sonaba suave, como si percibiera lo frágil que era y lo perdida que se sentía.

—Lo he echado a perder del todo —murmuró ella, con la boca contra su chaqueta.

Jim le acarició los hombros para calmarla.

—Pues para mí ha sido una velada agradable. Has estado magnífica.

Norma lo miró irritada. Leyó en la expresión de su rostro que esta vez hablaba en serio y no solo por consolarla. El haz de luna que se colaba por las rendijas de los tablones se reflejaba en sus iris de color azul claro.

Jim sonrió con ternura.

—De verdad, estoy muy contento de haberme casado contigo.

Norma cada vez respiraba mejor. Por primera vez sonaba como si le gustara de verdad, como si su matrimonio no fuera solo una solución de emergencia, como si no solo hubieran recurrido a él porque nadie más quería ocuparse de ella. Incluso había dicho que había estado «magnífica». ¿Y si su nuevo sueño fuera un matrimonio feliz y pleno? Norma lo besó e incluso se atrevió a mordisquearle con cariño el labio inferior. A Jim pareció gustarle. Con un gemido le puso las manos en la cintura y bajó a las caderas. Al ver que ella asentía, la atrajo hacia sí con cuidado para amarla.

5

Habían pasado dos meses desde que Norma casi había gastado los diez dólares. Al día siguiente, la vecina Betty la había abordado un poco molesta en el paseo nocturno. Mildred Miller, que vivía con su marido jubilado a la derecha de Norma y Jim, parecía evitarla desde entonces.

Por la noche, en la casa del árbol, Norma había tenido que asegurar a Jim, tras un encuentro de sexo apasionado, que no volvería a escaparse. Los días siguientes se había enfrascado de nuevo en la lectura de la guía práctica para ser la esposa perfecta. Desde entonces iba cada dos días a comprar para que la nevera nunca estuviese vacía. Fue una sensación nueva y bonita para ella presenciar cómo se convertían poco a poco en una pareja de verdad, en lugar de ser una solución de emergencia.

Norma aceleró el paso con las bolsas de la compra llenas. En la caja de la tienda de comestibles había mucha cola y ella quería volver antes de que Jim regresase del turno de noche. Estaba todavía más agotado que tras el turno de día.

En cuanto Norma dobló hacia su calle, sonó un tras. Ambas bolsas se rompieron y la compra cayó a la acera. Carne, conservas, lechuga y un bidón de leche. Se agachó y empezó a recogerlo todo. La lechuga rodó por la carretera. ¿Cómo iba a llevar las cosas a casa? Las bolsas de papel estaban rotas en el suelo.

—Cógela —dijo una voz por encima de ella.

Norma alzó la vista. Una mujer de apariencia mexicana con el pelo brillante y negro hasta la cadera le tendió una colorida cesta. Ya la había visto de lejos.

—Pero ¿dónde pondrá su compra? —preguntó Norma sin coger la cesta que le ofrecía.

—Pues iré más tarde a comprar —respondió—. Dentro de dos horas seguirá habiendo huesos para los perros. —Cogió la lechuga de la carretera y la metió en la colorida cesta—. Soy Inez y vivo aquí.

Señaló la casa que hacía esquina tras de sí. Por su colorida pintura amarilla, terracota y azul claro destacaba claramente entre las casas circundantes, que eran todas grises. Inez vivía en la casa donde por las noches siempre ardía una vela en el alféizar.

—Soy Norma, la esposa de Jim Dougherty. —Señaló el pequeño bungaló cinco casas más allá. Inez ya estaba recogiendo las latas del suelo. Solo entonces le llamó la atención a Norma el pantalón de peto de la vecina, embadurnado por los colores más variados. Solo había visto esos pantalones a los obreros—. Muchas gracias por su ayuda, y llámame Norma —propuso con tono familiar y amigable.

—Y yo soy simplemente Inez. —Sus oscuros ojos eran muy cálidos y contradecían su aspecto rudo.

—¿Tienes perro, Inez? —preguntó Norma, porque la vecina había mencionado la compra de huesos para perros.

—Ven, Norma —respondió Inez—. Te los enseño.

Norma puso el bidón de leche y la colorida cesta a un lado de la acera, luego siguió a Inez hasta su jardín trasero.

Su perro estaba sin fuerza a la sombra de un arbusto y no parecía muy lozano. Norma se dio cuenta enseguida de que se trataba de un *collie*. El largo pelo del animal era tricolor y además jaspeado de azul alrededor del cuello. Esto le daba un aspecto especial. Los *collies* son considerados animales inteligentes y mansos.

—La perra tiene cólicos en el intestino —aclaró Inez—. Ayer la perrera nos la entregó porque está sobrecargada. Allí tienen varios perros con cólicos.

Norma tendió la mano a la perra. El animal se levantó con indolencia de la sombra del arbusto y trotó hasta Norma. Cada paso parecía costarle. Norma la acarició con cuidado. El largo pelo de la perra era suave, pero estaba terriblemente flaca.

—Parece que le gustas —dijo Inez—. ¿También tienes perro? Puede que lo note.

Norma sacudió la cabeza y se afanó en rascar suavemente al animal detrás de las orejas. Procuró no mirarlo a los ojos, porque a los perros no les gusta. Con voz tranquilizadora, dijo:

—Eres una monada. Espero que pronto te recuperes.

Acto seguido, dos mestizos salieron corriendo de la casa. Rodearon a Norma tres perros que, tras husmearla un poco, tan solo querían que los acariciara.

—¿De verdad son todos tuyos, Inez?

—En realidad son perros abandonados que mi marido, Pedro, y yo cuidamos hasta que les encontramos un nuevo dueño —aclaró Inez—. Pero siempre cuesta.

A Norma le pareció muy bien que alguien en esa calle se encargase de los perros abandonados. Demostraba que Inez tenía compasión por los enfermos y los más débiles. Era distinta a las demás vecinas. Norma sabía qué significaba ser diferente y no encajar. Hasta entonces no había visto a Inez con Betty o Abigail.

La escuálida perra fue con indecisión hacia la terraza acristalada e Inez animó a Norma para que la siguiese. En la terraza estaban extendidas varias mantas. El animal se instaló en el rincón del fondo.

Inez le dio a Norma un trocito de carne roja.

—Nos alegramos cuando come algo. Inténtalo.

Norma se lo tendió a la perra, que lo olió, pero no dio muestras de querer comerlo hasta que Norma se inclinó hacia ella y volvió a rascarla suavemente debajo de la mandíbula. Su mirada se dirigió un momento hacia el salón de la colorida casa, en el que estaba colgado un cuadro enorme. Mostraba un árido paisaje de arena roja, probablemente algún lugar de México. El avión que sobrevolaba aquel paisaje le recordó a Norma que Jim debía de llegar a casa de Lockheed en cualquier momento. A causa de la perra se había olvidado del tiempo.

Norma se despidió y prometió a Inez que le devolvería la cesta lo antes posible.

—Ha sido un placer conocerte —dijo poniéndose en camino.

—Sí, para mí también —replicó Inez—. Eres distinta a las demás vecinas.

Norma pensaba lo mismo de ella. Inez parecía segura de sí misma, se vestía de forma distinta a las mujeres de la vecindad y era una amante de los perros, como ella. Cuando vivía en casa de los Bolender, su mejor amigo había sido un perro extraviado, al que había mimado.

De vuelta en casa lo preparó todo para la llegada de Jim.

Después de que Jim bebiera su whisky, no se dejó caer en la cama, como de costumbre, sino que rodeó a Norma con los brazos:

—¡Haz la maleta, nos vamos de viaje!

Norma sabía poco de las finanzas familiares, pero no estaba segura de que pudiesen permitirse un viaje. Las vacaciones eran algo para otros círculos que vivían lejos de Sherman Oaks.

—¿No sería mejor que ahorrásemos el dinero para comprar un rosal trepador inglés y ponerlo en el jardín delantero? —preguntó, aunque le habría gustado pasar más tiempo con Jim—. ¿O un cuadro bonito para el salón? —Debió de pensar en la impresionante pintura en el salón de Inez y en su amabilidad. Una cromotipia le habría bastado.

Decidido, Jim sacudió la cabeza.

—¡Es más importante que por fin recorramos mundo!

Norma asintió ilusionada, pues desde que él se había cambiado al turno de noche pasaban aún menos tiempo juntos. Quería conocerlo mejor, intercambiar ideas con él, saber de su vida antes de casarse. Ya se imaginó que estaban sentados a una hoguera y la abrazaba toda la noche.

—¿Qué guardo? —preguntó nerviosa.

—¡Coge algo que pueda ensuciarse y calzado cómodo! —dijo Jim sacando la caña del armario—. Mete también una lata de maíz. —Con conservas siempre estaban bien provistos.

Media hora más tarde estaban sentados en el Ford y dejaron rápidamente la cesta en casa de Inez. Después llenaron el depósito y fueron a toda velocidad hacia el norte. El pelo de Norma revoloteaba con el cálido viento en contra mientras ella miraba una y otra vez a su marido. Qué idea tan buena irse juntos de improviso. No se lo habría esperado de él. Lo contempló de lado más tiempo: su agradable cara con la frente alta de los Dougherty, los ojos profundos y la boca grande. Podía actuar con cariño y efusión, según su humor.

Tras una hora de trayecto aparecieron ante ellos las colinas y montañas del Bosque Nacional de Ángeles, que antaño recorrían los buscadores de oro. En la Little Tujunga Canyon Road, que se metía cada vez más en las montañas, Jim volvió a pisar el acelerador. Primero pasaron curvas suaves, luego cerradas. La carretera se volvía cada vez más estrecha. Hacía un año que Norma no veía verde a su alrededor, uno de los colores más bonitos.

Jim señaló el alto Limerock Peak, que casi estaba al alcance de la mano, y condujo el coche con solo una mano por una curva en herradura. La vista de la cumbre era impresionante. Pocas veces había visto algo más bonito en el cine.

En algún momento, Jim salió de la carretera principal y luego fueron a toda velocidad por sendas impracticables. Dejaron tras de sí los pelados árboles destruidos por los incendios y pronto los rodeó un bosque de coníferas más sano.

Cuando hacía tiempo que Norma estaba desorientada, Jim paró. La ayudó a salir del Ford y la llevó a orillas de un estrecho río: todo un caballero, como el día de su boda. Norma sumergió las yemas de los dedos en el agua y se echó unas gotas en los antebrazos como si fuese perfume. Fue un maravilloso reanimador.

—¿Te atreves? —preguntó él señalando sus zapatos.

Un poco cohibida, miró a su alrededor por si realmente no había nadie cerca. Después se quitó los zapatos y se subió la falda hasta las rodillas. Tuvo que concentrarse a cada paso que daba en el pedregoso lecho del río para no resbalar.

—¡Ahí hay una trucha! —exclamó cerrando los ojos un momento para concentrarse en el entorno.

Oyó el murmullo del río y el gorjeo de un sinsonte. Parecía que la madre naturaleza la abrazase. ¿También había osos allí arriba?

Jim la guio por el bosque. Le enseñó flores silvestres, colibrís y una cascada. Sus conocimientos sobre flora y fauna eran impresionantes: tampoco había esperado aquello de un muchacho como él. Probablemente aún no sabía muchas cosas impresionantes sobre Jim. Norma notó que su vida al lado de él se volvía más viva y variada cuando se abría y le daba una verdadera oportunidad al asunto, cuando a veces también podía ser ella misma. En las montañas se sentía libre, como si hubiese dejado en la casa de Sherman Oaks todas sus obligaciones y esperanzas. El aire era tan puro que Norma estaba a punto de marearse.

Cuando volvieron al Ford, Jim sacó la caña del maletero.

—Sería ridículo si hubiese olvidado cómo se procura uno su propia cena.

Norma miró fascinada cómo Jim lanzaba el sedal. El final brillaba como si unos pendientes colgasen de él. En esa pose atlética, Jim le recordó un poco al legendario jugador de fútbol americano George Gipp, que Ronald Reagan encarnaba en la película *Knute Rockne*; una mole que incluso al morir quería seguir ganando.

Cuando Jim se dio cuenta de cómo la cautivaban sus actividades, se colocó detrás de ella y le puso las manos en el mango de la caña y las suyas encima. Estaban calientes. Norma se sentía segura y protegida.

—En realidad, pescar con cucharilla es muy fácil —aclaró lanzando el sedal al lado de ellos. Cayó delante de la raíz de un árbol río abajo—. Procura recoger el hilo con una velocidad constante. —Juntó la mano de Norma, en la manivela, con la suya—. La cucharilla que se desliza por el agua simula ante el pez depredador que hay otro pez o un insecto brillante que apresar.

—¿Cómo sé cuál es la velocidad correcta? —preguntó de nuevo Norma susurrando para no ahuyentar a los peces. Todo estaba en calma, al contrario que en la ciudad. Allí siempre había algo que zumbaba, pitaba o chirriaba.

—Si el cebo centellea o parpadea al recogerlo, sabrás que lo estás haciendo bien —susurró Jim. Repitieron juntos el lanzamiento un par de veces. Como no pescaron nada, Jim cambió la estrategia—. Deberíamos probar con maíz.

Norma lamentó que para ello él le soltase las manos. Fue al maletero del Ford y rebuscó la lata de maíz. Mientras tanto, Norma lanzó la caña solo para probar. Se concentró en recoger el hilo con regularidad. La cucharilla brilló en el agua como un pez que se vuelve boca arriba al nadar en la superficie.

Poco después, el hilo tiró con tanta fuerza que la caña casi se le escapó de la mano. En el último momento la agarró como si fuese lo único que tenía.

—¡Jim, creo que he pescado un pez! —exclamó nerviosa.

Con mirada incrédula Jim fue del coche a la orilla.

—Sigue recogiendo el hilo y luego levanta la caña con la presa por encima de la orilla.

Norma tuvo que emplear toda su fuerza para sacar la presa del agua.

Jim se quedó boquiabierto.

—Es… Madre mía.

Ver el pez a sus pies lo dejó perplejo, cosa que sucedía pocas veces. Lo admiraba por su locuacidad y el trato despreocupado con otras personas. Nunca se ruborizaba ni tartamudeaba y pocas veces utilizaba una muletilla. Pero a Norma casi le gustó más que Jim también pudiera sorprenderse delante de ella.

—Sí… ¿Qué es? —preguntó Norma con impaciencia.

Jim miró sucesivamente a Norma y al pez.

—Es una trucha. Y la más grande que he visto.

—¿Lo dices de verdad? —Apenas se creía que hubiese pescado un pez. Solo quería practicar un poco.

—¡Pues claro! ¡Puedes estar muy orgullosa de esta presa, cariño!

Lo estaba un poco. Salió del agua sonriendo y observó con atención cómo Jim soltaba su presa del anzuelo y la metía en un buitrón que estaba en el agua poco profunda.

—Si hubiese sabido que pescas tan bien, te habría traído más a menudo y no te habría mandado a la tienda de comestibles —dijo soltando una sarcástica carcajada.

Norma también se echó a reír. Le gustaría ir allí más a menudo. Con la vieja falda color lino y la camiseta remendada se sentía más a gusto que con el vestido verde menta rodeada por demasiadas personas. Allí arriba podía ser como era, sencillamente Norma, bastante imperfecta, y sin tener que seguir las reglas de una guía práctica. Allí arriba hacía lo que le dictaban la intuición y el corazón. Sonreír, por ejemplo, o ser despreocupada.

—Estás preciosa cuando te ríes —dijo Jim de repente—. Quiero decir, cuando no lo fuerzas, sino que te sale del corazón.

Sus palabras le pusieron la piel de gallina a Norma. Era la primera vez que alguien le decía que le gustaba su sonrisa. Notó que se ruborizaba como una muchacha que acaba de enamorarse por primera vez. A Bebe incluso le habían ardido las orejas cuando se enamoró del vecino. Norma sentía un hormigueo en el estómago, como si explotasen centenares de burbujitas. Con la camisa a cuadros y el pantalón agujereado Jim tenía un aspecto irresistible. Su alegría resultaba increíblemente atractiva. Era más que un mero muchacho. Su musculoso cuerpo era el de un hombre adulto, pero en sus ojos Norma había creído reconocer el entusiasmo de un niño.

Él le levantó la barbilla con el índice.

—Por favor, no dejes de sonreír así.

Y luego le dio el beso más tierno de su vida. Sus labios eran tan suaves y su lengua exploraba con tanto cuidado la boca de Norma que ella deseó que ese momento nunca terminara. Se le escapó un apasionado suspiro, pero en lugar de avergonzarse le rodeó el cuello con los brazos y se estrechó contra él. Era tan afable... no la obligaba a nada, la escuchaba, no la hacía de menos, si algo no iba bien incluso la llevaba a la montaña para tomarse un respiro. Quizá fuera el adecuado para ella. El corazón de Norma latía feliz y ella se propuso agradecer a Grace su buen olfato en la próxima carta.

Debieron de estar una eternidad besándose hasta que Jim se separó de ella. También él parecía como ebrio de la intensidad de su cariño y se salpicó agua fría en la cara. Después sacó un cuchillo del bolsillo y le enseñó cómo escamar un pescado y llenarlo con hierbas silvestres. Aquella noche él se encargó de la cena. Asó el pescado en una rama sobre el fuego. Norma comió con un apetito que solo había hecho patente con la famosa tostada de queso de Grace.

La noche refrescaba en las montañas, pero la hoguera y Jim calentaron a Norma. Ardía y hacía que unas suaves sombras bailasen en sus caras. A la luz de la luna, Norma miraba de lado una y otra vez a su marido. Apenas creía la suerte que tenía. Ya no veía a Jim como el ser distante y alto que la había salvado del orfanato y al que tenía que estar eternamente agradecida. Veía a Jim o Jimmie, tal como lo llamaban sus amigos, el hombre vivaracho, que parecía muy relajado aquella noche, como nunca. Se sentía protegida a su lado, y luego estaba el hormigueo en el estómago, que de ninguna manera terminaba.

Besó a Jim con cariño y después cada vez con más pasión, hasta que él se levantó y la llevó al coche, su alojamiento para la noche. En el Ford se hicieron mimos, pero primero hablaron de la pesca y la vida. Poco antes de medianoche, Jim tocó la guitarra y ella cantó con su voz suave y aguda, que él apenas oía.

Norma supo que, al igual que ella, Jim tenía miedos y esperanzas, y no siempre era tan fuerte como fingía. Nadie podía ser fuerte cada minuto de su vida.

Aquella noche, Norma se preocupó solo un momento por su familia en Virginia Occidental. La otra mitad del tiempo Jim y Norma se quisieron como si el acto fuese un pacto para vivir enamorados en el futuro.

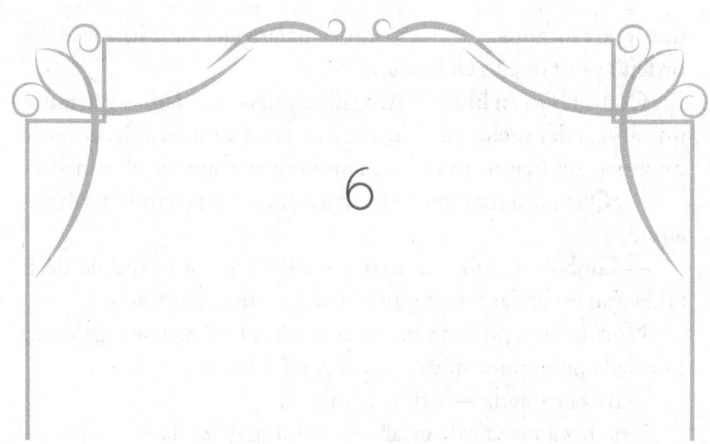

6

El sol abrasaba extraordinariamente para un día de otoño, aún hacía un calor veraniego. A Norma le sudaba la frente. En cuclillas arrancaba un cardo tras otro en el jardín delantero. Las plantas herbáceas ya le habían arañado las manos. ¿Crecería allí el césped de un verde tan intenso como el de los vecinos? Betty ya le había enseñado cómo sembrar el césped y para esa breve lección había llevado un par de dónuts con una gruesa capa de chocolate. Pero antes de que Norma sembrara no debía verse ningún tallo de maleza. Echó de menos las frías montañas.

Abigail apareció con sus hijos y le ofreció a Norma unos guantes de jardinería.

—Te protegen la piel, que debe seguir suave cuando toques a Jim. Devuélvemelos cuando hayas terminado de escardar —dijo la vecina mientras hacía señas a Mildred, en la ventana de la casa contigua.

Norma aceptó agradecida los guantes y se los puso enseguida. Con ellos avanzaba mejor.

Abigail se quedó allí un rato. El pequeño Mike, al que cargaba su madre, pataleaba contento con las piernas. Donna, su hermana de cuatros años, miraba con admiración los cardos blandos y arrancados. Los sacó de la palangana de Norma y los ordenó por tamaño en la acera.

Con su hijo en brazos, Abigail se puso en cuclillas y arrancó una arveja del suelo. Su pelo cobrizo estaba impecable, como si ninguna condición atmosférica pudiera estropearle el peinado.

—¿Qué tal si tomamos algo frío en mi casa cuando termines aquí?

—También tengo sed, mami —dijo Donna tirándole de la falda a su madre antes de que Norma pudiese contestar.

Norma fue a por un vaso de agua para Donna y le regaló una flor de la milenrama que crecía al pie del buzón.

—Iré encantada —le dijo a Abigail.

Una hora más tarde estaba en el bungaló de la familia Summer con un ginger ale frío en la mano. Abigail le enseñó las habitaciones, en las que el orgullo del señor de la casa no se podía pasar por alto. Una guirnalda con la bandera estadounidense adornaba la habitación de los niños y en el salón colgaban, junto a la foto del presidente Roosevelt, varias fotografías que mostraban a Bernie Summer en uniforme. Norma ayudó a Abigail a que los niños durmieran la siesta. Donna se llevó la flor de milenrama a la cama.

Después de que los niños estuviesen dormidos, Abigail llevó a Norma hasta la terraza acristalada en la parte trasera de la casa.

—Quería preguntarte si tendrías ganas de cuidar a los niños de vez en cuando. Mi hermana se ha puesto muy enferma, de modo que debo atenderla semanalmente. Vive en Calabasas. Pensaba que, como tú y Jim todavía no tenéis hijos y solo debes encargarte de una casa pequeña, quizá tengas un poco de tiempo.

Norma sonrió. ¿Abigail confiaba tanto en ella que incluso le dejaría lo que más quería, sus hijos? Era un cumplido alentador. Le gustaba ayudar. Entretanto, tenía controlado su hogar y los bistecs ya no se le quemaban. Además, le parecía importante el apoyo entre vecinos, y no solo porque la ayudasen con frecuencia. Sin embargo, pensar en que Jim y ella eran la única pareja de la calle sin prole la hizo dudar. Le encantaban los niños. Los pequeños tenían una fantasía inigualable al jugar. El gran profesor de actuación Stanislavski estaba convencido de que los niños dominaban la ilusión de la vida real, que era muy importante en escena, mejor que la mayoría de los adultos. Un actor solo podía llegar lejos si alcanzaba esa autenticidad infantil. Norma se sorprendió demasiado tarde con esa fantasía, que revelaba que aún no se había olvidado de su libro favorito sobre el método Stanislavski.

—Me encantaría ayudarte. Donna y Mike son unos niños adorables.

Norma miró el jardín, en el que los rosales extendían sus flores hacia el cielo azul. Al verlos, se podía olvidar con facilidad de que vivían en el pobre barrio de Sherman Oaks. Admiraba a su vecina, que lo controlaba todo sola durante la ausencia de su marido.

—Abi, ¿no es terriblemente solitario estar todo el tiempo sin tu marido?

Norma sintió que podía hacer esa pregunta a su vecina. Pensó en Jim y se preguntó cómo le estaba yendo en el turno de noche. ¿Trabajando pensaba en ella como Norma en él?

Abigail acercó su silla a Norma.

—Algunos días no llego a echar de menos a Bernie. Otros estoy sobre todo orgullosa de él y de lo que hace por su país. —Se volvió un momento hacia la habitación de los niños—. Como piloto de bombarderos está en primera fila. La mayoría de los días prevalece más bien la preocupación. Pocas veces tengo el corazón en un puño.

Por primera vez Norma veía pensativa a la vecina. Pese a todo, incluso en ese momento Abigail no perdió la serenidad y siguió irradiando una impresionante seguridad en sí misma.

—¿Y Jim y tú? ¿Sois una pareja feliz? —preguntó la vecina con precaución.

Norma pensó en la rapidez con la que echaría de menos a Jim. Entretanto se alegraba todos los días del momento en que Jim volvía del trabajo a casa.

—Es cariñoso y tiene mucha paciencia conmigo.

Abigail sonrió.

—Sois una bonita pareja y todavía muy joven. Si yo volviese a tener dieciséis años…

—Sí, ¿qué harías? —preguntó Norma con curiosidad.

Abigail solo susurró:

—No abandonaría el instituto, sino que me graduaría. Ese era mi sueño.

—¿También lo abandonaste? —se le escapó a Norma.

—Estaba embarazada de Bernie, y eso que hasta entonces solo habíamos quedado a escondidas —confesó Abigail en secreto, aunque estaban solas—. Nadie más lo sabe en esta calle.

En Van Nuys, Norma había conocido a dos mujeres que se habían quedado embarazadas sin estar casadas. Esos embarazos se llamaban a menudo «recompensa del pecado» y se consideraban un castigo por comportamientos impúdicos. Sin embargo, habían nacido dos bebés maravillosos. Norma admiraba en secreto a las mujeres por haber controlado solas la difícil situación. Si se hubiera enamorado de Jim meses antes de su boda, le habría costado no besarlo, renunciar del todo a tener relaciones con él. El sexo podía ser vertiginoso si no había respeto mutuo y se confiaba sin límites.

—¿Acaso tú también lo abandonaste? —volvió a preguntar Abigail.

Norma asintió con las mejillas coloradas porque estaba pensando en la noche anterior. Jim y ella habían infringido la ley, porque había utilizado la boca para, bueno…, dar una alegría a Jim… ¿Los habían oído los Miller?

Norma volvió a concentrarse en Abigail.

—Tuve que abandonar la escuela porque mi madre siguió a mi padrastro al final de Estados Unidos por un trabajo y yo no podía ir, ya que debía asegurarme el porvenir.

Sentaba bien conversar con alguien cuyo pasado también tenía tachas. Conmovió a Norma que Abigail le hubiese confiado un secreto. ¿No podía revelarle también el suyo?

—Mucho antes de casarme viví con unos padres tutelares y también en el orfanato.

Abigail la abrazó y dijo en voz baja, con compasión:

—Lo siento mucho. Entonces ya hemos pasado lo nuestro.

—Desde hace un tiempo tengo la sensación de que las cosas van mejorando. Y estar enamorada de Jim me sienta inmensamente bien. —Norma solo susurró las últimas palabras, todavía sonaban muy irreales.

Abigail se desprendió del abrazo y cogió su ginger ale.

—¿Qué te parece si hacemos una barbacoa para el próximo permiso de vacaciones de Bernie? Así nuestros hombres también podrían conocerse mejor. —Brindó con Norma.

—Con mucho gusto. —Norma volvió a brindar más contenta. Por fin se sentía bienvenida en Sherman Oaks.

Los sábados por la mañana el Alexander's, la tienda de comestibles más popular del barrio, siempre estaba abarrotada. Norma se esforzaba por atravesar los pasillos con la cesta de la compra. Por todas partes reponían los estantes y las amas de casa estaban sumidas en conversaciones con sus hijos, a los que llevaban gimoteando de la mano.

Norma se alegró de hacerse con las últimas dos latas de guisantes, que a Jim tanto le gustaba comer con el bistec. Se imaginaba su gesto contento y cómo masticaba cada bocado con fruición. Hacía poco Jim la había puesto sobre su regazo después de comer el bistec y había empezado a besarle el cuello.

Cuando Norma llegó ante los artículos de higiene, oyó una voz conocida del otro lado del estante.

—¡Imagínate, esa Inez Gonzáles metió al cartero en su casa y él tardó treinta minutos en salir!

Era la voz áspera de Mildred Miller. Por lo menos el marido de Mildred había sonreído a Norma dos días antes y ya no había apartado la mirada.

—Eso no lo hace una mujer honrada —dijo otra voz.

Norma estaba desconcertada. ¿Debía ser lujurioso que Inez dejase entrar al cartero en casa? Quizá hubiera una explicación sencilla. ¿Qué contaba Mildred Miller de ella? Norma siempre salía expectante al encuentro del cartero, sobre todo porque desde hacía dos semanas no había llegado ninguna carta de Virginia Occidental. ¿La consideraban entonces una chica fácil?

Absorta en sus pensamientos, Norma siguió bordeando el estante del papel higiénico. ¿De verdad estaba bien su familia en la otra punta de Estados Unidos? Llevaba unos días examinando el periódico en busca de la previsión meteorológica nacional en el estante del Alexander's, como hizo ese día justo después de entrar. Normalmente rehuía las tiendas llenas, porque luego se ponía muy nerviosa en la caja. Las amas de casa en la cola parecían registrar cada uno de sus movimientos.

Ese día estuvo tan distraída al pagar que la maleducada mujer que tenía detrás la empujó. Mildred Miller parecía furiosa. La próxima vez hablaría con las vecinas y las convencería de que Inez tenía un gran corazón y era una mujer muy amable.

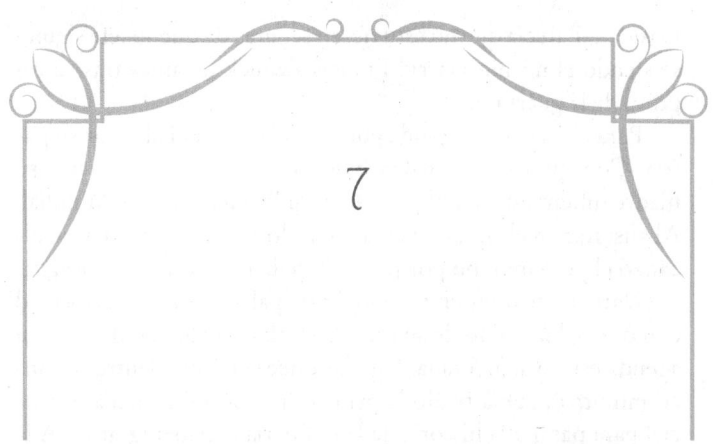

7

La pantalla necesitaba a unas mujeres más naturales y una feminidad genuina, Darryl estaba convencido de ello: mujeres que no se escondieran y también hablasen. Hacía ya semanas que apenas pensaba más que en mujeres, sobre todo en morenas. Darryl transitaba las instalaciones de Pico Boulevar en Centure City, el barrio comercial de Los Ángeles. Volvió a pisar el acelerador para que el motor de su Cadillac rugiese antes de doblar hacia su plaza de garaje. Ojalá la disputa de la mañana no fuese un mal presagio para aquel día: su primera jornada tras volver de la guerra. Hasta la mañana del día anterior no había regresado a casa desde el otro lado del globo terráqueo. Como coronel, había coordinado el rodaje de las películas de entrenamiento en Londres y después lo habían mandado al Congo y a Marruecos. Lo llamaban el Coronel de Hollywood, aunque nunca había solicitado privilegios e incluso había participado en las operaciones militares.

Antes de quitar la llave del contacto, encendió un puro y le dio enseguida un par de caladas. Su mirada se deslizó por las instalaciones, en las que había empleados a rebosar. Darryl salió con agilidad del coche y lanzó al muchacho del garaje las llaves. Algunas de las personas redujeron el paso y lo miraron con curiosidad. Parecía que no estuviesen seguras de que su jefe siguiese siendo el mismo Darryl Francis Zanuck de antes tras su regreso de la guerra.

Para él ya era la segunda guerra en la que luchaba por su patria. Con quince años había huido de su padre ludópata y su madre tuberculosa combatiendo en la Primera Guerra Mundial. Al alistarse en el ejército había mentido sobre su edad y solo alcanzó el peso mínimo porque antes había bebido litros de agua.

Darryl entró en el edificio principal a la misma velocidad con que había salido de su casa de la playa en Santa Mónica. Su agenda estaba abarrotada. Para las once (es decir, dentro de cinco minutos), había fijado la primera reunión, que tenía potencial para pasar a la historia de la industria cinematográfica. A la una tenía cita para comer con Joseph Kennedy y después estaban previstas varias reuniones sobre tramas hasta aproximadamente las tres. Tras una hora de descanso, en la que lo masajeaban, empezaba la segunda mitad de su jornada. ¿Era mejor que durmiera esa noche en el despacho? Pensó en la disputa con su mujer esa mañana y esperó que los niños no se hubieran enterado. Nunca se perdonaría que Darrylin, Susan y Richard llorasen por su culpa.

Las oficinas de Darryl se encontraban en la primera planta del edificio principal. En la antesala, donde estaban sus secretarias, ya lo estaban esperando. De camino al escritorio, sus productores y autores formaban calle para recibirlo. El presidente del consejo de administración extendió los brazos hacia Darryl junto al escritorio. Quien no conociese al calvo de Joseph Schenck probablemente lo tomase por el tipo más feo de toda California. Sin embargo, en cuanto trabajabas conversación con él, resultaba ser un hombre encantador, con el que querías pasar horas y horas. Con catorce años llegó de Rusia sin dinero a Estados Unidos. Esto unía a Joseph y Darryl de forma especial; también él había ascendido desde abajo. Su primera obra ficticia, al principio de su carrera como autor, había aparecido entre anuncios publicitarios para entramados de tejado, pesas y alimentos. Había pasado de pequeño autor sin anticipo a productor de cine y había ascendido hasta la cima. Hacía ya siete años que era el jefe de estudio de la Twentieth Century-Fox-Film Corporation, a quien incumbían todas las decisiones operativas. De igual modo, en otros grandes estudios el presidente de la empresa se mantenía a menudo en un segundo plano y el jefe de estudio estaba en el candelero. El presidente de su empresa seguía de safari en Sudáfrica.

Molly, que transcribía sus memorandos, tendió un ramo de flores a Darryl haciendo una reverencia mientras Joseph Schenck lo saludaba con estas palabras:

—¡Bienvenido a casa, Darryl! Me alegra que el dibujante de postales Schicklgruber no te haya hecho daño.

Después esbozó un abrazo, por supuesto sin tocar a Darryl. «Dibujante de postales Schicklgruber» era el apodo estadounidense para Adolf Hitler, cuyo apellido era Schicklgruber y quien había dibujado postales sin éxito antes de volverse antisemita. La prensa estadounidense no se cansaba de burlarse del bigote de Schicklgruber.

Darryl se rio, de modo que el humo del puro le salió a trompicones de la boca.

—Me alegra volver a veros —dijo depositando las flores sobre el escritorio.

Joseph Schenck se dejó caer en el sillón de Darryl. Los demás tomaron asiento en las sillas que estaban delante de las paredes de la estrecha y alargada habitación.

—Os he convocado porque me gustaría hablar con vosotros de mi nueva versión de la Twentieth Century-Fox —empezó Darryl. En su ausencia había tenido suficiente tiempo para pensar en las costumbres visuales del público estadounidense y había tenido una auténtica iluminación para producir más películas exitosas. Ahí entraban también en juego las mujeres.

Darryl iba y venía delante de sus colaboradores.

—Desde que existe la industria cinematográfica de Hollywood, en nuestro negocio se le concede gran importancia a la imitación. Si tiene buena acogida una de diez historias, todos la imitan, el mercado se inunda de imitaciones. Lo último que hubo fueron películas de entretenimiento y musicales, que debían distraer de la guerra.

Todos asintieron unánimemente. No era un secreto que incluso los grandes estudios de cine vivían de imitar.

—Estoy convencido de que la guerra cambiará el gusto del público. Y seremos el primer estudio que lo aprovechará y volverá a ganar más dinero.

Desde el estallido de la guerra, Hollywood había perdido todo el mercado europeo del cine. En realidad, en ningún otro sitio más que en Hollywood se ganaba dinero tan fácilmente con guerras, tragedias humanas y conflictos. La guerra generaba material cinematográfico en masa. Con el ataque a Pearl Harbour los estudios de cine no se habían enlutado, sino que registraron rápidamente diversos títulos para posibles películas.

Jack, el productor que se había declarado con vehemencia en contra de la compra de los derechos para la adaptación cinematográfica de *Lo que el viento se llevó*, objetó abiertamente:

—Pero las proyecciones de muestras, que se realizaron por última vez al aire libre en San Bernardino, dan otra idea. La gente quiere seguir distrayéndose de los males del mundo.

Darryl asintió agradecido por la objeción, porque apreciaba que lo contradijesen. Las críticas y las discusiones sacan un asunto adelante, aunque a veces la gente se acalorara. Los diamantes se producen bajo presión.

—Ese es otro punto que pensaba cambiar —respondió—. Me gustaría que ya no haya proyecciones de muestras para nuestras películas. ¡Un par de cinéfilos de los suburbios no son un buen criterio para el gusto de todo el país!

Incluso Joseph Schenck levantó la vista tras el enorme escritorio.

—¿Estás seguro, Darryl?

Mientras la Metro-Goldwyn-Mayer rodaba nuevos intentos de películas histórico-románticas copiando *Lo que el viento se llevó*, Darryl se había lanzado a las biografías. Pero él también había copiado y lo intentaba además con adaptaciones cinematográficas.

—Que sí, Joseph, estoy segurísimo. ¡No más proyecciones de muestras! —exclamó Darryl entusiasmado, lo que dominaba incluso con el puro en la boca—. ¡Quiero producir películas nuevas, que todavía nadie ha hecho, películas con importancia! —gritó a sus colaboradores antes de que su mirada volviese a dirigirse a su viejo compañero Schenck—. Me apostaría el culo a que el público se preocupa por preguntas sobre el futuro de la sociedad, por soluciones para la guerra, por la búsqueda de la paz y personas fuertes que puedan lograrla. Tanto en lo pequeño como en lo grande. —Fascinados, sus oyentes aguzaron el oído.

Darryl pensó en su esposa, Virginia, y en que ella había cambiado en su ausencia. Se había vuelto más segura de sí misma, lo que en realidad a él le parecía muy emocionante, también en el plano íntimo. ¡Pero no le agradaba nada que precisamente esa mañana tuviese que buscar bronca! El motivo habían sido unas diminutas y desconocidas bragas de satén que ella había encontrado en su maleta.

—Hablo de películas que no solo deban entretener, sino también dar que pensar —explicó Darryl.

Joseph Schenck ya asentía cuando los productores seguían atónitos. Molly tomaba nota en el bloc de memorandos con una actitud encantadora y más concentrada.

—La guerra nos da la oportunidad de quitar por fin del trono a la Metro-Goldwyn-Mayer —prosiguió Darryl, y ahí asomaba su pequeña competición privada con Sidney Franklin, de la Metro-Goldwyn-Mayer, cuya nueva película, *La señora Miniver*, se perfilaba como favorita para el siguiente Oscar.

Hasta antes de la guerra, la Metro-Goldwyn-Mayer había dominado todas las concesiones de los Oscar y era desde hacía años la productora cinematográfica más exitosa, que siempre descubría nuevas estrellas. Desde que Darryl había descubierto a la estrella infantil Shirley Temple, que, sin embargo, se había vuelto una señorita, la Fox ya apenas tenía contratados grandes nombres y debía alquilar las estrellas de otros estudios. No podía poner a su atracción, Betty Grable, en todas las películas. Además, era rubia, lo que no se correspondía con su gusto personal.

Darryl aún no había acabado con su discurso. Se había guardado hasta el final el verdadero riesgo en el camino hacia el trono de Hollywood.

—Hay una idea que podría ser el tornillo más importante de mi visión.

Un silencio expectante se apoderó de la habitación. Todos los ojos se dirigían a Darryl.

—En el futuro me gustaría poner el foco en mujeres nuevas y modernas. Mujeres que digan lo que piensan y tengan sus propios sueños —aclaró—. Al mismo tiempo deben ser más naturales y misteriosas que hasta ahora, ¡pura feminidad genuina!

La pequeña Molly bajó el lápiz y lo escuchó atentamente como una discípula. Joseph Schenck sonrió satisfecho, sin duda porque conocía la debilidad de Darryl por el sexo femenino. Hacía tiempo que habían acordado no favorecer en los repartos a las actrices con las que tenían aventuras.

—Me imagino —siguió hablando Darryl— que ese nuevo tipo de mujer podría entusiasmar al público.

—¿Y qué es una mujer moderna? —volvió a preguntar Jack.

—Podríamos filmar a nuestras actrices en un tipo de documental y mostrar la pasión con la que venden empréstitos de guerra estadounidenses en todo el país. Un beso por cada préstamo suscrito de mil dólares. Ya sería algo —propuso Mike, uno de sus mejores guionistas—. Se dice que Hedy Lamarr ya ha ganado un millón de dólares así.

Darryl dio una calada al puro.

—Pensaba más bien en mujeres que son resueltas y se encargan solas de las cosas. —Como Virginia.

—¿A lo mejor mujeres que dirigen empresas? —Joseph Schenck se rio en voz alta, aunque Darryl no había hecho un chiste ni por asomo.

—Esas mujeres interesan al público del cine tan poco como los hombres que… —dijo el joven que habían contratado en ausencia de Darryl y cuyo nombre aún no sabía. Con «hombres que…» se refería a la homosexualidad, la palabra más rehuida en

Hollywood, tanto que incluso prohibía abrazarse amistosamente a los buenos amigos, como Joe y Darryl.

—Sin embargo, tienes mi bendición —lo interrumpió Joseph Schenck—. Me gustaría vernos en lo más alto con la Twentieth Century-Fox. Quizá no el año que viene, pero dentro de dos o tres quisiera ver más Oscar aquí de los que se lleve la Metro-Goldwyn-Mayer.

—Te lo agradezco, Joe —se apresuró en decir Darryl—. A más tardar en la decimoséptima entrega de los Oscar los superaremos con creces, ¡prometido!

Ya lo había conseguido. No sería tan fácil convencer a su esposa para reconciliarse. El incidente de las bragas de satén no era el primero de este tipo en sus dieciocho años de matrimonio. Precisamente por eso Darryl no comprendía por qué ella había hecho tantos aspavientos esa mañana. Hacía tiempo que no la veía tan furiosa. Sin embargo, cada vez quería más a Virginia. Pero esta vez podría hablar en serio de mudarse con los niños a casa de sus padres. Tenía que ocurrírsele algo para ella. Por desgracia, esta vez no bastaba con un ramo de flores caro.

8

¡Norma, para mí es una gran alegría que te tengamos por fin en nuestra tertulia de los jueves! —exclamó Betty radiante desde la cocina.

Norma estaba sentada en el centro de un sofá rosa, rodeada de seis vecinas que miraban a la señora de la casa. Ella estaba sacando su última creación del horno. Olía tentadoramente a dulce y mantequilla de cacahuete. Norma aún no se había atrevido con la repostería porque el viejo horno cada vez funcionaba peor. Desde que iban regularmente a las montañas y Jim le había regalado para Navidad su propia caña, ya no se podía pensar en un horno nuevo. Pero la caña le resultaba más importante que tener blusas para el día a día y faldas que ya no le estaban demasiado ceñidas. Asociaba su pasatiempo común con los momentos más íntimos de su matrimonio y la sensación de libertad e informalidad que solo sentía en la naturaleza.

Norma y sus vecinas acompañaron el aplauso de Abigail para la repostera, que llevaba un delantal con volantes. La rolliza Betty llegó al salón con la bandeja de magdalenas a la altura del pecho tan orgullosa como si llevase ante sí las joyas de la corona. Estaba tan complacida con sus pasteles como Norma con la trucha que había pescado y asado sobre el fuego rellena de romero. Jim y ella ni siquiera habían usado cubiertos para comer y llevaban camisas de hombre de segunda mano.

—Hoy os presento unas magdalenas con crema de plátano y cacahuete, y trozos de albaricoque. Dulce y un poco ácido a la vez —anunció Betty poniendo en cada plato una magdalena enorme, en la que sobresalía una perla de azúcar rosa, su marca entre las reposteras de Sherman Oaks. Participaba en los concursos comunales, pero aún no había ganado ninguna medalla.

Mildred Miller sirvió café a todas. Siguió evitando hablar con Norma. Mildred era la mayor y la única que ya tenía el pelo completamente cano y sin teñir. Llevaba en el cuello un collar, al que ya se le descascarillaba la capa color nácar de las perlas de plástico.

Norma le agradeció el café a la impenetrable vecina con una agradable sonrisa y se preguntó, con la mirada puesta en Abigail y Betty, si también habrían acogido con tanta amabilidad a Bebe en Huntington. Su hermanastra aún no había mencionado a amigas nuevas en sus cartas.

Norma se sintió muy aliviada cuando dos días atrás volvió a llegar correo de Virginia Occidental. Bebe no había podido dar señales de vida durante un tiempo a causa de una picadura de serpiente ya curada; pese a los medicamentos, había tenido fiebre y en unos días apenas estuvo en condiciones de hablar. Pero por suerte estaba superado. Desde noviembre volvían a llegar cartas suyas semanalmente. Solo Grace parecía estar muy ocupada en los meses de invierno y escribía con menos frecuencia. En la siguiente carta, Norma quería preguntar con cautela por los planes de regreso de los Goddard. Entretanto, ya llevaban viviendo nueve meses en la otra punta de Estados Unidos.

Abigail sacó a Norma de sus pensamientos poniéndole el plato con una olorosa magdalena debajo de la nariz. El cobrizo pelo le caía con suaves rizos sobre los hombros.

—Buen aprovecho, Norma. Tienes que contarnos sin falta vuestro último viaje a las montañas —dijo Abigail lanzando una breve mirada escrutadora al pequeño jardín trasero. Allí jugaban los niños, también Donna estaba entre ellos. La hermana de Abigail vigilaba a los más pequeños. Abigail se sentó en el sillón de su marido, delante del cual estaban una junto a la otra las zapatillas del señor de la casa, como adornadas para una naturaleza muerta, por lo que procuró no destrozar el conjunto.

—¿No te dan miedo los osos, Norma? —quiso saber Violet, que hacía cuatro años se había mudado de Oklahoma a Los Ángeles. Como su marido estaba en la armada, se ocupaba sola de sus tres hijos. Vivía en un bungaló con dos dormitorios.

—¡Seguro que Jimmie me protegería de un oso!

Norma habló de su último viaje a las montañas y puso por las nubes la hermosura de la naturaleza salvaje. Después mordió por fin la magdalena mientras empujaba un trozo de albaricoque con la lengua; pensaba en su amor y en que desde su última excursión a las montañas llamaba a Jim por su apodo, Jimmie. El tiempo compartido con él se volvía cada vez más bonito, más íntimo. Por fin le había reconocido que, en efecto, odiaba el trabajo en el turno de noche de Lockheed y que le parecía excitante cuando ella marcaba el compás en la cama. En realidad, estaba mal visto, pero ella se arriesgaría, aunque con ello incurriese en un delito. De todos modos, Norma no entendía por qué una nación que se llamaba el «país de la libertad» toleraba tantas prohibiciones con el sexo. Extramatrimonialmente podía comprenderlo. El miedo al contagio del mal gálico, la sífilis, era enorme, pero dentro de un matrimonio, si se confiaba sin límites, era la pareja la que debería poder poner límites a sus pasiones.

—¿Y cuándo seréis padres? —preguntó Betty señalando el jardín, del que les llegaba la alegre risa infantil.

Norma sintió que toda la atención se centraba en ella, el rubor le subía a las mejillas. Esa pregunta también se la había hecho muchas veces últimamente, pero hasta el momento aún no se había atrevido a pronunciarla en voz alta.

—Los niños hacen que la felicidad sea plena —se entusiasmó Violet—. Ryan quiere ser un gran jugador de béisbol. Entonces nuestra calle por fin se haría famosa.

Antes de que Norma tuviese que contestar, uno de los niños entró corriendo en la casa con la nariz ensangrentada. Betty acogió a su benjamín en brazos y dijo:

—No hay nada más bonito que poder cuidar de alguien.

Tomó otra magdalena de la bandeja, después desapareció en el baño con el muchacho, que lloraba.

—Pero también hacen falta cierta edad y madurez para asumir la responsabilidad de otra persona —observó Mildred con su áspera voz y toqueteó a la vez su collar de perlas. Hacía tiempo que los hijos de los Miller se habían ido de casa.

Norma sonrió con inocencia, pero pensó que, si bien era con mucho la más joven de todas ellas, daría a su hijo todo el amor que ella nunca había recibido de su madre biológica. Jamás abandonaría a su hijo, pasara lo que pasase.

—Pronto quizá —murmuró y mordió la magdalena. No había hablado nada de eso con Jim. Pero era muy bonita la idea de que sus hijos jugasen con los de los vecinos e intercambiara impresiones sobre la crianza con Abigail y Betty. Entonces sería como ellas y pertenecería al círculo más íntimo.

Mientras Norma acababa la magdalena y bebía café, Abigail contó su última visita al cine.

—¡Bogie en su mejor papel! —dijo entusiasmada después de haber esbozado la trama y tarareado la música de la película—. Tenéis que ver sin falta *Casablanca*.

Norma recordó un día de marzo en el que había estado a punto de conseguir un autógrafo del famoso actor. Poco antes del estreno cambiaron el nombre de la película, *Todos vienen al café de Rick*, por *Casablanca*. El extraordinario amor de Ilsa y Rick llevaba semanas de boca en boca, todos querían ver la película. Norma no había vuelto a pisar un cine desde que se había ido Grace. Una vez estuvo a punto, pero entonces había dado media vuelta; no podían permitirse semejante lujo en ese momento. Tenía ganas de volver al cine. ¿Quizá con Jim si algún día no estaba tan cansado después del trabajo? Entonces Norma podría cogerle la mano si el recuerdo del pasado dolía mucho.

Mientras seguían intercambiando impresiones sobre el mundo mafioso de *Casablanca*, Betty empezó a hablar de Inez González.

Norma agudizó los oídos. Por fin se le presentaba la oportunidad para prevenir a las demás mujeres a favor de la amable vecina. Sin embargo, antes de que pudiese decir algo, Betty se quejó del aullido de los perros mexicanos, como los llamaba. Las demás coincidieron, todas habían oído ya esos molestos ruidos. Solo Norma se encogió de hombros, nada parecido le había llamado la atención.

—Hablemos con ella y pidámosle silencio —propuso Abigail—. Seguro que lo entenderá. En realidad, tenemos la regla de que a la hora de la comida y después de las ocho de la tarde nuestra calle debe estar en silencio.

—Que la mexicana no se atenga a las reglas se debe a que son delictivos por naturaleza —echó pestes Mildred Miller.

¡Qué se creía Mildred! Norma se levantó de repente del sofá. ¿Cómo podía la vecina medir a todos los chicanos con el mismo rasero? ¿Delincuencia innata? ¡Nunca había oído hablar de eso! Lamentó que los tratasen como personas de segunda clase. En Van Nuys a las personas con el color de piel de Inez solo se les permitían ir a la piscina pública los viernes, poco antes de que cambiasen el agua. Los negros tenían terminantemente prohibida la entrada en las piscinas. Norma apretó los puños, pero ya nadie le hacía caso.

—Y tienen esas ganas innatas de sacar enseguida el cuchillo al menor problema —añadió Violet tan convencida como si ya hubiese caído varias veces en una riña a cuchilladas.

Norma iba a intervenir para llevarles la contraria, pero esta vez se le adelantó Abigail.

—Hablemos ahora mismo con ella, después ya será tarde. Hace días que mis hijos duermen mal. —Se levantó.

Norma miró extrañada a Abigail. Podía haber varios motivos para que sus hijos durmiesen mal. ¿Por qué su amiga tenía tan claro que eran los perros? Pero Norma, como dieciseisañera sin descendencia, no se atrevía a corregir a una madre experimentada respecto a sus hijos. No quería ofender a Abigail.

Abigail miró a todas las mujeres a los ojos, al más puro estilo Rita Hayworth. Norma no pudo evitarla, aunque hacía tiempo que la asaltaba una sensación desagradable. Se sentía unida a esas mujeres, que la habían acogido con mucha amabilidad en su círculo y la respaldaban con consejos y apoyo en el día a día. En especial Abigail era muy importante para ella. Entretanto, se había convertido en una amiga de confianza. Las conversaciones íntimas con ella eran muy bonitas; la última, hacía tres días en la terraza acristalada con un ginger ale frío en la mano. Norma incluso le había hablado a Abigail de la enfermedad mental de su madre biológica. Solo podía ser un malentendido que Abigail se mostrara de repente tan hostil.

Antes de que Norma pudiese preguntar, salió con las demás a la calle.

—Quizá sería mejor si solo una de nosotras hablase con Inez —propuso—. Seguro que lo comprende si…

Ninguna de las mujeres la escuchó. Las vecinas avanzaron con paso decidido y la mirada fija en la vistosa casa de la esquina. Norma apenas podía seguirles el ritmo. Enfadada, Betty llamó al timbre.

Norma se le acercó y la cogió del brazo. ¿Quizá fuese mejor que ella hablara con Inez? La conversación podría volverse fácilmente incontrolable con lo excitadas que estaban las demás mujeres. Cuando Norma se puso con determinación delante de la colorida puerta, Inez abrió y la saludó con un enfático:

—Hola, Norma. Me alegro de volver a verte.

—Hola, Inez —dijo Norma más o menos con normalidad.

—¿Quieres ver a la perra? —preguntó Inez sin fijarse en las demás mujeres. Volvía a llevar su pantalón de peto manchado de pintura. El pelo negro y liso le llegaba hasta la cadera.

—¡Norma, díselo! —exigió Betty.

—Las mujeres, es decir, nosotras… ¿Sería posible que tus perros estén un poco más tranquilos? —propuso Norma insegura y esperó que sus palabras no llegasen a Inez.

Abigail saltó inoportunamente a un lado.

—Nuestros hijos necesitan más silencio para dormir lo suficiente.

—Una de mis perras tiene cólicos en el intestino y por eso aúlla —aclaró Inez con amabilidad—. Cuando se recupere, seguro que volverá a estar más tranquila.

Norma se acordó de la bonita pero flaca perra, que pese a sus dolores se había acercado a ella.

—¿Y qué pasa con la guitarra? ¡¿Y luego ese canto a gritos?! —clamó Mildred.

¿Cómo podía hablar con tanta maldad? Norma se avergonzó por las formas rudas de la vecina. Inez puso cara extrañada.

—Solo tocamos la vihuela durante el día y ni siquiera durante la hora de la siesta.

—¡No se puede oír el griterío a todas horas! —respondió Mildred con mordacidad.

Norma sacudió la cabeza.

—Pero, Mildred, si Inez promete...

Betty la interrumpió sin apartar la mirada de Inez.

—Será mejor que prestes un poco más de atención a tu jardín delantero. El aspecto de nuestra bonita calle no puede afearse.

La cara de Inez se puso seria.

—Solo buscáis un pretexto para...

—¿Qué te has creído para suponer eso de nosotras? —se enfadó Betty. Los mofletes se le enrojecieron y jadeó—. ¿Vienes del miserable México a nuestro bonito país y eres tan descarada?

Norma levantó la mano conciliadoramente y se puso junto a Inez.

—Deberíamos tener más comprensión mutua, somos una vecindad. Quizá sería mejor si nos tranquilizásemos por ahora y siguiéramos hablando mañana.

—Los aullidos todavía durarán un tiempo. Al fin y al cabo, no puedo curar a los perros por arte de magia —dijo Inez dirigiéndose a Betty y Abigail—. Y ahora disculpadme, el trabajo me llama. —Tras una seria despedida en español cerró la puerta.

—¿Lo habéis oído? —preguntó Mildred poniéndose en jarras—. ¿Qué marido es este, que lleva tan poco dinero a casa que su mujer debe trabajar?

—¿Qué mujer es esta, a la que le resbalan los problemas para dormir de nuestros hijos? —se enfadó Abigail alejándose de la colorida casa a paso acelerado.

Betty trotó con pasos cortos y rápidos tras ella.

—Parece que debemos soltar artillería más pesada —las oyó decir Norma y las siguió despacio.

¿Artillería? ¡En Sherman Oaks no había ninguna guerra! Norma se volvió hacia la vistosa casa. ¿Ella había sido una marginada y ahora estaba excluyendo a otra mujer? Sabía lo horrible que era que te señalaran y te mirasen siempre de reojo como si por ello valieras menos. Además, sabía que eso no estaba bien, porque Grace primero y Jim después se lo habían asegurado. El estómago de Norma se contraía convulsivamente, como si notase que algo en esa vecindad amenazaba con salir muy mal.

Norma daba vueltas de un lado a otro de la cama plegable. Debía de ser ya medianoche. No podía quitarse de la cabeza el incidente con Inez y las vecinas. Además, pensaba en cómo debía comportarse en adelante. Era una situación complicada para ella y terminaría eligiendo un lado. Las vecinas o Inez. A no ser que lograse reconciliar a Inez y a las mujeres. Sin embargo, eso le parecía una tarea mastodóntica para la que era demasiado pequeña. ¿Pugnaría como madre con una vehemencia y desconsideración parecidas por el bienestar de sus hijos? ¿Quizá el amor maternal te llevaba a hacer eso?

También ese día Norma había vuelto a intentar hablar con Jim de tener hijos, pero no había encontrado el momento adecuado. Acarició el hombro de Jim, que dormía a su lado, después se levantó de la cama y fue con su manta al sofá, que el agente inmobiliario por fin les había entregado. No quería despertarlo con su preocupación.

Se acostó y fijó la mirada en el techo del salón. ¿Sería realmente una buena madre? ¿Mejor de lo que fue la suya biológica? Solo había vivido pocos momentos bonitos con Pearl. Uno de ellos había sido un día radiante. Fueron en bus a Venice, la Venecia estadounidense, donde el agua fluía por los canales. En ese momento Pearl aún no había vivido durante meses en el manicomio e iba a casa de los Bolender para celebrar los cumpleaños de Norma. Se acordaba sobre todo del largo paseo marítimo, el murmullo de las olas y las coloridas atracciones de Venice. Lo evocaba con tanto detalle como si hubiese pasado el día anterior. Aquel día su madre estaba de muy buen humor, pero le había agarrado la mano con tanta firmeza que le dolía. Sí, parecía como si todo el cuerpo de Pearl estuviese a cien. Al despedirse la había abrazado con fuerza, de modo que esperó que su madre volviese al fin de semana siguiente. Pero no sucedió. Un mes más tarde apenas pensaba ya en el paseo con Pearl. Su madre adoptiva, Ida Bolender, dijo entonces que no todas las mujeres estaban hechas para el papel de madre y era mejor que las personas enfermas renunciasen a la responsabilidad parental. Una y otra vez le resonaban esas palabras en la cabeza.

Jim se sentó en la cama.

—Oye, cariño, ¿todo bien? —Sonó dormido y se frotó los ojos.

Norma se acurrucó en el sofá.

—¿Crees que sería una buena madre? —preguntó después de hacer acopio de todo su valor.

Jim fue a la nevera y poco después Norma oyó el siseo de la botella de refresco que se abría. Se sentó a su lado en el sofá.

—¿Cómo se te ocurre?

—Mi madre biológica… —empezó titubeante. Aún no lo había hablado con él. Nadie quería tener a una loca en la familia.

—Sé lo de tu madre, que de vez en cuando tiene que ir al manicomio —se le adelantó.

Norma se incorporó en el duro sofá.

—¿Lo sabes?

—Todo el mundo en Odessa Avenue lo sabía —dijo Jim encogiéndose de hombros, después se acabó de un trago la botella de cola y se limpió la boca con el dorso de la mano.

—¿Y aun así te has casado conmigo? —preguntó incrédula. Lo que añadió apenas fue perceptible—: Podría ser que haya heredado la locura. Me aterroriza.

—En primer lugar, no creo que estés loca. Desde que nos conocemos, te comportas como una joven sana y normal. Y, en segundo lugar, me he casado contigo porque tienes los ojos azul verdoso más bonitos de todo Los Ángeles —aseguró Jim, y empezó a sonreír conmovida cuando él añadió—: Y porque mi madre me lo pidió.

Norma dejó caer el tronco en el sofá.

—No me he arrepentido ni un solo día —dijo Jim con tono cariñoso—. Y ahora vuelve a la cama. Una esposa tiene que estar por la noche junto a su marido y no en el sofá del agente inmobiliario. Por supuesto, quiero decir…, encima de su marido.

Norma dejó que la llevase a la cama plegable. Pero antes de que Jim pudiera reclamar que ella cumpliese con sus obligaciones maritales se durmió.

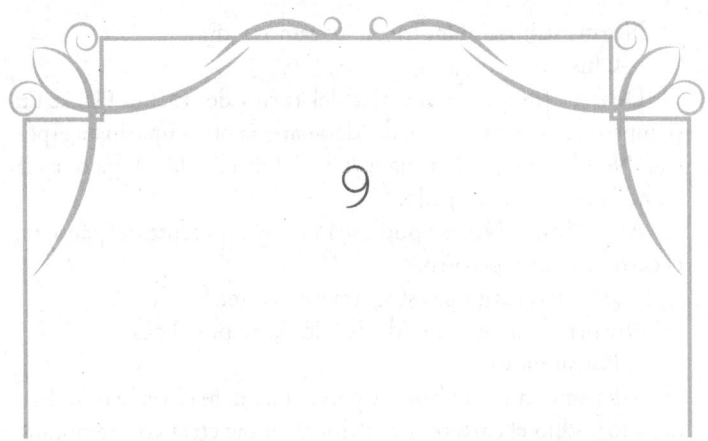

9

31 de mayo de 1943

Señora Dougherty, tengo un paquete para usted! —gritó el cartero. Norma apenas lo oyó de tan absorta que estaba en sus pensamientos.

¡Qué noticias tan horribles un día antes de su decimoséptimo cumpleaños! Emocionada, Norma arrancaba los cardos de la línea de césped en el jardín delantero. ¡Ojalá Grace nunca hubiese conocido a Ervin Goddard! Su madre le había escrito justo dos días antes de su cumpleaños que iban a ascender a Ervin y por ello se quedarían otro año en Virginia Occidental. Grace prometió que, en todo caso, celebrarían juntos el decimoctavo cumpleaños de Norma y también preguntó cómo le iba estudiando el método Stanislavski.

Norma arrancó del árido suelo la raíz de un cardo que tenía las espinas tan largas que incluso pinchaban a través de los guantes. Ya se había imaginado que al regreso de los Goddard ella y Jim darían una fiesta, para la que se habría atrevido a hacer un asado yanqui.

—¡Señora Dougherty! —gritó el cartero más alto.

Entonces Norma se volvió.

—Por favor, coja de una vez su paquete —dijo el hombre tras una pila de entregas.

Norma se puso el índice en los labios y dijo:

—Chis.

Dentro, Jim se recuperaba del turno de noche. Hacía un tiempo que dormía muy mal. Algo parecía preocuparlo en especial. No obstante, si Norma le hablaba de ello, la rehuía o hacía como si estuviese ocupado.

Antes de que Norma pudiese mirar el remitente del paquete, el cartero le entregó otro.

—¿Se haría cargo de esto para una vecina?

Norma estuvo a punto de desplomarse por el peso.

—Por supuesto.

—Es muy amable por su parte. Las demás vecinas se han negado —dijo el cartero y se subió a su bicicleta con remolque para los paquetes.

Desconcertada, Norma miró el destinatario del paquete mientras el cartero ya continuaba su camino. En letras anchas ponía PEDRO & INEZ GONZÁLES. El remitente era la asociación protectora de animales de Los Ángeles. En la última reunión de los jueves se había declarado la vistosa casa de la esquina zona prohibida porque el aullido de los perros había ido a más. Norma no había conseguido persuadir a Betty, que había sido la cabecilla en esa conversación. Estaba sentada entre las sillas y seguía vacilando en cómo —aparte de más intentos para hablar— podría quitar hierro a aquel asunto. En los últimos meses había habido muchas desavenencias con los Gonzáles. El marido de Betty había pasado por delante dos veces con el coche patrulla, aunque los Gonzáles solo tocaban la vihuela a un volumen normal y estaban de fiesta con amigos. Al menos esa había sido la impresión de Norma. Durante la barbacoa, en la que ella y Jim por fin conocieron al marido de Abigail, habían hecho considerablemente más ruido. Si había una tercera queja, el jefe de policía de Sherman Oaks había manifestado que los Gonzáles no se llevarían solo una amonestación.

Cuando la puerta de la casa contigua se abrió y el señor Miller se asomó, Norma se apresuró en entrar. Ojalá el marido de Mildred no la siguiese, pues hacía tiempo que aparecía una y otra vez sin invitación delante de su terraza acristalada. Preferentemente cuando Norma estaba sola y tomaba el sol en su diminuto bikini. Cuanto menos llevaba puesto, más se quedaba el vecino. Por fin le había preguntado en la última ocasión por los supuestos ruidos molestos de los Gonzáles, pero el señor Miller la había remitido a su mujer, que al parecer tenía mejor oído. Entonces Norma se había levantado de la silla y puesto algo.

Aguzó el oído por si los pasos del señor Miller se acercaban. Por suerte todo seguía en silencio. Subió el paquete a la cocina y se quitó los guantes de jardinería. Jim se agitaba inquieto en la cama y murmuró algo que Norma no comprendió.

Abrió el paquete y desplegó con curiosidad la carta adjunta. Bebe escribió:

> *Querida hermana:*
>
> *Siento muchísimo que nuestro reencuentro siga retrasándose. Como papá y Grace quieren quedarse aquí más tiempo, he discutido con ellos. Pienso en ti todos los días. He escrito en tu diario, que aquí te devuelvo.*

Norma contempló su antiguo librito secreto con más detalle. Bebe le había puesto un lazo de cuero y un candado. Una llave pequeña colgaba de una cadenita.

> *Continúa y guarda tus pensamientos más íntimos, tal y como hice tras nuestra mudanza. Si quieres, nos enviaremos el librito hasta que volvamos a vernos. Es más bonito que las cartas, que cualquiera puede leer.*

Norma levantó la vista cavilando. Pensó en su padre adoptivo y recordó el polvo del acceso a Van Nuys. Creía a Ervin capaz de rebuscar en el correo de su hija. ¿Era eso a lo que se refería Bebe?

> *Además, te he adjuntado una falda cosida por mí como regalo de cumpleaños y una fotografía. Nadie, salvo tú y mi vecina, que quiere ser fotógrafa, conoce el lugar secreto.*

Norma cogió la fotografía y se alegró por Bebe de que pudiera permitirse unas copias a color. En la fotografía, su hermanastra llevaba la misma falda amarillo sol que había metido en el paquete para Norma. Bebe estaba delante de un roble que tenía una casa en la copa. Estaba hecha de ramas torcidas y tablas plateadas. Bebe lo había hecho: en la lejana Virginia Occidental, había montado una casa en el árbol de la que los adultos no sabían nada. ¡Era increíble!

Norma cerró los ojos. Mientras pasaba la mano por la fotografía, ya veía a su hermanastra y a sí misma sentadas en la casa del árbol y bebiendo zarzaparrilla. Sabía magníficamente.

Entretanto, Jim se había despertado e iba de la cama directo al sofá.

A continuación, Norma se probó la falda amarillo sol. El regalo de Bebe le quedaba como un guante. Caminó un poco por el salón y se volvió, de modo que la falda voló ligeramente. Después su mirada se dirigió de nuevo al paquete para Inez y decidió ir más tarde a casa de los Gonzáles. No dejaría que le prohibiesen el contacto con la amable familia.

Norma se sentó con su nueva falda y el diario en el sofá junto a Jim, que apenas se movía y aún no podía tener los ojos abiertos mucho tiempo. Sin embargo, Norma estaba completamente despierta y se dispuso a abrir un cofre del tesoro con la pequeña llave. Su mirada se detuvo un momento en los autógrafos de las últimas páginas del diario. La firma de Hedy Lamarr parecía dinámica y enérgica. La i griega en el nombre con el garabato extraordinariamente curvo parecía una flor. Después los pensamientos de Bebe la absorbieron por completo. Bebe escribía sobre su sueño: ir algún día a la universidad y ser periodista de moda. En efecto, su hermanastra tenía un talento especial para el manejo de la lengua y siempre había sido un verdadero ratón de biblioteca. Además, sabía cortar ropa bonita. Norma también se enteró de que su hermanastra se había enamorado en secreto de su profesor de Matemáticas. ¡Era emocionante! Los pensamientos íntimos de Bebe cautivaban más que cualquier novela. Cuando Norma llegó a la parte en la que Bebe describía el beso con su profesor de Matemáticas, Jim pidió comer y se sentó ostensivamente a la mesa de la cocina.

Norma cerró el diario, vacilante, y guardó la pequeña llave en el monedero que llevaba debajo del jersey. Le pareció que su hermanastra resultaba muy valiente. Ella también quería serlo. ¿No era su cumpleaños el momento perfecto para proponerse no perder de vista sus deseos de cara al futuro? En primer lugar, estaba su deseo de tener hijos.

Desbordante de emociones, Norma tuvo que esforzarse para no ir directamente al grano.

—Abigail dice que sus hijos no se ríen con tantas ganas con nadie de la vecindad como conmigo —empezó con forzada indiferencia. Tomó asiento enfrente de Jim, pero sin hacer la comida.

Jim abrió la boca, pero la cerró enseguida. Iba a decirle algo, pero no lo hizo. Seguía oliendo a aceite lubricante viejo.

—Los dos son muy monos —prosiguió Norma—. A Mike le encanta ir a gatas por la casa porque todavía no quiere caminar y a Donna le gustaría tener un papagayo. El otro día lloró y se puso como un tomate cuando tuve que irme.

Jim se arrastró hasta la nevera, sacó un trozo de carne del día anterior y empezó a comérselo. Norma lo miró expectante hasta que al menos volvió a sentarse a la mesa a su lado.

—Los niños te gustan, está bien —dijo masticando. De todos modos, ya abría más los ojos—. Una relación amistosa con los vecinos y ayuda mutua, eso puede salvarte el cuello en tiempos difíciles. Pero ten cuidado de que todo eso no degenere en trabajo. Mi mujer no necesita trabajar.

Norma notaba cómo la rodilla izquierda se le balanceaba nerviosa debajo de la mesa. Jim parecía sospechar adónde iba a parar la introducción sobre los hijos de los vecinos.

—¿Te imaginarías que nosotros también...? —preguntó Norma, le cogió la mano y la besó. Con una mirada inocente alzó la vista hacia él sobre el dorso de la mano.

Primero Jim temió perderse en sus ojos azul verdoso, pero entonces preguntó:

—¿Cuándo has visto a tu verdadera madre por última vez?

La pregunta cogió desprevenida a Norma. ¿Una maniobra para distraerla de su deseo de tener hijos?

—¡Solo tengo una verdadera madre y se llama Grace! —respondió con tono estridente, como no solía hablarle a su marido.

Jim olfateó la camiseta de empresa y torció el gesto antes de responder:

—Sabes a lo que me refiero.

—Una vez me visitó cuando yo vivía en el orfanato por la asignación de la tutela a Grace —dijo Norma suspirando—. Desde entonces han pasado siete años.

Pearl había aparecido sin avisar y no tenía nada que decirle de tan sumida que estaba en su tristeza. Hasta el momento, Norma no sabía si entonces Pearl había podido alejarse del Hospital Estatal de Norwalk.

—Hace mucho tiempo que no os habéis visto —dijo Jim—. Quizá desde entonces le vaya mejor a tu progenitora. Si lo supieras, ya no tendrías tanto miedo de desarrollar una enfermedad mental.

En aquella conversación nocturna en la que ella se había enterado de que Jim estaba al corriente de lo de Pearl, Norma se había atrevido a confiarle ese miedo. Estaba lo bastante segura de que él no se burlaría ni reaccionaría con hostilidad. ¿Y ahora proponía que ella fuese a Norwalk? Nunca había estado en un manicomio. ¿Dónde estaba Norwalk y cómo había que comportarse allí?

—Por Grace sé que de vez en cuando le dan el alta a Pearl e intenta llevar una vida medio normal. Quería incluso volver a casarse. Pero hace un tiempo que volvió a Norwalk. No creo que esté mejor.

—Si no la visitas, nunca lo sabrás. Y no olvides que vivimos en el país de las posibilidades ilimitadas. Aquí incluso los enfermos mentales pueden recuperarse. —La besó en la frente—. Tengo que irme. —Cogió un sándwich de la nevera y, del zapatero, las llaves del coche; después salió del bungaló.

Norma estaba desesperada. Otra vez que no hablaban de tener hijos. Pero sí de Norwalk. Con Bebe o Jim reuniría el valor para hacer una visita al psiquiátrico, pero ¿sola?

Para distraerse de la emoción que le provocaba Pearl, pensó en cómo y cuándo era mejor llevar el paquete a la familia Gonzáles.

Una hora después de que anocheciese, cargó por fin con el paquete y dio un rodeo hasta casa de Inez y Pedro para no tener que pasar delante de las casas de las demás vecinas. El destino de Norma era la entrada lateral al terreno de los Gonzáles, que no se veía bien desde la calle. Llamó con cautela.

Pedro Gonzáles abrió la puerta del jardín. Era la primera vez que lo veía de cerca.

—Buenas noches —la saludó en español con naturalidad—. Eres Norma Dougherty, ¿verdad?

Norma asintió y le entregó el paquete. Pedro Gonzáles era un hombre pequeño y regordete con un ancho bigote y apenas más alto que ella, más bajo que su mujer. Y estaba descalzo.

Dejó el paquete en la terraza acristalada.

—Gracias por haber aceptado la entrega. Seguro que son los nuevos donativos de alimentos.

—Buenas noches, señor Gonzáles, y dé recuerdos a Inez de mi parte —dijo Norma y se giró para irse cuando unos ladridos lastimeros hicieron que se detuviera. La *collie* la miraba desde la terraza acristalada. Si bien estaba oscuro, la luz de la vela iluminaba al animal. La miraba con los ojos entornados y meneaba la cola.

—Siente que te gustan los perros —dijo Pedro.

Norma sonrió, volvió a hacerle una seña con la cabeza y salió del terreno. No quería correr el riesgo de que las vecinas la pillasen allí. Últimamente los Miller daban de vez en cuando paseos nocturnos. Una vez más la agobió que excluyeran a los Gonzáles, aunque eran muy sociables y abiertos. Nunca se habían quejado del ruido que hacían los demás.

Pensativa, Norma volvió a dar el rodeo hasta su bungaló. ¿Cómo demonios podía conseguir que las vecinas se pusieran en el lugar de Inez y Pedro para que por fin comprendieran mejor su situación? Parecía que Betty y Mildred y quizá incluso Abigail nunca hubiesen vivido lo horrible que resulta que te rechacen y marginen. Si pudiesen entenderlo, quizá fuesen más comprensivos con lo del ruido.

A Norma se le ocurrió una idea, enseguida apretó el paso. En realidad, había querido ignorar el libro para el resto de su vida, pero parecía la única solución para reconciliar a la vecindad: el método Stanislavski.

De vuelta en el bungaló, sacó el libro del último rincón del ropero. Leería en voz alta el capítulo que explicaba a los actores en ciernes cómo ponerse en el lugar de otros. También podría contar a las vecinas algo sobre Hollywood y cómo funcionaban los platós de cine. Como introducción podría enseñar sus autógrafos para que la escuchasen. Sí, organizaría una fiesta sobre Hollywood. Bajo el pretexto de la conversación esperaba conseguir que las mujeres dejaran de excluir a Inez y volvieran a hablarse de forma más pacífica.

Esa noche, Norma encendió una vela que puso en la ventana como hacía Inez. Apagó la luz eléctrica. Colocó una silla junto a la vela y abrió reverencialmente el Stanislavski a la luz amarilla. El libro había cogido el olor un poco viciado del ropero, pero eso solo lo hacía más misterioso. Hojeó un par de páginas, pero no llegó lejos, porque el texto la absorbió enseguida. ¡Konstantín Stanislavski era un verdadero poeta!

Norma leyó en voz alta, como si estuviera en un escenario:

—El oficio de actor es un trabajo creativo, que genera y gesta un nuevo ser vivo, un personaje artístico, casi como el nacimiento de una persona. —Con la siguiente frase cerró los ojos porque se la sabía de memoria, tanto se la había leído Grace a ella y a Ervin—. El hombre es el autor. La mujer es la actriz, que queda embarazada con el semen del hombre, de su obra. El hijo que da a luz es el papel.

Un poco agotada, porque había puesto mucha energía en las sublimes palabras, Norma apretó el libro contra el pecho. Sonrió porque sentaba bien volver a zambullirse en el mundo de Stanislavski. Tuvo que hacer un esfuerzo para no seguir leyendo esa parte, sino pasar las páginas hasta el capítulo sobre la identificación con el papel.

Norma entendió rápido que era importante entregarse en cuerpo y alma y separar las emociones propias de las vivencias idénticas que el papel sufría y así comprender sus sentimientos. Algunos acontecimientos que le pasaban a una persona en un guion podían estar lejos de su propia vivencia, pero la mayor parte era idéntica. Todas las personas querían, odiaban, sufrían... Al experimentar esas emociones, el actor también era capaz de acercarse a los papeles más descabellados. Para llevar al extremo la empatía, Stanislavski pedía en el libro a sus alumnos que se pusieran en el lugar de un árbol.

Norma cerró de golpe el libro sobre actuación, volvió a cerrar los ojos y oyó murmurar a las demás castañas a su alrededor; el cielo brillaba. Los dedos de los pies parecían raíces, a través de las cuales absorbía agua del suelo y calmaba su sed. Las castañas eran como joyas sobre ella. Sentía dolor cuando le cortaban una rama y alegría con un aguacero. Fue a la cocina y se salpicó con agua, extendió los brazos y dejó que los rayos de sol la energizaran en su fantasía. Respiró libre y tranquila y resbaló relajada en el sofá. La preocupación por la vecindad se alejaba.

Con el método Stanislavski a su lado se durmió y soñó con la perra sin nombre, que con suerte se recuperaría pronto, y con un bosque en el que los árboles se agarraban con las ramas cuales manos como si fueran una gran familia.

Norma se despertó cuando se produjo un ruido delante de la casa. Saltó hacia la ventana: Jim había chocado con el bordillo. Se puso deprisa la bata y corrió a su encuentro a la altura del buzón.

—¿Estás herido, Jimmie?

Por primera vez Jim ya no parecía cansado ni abatido, sino sano y fuerte como si pudiese arrancar árboles.

—Iba un poco rápido —dijo y soltó una carcajada. Ni siquiera se preocupó por el arañazo en el parachoques de su querido Ford Coupé.

Era bonito volver a verlo más alegre. Por fin las cosas le iban mejor. Norma estaba más feliz si él también lo estaba.

Jim aparcó bien el Ford, después cogió del asiento del copiloto un enorme ramo de flores. Con estas palabras se lo tendió:

—Para mi despampanante esposa. ¡Feliz cumpleaños, cariño!

Su radiante cara desapareció tras un ramo enorme de amapolas californianas. Las flores naranjas brillaban al sol de la mañana como caras de niños. Él también le gustaba más cuando no forzaba la sonrisa, sino que le llegaba hasta los ojos. Entonces le parecía irresistible, entonces quería incurrir con gusto en un delito.

Norma aceptó el ramo y abrazó a Jim. Tuvo que contener las lágrimas de alegría, tan aliviada estaba de que por fin volviese a estar de mejor humor.

Jim quería besarla apasionadamente ya, pero se retuvo en el último momento.

—Vayamos a casa. Todavía tengo algo muy especial para mi esposa cumpleañera.

Dentro, Jim sacó la guitarra del armario, se echó sobre el sofá y tocó un par de compases alegres, que sonaban vagamente a una canción de cumpleaños.

—Tu cumpleaños es el mejor día del año para anunciarte que tu marino por fin será un héroe —dijo.

—¿Te han ascendido en Lockheed? —preguntó Norma y no pudo apartar la mirada de las bonitas amapolas.

Jim había dicho una vez que, cuando fuese vigilante de producción, se mudarían a una casa más grande. Si tuvieran una habitación más, ya nada estorbaría su paternidad, había pensado Norma. Así que por fin serían una familia de verdad. Seguro que Jim sería un padre estupendo y estaría a disposición de su hijo.

—¡También puede verse así! Me han ascendido a héroe estadounidense —respondió con tono exaltado y puso la guitarra a su lado. Con esa efusión se parecía un poco a su hermano Marion. Del bolsillo del pantalón sacó un sobre, que contenía una carta—. A partir del otoño cumpliré mi servicio por la patria. ¡El Servicio Marítimo me quiere! Hoy ha llegado la confirmación de trabajo. —Norma alzó la vista del ramo y palideció de miedo, pero Jim pareció no notarlo—. Odio trabajar en Lockheed, ya lo sabes. Y hace tiempo que muchos de mis amigos son militares.

—¿Militares? —Norma no pudo decir más. De inmediato pensó en la noche del ataque a Pearl Harbour. Estar en cuclillas en una casa oscura en una ciudad oscurecida y no saber si una misma y la familia sobrevivirán había sido el infierno. No quería tener que inquietarse así de nuevo. ¿Y ahora instaban a Jim a entrar en esa guerra?

—Puedo hacer una instrucción básica de cinco semanas —se entusiasmó Jim—. ¡Quiero conseguir algo en la vida, por mi país, por mi familia, por ti!

El aborrecido tartamudeo de Norma reapareció. La víspera, al recitar el método Stanislavski, no se había atascado ni una sola vez.

—¿Si… significa eso que te… te marchas? —Las mejillas se le calentaron y le salieron manchas. Le costaba respirar—. ¿Te marchas de Los Ángeles, como Grace? —murmuró como ida.

El pecho se le estrechó horriblemente y notó cómo el corazón se le crispaba, el pulso le iba a cien. El ramo de amapolas se le cayó de las manos. Hacía un instante quería que pronto fuesen una familia de verdad.

Jim hablaba como en estado de embriaguez.

—El Servicio Marítimo es el responsable de la formación de la marina mercante. Y quiero entrar ahí. En tiempos de guerra protegen las fronteras estadounidenses por agua. ¡Por fin se acabó amargarse en el turno de noche de Lockheed y apestar todo el día a mugre! —Se olió la camisa, en la que estaba bordado su nombre a la altura del pecho, y torció repugnado el gesto—. Y sí, me marcharé de Sherman Oaks.

Norma sacudió la cabeza, una y otra vez, sin parar. La dejaba sola, se iba a miles de kilómetros. Solo podía tratarse de una pesadilla. «Protegen las fronteras estadounidenses por agua»: sonaba a que se iría muy lejos. Huntington ya le parecía inalcanzable. ¿Tan poco valía Norma que se deshacían de ella una y otra vez como un trapo agujereado y raído? Jim había sido quien quiso convencerla de lo contrario. ¿Por qué le hacía eso? Ahí estaba otra vez ese cuchillo que se le removía en las vísceras, como cuando Grace le confesó lo de la mudanza a Virginia Occidental.

—La instrucción es primero en la isla de Santa Catalina, cerca de Los Ángeles —dijo y la abrazó—. Y son solo cinco semanas.

—Me siento lista para ser madre ¿y tú te vas y me dejas sola? No es justo —le soltó sin corresponder a su abrazo. La voz le tembló cuando dijo—: Abigail también se quedó embarazada con dieciséis. ¡Seguro que no soy demasiado joven para tener hijos! —Y además, ¿qué pasaría después de las cinco semanas? La guerra no tenía lugar en suelo californiano, ni siquiera estadounidense.

—Seguro que seremos padres cuando vuelva de la guerra —intentó calmarla Jim y la abrazó—. Unas pocas semanas no cambiarán eso. ¿Está bien?

Empujó a Jim.

—¡Nada está bien! —No se tomó la molestia de limpiarse las lágrimas y respondió con otra pregunta—: ¿Por qué no me habías hablado de tu solicitud? —El cuchillo se removía sin cesar en su interior, tenía ganas de vomitar.

—Basta con que uno de nosotros se devane los sesos durante días sobre lo que pasará —dijo Jim—. Además, ¡el ejército es cosa de hombres!

—¿Cosa de hombres? ¡Nos concierne a ambos! —Buscó a tientas el monedero debajo de su jersey. Su madre biológica la había abandonado, los Bolender la habían echado y los Goddard tampoco la tenían en su nueva vida. ¿Y ahora también su marido? Norma fue a la cocina y le dio la espalda.

Jim la siguió.

—No te abandono. Jamás lo haría —reiteró—. Te quiero.

Llorando, Norma alzó la vista hacia él.

—¿Me quieres? —Grace le había dicho la misma frase y después había desaparecido de su vida. Esas famosas dos palabras eran el cielo y el infierno al mismo tiempo.

—Ser un héroe es mi sueño desde hace tiempo. Te hablé de ello tras la visita del bungaló, ¿te acuerdas? Si también me quieres, déjame vivir ese sueño, ¿vale? —pidió Jim. De todos modos, lo pedía, y no lo exigía así como así.

Norma sorteó a Jim para ver las amapolas en el suelo del salón. Solo las veía desdibujarse tras el velo de lágrimas. ¿Sus sueños y miedos no contaban? Se inclinó hacia delante, tuvo náuseas y notó cómo la acidez le subía por la garganta. Todo se repetía.

SEGUNDA PARTE

Un hombre fuerte no tiene por qué mostrarse dominante frente a una mujer. No ha de medir su fortaleza ante una mujer cuya debilidad es amarlo, sino ante el mundo.

MARILYN MONROE

SEGUNDA PARTE

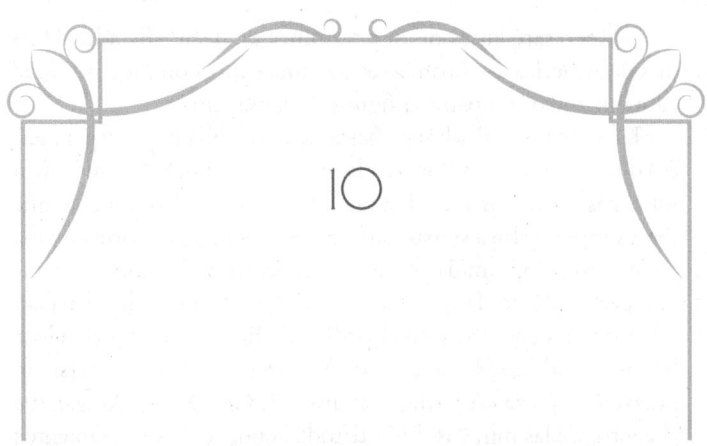

10

1 de octubre de 1943

Era una cálida mañana de otoño cuando Jim y Norma se subieron al tren para dirigirse a Wilmington. Aquel barrio industrial se hallaba en los terrenos portuarios de Los Ángeles y desde allí zarpaba el barco hacia la isla de Santa Catalina. Norma se aferró a Jim como si fuera a separarse de él para siempre. Albergaba la esperanza secreta de que al ferry que estaba atracando en esos instantes se le averiara el motor como mínimo. De esa forma se pospondría su despedida. Cada hora contaba. Le causaba un dolor insoportable volver a verse abandonada. Una vez más iba a tener que arreglárselas sola, y eso que con Jim había creído que por fin tenía un destino en la vida, que podría formar con él una familia y llevar así la vida completamente normal de un estadounidense medio, ¡y dejar de ser una solitaria excéntrica! ¿Qué había hecho ella mal para verse arrojada una y otra vez a su antigua y detestada vida? La soledad y sentirse indigna eran como una marca de fuego que jamás cicatrizaría.

Norma tembló de frío y se ciñó aún más la chaquetilla alrededor de los hombros. Por debajo llevaba el vestido de color verde menta que tanto le gustaba a Jim. Al igual que en su boda, se había hecho unos rizos grandes en el pelo. Deseaba que él la recordara guapa al menos. Los primeros pasajeros subieron al ferry.

—Regresaré antes de que termines de decir «Estados Unidos de América» —bromeó él con una expresión radiante en la cara que todavía mostraba signos de cansancio.

La animada y alcohólica fiesta de despedida de la víspera había durado hasta altas horas de la madrugada. Jim había invitado a numerosos vecinos y a la familia. Quería que todos supieran que iba a servir por fin a su país en la guerra. Mientras, Norma estaba en pie a su lado, sumida en sus pensamientos y sintiendo su corazón perforado por las punzadas del dolor. Los invitados bailaban y bebían en el porche y en el jardín y la fiesta acabó volviéndose bastante ruidosa. Hasta la rígida Mildred se animó a soltarse un poco con la pieza «A String of Pearls», de Glen Miller. Abigail fue el centro de las miradas durante toda la noche. Sus movimientos rítmicos eran tan suaves y deslizantes como los de una serpiente y tan seductores como los de Rita Hayworth.

Si Norma hubiera poseído la confianza en sí misma de su amiga y hubiera tenido además el valor de exhibir sus encantos de tal modo, la velada habría tenido seguramente un mejor transcurso para ella. ¿Tal vez habría podido incluso convencer a Jim de que no la dejara sola? A ella le encantaba bailar y olvidar el mundo a su alrededor al compás del swing y del blues, pero, en lugar de divertirse y de persuadir a Jim para que se diera la vuelta, estuvo tiesa como una tabla por el dolor de la separación y ni siquiera pisó la pista de baile. Se pasó la mayor parte del tiempo ocupándose de las bebidas y esquivando las miradas lascivas del señor Miller.

Aunque no le hacía ninguna gracia la partida de Jim, no se lo dijo. Él soñaba con formarse profesionalmente y ella no quería estorbarlo en sus planes. Si él cumplía ahora sus sueños, tal vez estaría dispuesto algún día a apoyar los de ella. Tener un hijo juntos sería un buen comienzo; ese era ahora mismo el deseo más vehemente de Norma. La risa de la pequeña Donna colmaba su memoria. Y Jim sería con seguridad un padre muy cariñoso.

Norma suspiró al sonar la nota grave de la bocina del barco para llamar a los últimos pasajeros para que subieran a bordo. La vida en común que Jim y ella se habían creado iba a zarpar en pocos minutos por un tiempo indefinido. La guerra civil estadounidense había durado ocho años, ¡ocho interminables años! La Segunda Guerra Mundial acababa de entrar en su quinto año. Sintió un miedo atroz ante lo que se le iba a venir encima durante las próximas semanas en la casa vacía, sin Jim despertando junto a ella en la cama los domingos por la mañana y rodeándola con el brazo con cariño. No habría ya esos desayunos en los que ella le ofrecía unos huevos fritos y él, en señal de agradecimiento, se arrimaba a su regazo y la acariciaba con pícara travesura o la amaba con ternura, dependiendo del hambre que tuviera. No habría ya más amor que le recorriera muy hondo por debajo de la piel, ni ninguno que ella pudiera ofrecer.

—Te telefonearé a menudo —le aseguró Jim—. Ya he hablado al respecto con Robert Lancaster y he pagado las llamadas por adelantado. Siempre que libre y me encuentre cerca de un teléfono, llamaré donde los vecinos y Betty te irá a buscar para que te pongas al aparato.

Norma asintió con angustia, porque oír la voz de Jim sin poder mirarlo a los ojos no era más que un consuelo muy débil. Además, ella no iba a comunicar nada personal por teléfono en una sala de estar ajena. El ambiente en las reuniones de los jueves en casa de Betty había cambiado mucho, se había vuelto más tenso y más destemplado.

Norma apretó con más firmeza aún la mano fuerte y grande de Jim.

—¡Regresa lo más pronto posible a casa, por favor!

Jim asintió.

—Mis hermanos me han prometido que irán con regularidad a ver cómo estás —dijo él mirando ahora algo nervioso en dirección al ferry—. Y tú me vas a prometer que te vas a cuidar mucho y que no vas a pasar por los lugares ni por los barrios peligrosos, ¿vale?

Norma asintió y Jim la besó con pasión. Ella correspondió a su demostración de cariño solo a medias, pues tenía ocupada la mente en constatar que ni siquiera tendría un hijo suyo si moría en la guerra.

Jim agarró el petate y fue uno de los últimos en subirse al ferry. Con cada paso que él se alejaba de Norma, a ella le iban dando cada vez más náuseas, volvía a sentirse como la niña que nadie quería tener. A pesar de todo, no podía apartar la vista de él. Lo siguió con la mirada hasta que desapareció en las tripas del barco y se quedó allí parada hasta que el horizonte se tragó la embarcación. Ni siquiera la amedrentó la lluvia que comenzaba a caer. No se había sentido tan sola desde el traslado de su familia a Virginia Occidental.

En algún momento regresó a la estación de tren. Su chaqueta de punto se le pegaba a los brazos y se ajustaba a sus pechos. Habría preferido no tener que regresar nunca a la casa vacía de Sherman Oaks. Todo allí le recordaba a Jim. Sus zapatillas de andar por casa en la entrada, la camisa de Lockheed con su nombre estampado en ella. El olor a grasa y a loción para después del afeitado flotaban todavía en el bungaló.

La mirada borrosa de Norma se deslizó por el tablón de anuncios de la estación. Lo que más desearía sería viajar ahora a Virginia Occidental y no regresar hasta que Jim estuviera de nuevo en casa. Sin embargo, el dinero para los gastos domésticos no le alcanzaba para realizar un viaje hasta el otro extremo de Estados Unidos. En el panel de anuncios figuraban los próximos destinos con sus horarios de salida. En la parte superior destacaba la ciudad de Norwalk, seguida de Pasadena y Long Beach. Pudo distinguirlo pese al velo de lágrimas que le cubría los ojos. Durante un buen rato se quedó mirando fijamente las letras blancas de la palabra «Norwalk» y percibió cómo se le humedecían las manos y se le secaba la garganta por completo, como si estuviera muriéndose de sed. El tren en dirección al suburbio del sudeste de Los Ángeles partía en dos minutos.

Norma se llevó la mano al monedero que llevaba colgado del cuello y en el que, junto con el billete de diez dólares y la nota con el número de teléfono de la oficina de correos de Huntington, guardaba también la llave de su diario. Hasta hace muy poco no se habría atrevido jamás a ir sola hasta Norwalk, pero hoy pensó que no tenía nada que perder. Y, después de todo,

Pearl era lo único que le quedaba. ¡Qué mundo más loco! ¿La madre que no quería saber nada de ella iba a convertirse ahora en su tabla de salvación? Puede que Pearl hubiera tenido alguna mejoría en todos estos años. Tal vez se arrepentiría incluso de su comportamiento y tendría algunas palabras de consuelo para su afligida hija.

Norma se subió al tren hacia Norwalk con un mal presentimiento. Poco después sonó el silbato del revisor y el tren se puso en marcha. Se recostó en su asiento y cerró los ojos. Vio en su imaginación a Jim bailando con mucha alegría, tocando la guitarra y limpiando con ella una trucha en las montañas. Allá arriba, en el Bosque Nacional de Ángeles, él se había ido colando cada vez más hondo en su corazón. Con cada kilómetro que recorría el tren, la imagen de Pearl fue superponiéndose a la sonrisa alegre de Jim.

Cuando el tren efectuaba su entrada en Norwalk, Norma no podía decir cuánto había durado el viaje. Había perdido por completo la noción del tiempo. En la estación le llamó la atención la cantidad de personas de origen latinoamericano que había en Norwalk. Los lugares y barrios peligrosos sobre los que le había advertido Jim eran sobre todo aquellos barrios en los que predominaba la población no blanca. Para no romper la promesa que le había hecho, decidió tomar un autobús, un medio de transporte que muy pocos podían permitirse. La mayoría tenía que recurrir al tranvía para moverse por la ciudad, ya que era más barato.

Norma tardó un rato en averiguar qué autobús iba al Hospital Estatal de Norwalk. Le resultó muy desagradable tener que preguntárselo a varios conductores.

—¿Donde los locos, dice usted? —le espetó un malhumorado conductor.

Norma no esperó la respuesta y continuó su camino.

Era la primera hora de la tarde cuando se plantó ante aquel hospital especializado en el tratamiento de casos crónicos de enfermedades mentales y de pacientes con adicciones. Era un edificio de dos plantas con un ático abuhardillado que amenazaba con desaparecer casi por completo tras una valla. Solo las mansiones de Bel Air y de Beverly Hills tenían unas vallas más altas que estas.

Norma imaginó cómo Bebe describiría más tarde esta visita en su diario y, por consiguiente, no tuvo que pensar en Jim durante un rato. Este pensamiento esperanzador la acompañó al menos hasta el mostrador de la recepción del hospital. Allí había una mujer sentada, ataviada con un uniforme de enfermera albugíneo que a Norma le recordó a Hattie McDaniel en *Lo que el viento se llevó*. La mujer sonreía con amabilidad, incluso con aire invitador. A pesar de ello, Norma notó cómo le temblaban las manos y continuaba teniendo la garganta terriblemente seca.

—Deseo ver a Gladys Pearl Baker —dijo con la voz rasgada.

Era la primera vez desde hacía muchos años que pronunciaba el nombre entero de su madre. Ella misma o Grace siempre la habían llamado «Pearl» tan solo.

—En nuestro centro hay una Gladys Pearl Eley. ¿Es usted pariente cercana? —preguntó la enfermera y se levantó para alcanzar el armario archivador ubicado detrás del mostrador.

No fue sino al cabo de algunos instantes cuando Norma comprendió que su madre biológica se había vuelto a casar. Concibió esperanzas. ¿Tal vez había tenido realmente una mejoría?

Norma miró a su alrededor con disimulo. En algunas zonas se estaba desconchando el enlucido de las paredes. Miró hacia la puerta de cristal con una rejilla de hierro antepuesta, detrás de la cual se divisaba un largo pasillo. Presumiblemente estaban alojados allí los pacientes.

La enfermera abrió el expediente.

—Aquí tengo apuntados como parientes cercanos y visitantes autorizados únicamente a su marido John Stewart Eley y a su hija. Lo siento mucho, señora.

—Yo... Yo soy la... —comenzó a decir Norma, pero entonces la interrumpió un médico que exigía con autoridad el informe médico de un paciente.

Mientras la enfermera buscaba entre los expedientes, Norma miró en dirección al ala de los pacientes de donde había venido el médico. Vio a una mujer joven, apenas mayor que ella misma, arrastrando los pies por el pasillo como si le colgaran unas pesas de su cuerpo. Otra se apretaba contra la pared del pasillo con los ojos muy abiertos. Norma recordaba a su madre biológica como a una mujer de buen ver, grácil, de rasgos simétricos y unos ojos grandes de color azul verdoso. Pearl peinaba siempre su pelo castaño claro a la moda y le gustaba teñírselo con Grace cuando las dos eran todavía amigas. Primero de color rojo, luego rubio nacarado. Pero eso fue hace mucho tiempo. ¿Qué aspecto tendría ahora?

Cuando el médico se fue, Norma se volvió de nuevo hacia la enfermera del mostrador.

—Soy la hija de Pearl.

Se frotó las manos húmedas y percibió cómo unas gotas finas de sudor le resbalaban por la espalda.

—Entonces ¿es usted Norma, la que algún día será una actriz famosa de Hollywood en la Metro-Goldwyn-Mayer? —preguntó la enfermera perpleja.

Norma negó con la cabeza. Ese sueño formaba parte de su vida anterior. Llegar a ser tan famosa y guapa como Jean Harlow le parecía en la actualidad una rareza ingenua. Lo que ella quería era tener una familia adorable. Quería envejecer y arrugarse al lado de Jim. Con muchos hijos y nietos a su alrededor.

La enfermera de la recepción parecía confusa.

—Entonces ¿no es usted Norma?

—Sí, soy Norma Jeane Dougherty, pero, dígame, ¿cómo sabe usted lo de la Metro-Goldwyn-Mayer?

—Pearl la menciona con frecuencia —explicó la enfermera.

—¿A mí? —se le escapó a Norma de sus labios.

La enfermera asintió y salió de detrás del mostrador. Bajó la voz.

—Es muy amable de su parte que se pase usted por aquí, señora Dougherty. Pearl se alegrará mucho con toda seguridad. El señor Eley hace ya mucho que no viene por acá.

Condujo a Norma hasta la puerta enrejada, la abrió con una llave y avanzó sin que Norma tuviera ahora la oportunidad de pensárselo mejor.

La cal del enlucido de las paredes tenía también sus años en el área de los pacientes. Norma sentía cada vez más frío con cada paso que daba con su chaquetilla, helada. Tenía la piel de gallina en los brazos, como si estuvieran congelados con un revestimiento de hielo. Se los frotó para calmarse.

—Antes de que me olvide: a Pearl la trasladarán a Santa Clara dentro de dos días, y allí no tendrá mucho espacio. ¿Podría guardar usted algunas cosas de su madre? —preguntó la enfermera.

Norma asintió a pesar de no haber prestado apenas atención. Se había quedado fascinada al mirar el interior de una de las habitaciones de los enfermos, donde una mujer le hizo señas con un gesto de niña pequeña al tiempo que aplastaba con el pie un recipiente de plástico.

Norma no se atrevió a realizar ningún movimiento cuando la enfermera de la recepción desapareció en un almacén. Por último, recibió una bolsa de tela bien llena.

—Pearl está siempre en el jardín a estas horas. Puede hablar con ella allí. —La enfermera le señaló el final del pasillo—. Y cuando haya acabado, llame a la puerta y yo la dejaré salir. —La enfermera de la recepción posó su suave mano sobre los delicados y finos dedos de Norma—. ¡Ánimo, señora Dougherty!

El corazón de Norma se puso a latir más rápido después de que la enfermera cerrara con llave la puerta que daba a la recepción, dejándola expuesta a aquella situación completamente a solas.

Recorrió el pasillo a paso lento hasta el final, hasta la puerta que daba al jardín. Antes de salir, abrió la pesada puerta de hierro tan solo una mínima rendija y miró por ella hacia el exterior. Algunas mujeres estaban ocupadas en trabajos de jardinería. Aunque todas tenían el mismo aire ausente, Norma reconoció de inmediato a su madre biológica por el modo en que Pearl mantenía sujeta la pala de siembra. Era el mismo porte, rígido y electrizado, con el que en otros tiempos caminaba con Norma por Venice. Por lo demás estaba delgada y parecía infeliz, con las comisuras de los ojos y de la boca caídas con expresión de tristeza. Llevaba el pelo recogido en la nuca. No parecía haber mejorado ni un ápice, pero aun así no tenía el aspecto de una desahuciada. El pánico se apoderó de Norma. ¿Qué pasaría si Pearl no podía controlarse y se ponía a darle gritos o a aplastar recipientes de plástico con los pies nada más verla?

Un instante después vino hacia ella una de las enfermeras del jardín. Norma se apartó y saludó con cortesía. Tenía el corazón en un puño. Se conminó a permanecer fuerte y a presentarse ante su madre a pesar de los pesares. Después de todo había conseguido llegar hasta allí. Pearl era la única persona que le quedaba.

Norma quiso empujar la puerta para abrirla por completo y salir a la luz del sol, pero sus piernas no la obedecieron. Las sentía rígidas como tarugos de madera clavados en el suelo por los dedos de los pies. Su mirada se posó en la bolsa con las pertenencias de Pearl. En la parte superior había un álbum de fotos con los bordes desgastados. Para ganar algo más de tiempo, se puso a hojearlo.

En la primera página se mostraba el certificado de defunción de su abuela. Su nombre de pila era Della Mae, y había fallecido el 23 de agosto de 1927 aquí, en el Hospital Estatal de Norwalk. «¿Aquí, en este manicomio?». Norma no lo sabía. Figuraba «miocarditis» como la causa de la muerte de su abuela, la madre de Pearl. Se trataba de una enfermedad de la que Norma todavía no había oído hablar. A continuación, sus ojos se clavaron en la frase que aparecía a continuación: «Enfermedad agravada por una psicosis maniaco-depresiva». Así pues, su abuela también se había vuelto loca. Della Mae se lo había transmitido por herencia a Pearl, y era una tarea fácil proseguir esa serie.

Norma cerró de golpe el álbum de fotos y se apartó de la bolsa como si esta contuviera una sustancia tóxica. Su corazón latía ahora con mayor intensidad aún que hacía un momento, cuando divisó a su madre triste. Había albergado la esperanza de encontrar consuelo aquí, pero su visita no había hecho otra cosa que exacerbar sus miedos. A Norma le temblaban las manos y el desasosiego se le transmitió con celeridad también a las piernas. Así pues, solo era cuestión de tiempo que a ella le sobreviniera la locura y tuviera que pasarse el resto de sus días en un hospital para enfermos mentales.

Presa del pánico, Norma retrocedió por el pasillo hacia la salida. Agitada, amartilló la puerta con los puños.

—¡Abra, por favor!

La enfermera de la recepción abrió con la llave y se dispuso a calmarla, pero Norma pasó de largo a su lado, salió del edificio y se dirigió a la calle. Le faltaba el aire. Sudaba por todos los poros, tenía el vestido de color verde menta pegado al vientre y el pelo al cuello.

Ya había dado los primeros pasos en dirección a la parada del autobús cuando la enfermera de la recepción llegó corriendo hasta ella sin aliento.

—Señora Dougherty, se ha olvidado usted de la bolsa —dijo entre jadeos cuando estuvo ante Norma, pero un instante después se interrumpió al contemplarla con más detenimiento y bajó entonces la voz—: No tiene usted muy buena cara. ¿Quiere un vaso de agua? ¿O hay alguna otra cosa que pueda hacer por usted?

Norma negó con la cabeza a pesar de tener una sed atroz. Solo deseaba irse de allí.

—Gracias de todos modos.

Agarró la bolsa y echó a correr en dirección al autobús con el corazón herido.

Norma se tomó su tiempo para regresar a Sherman Oaks. Se subió al autobús y después al tren, la última etapa la hizo a pie. Su corazón seguía latiendo demasiado rápido. Era incapaz de calmarse. No podía quitarse de la cabeza el certificado de defunción de su abuela. Della Mae Monroe había muerto en Norwalk cuando Norma tenía un año. Había sufrido una enfermedad mental y se la había transmitido a su hija, y esta, probablemente, se la transmitiría a su hija, a Norma. Con esa enfermedad mental, ella no podría formar jamás una familia feliz. Pearl era el mejor ejemplo de tal cosa. Había renunciado a su propia hija, ningún hombre había permanecido a su lado, y ahora iba arrastrándose por la vida en una existencia solitaria tras una puerta enrejada. Volvió a ocupar su mente la frase que la había sacado de sus casillas: «Enfermedad agravada por una psicosis maniaco-depresiva». «Monroe», pronunció para sus adentros. Un apellido que le sonaba extraño. Lo había leído por primera vez en el certificado de defunción y no conocía a nadie más que se llamara de esa manera.

Norma aceleró el paso al llegar a la calle de los bungalós grises. Las luces azules de varios coches patrulla del departamento de policía del condado de Los Ángeles se reflejaba en las fachadas de las casas. En torno a los coches había muchas personas congregadas que hablaban acaloradamente. En el centro destacaba el moño de color rojo cobrizo de Abigail.

La mirada de Norma fue saltando de una vecina a otra. Si lo que veía era cierto, estaban reunidas las mujeres del vecindario en su totalidad. ¿Habrían entrado a robar otra vez en alguna casa? Se dirigió a su bungaló, pero allí todas las ventanas y puertas parecían cerradas. ¿Qué iban a poder robarles a ellos? El objeto más valioso que tenían era el sofá duro del agente inmobiliario.

Norma se acercó a la multitud con la bolsa de Norwalk en la mano. Las luces del coche de la policía destellaban como relámpagos en las caras. Distinguió que la agitación se concentraba en la casa de la familia Gonzáles. El vecindario reunido miraba fijamente hacia ese colorido bungaló como si fuera la pantalla de un cine. Estaban prendidas las luces de todas las habitaciones de la casa. Tras la ventana de la sala de estar lo que primero le llamó la atención fue ver al marido de Betty, que iba dando vueltas por la casa provisto de una lámpara con una pantalla con rayas de colores. No podía decir si estaba inspeccionando o devastando la sala. Para horror suyo, los policías que estaban delante de la casa llevaban nunchakus, también llamados «estranguladores», dos palos cortos unidos en sus extremos por una correa de cuero. Uno de ellos hacía oscilar esta arma por los aires como si fuera un juguete. La mirada de Norma saltó desde el policía con el nunchaku hasta la puerta de la casa de los Gonzáles. Por ella salía un oficial en esos instantes.

Norma había alcanzado ya al gentío y distinguió algunos trajes pachucos bajo el brazo del oficial. Se trataba de aquellos trajes insólitos con las chaquetas larguísimas y las perneras muy ajustadas a los tobillos, que recientemente se habían convertido en el emblema de rebeldía de los estadounidenses de origen mexicano. Norma se había enterado entretanto por la prensa de que era un delito punible llevar esos trajes pachucos.

Durante los atestados policiales, Norma oyó declarar a una Violet visiblemente agitada que todo había comenzado con una perturbación del orden público por parte de la familia Gonzáles y que eso resultaba ya imposible de soportar por más tiempo.

—¡Y ustedes mismos han podido comprobar de qué reunión sediciosa se trata! ¡Y con toda seguridad no es la primera de este tipo!

Varias veces señaló con el dedo acusador hacia la colorida vivienda de la esquina.

Pedro Gonzáles seguía a cierta distancia al oficial con los trajes pachucos. Con las manos esposadas atrás, otro uniformado lo conducía con la porra en la mano. Pedro llevaba una vestimenta sencilla, como siempre, y caminaba descalzo. Tenía el ojo izquierdo hinchado, como después de un combate de boxeo, y además cojeaba. Al verlo de esa manera, Norma se sintió avergonzada. No había manera de soportar aquello. Habría preferido marcharse lejos para no tener que ver a Pedro así por más tiempo, pero su instinto la retuvo allí. ¡Su obligación era ayudar de alguna manera a los Gonzáles! Dirigió la vista a Inez, quien primero habló en español con los policías, pero enseguida se pasó al inglés:

—¡No se lleven a mi marido, por favor! —imploró.

Podía distinguirse claramente en el tono de su voz la desesperación, y Norma sintió una pena infinita por ella. Si a Jim lo sacaran de su casa de aquella manera tan brutal, ella dejaría toda amabilidad a un lado.

—Escúchenme bien —insistió Inez—, ¡nuestra reunión no era ninguna asamblea de rebeldes conspiradores!

Uno de los policías se dio la vuelta entonces, levantó el brazo y golpeó a Inez con dureza en la cara.

Norma sintió una quemazón en la mejilla solo de ver la escena. Tragó saliva y sintió en la garganta la bilis amarga al revolvérsele el estómago. ¿La policía golpeando a mujeres indefensas?

—¡Dejen en paz a mi esposa! ¡Ella no les ha hecho nada a ustedes! —exclamó Pedro con la voz desgarrada por el dolor—. ¡Y yo tampoco! ¡Nadie se ha puesto esos trajes desde que está penalizado llevarlos, estaban colgados en el armario ropero, nada más!

Los fotógrafos se apretujaron frente a él y pulsaron los disparadores de sus cámaras. Los policías ocultaron sus nunchakus en ese momento.

Inez se tambaleó, pero no llegó a caer al suelo y siguió a los policías.

—¿Es que han prohibido invitar a los hermanos a casa a comer tacos? ¡Nuestra reunión era tan solo eso!

Le sangraba la nariz y tenía un labio reventado. A los hermanos los tenían retenidos en la sala de estar, muy iluminada, cuyo interior podía verse con toda claridad desde la calle.

El marido de Mildred Miller, que se había colocado a hurtadillas al lado de Norma, escupió con asco y exclamó:

—¡Fuera con esa gentuza criminal! ¡Que se larguen de vuelta a México!

Al decirlo, rozó el brazo de Norma como por casualidad.

A Norma se le hizo un nudo en el corazón. ¿Cómo podía decir el señor Miller esas tonterías con tamaña falta de respeto? ¿Es que no había leído la Declaración de Independencia de Estados Unidos? En ella figura que todos los seres humanos han sido creados iguales y han sido dotados por su Creador de ciertos derechos inalienables, entre los cuales se encuentran la vida, la libertad y la búsqueda de la felicidad. Y lo que realmente había ocurrido en la casa de los Gonzáles, ella, como espectadora, no podía saberlo.

Norma se apartó del señor Miller y dirigió la vista hacia Abigail, que había contemplado la escena. El aullido ensordecedor de un perro desvió la atención de Norma hacia el jardín. La bolsa se le cayó al suelo. ¿Maltrataban ahora los policías incluso a los perros?

—¡Créannos, por favor! —volvió a implorar Inez.

Durante una fracción de segundo, Norma volvió a percibir su propia desesperación cuando le imploró a Grace que no la dejara sola. Esa fue una sensación terrible, como uno de esos sueños en los que hablas en voz alta y luego gritas, pero nadie te oye.

Un nunchaku golpeó a Inez con tal dureza en un hombro que la derribó. La mujer se retorcía en el suelo por el dolor. Pedro rugió de ira al instante y quiso echar a correr para ayudar a su esposa, pero los policías lo agarraron con una tremenda brutalidad y lo metieron en el coche patrulla como en la celda de una cárcel.

Sin pensárselo un instante, Norma se fue corriendo a su casa y sacó el botiquín del armario de la cocina. Al regresar, lo abrió sin detenerse. Corrió con determinación pasando al lado de vecinos y mirones. Sin embargo, antes de alcanzar a la sangrante Inez, se le interpuso Betty en el camino como un armario ropero inamovible, con los brazos en jarras. En esa postura daba la impresión de ser más ancha y más robusta.

—¿Qué pretendes hacer, Norma? —dijo Betty soltando un gallo por la indignación.

—¡Tenemos que ayudar a Inez! ¡Está herida y la policía no se ocupa de ella!

Con un gesto invitador, Norma le tendió las gasas y las tiritas a su vecina.

—¿Estás loca? —exclamó Betty arrebatándole las vendas de las manos—. Son delincuentes que traman rebeliones. ¿O por qué crees que guardaban esos trajes en la vivienda?

¿Cómo podía Betty hablar con tanta frialdad? La culpabilidad de los Gonzáles no estaba demostrada para nada, aunque no se aceptasen las explicaciones que había dado Inez. ¿Y acaso la Iglesia no predicaba incansablemente la compasión, el amor al prójimo y la ayuda a los necesitados?

—No, yo voy a ir a ayudarla... —dijo Norma con decisión mientras Abigail se acercaba a ellas. «¡Los refuerzos por fin!», pensó, esperanzada. Dirigió la vista a su amiga con una mirada implorante—. ¡Tenemos que llegar hasta Inez!

Le temblaba todo el cuerpo por la agitación.

Abigail posó sus manos en los hombros de Norma para tranquilizarla.

—Pero ¡compréndelo bien! —dijo en un tono serio—. Los Gonzáles son unos criminales. Gente así no merece ninguna ayuda. Nunca se adaptarán a nuestra cultura estadounidense. —Su voz sonaba con una agradable familiaridad, solo que decía lo que no debía—: No mires y ya está. Entonces te será más fácil soportarlo. Una mujer honorable tiene que saber mirar a otro lado en determinadas ocasiones.

Norma se liberó de las manos de Abigail. A una persona herida había que ayudarla, aunque guardara en su casa trajes pachucos. A Betty y a Abigail se les unió ahora también Mildred. Juntas formaron una muralla aún más ancha y robusta frente a Norma.

En ese instante, los coches patrulla encendieron las sirenas y pasaron a su lado. Norma miró fijamente a Pedro, que iba sentado en el coche del medio y apretaba la cara hinchada contra el cristal para ver una vez más a Inez.

A Norma se le encogió el corazón. ¡Qué sensación tan tremenda debía ser ver al esposo amado humillado y detenido! Su mirada se dirigió a la maltrecha Inez, que estaba intentando arrastrarse hasta la puerta de entrada de su devastado hogar.

—¡Como auténticos estadounidenses debemos permanecer unidas! —oyó Norma decir a Violet como desde la lejanía.

«Pero ¡¿qué demonios es eso de estadounidenses auténticos?!», pensó Norma indignada. Consideró que no eran auténticos estadounidenses quienes pisoteaban la Declaración de Independencia, quienes prejuzgaban a los demás y quienes miraban a otro lado en los momentos de apuro.

—Norma, estás muy afectada emocionalmente en estos instantes porque hoy fue el día de la despedida de Jim —le habló Abigail—. Te entiendo. —Con cuidado y cariño, la amiga le pasó el brazo a Norma por la cintura—. Ven, yo me ocuparé de ti.

Norma se apartó de ella y se llevó al pecho su bolsa de Norwalk. No iba a permitir que la silenciaran tan fácilmente como a una radio. Ahora bien, tampoco era el momento adecuado para una conversación aclaratoria. Era mejor seguir hablando sobre este asunto cuando los ánimos se hubieran calmado. Sin embargo, una cosa sí podía decirle bien alto ahora: era reprobable no ayudar a las personas que se encontraban en dificultades.

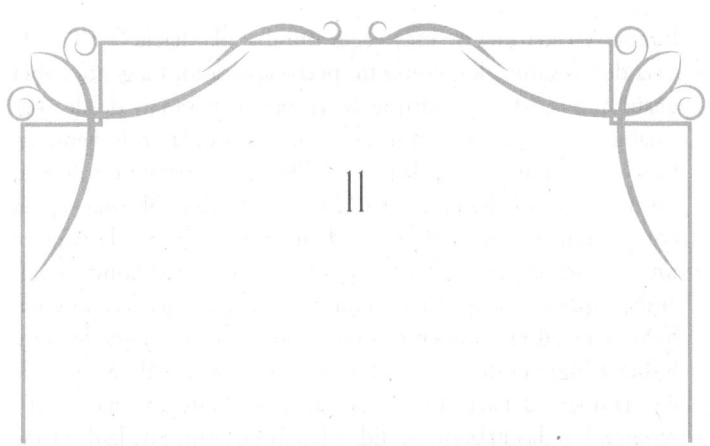

II

Mediados de octubre de 1943

Norma sufría unos dolores de cabeza terribles desde la noche de la operación policial y sentía una gran tensión en su interior. Hacía años que no percibía esa mezcla de sensaciones, pero seguía sabiendo a la perfección lo que significaba sentir aquella tirantez tan intensa en el interior de su cuerpo, como la ropa lavada a altas temperaturas, y aquellos pinchazos en la cabeza, como si le estuvieran clavando agujas en ella. Ambas sensaciones tenían su origen en los propios sentimientos de culpa.

Había pasado las dos últimas semanas refugiada en la cama plegable Murphy, leyendo una y otra vez las entradas más recientes de Bebe en el diario. Por lo menos así no tenía que pensar en aquella terrible detención ni en sus instantes de titubeo a la hora de actuar. ¿Por qué no fue capaz de imponerse en aquella ocasión? Las imágenes de Pedro, maltrecho tras la ventanilla del coche, y de Inez, herida, se le habían quedado grabadas a fuego en la memoria. Al recordarlos se le aparecían como flashes y entonces era cuando su dolor de cabeza alcanzaba la máxima intensidad. Cualquier mínimo sonido la atormentaba en esos momentos.

En tales circunstancias, todavía no se había sentido con fuerzas para hablar con las vecinas sobre la brutal operación policial. Solo salía de la cama para hacer las compras o para vaciar el buzón, y cada una de esas veces miraba allá, hacia la colorida casa de los Gonzáles, como un perro apaleado. La gente había ensuciado la casa con porquerías la semana pasada y desde ayer estaba vacía. No había ninguna vela encendida en la ventana. Inez se había mudado, y la perra *collie*, probablemente enferma, no habría sobrevivido a aquella noche terrible. Norma seguía conmocionada por la violencia de los policías y por la falta de un mínimo respeto de las vecinas por la dignidad humana. Sin embargo, era consigo misma con quien estaba más descontenta. Si hubiera sido tan valiente como Dorothy en *El mago de Oz* y hubiera logrado de alguna manera poner de su lado a las vecinas, la noche del arresto habría transcurrido de una manera diferente. Unidas habrían podido clamar en contra de la devastación de la casa y en contra de aquella brutalidad, o ni siquiera habría tenido que intervenir la policía.

Ahora bien, la vida real no era ninguna película. Nunca había sido tan consciente de este hecho como durante esos días. Aunque, bien mirado, el gran mago estaba seguramente en lo cierto cuando le dijo al león temeroso: «Ningún ser vivo se halla exento de miedo cuando se ve expuesto a un peligro. El valor verdadero consiste en enfrentarse al peligro a pesar de tener miedo». Norma vio con claridad en su mente esa página del libreto. Por aquel entonces, cuando todavía quería ser actriz, cuando Grace y Bebe aún vivían con ella, su vida transcurría con mayor sosiego, sin dolores de cabeza ni aquella tensión interior. Bebió un trago largo de chocolate caliente. Su mamá le preparaba una taza de chocolate caliente siempre que se encontraba deprimida.

Padecía unas pesadillas atroces con policías brutales. Le encantaría hablar al respecto con Jim, pero ¿dónde? ¿En casa de Betty? Hoy volvía a ser el día de la semana en el que iba a sonar el teléfono para ella. Las veces anteriores, Jim había llamado a casa de los Lancaster sobre las ocho. No eran sino las seis, pero Norma comenzó a contar ya los minutos que faltaban. Para hablar con Jim, ¡tenía que olvidar su rencor hacia Betty durante unos minutos por lo menos!

Cuando por fin llegó la hora y se encontraba ya preparada junto al mueble zapatero lleno de polvo para ir donde la vecina, volvió a titubear. En la llamada telefónica de la semana pasada, Betty se había mostrado porfiada, sí, pero no había dicho ni mu sobre la noche de la intervención policial. Fue distinto con Abigail. Esta se presentó al día siguiente ante su puerta y le rogó con insistencia que olvidara el incidente para mantener controlados los nervios propios y los de los vecinos. Según ella, lo más importante era estar unidos en esos momentos, porque solo de esa manera el vecindario permanecería «limpio». Esta era una expresión tan peregrina y disparatada como «estadounidenses auténticos», pensó Norma, y envió a paseo a Abigail.

Las vecinas y ella eran más diferentes de lo que había supuesto al principio. Esas mujeres eran amas de casa perfectas, pero ¿dónde estaba su humanidad? Norma se quedó muy decepcionada con ellas, sobre todo con Abigail. Poco después de sus frases sobre lo «limpio» que debía permanecer el vecindario, Norma excusó su inasistencia a las últimas reuniones de los jueves por los dolores de regla, a pesar de que esta vez prácticamente no le había dolido casi nada.

Ahora seguía parada junto a la puerta de su bungaló, indecisa entre si debía presentarse o no ante Betty para tener que oír, probablemente, de sus labios que se arrimara con cariño al vecindario en lugar de predicarles el amor al prójimo. Sin embargo, si Norma no iba para allá ahora, tan solo echaría de menos aún más a Jim. Por desgracia, Betty era la única vecina cuyo marido podía permitirse un teléfono. Todas las demás posibilidades resultaban más caras y más complicadas. No le quedaba ninguna otra opción. Norma giró el pomo de la puerta y salió de la casa.

Betty la estaba esperando ya.

—Tienes a Jim al teléfono. Date prisa, Norma.

Su voz sonaba como en otros tiempos, amable y solícita, como si no hubiera sucedido nada. Norma entró en el salón perfectamente limpio, tomó el auricular de la mano de Betty y procuró que la voz le sonara alegre.

—Jimmie, ¿cómo te encuentras?

Esta pregunta sobre su estado de salud proporcionó a Jim, también en esta ocasión, el hilo conductor para hablar con entusiasmo acerca de las maniobras y de las marchas en los terrenos montañosos de la isla. Elogió incluso a su instructor, a quien emulaba hasta el agotamiento. Tal como acostumbraba a hacer, cambió de tema bruscamente.

—Betty me decía hace un momento que vives apartada de los vecinos y que tienes las cortinas echadas todo el día. Cariño, ¿qué te pasa?

Norma clavó los ojos en la alfombra a sus pies, cuyos bordes con flecos daban la impresión de haber sido peinados con una horquilla. Notó la mirada de la vecina dirigida a ella, a pesar de que Betty hacía como si estuviera ocupada con los niños.

—Tampoco lo sé —dijo en un tono evasivo, pero sabía muy bien qué le pasaba.

—No puedes hablar a gusto, ¿es así? —preguntó Jim.

—Sí.

—Dale la espalda a Betty, actúa de forma relajada y luego susúrrame tu respuesta por el auricular —dijo Jim.

Norma le dio la espalda a la vecina y a los niños y fingió que lo hacía para mirar al exterior, al sol de la mañana. Alargó el cuello con aparente fruición hacia los rayos del sol. Para parecer tranquila y no dar ningún motivo a Betty para que formulara preguntas indiscretas; se imaginó que Jim estaba sentado a su lado y que los dos tomaban un ginger ale en el porche. Ese recuerdo le hizo esbozar una sonrisa medio relajada en la cara. Le confesó entonces:

—Te extraño mucho, especialmente en estos momentos.

Las muchas tazas de chocolate caliente eran de escasa ayuda para contrarrestar el dolor de la separación y el hecho de estar sola en aquella situación embrollada, pero por lo menos se llevaba algo al estómago. El hambre no hacía sino intensificarle los dolores de cabeza.

—Yo también te extraño mucho —confirmó Jim y añadió acto seguido—: Hace poco, los otros chicos me enseñaron las fotos de sus esposas y de sus novias, y ahora estoy del todo seguro que yo tengo conmigo a la más hermosa de todas.

Norma sonrió con congoja. No era la primera vez que Jim afirmaba tal cosa. No creía tener ese atractivo especial de una Abigail, ni la calidez de los ojos de Inez, y no se asemejaba ni de lejos a la rubia platino Jean Harlow. Ella era simple y llanamente Norma Jeane, a quien todavía se le ruborizaban las mejillas por la emoción en la caja del Alexander's. Sin embargo, ella tenía a Jim, que la amaba, y esa era una buena sensación a pesar de la distancia. Y no podía negar que le gustaba oírle decir que era «guapa», aunque ella misma se veía de otra manera. Ella era suficiente para él así, tal como era. Esto era algo que no había experimentado demasiado a menudo en los últimos diecisiete años. Oír la voz de él le hacía sentirse muy bien.

Cuando un policía pasó por delante de la casa de Betty, Norma volvió a poner una cara más seria al instante. Los agentes de la ley y del orden patrullaban con frecuencia por ese tramo de la calle desde hacía dos semanas. A Norma le llamó la atención enseguida el nunchaku que el policía exhibía colgado del cinturón. En sus pesadillas aparecían continuamente en acción esos «estranguladores».

—Norma, ¿sigues ahí? —exclamó Jim por el auricular.

Ella carraspeó. La mirada de Betty le pasó rozando.

—Sigo aquí, sí. Por supuesto.

—Cariño, no pongas a los vecinos en tu contra; de ser así, se te podría volver muy desagradable la vida en Sherman Oaks —le aconsejó Jim. Él se había entendido siempre muy bien con todo el mundo en la calle. Bernie Summer y él se habían hecho buenos amigos en esos pocos días de permiso—. Corre al menos las cortinas por las mañanas.

—Sí, vale, lo haré —prometió ella y al mismo tiempo se sintió un poco decepcionada de que a él le importara más la paz en el vecindario que sus preocupaciones. Le pareció que su intento de fingir a medias que se encontraba de buen humor estaba teniendo muy poco éxito, y deseó que él se apercibiera de sus penas, que notara los pequeños tonos intermedios en la melodía de su vida. Grace era una maestra en eso.

—Ve al cine y distráete. Podría intentar enviarte algunos dólares más. De manera excepcional.

Norma no quería ir al cine. Prefería hacer entrar en razón a las vecinas. Apenas se oyó a sí misma preguntar por el auricular:

—¿Sabes lo que es una miocarditis?

—¿Mio qué? —preguntó Jim a su vez.

—Mi abuela Della Mae murió de eso.

Con Betty a sus espaldas, Norma prefirió omitir lo de la psicosis concomitante.

—No tengo ni idea de lo que es eso, pero no suena a enfermedad del cerebro —dijo él, porque probablemente adivinó hacia dónde apuntaba ella—. Esa sería la prueba de que solo tu madre está loca y de que no lo está nadie más en tu familia.

Eso no era verdad. Además, a Norma no le gustaba la palabra «loca». «Enferma mental» sonaba menos despectivo, pero ella no deseaba ponerse a malas ahora también con Jim.

—Cariño, prométeme que al menos irás al cine para animarte. Te recomiendo el musical *Una cabaña en el cielo* que están echando aquí. ¡El *moonwalk* que hace Bill Bailey en la película es increíble!

—¿Un *moonwalk*? —preguntó ella con pocos ánimos.

—Es un paso de baile —explicó Jim con entusiasmo—. Parece que vaya avanzando al caminar, pero en realidad se mueve hacia atrás.

—Lo intentaré —dijo Norma para que Jim no la agobiara más. Ya sabía de algunas películas que le gustaría ver—. Dime, ¿sabes ya qué va a ser de ti después de la instrucción? —Esto era más importante para ella que caminar hacia delante o hacia atrás.

—No, todavía no, pero voy a intentarlo todo para que podamos celebrar juntos las Navidades —prometió él.

—Eso estaría muy bien —dijo ella, aunque no quería que él le prometiera nada que pudiese no llegar a cumplir.

—Tengo que formar para pasar lista. Nos hablamos otra vez el próximo lunes, ¿vale? Y no te olvides de correr las cortinas —volvió a recordarle Jim una vez más.

—Sí, lo intentaré —prometió ella. Tras un beso susurrado colgaron los dos.

Norma permaneció un rato todavía junto a la mesa del teléfono. Su mirada andaba perdida en alguna parte de la calle frente a la ventana de la sala de estar. Solo el llanto de la hija de Betty la sacó de su ensimismamiento.

—Gracias —le dijo a la vecina— por dejarme utilizar de nuevo vuestro teléfono.

—¡Ah, por cierto! —mencionó Betty con el plumero en la mano—. Yo tuve a un tío mío con miocarditis. Es el término técnico que designa la inflamación del músculo cardiaco.

En realidad, Norma solo había susurrado la palabra «miocarditis» por el auricular. Se forzó a sí misma a poner una sonrisa en la cara mientras se volvía hacia Betty una vez más.

—Bien. Ahora ya sé lo que es, gracias.

Sonrió porque quería mantener abierta la reconciliación con las vecinas.

Norma acababa de dar dos pasos fuera de la casa de los Lancaster cuando vio a los padres de Jim de pie junto a su Ford. Jim les había dejado el coche a Ethel y Edward durante su ausencia. Norma se acercó a ellos.

—¡Aquí estás ya, por fin! —la saludó Ethel. Olía a esa laca para el pelo tan intensa—. ¡Qué alegría verte de nuevo!

La apretó fuerte contra sus grandes pechos. Norma reflexionó si debía mencionar sus dolores de cabeza para que la dejaran sola, pero Ethel seguramente no lo aceptaría como excusa.

—Llevamos más de un cuarto de hora esperando aquí —refunfuñó Edward.

Debieron llegar justo después de que Norma se dirigiera a la casa de Betty para hablar por teléfono. Seguramente fue Ethel quien había conducido el coche.

—Acabo de hablar por teléfono con Jim —dijo y señaló con el dedo la vivienda de los Lancaster.

—¿Cómo le va al chico en el ejército? —preguntó Edward alzándose la desgastada gorra de béisbol en la frente. Solo entonces vio Norma sus ojos hundidos, los ojos de Jim.

—Jim está muy a gusto en la isla de Santa Catalina. Le encantan las maniobras. —Se adelantó para abrir la casa y entrar.

Lo primero que hizo fue correr las cortinas—. Preparo un café, ¿verdad?

Ethel asintió y se acomodó el bolso de mano floreado en el pliegue del codo. El padre de Jim quería saber más cosas.

—Espero que les estén apretando bien las tuercas a los chicos.

«¡Ojalá que no!», replicó Norma mentalmente. Por suerte encontró todavía una bolsa de galletas para ofrecer. Mientras se iba filtrando el café, plegó la cama y empujó el sofá hasta el centro de la sala.

—Tomad asiento, por favor. ¿Qué os trae por aquí?

—Leímos lo de la operación policial en esta calle y queríamos asegurarnos de que nuestra nuera se encuentra bien. Sobre todo ahora que Jim no está aquí. Podrías vivir en nuestra casa si te sientes demasiado sola —le ofreció Ethel—. Y además están esos hombres de la calle... Ese vecino de allí —dijo señalando la casa de los Miller—, ¿has visto cómo tenía la mirada clavada en ti cuando hemos entrado en la casa? ¡Qué mal que Jim no te haya comprado todavía la ropa adecuada! —La atenta mirada de Ethel se detuvo en el ceñido jersey de Norma, bajo el cual se le dibujaban con claridad los senos—. ¡Edward, di tú también algo a este respecto, anda!

Pero Edward tenía la boca llena de galletas. Ni siquiera levantó la vista.

Norma cruzó los brazos ante los pechos. En realidad, se sentía cómoda con sus trapos viejos, le resultaban familiares. Grace le había comprado la mayoría de los jerséis cuando se fue convirtiendo paulatinamente en una mujer.

—Muchas gracias por tu..., quiero decir, por vuestra amable oferta, pero mi hogar es este.

Por lo menos aquí olía todavía la loción de Jim para después del afeitado, aquí había dejado él sus huellas. Y ella no quería arrojar la toalla sin luchar, ni tampoco huir de su problema con los vecinos. ¿Cómo dijo el mago de Oz? «Ningún ser vivo se halla exento de miedo cuando se ve expuesto a un peligro. El valor verdadero consiste en enfrentarse al peligro a pesar de tener miedo».

—¡Piénsatelo bien! —la apremió Ethel—. No da la impresión de que esta zona sea del todo segura. Si hubiera sabido que vivía un criminal en vuestra calle, le habría quitado de la cabeza a Jim su idea de alquilar este bungaló.

Norma intuyó hacia dónde apuntaba su suegra.

—No he oído decir que hayan condenado a Pedro Gonzáles —objetó ella, algo con lo que Ethel no había contado, pues su aspecto ahora era de perplejidad—. ¿No se dice que alguien es inocente mientras no se demuestre su culpabilidad más allá de toda duda razonable? —insistió Norma. Así lo habían dicho en una película.

—¿Estuviste al tanto del incidente de entonces? —preguntó Ethel con curiosidad.

—Yo dormía ya cuando sucedió —mintió Norma, algo que a ella le disgustaba hacer en realidad. Sin embargo, aún le resultaba más violento que algunas personas se regodearan con la desgracia de otras.

—¿De verdad que no oíste nada? —quiso saber también Edward ahora. En su camisa había algunas migajas de galleta—. En el periódico ponía que debió producirse un ruido infernal.

—Estaba exhausta ese día y dormía profundamente —dijo Norma con la voz firme. Esperaba no ruborizarse ahora. Era una pésima mentirosa.

Cuando su suegro iba a arrellanarse cómodamente en el sofá, Norma se apresuró a llevar de nuevo a la cocina las tazas de café medio vacías—. Siento no tener hoy más tiempo para vosotros, pero es que quiero echarme un rato —dijo ella—. Me duele la cabeza y tengo dolencias de mujer. —Se llevó la mano al vientre.

—¿Es que tenemos un nieto a la vista acaso? —preguntó Ethel esperanzada. Los dolores de cabeza le interesaban menos.

A Norma se le encogió aún más el corazón.

—Jim quiere cumplir primero con su servicio militar antes de ser padre.

—Eso es razonable —opinó Edward—, ¿qué ibas a hacer sola con una criatura si él muere en la guerra?

Norma palideció. Hasta Ethel miró a su marido desconcertada.

—¡No va a morir! —le dejó claro Norma antes incluso que su suegra.

Edward Dougherty hizo un gesto negativo con las manos y se caló bien honda la gorra de béisbol.

—Sí, sí, claro. Mira que os ponéis siempre histéricas las mujeres.

—¡No me digas! —replicó Ethel mordaz—. ¡Y vosotros, los hombres, siempre andáis imaginando lo peor! Igual que con tu hijo mayor, cuando llegó borracho aquel día... Bueno, ¡dejémoslo!

Norma se puso contenta cuando acompañó hasta la puerta por fin a sus suegros. Al hacerlo, le llamó la atención la fina franja exenta de polvo en el zapatero que tenía aproximadamente la anchura de un dedo. Aliviada, despidió a Ethel y Edward con un movimiento de la mano cuando se alejaban en el Ford de Jim.

Norma iba a cerrar la puerta cuando sus ojos se quedaron fijos en la casa de Abigail, con su rosal trepador inglés. A través de las ventanas y por la intensidad del sonido supuso que debían estar celebrando una fiesta. Vio a los Miller y a los Lancaster con copitas de licor en la mano y a varios vecinos que vivían en la calle de más abajo. Al parecer estaba Bernie de permiso en Los Ángeles. ¿Una fiesta a media mañana? ¿Una fiesta con almuerzo?

«Puede que sea un buen momento para apelar a sus conciencias —pensó Norma—, para pedirles que se pongan en el lugar de Inez y de Pedro». Era tan probable como improbable que Pedro Gonzáles hubiera sido arrestado injustamente. ¿Por qué se comportaban las vecinas como si le hubieran dictado sentencia hacía tiempo? ¡Tenía que acometer alguna acción ya y salir de su letargo!

Norma se dirigió sin vacilar a su armario ropero y sacó el Stanislavski. Con el libro apretado contra el pecho se fue corriendo a la casa de Abigail. Dirigiría la palabra en primer lugar a su amiga. En su momento habían sido amigas íntimas, de ella era de quien más esperaba encontrar una disposición a ceder. Pulsó el timbre de la puerta y notó que le temblaba la mano.

Por fortuna fue Abigail quien le abrió la puerta.

—Me alegro de verte —comenzó diciendo Norma en tono conciliador.

—¿Norma? —Abigail parecía extrañada—. ¿En qué puedo ayudarte?

—Me gustaría volver a hablar contigo, con vosotras, sobre lo de la otra noche y sobre Pedro e Inez —expuso Norma mientras le llegaban las risas de los demás fiesteros. No importaba que Inez ya no viviera aquí. Era una cuestión de principios. No debía repetirse algo tan brutal como lo de la otra noche. Había muchas Inez y muchos Pedros por el mundo.

—¿Sobre la novia del gánster y sobre el revolucionario? —replicó Abigail despectivamente.

—Sobre la amable mujer del final de la calle y sobre su marido, cuya culpa está aún por demostrar —corrigió Norma.

—Abi, ¿vienes? ¡Se van a calentar las bebidas si no!

Era la voz de Bernie. Norma hojeó nerviosa en su Stanislavski.

—Konstantín Stanislavski es el pedagogo teatral más conocido e influyente que ha existido nunca —se apresuró a explicar—. Inventó el «momento del vértigo». —A pesar de la tensión no pudo menos que sonreír brevemente. Casi se había olvidado del momento probablemente más satisfactorio de todos.

—¡Norma, Sherman Oaks no es ningún escenario! ¡Esto es la vida real! Abre los ojos de una vez y alégrate por lo menos un poco de que nuestro tramo de la calle esté ahora depurado de elementos criminales —pidió Abigail.

Norma continuó hablando sin inmutarse:

—Puedes ponerte en el lugar de Pedro e Inez extrayendo emociones de experiencias idénticas...

—¡En la vida real no siempre hay un final feliz! ¡Y tú eres quien debería saberlo mejor que nadie! —exclamó Abigail dirigiendo una mirada fulminante de sabionda a Norma.

Betty se les unió con una copa de champán en la mano.

—Norma, me alegra que por fin hayas entrado en razón y celebres con nosotras la depuración.

—Hola, Betty —dijo Norma con cortesía, sin corregir a su vecina—. Imaginaos que sois un árbol o una rosa trepadora.

Sí, esa imagen seguramente les gustaría más que la del árbol de Stanislavski. Y encajaba a la perfección con sus muchas espinas. Betty soltó una carcajada ruidosa.

—¿Una rosa trepadora o un árbol? ¡Eso es ridículo!

Norma se volvió hacia Abigail, que aún no le había quitado los ojos de encima.

—Si consigues ponerte en el lugar de cualquier objeto, te resultará más fácil ser comprensiva con otras personas, con sus argumentos.

Con una expresión de esperanza en el semblante, miró con hondura en los ojos de su vecina. Sin embargo, esta comenzó a reírse con la misma carcajada exagerada que Betty. Las vecinas entrechocaron sus copas con gran diversión.

—¿Se está organizando aquí un segundo guateque? —preguntó el marido de Abigail acercándose a ellas.

—Hola, Bernie —murmuró Norma todavía consternada. Jamás había visto a sus vecinas con esos aires desdeñosos, y menos a Abigail. En realidad, esta había tenido siempre una palabra comprensiva en los labios.

La pequeña Donna vino corriendo y quiso abrazarse a Norma, pero Abigail retuvo a su hija como si Norma padeciera una enfermedad contagiosa.

—Hace mucho que no vienes por nuestra casa. ¿Cuándo vendrás a jugar otra vez? —quiso saber la niña, no obstante.

—Todavía no lo sé —dijo Norma con tristeza, aunque ya sabía la respuesta. Solo albergaba la esperanza de que Abigail no le transmitiera nunca esa socarronería a su hija. Donna no se lo merecía.

—Norma, quédate a tomar un vaso de ginger ale —dijo Bernie, conciliador, y señaló el libro con el dedo—. Demasiados libros no son nada bueno para una buena ama de casa. Mejor que vayas a fiestas en lugar de leer tanto.

Norma cerró con furia su Stanislavski en el momento en que Abigail y Betty decían como remate:

—¡No vuelvas hasta que veas las cosas con claridad y te hayas quitado esas tonterías de la cabeza! ¡El asunto de los mexicanos criminales está tan claro como el agua!

Las vecinas volvieron a entrechocar sus copas alegremente y regresaron a la jarana.

—No tengo sed, disculpa, Bernie —replicó Norma—. Y para ser sincera, ¡me están entrando ganas de vomitar!

Tras estas palabras giró sobre sus talones y se dirigió a su bungaló sin volverse a mirar.

Igual que las enfermeras y los médicos del hospital de Norwalk, dio dos vueltas a la llave en la cerradura de la puerta principal. ¡Qué mal le había salido la jugada!

Norma empujó el sofá de vuelta contra la pared, volvió a desplegar la cama Murphy y se sepultó bajo la manta. Permaneció inmóvil allí durante varias horas, ni siquiera se tomó un chocolate caliente. Se quedó dormida en algún momento a pesar de las quejas de su estómago.

Se despertó en mitad de la noche porque oyó unos arañazos fuertes en la puerta del porche. Fue a echar un vistazo de puntillas. Cuando estuvo a unos pocos pasos de la puerta, cesaron los arañazos. ¿Es que había soñado ese ruido o era un producto de sus dolores de cabeza?

Norma regresó trotando a la cama, pero de pronto comenzaron otra vez los arañazos. Regresó a la cocina y abrió la puerta del porche.

—¿Así que sigues viva? —dijo al divisar a la visitante nocturna. Enseguida reconoció a la perra de Inez a pesar de lo oscuro de la noche. Su pelaje azulado en vetas en torno al cuello era inconfundible.

—¡Qué perra más lista eres, llamando por la puerta trasera! —le susurró Norma. Seguramente las vecinas no oyeron los arañazos.

Norma dio unos pasos por el porche y miró hacia la casa de los Miller, a la izquierda, y luego a la derecha, a la casa de Betty. No había ninguna luz prendida y no vio que se moviera ninguna cortina. En alguna parte se oía el reclamo de un mochuelo; por lo demás, estaba todo en silencio.

Norma se arrodilló ante la perra y la acarició por detrás de las orejas.

—¡Estás viva! ¡Qué bien! —repitió con incredulidad. A continuación, le llamó la atención un paquete en la escalera de acceso al porche.

Primero condujo a la perra al interior de la casa y luego fue a recoger aquel extraño envío. No dudó en abrirlo. Dentro había bolsas de comida seca y una correa de perro con su collar, también había una hoja de papel. Parecía como arrancada con prisas de un cuaderno de dibujo. Norma leyó:

Ya no puedo ocuparme de los perros.
Debo procurar que se le haga justicia a mi marido.
Vi que la perra te tenía cariño.
Se han curado sus cólicos intestinales.
He encontrado alojamiento en otro sitio para los dos perros mestizos.
Ya sabía yo que tú eras diferente, Norma.

Aunque la nota no estaba firmada, a Norma le quedó claro de inmediato de quién procedía. Se retiró a su bungaló, en la cocina cogió un bol para cereales y lo llenó de agua.

La perra bebió con sed mientras Norma se paseaba de un lado a otro frente a la cama plegable. Ocuparse de la perra de Inez sería otra afrenta más contra el vecindario. ¿Y qué le había dicho Jim al teléfono? Que no se enemistara con los vecinos, porque de lo contrario la vida en Sherman Oaks podría volvérsele muy desagradable. ¡Pero ya se le había vuelto así hacía mucho tiempo, y sin la perra!

Norma se detuvo frente al sofá. ¿Y no era posible que las vecinas no supieran en absoluto que la perra era de los Gonzáles? La *collie* casi siempre había estado tumbada en su manta en el porche de Inez, que no era visible desde la calle. Abigail y compañía habían evitado siempre la colorida casa de la esquina, mucho antes incluso de que fuera dictada la orden de alejamiento.

Norma se dejó caer de espaldas encima de la cama. Llevar a la perra a una perrera abarrotada de animales, donde viviría sin cariño y dentro de una jaula, era algo que no sería capaz de hacer jamás. Ese lugar horrible era lo mismo que un orfanato para niños y niñas. ¡Así que ya podían los vecinos aporrear el timbre de su puerta!

Norma sintió de pronto un cosquilleo y una sensación de humedad en el empeine de los pies. Se incorporó en la cama, pero sin mover las piernas. Vio que la perra estaba tumbada sobre sus pies y le lamía las pantorrillas. Pronto el cosquilleo se hizo tan intenso que a Norma no le quedó más remedio que echarse a reír.

Se sentó en el suelo junto a la cama, de modo que sus ojos quedaron a la altura de los ojos del animal.

—Creo que tú y yo deberíamos atrevernos las dos juntas, ¿qué opinas? —Se arrimó cariñosamente a la perra, que tenía un tacto suave y emitía una agradable calidez. En resumen, transmitía una sensación cálida y húmeda—. Ojalá que Jim no tenga nada en contra de que te quedes conmigo.

Como respuesta, la perra le lamió la cara como si se conocieran desde hace mucho tiempo.

—Y también tengo un nombre para ti. Te vas a llamar Muggsie.*

Así como estaba acurrucada con Muggsie, Norma estaba segura de que entraría en conflicto con las vecinas si trataban de disuadirla de que se desprendiera de la perra. ¡Ya había dejado que la disuadieran lo suficiente! Ya no era la chica sumisa que permitía que otros le dijeran cómo tenía que vivir su vida.

Al principio había visto entre las vecinas sobre todo las similitudes, pero con cada encuentro salían cada vez más a la luz las diferencias entre ellas. Las mujeres estaban completamente absortas en su existencia como amas de casa, mientras que para Norma la casa era más bien un deber latoso. Además, solo se las daban de humanas y confiadas cuando su interlocutor cumplía con sus expectativas y bailaba a su son, cuando compartía sus opiniones. De lo contrario, se enfadaban y se volvían desdeñosas. Entonces dejaban a las personas heridas tiradas en la calle.

* Derivado del inglés *muggy*, adjetivo empleado para describir a la perra y que significa «húmedo y cálido». *(N. de la E.)*.

Su estrechez de miras ¿tenía su origen también en el hecho de que hasta el momento no habían tenido que sufrir demasiado en sus vidas y de que nunca habían dependido de la tolerancia de los demás?

Esa noche, en el suelo frente a la cama plegable, Norma no tuvo por una vez ninguna pesadilla con policías brutales. Soñó con su primer perro, Tippy, que la seguía todos los días a la escuela. Había querido profundamente a esa perra mestiza y le había confiado sus secretos más secretos. Con su carácter alegre y vivaz, aquel animal solía consolarla de sus decepciones. Cuando Tippy estaba a su lado por aquel entonces, Norma no se sentía tan sola en la casa de los Bolender.

A la mañana siguiente, Norma rebuscó entre los documentos de Jim sobre el Servicio Marítimo un número de teléfono al que poder llamarlo. En cuanto pudieron oírse las primeras voces de los niños en el bungaló de los Lancaster, ella se dirigió a su vivienda. Era un mañana de otoño soleada, californiana, con la bruma ascendiendo desde los valles de la sierra de Santa Mónica.

Norma tuvo que esperar un tiempo inusualmente largo hasta que Betty abrió la puerta. La vecina parecía tener resaca, con la cara gris y el rímel corrido alrededor de los ojos como en una película de terror en blanco y negro.

—Disculpa la molestia a estas horas, por favor —rogó Norma con cortesía—. Necesitaría hablar urgentemente por teléfono con Jim. —Dirigió la mirada más allá de Betty hasta el teléfono que estaba allí reluciente—. ¡Es una emergencia!

Betty tapó con su cuerpo la mirada de Norma.

—Lo siento mucho, pero nuestro teléfono está estropeado.

—No parece para nada estropeado —comentó Norma.

—El operario dijo ayer que se trata de un defecto en la línea que no puede verse en el exterior. La reparación llevará todavía algún tiempo. Y ahora discúlpame, los niños quieren su desayuno.

Tras una mirada a la casa de Abigail, Betty se metió de vuelta en la suya.

Norma debería haber sabido que ya nada sería igual después de su escena de ayer. Se puso nerviosa. ¿Cómo conseguiría ahora un teléfono? Las llamadas telefónicas en la oficina de correos y en las cabinas telefónicas eran más caras que el uso de un aparato privado, pero ella tenía que hablar a toda costa con Jim. Volvió a casa, cogió algunas monedas de la caja de los gastos de la casa y le ató la correa a Muggsie.

Cuando llegó con la perra a la oficina de correos de Sherman Oaks, se preguntó si todo el mundo se habría conjurado ahora contra ella. Con aquella cola que había para usar el teléfono, no podría hablar con Jim antes del atardecer. Se puso en marcha para buscar cabinas telefónicas por aquella zona. De camino a la oficina de correos no había visto ninguna. Aceleró el paso, Muggsie iba a su lado meneando el rabo.

Norma recorría sin rumbo unas calles que daban miedo incluso a alguien como ella, que se atrevía a ir sola de noche por el distrito de Van Nuys. Olía a meados, había basura tirada por las aceras y un ruido horrible. En la esquina de una calle se oían unos chirridos semejantes a los de las fábricas, un grupo de hombres jóvenes se estaba peleando y varios coches patrulla pasaron en ese momento a su lado con el aullido ensordecedor de las sirenas encendidas.

La cabina telefónica de la avenida Whitsett en Garnsey fue la salvación de Norma. Se refugió en ella con Muggsie antes de que se le adelantara nadie. Se apresuró a introducir una moneda de veinticinco centavos en la ranura del teléfono y marcó el número de la centralita para indicar, a continuación, el número de teléfono que había hallado en los documentos de Jim. Poco después se ponía al aparato el instructor de Jim. Ella pidió permiso para hablar con Jim Dougherty. Jim le había mencionado en diversas ocasiones el nombre del coronel Mustard.

—¡Si todas las mañanas llamaran aquí todas las mujeres preocupadas que preguntan por sus maridos —vociferó el coronel por el auricular igual que si estuviera pasando lista en el patio de armas del cuartel—, no quedaría nada de tiempo para la instrucción! ¿Tiene claro esto, mamá?

Norma se puso firme automáticamente.

—Sí, señor.

«¡Pero no te doblegues ahora, permanece inamovible por Muggsie!», se dijo a sí misma mentalmente para darse ánimos.

Por el auricular oyó decir a la velocidad de una metralleta:

—Lo correcto es decir: «¡Señor, sí, señor!».

«¿Y es a este coronel a quien Jim admira? ¿Gritando así todo el santo día? ¡Por Muggsie!», se repitió Norma en sus pensamientos y cambió de estrategia. En lugar de hablar ahora más alto también, puso en su voz toda la dulzura que pudo reunir. Apenas se reconocía a sí misma. Con ese nuevo tono explicó al superior de Jim que su llamada sería sin duda excepcional y que le estaría muy agradecida al coronel si lo mandaba llamar, pues dependía de la aprobación de su marido para un asunto de suma importancia. Terminó su petición con el sonido típico de Harlow: «¿Mmm?», que profirió con un suspiro lánguido y anhelante.

Como respuesta se produjo un silencio largo. Norma se apercibió de que dos hombres la miraban fijamente frente a la cabina telefónica como si fuera una persona famosa. Debió de haber adoptado alguna postura seductora mientras hablaba. Muggsie gruñó con rabia a los dos tipos, pero Norma se limitó a darse la vuelta porque de pronto oyó la voz de Jim.

—¡Jim! —exclamó por el auricular—, perdona la molestia, pero en la trasera de nuestra casa me encontré ayer a la bonita perra *collie* de Inez.

—¿Y para eso haces que me ponga al teléfono?

—Es una emergencia. Si no me ocupo ahora de Muggsie, tendré que llevarla de vuelta a una perrera abarrotada de animales. ¡Y eso significaría su fin!

Los hombres llamaron con los nudillos a la puerta de la cabina telefónica y sonrieron con aires lascivos.

—¿Qué es ese ruido que se oye ahí? —quiso saber Jim.

—El teléfono de Betty está estropeado. Por eso he venido a parar a una cabina telefónica en Garnsey —confesó, y se apresuró a añadir—: Pero tengo conmigo a la perra como mi protectora. Sabe gruñir de tal modo que te da mucho miedo. No te preocupes.

—¿Garnsey? —se limitó a repetir Jim.

—¡Déjame, anda, por favor! Me ocuparé de la perra yo sola. Saldré a pasear con ella, le daré de comer y la peinaré. Creo que es una perra muy inteligente, Jim. ¡Y es tan tremendamente cálida...!

—¿Vuelves a encontrarte mejor por fin? —preguntó con un tono impaciente.

—¡Sí, por supuesto que sí! —aseguró ella.

«Ojalá». Con nervios introdujo la siguiente moneda de veinticinco centavos por la ranura del dinero.

—Vale, entonces puedes quedarte con el perro —dijo él.

Norma se llenó los pulmones con alivio.

—Es una dama, tenemos una perra, Jimmie —corrigió ella con exaltación—. Nuestra pequeña familia posee ahora tres miembros. —Del alivio que sentía no se preocupó de mirar de nuevo a los tipos que estaban frente a la cabina telefónica. Estos perdieron pronto el interés y se marcharon de allí.

—Pero tienes que prometerme una cosa más aún —exigió Jim—. Prométeme que no volverás a ir sola a Garnsey. Una perra no cuenta como protección, ¡solo cuentan los hombres! Para bien o para mal tendremos que esperar un tiempo para la próxima llamada telefónica, hasta que hayan arreglado el teléfono de Betty.

Norma estaba a punto de replicar y de proponer la oficina de correos de Sherman Oaks como alternativa, pero en aquella llamada ya le había arrancado suficientes cosas a Jim.

—Sí, Jim —dijo para no desasosegarlo más—. ¡Nunca más Garnsey!

Tenía que encontrar otra solución, porque quedaba fuera de toda duda que Betty no volvería ya a permitir que llamara desde el teléfono de su casa.

Al cabo de unos pocos días, la perra conquistó por completo el corazón de Norma. A Muggsie le encantaba buscar objetos escondidos y prefería beber más leche que agua. Sin embargo, lo que más le gustaba era estar acurrucada junto a Norma en el sofá.

Con Muggsie a su lado, Norma se sentía más fuerte, menos sola, y con cada día que pasaba soportaba mucho mejor su separación de Jim. Incluso habían cedido en intensidad los dolores de cabeza y la tensión interior. Cuando la perra se le acercaba meneando el rabo o se tumbaba sobre su lomo, ofreciéndole la barriga para que se la acariciara, o cuando dormía con toda la calma del mundo sobre la manta de la sala de estar, Norma sentía más ligero su corazón y se olvidaba por unas horas incluso del miserable ambiente de su calle. Con la llegada de Muggsie se habían encontrado dos marginados.

La perra llevaba solo dos semanas con ella cuando una mañana sonó con insistencia el timbre de la puerta de su casa. Norma estaba limpiando el polvo en esos momentos. Volvía a preocuparse de mantener el orden y la limpieza en el bungaló para que Muggsie tuviera un hogar limpio.

—Buenos días, Norma —la saludó Betty sin pestañear y encabezando a un grupo de vecinas. Abigail, Mildred y Violet estaban detrás de ella con algunas mujeres más.

—Buenos días. Hacía tiempo que no nos veíamos —respondió Norma con frialdad. Su mirada se detuvo en Abigail, cuyo rostro parecía petrificado. Intuyó de inmediato que se le venía encima algo desagradable. Cuando las vecinas actuaban en manada, las cosas raras veces acababan bien.

—En nombre de todo el vecindario querría pedirte que pararas con los ladridos de tu perro. Mantiene despiertos a nuestros hijos hasta altas horas de la noche. —Su voz tenía el dejo de una sabelotodo.

—¡Pero si Muggsie no ladra en absoluto!

Norma miró estupefacta al rincón de la sala de estar donde la perra estaba sentada ahora con las orejas aguzadas. Muggsie era el perro más tranquilo que había tenido nunca.

Con un gesto elegante, Abigail señaló la calle con el dedo.

—Tenemos suficientes testigos que respaldan nuestra afirmación. Sus lacerantes ladridos se oyen incluso calle abajo.

Las demás mujeres asintieron con la cabeza.

—Ese perro es un factor perturbador en nuestro hermoso tramo de la calle —berreó Mildred con el mismo tono de voz que empleó aquella noche con Inez.

—¡Pero si Muggsie no ladra casi nunca! —replicó Norma después de quedarse de piedra ante la desfachatez con la que mentían sus vecinas. Un instante después, Muggsie se colocó a su lado y comenzó a gruñir a las vecinas con cara de pocos amigos.

—¡Lleva esa bestia a la perrera! —exigió Violet y dio un traspié hacia atrás delante de la perra—. O ahógala ahora mismo.

Muggsie se puso a ladrar ahora como Norma no la había oído ladrar nunca antes. Sus aullidos sonaban alarmantes y ávidos, como los de un lobo.

—¿No lo decíamos nosotras? —exclamó Betty y quiso dar una patada al animal.

Norma se interpuso al instante y Muggsie volvió a calmarse.

—¡Estoy segura de que no voy a entregarla!

Betty y Violet se miraron indignadas. Abigail se llevó la mano con gesto de sorpresa a su cabellera de color rojo cobrizo, y Mildred pasó los dedos nerviosa por las cuentas de su collar de perlas desgastado. Seguramente no habían contado con una resistencia tan firme. Ahora eran las vecinas quienes se esforzaban por encontrar las palabras.

—¡Si te quedas con ese perro, no queremos volver a verte en nuestras casas nunca más! Serás una *persona non grata* —dijo Betty finalmente alisándose la blusa de color rosa.

Norma soltó una carcajada burlona. ¿Es que acaso no llevaba ya mucho tiempo siendo una *persona non grata*? Podía renunciar perfectamente a tener amigas como esas. En cambio, ahora sabía bien cómo debió sentirse Inez aquella noche cuando esa misma horda la insultó frente a la puerta de su casa. Norma volvió a lamentar no haberla ayudado.

—No soporto ni un instante más la mirada de ese perro peligroso —dijo Violet adivinando los pensamientos de Norma—. Por el modo en que ladraba hace un momento, seguro que atacará también a nuestros hijos.

—¡Ella no haría eso jamás! —replicó Norma agitada, pero las vecinas ya se habían dado la vuelta y se alejaban de ella.

—¡Venga, vámonos! —dijo Abigail—. Tal vez se comporta como una loca porque lo ha heredado de su madre.

Norma se quedó helada ante tanta maldad. ¡Eso era ya el colmo! Se arrepintió amargamente de haberle confiado sus secretos a Abigail. La confianza de una persona era un obsequio muy valioso del que ella misma nunca había abusado, y no lo haría nunca, aunque se enemistara con esa persona. ¡Ni con Abigail, ni tampoco con Bebe ni con Grace! ¡Ni siquiera con Ervin, que no le gustaba!

En esas condiciones no sabía cómo iba a poder aguantar allí por más tiempo. En esa calle no iba a encontrar paz alguna.

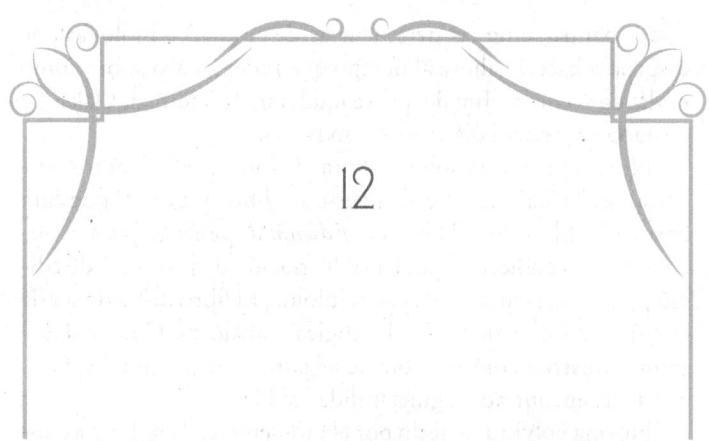

12

Desde la nueva disputa con las vecinas, Norma se ocupaba con mayor intensidad si cabe del bienestar de Muggsie. Para depararle una alegría, le escondía pedazos de comida en la sala de estar y, a una orden suya, la perra se ponía a olfatear por todas partes. Mientras Muggsie buscaba, Norma preparaba una bolsa con algunas cosas para la excursión pendiente a las montañas con sus cuñados, a la que la habían invitado la semana pasada. Tenía preparada la caña de pescar y una de las camisetas de Lockheed de Jim. A pesar de los innumerables lavados seguía habiendo en ella grasa de avión.

Norma avanzaba con mucha lentitud en los preparativos porque sus pensamientos la interrumpían una y otra vez. Desde que las vecinas se cambiaban ostensivamente de acera en la calle cuando pasaban con sus hijos por el bungaló de Dougherty, vivir allí se había vuelto aún más desagradable. La única persona de aquella calle que todavía miraba a Norma era el marido de Mildred Miller. Una mirada que la hacía estremecerse cada vez por lo lasciva que era.

Al ir a reunir las últimas cosas para el viaje, su mirada fue a parar a la bolsa de Norwalk de la que casi se había olvidado ya. Hasta entonces había tenido otras preocupaciones como para poder ocuparse de las pertenencias de su madre biológica. Se dispuso a hacerlo ahora al tiempo que reflexionaba sobre cómo podía convencer a Jim de que se mudaran de Sherman Oaks. Le gustaría regresar al distrito de Van Nuys.

Norma sacó de la bolsa el álbum de fotos con los cantos desgastados. Debajo de él podía verse un libro y una tela de lino enrollada. El título del libro era *Edición de películas para avanzados*. En la cubierta figuraba la ilustración de una mesa de edición y un montón de cintas de celuloide. El libro debía de ser de la época en que su madre biológica trabajó en Consolidated Film Industries como editora de negativos. Se preguntó si Grace habría encontrado alguna utilidad al libro.

Norma volvió a meterlo por el momento en la bolsa y a continuación desenrolló el lienzo. Estaba muy tieso y tuvo que operar con sumo cuidado. Lo extendió en el suelo boca arriba. Podría tratarse de una acuarela, pero para poderlo decir con seguridad necesitaría saber más sobre arte de lo que sabía.

Muggsie olfateó el lienzo con curiosidad. Norma contempló con atención la obra de arte a sus pies. Aún podían distinguirse con claridad las pinceladas del pintor. Estaba pintada en tonos apagados y terrosos: amarillo oscuro, verde oscuro y muchas tonalidades de marrón y gris. En conjunto había solo unos pocos colores. Nunca lo habría considerado colorido, ni siquiera alegre. En la parte central, algo más clara, figuraba una mujer joven, tal vez de su edad. Estaba desnuda y arrodillada a cuatro patas encima de una cama de modo que el espectador podía verle la nalga redonda, el seno izquierdo y la arqueada línea lateral.

—Se parece a mí —susurró Norma.

El cabello de la mujer era de color castaño claro, pero era sobre todo el cuerpo femenino lo que le recordaba a Norma el suyo propio. Se quitó la falda, el jersey y el sujetador, y se fue al cuarto de baño con la pintura para compararse frente al espejo. Solo llevaba puestas unas bragas de algodón.

Hasta la partida de Jim, él y ella habían intimado de tal manera que se mostraban el uno al otro desnudos, sin inhibiciones, y en las noches calurosas dormían sin ropa. Norma no tenía problemas para contemplarse en el espejo tal como vino al mundo. Su mirada se deslizó cuello abajo hasta los pechos firmes y redondeados. Con un dedo rozó casi imperceptiblemente los pezones claros que sobresalían ligeramente. Tenía el vientre plano y, a diferencia de la mujer del lienzo, estaba bronceado. Su ombligo era tan pequeño que apenas le cabía en él la yema del dedo meñique. A Jim le encantaba recorrerlo en círculos con la lengua para descender a besos después hasta su regazo. ¡Qué crimen!

Norma se quedó absorta en la contemplación de la mujer pintada en el espejo. Parecía estar esperando a un hombre. Su pose sensual así lo sugería. Producía en Norma la impresión de que era una seductora paciente, embriagadora. Nunca había visto nada igual.

Norma regresó en bragas a la sala de estar y volvió a dejar el cuadro en el suelo. En la esquina inferior izquierda figuraban las iniciales OEM y el número 1899. Nombres que comenzaran con la letra «O» los había a puñados: Ozzy, Oscar, Olyver... Sin ir más lejos, en su instituto había dos Owen.

Abrió el álbum de fotos, pero pasó por alto la primera página, donde estaba pegada la esquela mortuoria de la psicótica Della Mae. Muggsie se tumbó en el suelo junto a ella.

Tras pasar unas pocas páginas, Norma tuvo la certeza de que aquel álbum retrataba la vida de sus abuelos biológicos. Una fotografía del año 1895 mostraba a un hombre espigado con una barba poblada; era su abuelo en sus años jóvenes. Su porte erguido irradiaba seguridad en sí mismo y causaba una impresión más burguesa que proletaria. Las personas más pobres solían llevar su desdicha consigo al estudio del fotógrafo y este la plasmaba en sus rasgos y en sus posturas. El hombre de la fotografía no tenía absolutamente nada de triste. Era de piel clara, incluso pálida, tal como podía juzgarse en aquella fotografía en blanco y negro ya entrada en años. Debía de tener el pelo medio rubio o rubio rojizo. ¿Poseía tal vez raíces escocesas? La cicatriz en su mejilla izquierda le procuraba un aire audaz. Debajo de la foto estaba escrita con tiza la palabra «Otis».

Dos páginas más adelante, Norma encontró pegada una partida de matrimonio que reproducía el nombre completo de Otis: Otis Elmer Monroe. Por tanto, él había sido el marido de Della Mae, el abuelo de Norma, y era quien había traído a la familia el inusual apellido «Monroe». Él era OEM, el pintor del cuadro.

—Monroe —repitió Norma. «Dougherty» le salía por los labios con más facilidad. Era extraño que Otis hubiera pintado un cuadro artístico y que en la casilla relativa a la profesión en la partida de matrimonio hubiera consignado que era pintor de brocha gorda. Era alguien enigmático y fascinante a la vez. Procedía de un entorno pobre, pero lo apasionaba el arte e incluso pintaba él mismo. Tenía grandes pretensiones y había querido liberarse de las ataduras por su nacimiento y por su origen.

Norma se quedó pensando en él y no dejaba de mirar la fotografía una y otra vez hasta que un timbrazo la arrancó de sus cavilaciones. Desde que las vecinas habían aparecido como una horda en su casa, ella se estremecía cada vez que sonaba el timbre. Contuvo la respiración y no volvió a exhalar el aire hasta que pudo oírse el claxon del Dodge de Marion. Le hacía mucha ilusión la excursión a las montañas, pero pensando en Otis Monroe casi se olvida de terminar de hacer la maleta. ¿Eran ya las once de verdad?

Cerró el álbum de golpe, volvió a enrollar el impresionante lienzo y se vistió.

—Muggsie, ya es la hora. ¿Estás lista? —preguntó pensando todavía en OEM. No conocía ningún cuadro más sensual que el realizado por el pincel del abuelo Otis. Había tenido una pasión insólita.

Fuera sonaba el claxon con una impaciencia creciente. La perra se levantó y meneó el rabo con alegría anticipada. Norma terminó rápidamente de hacer la maleta; a continuación, se apresuró a salir por la puerta y le puso la correa a Muggsie. Solo había unos pocos pasos hasta alcanzar al coche, pero no quería dar motivos a que las malas lenguas dijeran que su perra corría por el barrio sin vigilancia.

Al llegar al coche de sus cuñados, dijo ella:

—¿Me permitís presentaros a Muggsie?

—¡Hola, Muggsie! —dijo Tom, que volvía a llevar una camisa demasiado holgada y unos pantalones amplios. Se encargó de la maleta de viaje y de la caña de pescar de Norma; Marion la saludó con la mano desde el asiento del conductor.

Sabía que Jim les había pedido a sus hermanos esta excursión para que Norma conociera la sierra de San Gabriel, ubicada dentro de los límites del Bosque Nacional de Ángeles. Con su abundancia de percas, carpas y camarones, el río San Gabriel atraía a pescadores de otros estados federados. Sería su primera excursión conjunta. Las esposas y los hijos de Tom y de Marion se unirían a ellos al día siguiente, lo mismo que la hermana de Jim.

—¡Norma, tenemos otra sorpresa para ti! —le anunció Marion mientras dejaban atrás Sherman Oaks traqueteando en dirección al norte.

Ella iba sentada en el asiento trasero y sujetaba a Muggsie. Aunque hacía bastante frío, Marion había abierto la ventana para fumar.

—Me gustaría invitarte a ir al cine —dijo entre dos caladas—. Conozco al vendedor de las entradas del Teatro Magnolia. El cine nos queda de camino a las montañas.

—¿Al cine? ¿No vamos a ir directamente a la sierra? —preguntó Norma. Preferiría ordenar ya en el coche los cebos para las truchas.

Deseaba salir por fin de la asfixiante Sherman Oaks, sacudirse de una vez la aflicción y despejarse la cabeza.

—Podría imaginarme que como dueña novata de un perro podrías esperar una hora para llegar a las montañas y ver a cambio la película *Lassie, la cadena invisible* —dijo Marion y soltó una carcajada—. La Metro-Goldwyn-Mayer ha prometido con esta película en tecnicolor que las imágenes parecerán aún más reales. Las entradas se han agotado enseguida en otros cines.

—Pensé que íbamos a ver *Incidente en Ox-Bow* —intervino Tom en voz baja.

Marion dio un codazo a su hermano.

—¿Ese tostón tan triste en blanco y negro? ¿Quién va a querer ver algo así?

Le echó el humo a su hermano en la cara. Tom no tosió siquiera.

—Dicen que tendrá una gran repercusión —dijo este absorto en sus pensamientos—. Al parecer eximieron a Henry Fonda del servicio militar mientras duró el rodaje. El jefe de la Twentieth Century-Fox, ese tal Zanuck, quería llevar a la pantalla ese tema a toda costa.

—La de cosas que sabes, hermanito —dijo Marion en tono sarcástico—. ¡Me parece que las películas de la Metro-Goldwyn-Mayer son mucho más entretenidas!

Desde el asiento trasero, Norma vio que Tom miraba por la ventana con ensoñación y a continuación decía:

—¿Es que lo importante tiene que ser siempre el entretenimiento?

Marion frenó bruscamente.

—Norma, ¿qué dices tú? —Se giró hacia ella y acarició la barbilla de Muggsie. Tom la miraba por el espejo retrovisor—. ¿Una película de perros con imágenes increíblemente reales de la Metro-Goldwyn-Mayer o algo para nuestro gran intelectual Thomas, en los tristes colores grises de la Twentieth Century-Fox?

—Inclinémonos por la película reflexiva —decidió Norma, porque sintió pena por Tom. Siempre que se había encontrado con él hasta la fecha, le había producido la sensación de abatimiento. ¿Y era cierto el recuerdo de que Ethel había mencionado la borrachera de Tom durante su reciente visita? Era todo un personaje sorprendente.

Marion giró pronto el volante para entrar en el aparcamiento del Teatro Magnolia en Burbank. El cine estaba alojado en una construcción moderna con forma de caja que producía una impresión de fortaleza inexpugnable. El gigantesco panel de anuncios era tan imposible de pasar por alto como la cola de debajo frente a la taquilla de las entradas.

Mientras se bajaban del coche, Muggsie se estiró en el asiento trasero. Disfrutaba visiblemente teniendo todo el sitio para ella sola y cerró los ojos. Norma abrió un poco la ventanilla para que le entrara aire fresco y siguió a sus cuñados hasta aquel cine con forma de baluarte.

Marion le habló al vendedor desde un lado y le tendió un paquete de cigarrillos a cambio de las entradas. El joven preguntó dos veces para asegurarse de que querían ver realmente *Incidente en Ox-Bow* y no *Lassie, la cadena invisible*. Después de un suspiro dramático, el bueno de Marion insistió en la película en blanco y negro.

Norma pisó con cautela el vestíbulo de aquel palacio cinematográfico, como si el suelo fuera de cristal, y miró a su alrededor con veneración. Percibió cómo se le aceleraba el corazón al contemplar los numerosos carteles de películas. Estaban colgados como era debido, igual que en un museo. Ahí volvía a estar de nuevo, en el colorido y brillante mundo del cine. Entrar en el Magnolia representaba su primera visita al cine desde hacía ya dos años. No le quedó más remedio que pensar en Grace, con quien había ido por última vez al cine a ver la película policiaca *El halcón maltés*, protagonizada por Humphrey Bogart. Sintió un pinchazo breve en el pecho, pero a continuación quedó a merced de la vivencia cinematográfica. El mundo del cine volvía a acogerla con los brazos abiertos. La aventura comenzó con el olor seductor de las palomitas de maíz y de la mantequilla fundida.

Tom adquirió generosamente tres porciones. Norma metió la mano en su cucurucho estando todavía en el pasillo, ilusionada por sumergirse en la vida de un vaquero, por cabalgar, reír y sentir miedo con él, por oler lo que olía él, por sentir lo que sentía e incluso por percibir los latidos de su corazón.

Al pisar la sala de cine, Norma notó que se hundía en la alfombra mullida. Lo de ir otra vez al cine había sido una idea muy buena de sus cuñados. Y además se sentía muy a gusto en compañía de los hermanos de Jim. A diferencia del Teatro Chino de Grauman, la sala de cine del Magnolia estaba desprovista de adornos tanto por fuera como por dentro. No obstante, reinaba también aquí un ambiente especial, una mezcla de fascinante expectación por la película y de ilusión relajada al poder recostarse cualquiera cómodamente en su butaca. Ese ambiente era perceptible incluso en una sala con pocos espectadores. Norma disfrutaba especialmente de las proyecciones en las salas de cine abarrotadas porque en ellas se daban cita los grupos sociales más diversos: había gamberros, personas con ingresos elevados y artistas. Exceptuando los ciudadanos de color, para quienes había sesiones separadas, en las salas de cine se reunía una mezcla ilustre de personas que buscaban hacer fortuna en Los Ángeles. Al vivir simultánea y conjuntamente las escenas de la película, al compartir la alegría, la felicidad y la consternación, no le costaba nada sentirse unida a esas personas. No se avergonzaba nunca de llorar en el cine al lado de desconocidos.

Marion los condujo a sus butacas. Cuando retumbó por los altavoces la sintonía típica de la Twentieth Century-Fox, Norma volvió a pensar en Otis Monroe, que se había dedicado al arte auténtico siendo pintor de brocha gorda, pero muy pronto se olvidó de todo lo que la rodeaba y se quedó colgada de los labios de los actores Henry Fonda, Anthony Quinn y Harry Morgan. Le habría gustado estar en la primera fila para hallarse aún más cerca de ellos. Sin embargo, eso solo lo hacían las muchachas jóvenes, y ella ya había dejado de serlo.

Incidente en Ox-Bow está ambientada en 1885, en el estado de Nevada. La cámara acompaña a un grupo de hombres que siguen la pista de tres forasteros a quienes tienen por los asesinos del ranchero Kinkaid y cuyo ganado supuestamente habían robado. El cabecilla de esa patrulla de linchamiento contraria a la ley obliga también a Gil y a Art a participar en la cacería humana. Aunque Gil, el protagonista de la película, se da cuenta de que aquella era una acción propia de fanáticos, no se opone lo suficiente contra ese procedimiento ilegal, ni tampoco lo impide. De este modo se produce un interrogatorio dudoso en Ox-Bow, un paisaje de colinas. Aunque los acusados insisten encarecidamente en su inocencia, los declaran culpables en un juicio sin juez y los ahorcan.

Norma estaba clavada en su asiento, afligida, mientras oía juzgar a aquellos hombres furiosos sin que Gil se lo impidiera. Era aterrador lo rápido que unas personas podían acabar con la vida de otras. Uno de los tres muertos, el personaje interpretado por Anthony Quinn, era un mexicano. En un instante se desviaron sus pensamientos angustiosos hacia Inez, y se preguntó si estaría bien. Todavía no había leído ninguna noticia de Pedro en los periódicos, probablemente seguía detenido. La confusión sufrida y los sentimientos propios durante la noche de la detención se le hicieron muy presentes, como si hubieran ocurrido ayer. ¡El dolor de cabeza regresó con sus punzadas!

La aflicción de Norma se hizo aún más intensa cuando observó en la pantalla cómo el grupo de linchamiento se encuentra con el sheriff en el camino de regreso, y este los informa de que el ranchero Kinkaid está con vida y que los verdaderos ladrones de ganado se encuentran entre rejas.

Cuando acabó la película, su cucurucho de palomitas de maíz seguía lleno. La película había alterado también el estómago de Tom, la grasa brillaba tan solo en los labios de Marion. Norma permaneció meditabunda en el asiento del cine como si pudiera revertir la condena si se quedaba mirando fijamente los créditos. ¿Cómo es que Gil había permitido el linchamiento de aquella turba enfurecida? Gil había luchado consigo mismo en muchas escenas, pero a la hora de la verdad no se atrevió a mover un dedo. Ella había sentido literalmente cómo el sudor aparecía en la frente de él. Cuando se ejecutó la sentencia y ahorcaron a los condenados, sintió que se le contraían las entrañas de nuevo por los sentimientos de culpa. Gil debió de sentir lo mismo con toda seguridad.

Norma no había visto nunca una película que la dejara tan atribulada, y eso que conocía centenares de películas. Los vaqueros Gil y Art eran unos personajes muy desdichados. Normalmente, los protagonistas de las películas del Oeste brillaban con fuerza al final. «¡En la vida real no siempre hay un final feliz!», oyó decir a Abigail en su recuerdo. Norma añadió mentalmente: «Y en las películas tampoco. ¿Qué mundo era mejor entonces?».

El resto del viaje a las montañas transcurrió en un ambiente depresivo. Aunque Marion trató de animar a Norma y a Tom con frases chistosas, no pudo hacer nada contra el abatimiento que la película había dejado en ellos. Norma apenas tenía ojos para los paisajes naturales que estaban atravesando, porque *Incidente en Ox-Bow* continuaba operando en ella. ¡Qué talento había que poseer para hacer una película tan conmovedora! Los actores habían conseguido identificarse con su papel a través de su actuación veraz, tal como lo denominaba Stanislavski. Habían creado una ilusión perfecta de la vida real. ¿Experimentaron en su interpretación el famoso «momento del vértigo»? Las manos de Norma se calentaron con estos pensamientos, aunque en su cabeza continuaba percibiendo las punzadas de los sentimientos de culpa.

Llegó con sus cuñados a primera hora de la tarde a la sierra de San Gabriel. Buscaron un lugar tranquilo en la orilla occidental del río San Gabriel. Muggsie fue la primera en bajarse del coche de un salto y corrió de inmediato hacia el agua. Norma la siguió, pero no antes de volver a manifestarles a Tom y a Marion lo agradecida que les estaba por haberla llevado con ellos.

Cuando Norma echó por fin el sedal a la sombra de los alisos y los sauces mientras los hombres montaban las tiendas de campaña, sus pensamientos continuaban anclados en el linchamiento criminal en Ox-Bow. No fue sino al cabo de un rato cuando se dio cuenta de que no había colocado ningún cebo en el anzuelo.

13

Comienzos de noviembre de 1943

Cuando Darryl comenzó a examinar la pila de manuscritos se acababa de poner el sol, y ahora ya estaba amaneciendo. Los primeros rayos destellaban sobre la superficie del río. Detrás de él cantaba una alondra.

—Este tema vale su peso en oro —murmuró para sus adentros para no despertar a su hijo, que dormía en la tienda de campaña a su espalda. ¡La biografía del expresidente Wilson le iba que ni pintada para el tipo de películas relevantes que quería hacer él! Compraría casi a cualquier precio ese material. Tan solo le faltaban ahora algunas historias de personajes femeninos únicos.

Desasosegado, se levantó de pronto del taburete plegable de modo que la pila de papeles que tenía en el regazo se esparció entre las hierbas. Dio algunos pasos por la orilla del río, con el habano fijo en la boca. La Twentieth Century-Fox necesitaba otra vez unas historias sensacionales por las que valiera la pena emborracharse y rememorar viejas anécdotas durante todo un fin de semana con Joseph Schenck en Palm Springs. A Darryl le hacía falta una película que fuera un taquillazo de verdad y que al mismo tiempo resultara digna de figurar en la historia del cine, tal como había sucedido con *¡Qué verde era mi valle!* en 1941, que se convirtió en la favorita de la crítica, de los Oscar y del público. Las once nominaciones en los Oscar terminaron siendo cinco estatuillas. Ahora bien, ese éxito se había producido hacía dos años ya. Para un promedio de un mes para el rodaje de una película, eso significaba mucho tiempo para unos estudios tan grandes como los suyos. Demasiado tiempo si lo que se pretendía era superar con holgura a la Metro-Goldwyn-Mayer. ¿Qué sería de él, el niño prodigio de por aquel entonces, si no conseguía dar el salto al trono de la cinematografía? Tal vez ese potencial particular se encontraba en la adaptación cinematográfica de la biografía de Woodrow Wilson. Los miembros de la Academia adoraban las películas biográficas y solían nominarlas para un Oscar muy por encima del promedio.

—¡No me muerdas, por favor! —oyó gritar a sus espaldas desde la tienda de campaña, y a continuación un chillido.

Darryl corrió hasta la tienda de campaña, dejó el puro en el plato de hojalata frente a ella y al lado su sombrero tropical de África. Al mirar dentro de la tienda, vio a Dicky, que se había guarecido por completo en su saco de dormir. Darryl encendió la linterna colocada en el techo y miró a su alrededor. No vio ningún animal que pudiera ser peligroso para su hijo, y eso que inspeccionó cada centímetro alrededor de la cama, echó un vistazo debajo de los sacos de dormir y rebuscó entre el equipaje a los pies de la cama.

—¡Papá, ahí había una serpiente que quería comernos! ¡Tenía los dientes tan afilados como un cuchillo de cocina! —dijo entre jadeos el niño de nueve años aferrándose a su padre.

—Aquí dentro está todo bien, Dicky —le aseguró Darryl y se echó junto a su hijo en la amplia cama hinchable—. Solo ha sido un sueño, no tengas miedo —lo tranquilizó con un tono suave en la voz, sabiendo que en aquella zona había, efectivamente, serpientes y osos. Agarró la manita de su hijo y le acarició la cabeza con el pelo sudoroso. Richard se fue calmando poco a poco.

—¿Papá? —preguntó el chico al cabo de un rato en el que solo podía oírse el murmullo del río. Ese sonido le recordó a

Darryl el motivo por el cual iban a ese lugar desde hacía muchos años: por la paz y por la distancia al lugar de trabajo. Probablemente lo más sensato habría sido dejar aquellos guiones en Santa Mónica.

—¿Sí, Dicky? —preguntó él a su vez.

—¿Y qué hacemos si un animal feroz se cuela de verdad en nuestra tienda? —preguntó incorporándose.

—Entonces sacaré rápidamente mi escopeta —respondió Darryl—. Ya sabes que tu papá tiene muy buena puntería, ¿verdad? Yo era un buen cazador de gansos y de coyotes, y un jinete apasionado, solo que en muy raras ocasiones encontraba tiempo para ello.

—Sí, papá, ya lo sé —respondió el chico buscando de nuevo la mano de su padre.

—Así que no hay motivo para tener miedo. Allí donde yo me encuentre, no te sucederá nunca nada —le prometió Darryl mirando amorosamente a su angelito rubio de frente alta, la misma que la suya—. Además, los animales solo atacan cuando se sienten amenazados, y nosotros dos no estamos amenazando aquí a nadie.

Richard volvió a esconderse en su saco de dormir y guardó silencio, algo inhabitual en él.

—Bueno, anda, dime, ¿qué más tienes? —lo sondeó Darryl apagando la linterna.

Richard mantuvo la boca oculta dentro del saco de dormir mientras decía:

—Me gustaría que mamá y mis hermanas estuvieran también aquí con nosotros en las montañas. Es mucho más divertido cuando estamos todos juntos.

—Pensé que te gustaba cuando organizábamos algo solo los chicos, ¿no es así?

Darryl hizo como si saludara tocándose ligeramente con los dedos un imaginario sombrero de vaquero. Se trataba de un gesto familiar de complicidad entre su hijo y él.

—Contigo también está bien, pero… —dijo Richard y sonrió por el gesto de su padre.

Darryl era capaz de saltarse cualquier reunión de trabajo por contemplar esa sonrisa.

—Sé lo que quieres decir, hombrecito. También yo las echo de menos.

Se quedó mirando fijamente la maleta infantil a los pies de la cama hinchable, en la que habían transportado los juguetes.

Desde el gran revuelo que causaron unas bragas ajenas en la maleta de Darryl, su esposa no es que se hubiera mudado a la casa de sus padres, pero los dos ya no estaban tan unidos como antes. Solo de cara al exterior seguían pareciendo la pareja perfecta de Hollywood. Se habían casado muy jóvenes y habían peleado los dos por la carrera de él y habían crecido juntos en la época dorada de la industria cinematográfica. Se entendían a la perfección y eran capaces de anticipar cada una de las reacciones del otro. La pasión de ella lo había encendido literalmente a él y pronto lo convirtió en productor. ¿Lo habría conseguido sin Virginia? No podía decirlo con exactitud a pesar de lo mucho que creía en su propio talento. Entretanto, Darryl no sabía ya cómo podrían volver a estar juntos. No había regalo, por caro que fuese, que aplacara la ira de ella por sus líos amorosos. Ya hacía muchos meses que solo hablaban de asuntos de organización doméstica. Hacía tiempo que Virginia no lo deseaba sexualmente, cosa que la joven marroquí, la dueña de las bragas, sí lo hacía con ganas. Y eso mismo fue lo que ocurrió con la pequeña Lydia la semana pasada. ¿No tenía derecho a saciar su hambre en otra parte? En realidad, su crisis matrimonial había comenzado ya mucho antes del hallazgo de las bragas.

Cuando Darryl se volvió otra vez a mirar a su hijo, este había cerrado los ojos y respiraba tranquilamente. Permaneció un rato tumbado contemplando a Richard. Además de sus dos hijas, su hijo era lo más importante para él en el mundo. Quería darle todo lo que le pedía, ya que él, de niño, había tenido que renunciar a muchas cosas.

Después de que Richard volviera a quedarse dormido, Darryl salió a gatas de la tienda de campaña. Tal vez el chico extrañaría menos a la otra mitad de la familia si le presentaba algunas arañas impresionantes a la hora del desayuno. Su hijo adoraba las arañas, que coleccionaba en tarros que podía contemplar durante horas y horas. Las montañas estaban llenas de insectos y de bichos, incluso se habían topado aquí arriba con una peligrosa araña reclusa marrón.

Darryl recogió y volvió a encender su habano frente a la tienda de campaña. A continuación, ordenó el revoltijo de papeles frente al taburete plegable y le llamó la atención entonces la revista *Collier's*. Uno de sus guionistas le había pegado una nota encima que lo remitía a un relato corto titulado *Laura*.

Darryl leyó toda la historia de pie, completamente cautivado por ella. Ahí estaba, ahí tenía a su nuevo y moderno personaje femenino: ¡Laura! Tenía que asegurarse a toda costa los derechos cinematográficos. Laura era exitosa, actuaba por cuenta propia y podía llevar la contraria a cualquier cínico resabido y experimentado.

Darryl guardó sus papeles con buen humor en el Cadillac que había aparcado detrás de unos arbustos tupidos. Sacó los prismáticos del maletero. Pero antes de ponerse a buscar arañas, cebó su caña de pescar con un grano de maíz, la lanzó y la colocó en el soporte. Eran las siete pasadas cuando se puso el sombrero tropical para la excursión de las arañas. El desayuno tendría que esperar todavía.

Darryl llevaba un rato arrodillado en el suelo con los pantalones de pionero de su abuelo y estaba sumido en sus pensamientos sobre el reparto para *Laura* cuando oyó una voz procedente del río.

—Hola, ¿está cerca el propietario de la caña roja?

Darryl miró en dirección al agua entre las briznas de hierba y se llevó el dedo a la boca.

—¡Chis! —exclamó señalando hacia la tienda de campaña—. Por favor, no despierte a mi hijo.

La chica de la caña de pescar a la mosca levantó la vista, asustada.

—Lo siento —replicó con un susurro—, pero mi línea flotante se ha enredado en su sedal. ¿Me permite que lo desenrede?

Darryl dirigió una mirada desconfiada a la chica del río. No eran raras las veces que lo perseguían actrices en busca de un papel y hacían como si se hubieran topado con él por pura casualidad. Ahora bien, con una camiseta tan desgastada y llena de mugre y con aquellas botas altas como las que llevaba la chica del río, no se atrevería a aparecérsele ninguna.

Solo por seguridad se caló aún más el sombrero tropical en la frente y luego se levantó.

—Sí, adelante; inténtelo —dijo él.

Se dirigió a la orilla, lejos de la tienda de campaña. Le gustó que ella apenas le prestara atención y estuviera concentrada por entero en su línea flotante. La pesca con mosca era en realidad un dominio masculino. Para las mujeres y los niños resultaban más apropiados los peces de fondo, como las carpas y las tencas, que eran más fáciles de capturar. Bastaban un grano de maíz y un poco de paciencia. Él mismo solo pescaba carpas ahora porque quería enseñar a pescar a su hijo.

—He estado toda la noche en vela lanzando el sedal —dijo ella después de desenredar el sedal. Se apartó de él y lanzó la línea flotante con el movimiento de retroceso típico de la pesca con mosca.

Darryl no había visto nunca un retroceso con tanta clase como aquel. Su técnica era excelente.

—Yo tampoco pude dormir bien la pasada noche —dijo él.

—¿Acaso vio usted también una película conmovedora? —preguntó ella mirándolo con unos ojos de un impresionante color azul verdoso.

Darryl volvió a bajar la voz para que Richard no pudiera oírlo de ninguna de las maneras.

—A mí me preocupa mi matrimonio —confesó él y se sorprendió de confiarle un detalle así a una persona desconocida. Tal vez se debía a la sinceridad que irradiaba aquella muchacha. No había ni un ápice de fingimiento, estaba del todo presente allí en esos instantes. Era exactamente como él se imaginaba a Laura.

—¿Qué película conmovedora dice usted que ha visto? —preguntó él sentándose en la orilla. Le llamó la atención que llevaba puesto un anillo matrimonial, pero en su caso ese detalle nunca había sido ningún impedimento para conversar.

Ella seguía en el agua con su caña de pesca con mosca.

—*Incidente en Ox-Bow* —dijo ella en un tono como si solo mencionar el título le causara dolor—. ¿La conoce?

—Sí —respondió él escuetamente—. Muy bien, incluso.

Había comprado los derechos cinematográficos y se había ocupado del reparto con actores y actrices de primera categoría incluso en los papeles secundarios. *Incidente en Ox-Bow* fue un intento propio de inventar un tipo de wéstern completamente distinto. Una película del Oeste con un final sin héroes felices. Fue un rodaje turbulento con un presupuesto bajo. Una actriz se había roto algunos huesos al caerse del caballo, y la mayor parte de las escenas nocturnas las habían rodado en los estudios, razón por la cual causaban una impresión teatral. La película llevaba ya todo un año en los cines, y no parecía que fuera a rentabilizarse nunca el dinero que había costado la producción. Lo que Darryl aprendió de aquello fue que con una película seria sobre el tema de los linchamientos no podía ganarse mucho dinero en los Estados Unidos de América.

Se encendió otro puro habano y dio algunas caladas.

—¿Por qué la ha tenido tan ocupada a usted esa película, si me permite la pregunta? —dijo subiéndose el sombrero tropical con aire de curiosidad.

Ella tenía la mirada fijada en el río mientras respondía:

—Al final fue un fracaso de todas las personas, independientemente de si estaban a favor o en contra del linchamiento. Eso es verdaderamente terrible —dijo ella, y su voz se volvió aún más tierna al añadir—: Se me puso la carne de gallina cuando tuvo lugar la votación de si los tres inculpados debían ser ahorcados. En esa película sentí mucha injusticia y mucho odio. —Apenas se la pudo oír cuando dijo entre susurros—: Pero en realidad es tal como sucede en la vida real.

Darryl sonrió. Durante el rodaje le rogó a su director que relatara la escena de la votación sin precipitarse, sin las prisas con las que la Metro-Goldwyn-Mayer solía generar el suspense en sus películas.

—¿Se va a burlar usted de mí? —preguntó ella en un tono más serio.

Ella lo miró ahora de verdad por primera vez. Él andaba buscando en su mente a la protagonista para el papel de Laura. Betty Grable no encajaba. Laura debía ser por fuerza morena, como la chica del río.

—Nunca me burlaría de nadie que me confía sus sentimientos. Me sucedió algo similar a usted la primera vez que vi la película en su totalidad —confesó pensando en la primera proyección en la sala de montaje—. Me quedé muy consternado por la valentía demasiado tardía que reunió Gil, que ya no podía hacer otra cosa que mostrar arrepentimiento. Ser un secuaz es peligroso, siempre lo ha sido.

El rostro de la chica se ensombreció, como si estuviera imaginándose en ese momento a Gil. Él deseó que hubiera espectadores de películas como ella, personas que no solo buscaban entretenimiento, sino también estímulos, que reconocían y sabían apreciar las películas significativas como tales, es decir, el auténtico arte cinematográfico.

—«Nuestros asesinos son quienes me dan pena —dijo él citando la carta de despedida de uno de los asesinados—, porque para mí pronto habrá terminado todo, pero los asesinos tendrán que recordarlo el resto de sus vidas».

La chica asintió con la cabeza, sumida en sus pensamientos, y se fue caminado con sus botas altas en la dirección por la que había venido.

—Tengo que regresar, me encuentro demasiado lejos de nuestro lugar de acampada. Muggsie me estará echando de menos ya, seguro.

Darryl se levantó en la orilla y exclamó en voz alta a pesar de que Richard estaba durmiendo en la tienda de campaña:

—Tal vez Gil defendería sus convicciones con mayor valentía si tuviera una segunda oportunidad, y entonces actuaría de alguna manera.

Este mensaje de la película era importante para él. Ella se volvió a mirarlo.

—¿Una segunda oportunidad? ¿Se refiere usted a un resarcimiento?

—A menudo nos vemos dos veces en la vida en la misma situación —dijo Darryl y vio que ella realizaba ahora un lanzamiento magistral tras otro con el sedal por encima de la cabeza. Si no lo hubiera vivido en persona, pensaría que ese encuentro inhabitual había sido una invención de sus guionistas.

14

Norma se encontraba en la cabina telefónica de la oficina de correos de Sherman Oaks.

—¿Es verdad lo que dices? —volvió a exclamar por el auricular. Las mujeres que estaban en la cola frente a la cabina la miraban con malos ojos porque llevaba mucho rato ya hablando. Sin embargo, ella se había acostumbrado entretanto a las miradas aviesas de su vecindario, que le resbalaban por completo. Lo último era que Mildred Miller le había exigido incluso que cambiara sus infantiles jerséis demasiado ceñidos por blusas recatadas. Sin embargo, Norma siguió llevando la ropa que le gustaba, ya no le importaba para nada lo que pensaran los demás, y esa era una sensación liberadora.

—Cariño, ¿quieres que te lo repita una vez más? —preguntó Jim por el auricular—. Bueno, entonces te lo digo por tercera vez.

Suspiró con la teatralidad de la que sería capaz un actor de instituto. A Norma le temblaba todo el cuerpo de la emoción.

—¡Sí, por favor! ¡De lo contrario no podré creérmelo! Solo una vez más.

El descontento de ella por el hecho de que él se contemplara tan solo a sí mismo, de que ante todo la hubiera dejado sola, quedaba olvidado. Más importante era que pronto las cosas iban a ir bien. Jim respiró bien hondo, algo que pudo oírse claramente al teléfono a pesar de las interferencias y de los chisporroteos de la línea.

—Al finalizar la instrucción me quedaré en la isla de Santa Catalina —dijo él—. Me han ordenado encargarme de las clases de educación física para los nuevos reclutas de la marina mercante. Así que lo de ultramar tendrá que esperar todavía un poco.

—¿Y qué más?

Norma apenas podía respirar de la alegría. El espectro horrible de ultramar quedaba ahuyentado por el momento, y Sherman Oaks también. No tendría que vivir allí por más tiempo. ¡Qué pensamiento más aliviador! La vida comenzaba de nuevo.

—Me dicen que como esposa mía puedes venirte acá y vivir conmigo durante mi periodo de instructor —siguió diciendo Jim.

—¡Me gustaría ir a la isla en cuanto sea posible! —volvió a confirmar ella una vez más.

Durante mucho tiempo habían tenido la sensación de que no se verían en toda una eternidad. La víspera había anotado ya los primeros números de teléfono de agentes inmobiliarios que alquilaban bungalós en el distrito de Van Nuy. En los paseos con Muggsie pasó al lado de muchos carteles en los que ponía «Se alquila».

—Ya he alquilado un apartamento en Avalon, vamos a rescindir lo más rápidamente posible el contrato de alquiler del bungaló de Sherman Oaks —dijo él—. Pensé que te alegrarías mucho de que nos mudáramos por fin a un vecindario más calmado. En la última llamada me contaste que a las mujeres no les gustaba el perro. Aquí en Catalina podemos dejar cerradas las cortinas todo el día y hacer…, bueno, tú ya sabes.

Norma sonrió dichosa. El día a día en la calle se había vuelto insoportable. Para que Jim no se preocupara en exceso por ella, únicamente le habló durante la llamada telefónica de la semana pasada de ciertas desavenencias con las vecinas a causa de la perra, y también de que el teléfono de Betty iba a estar estropeado durante mucho tiempo. No quería sobrecargar sus llamadas, de por sí muy breves, con otros asuntos.

—Catalina es de ensueño —dijo Jim con entusiasmo—. Playas de arena blanca, mar de color turquesa y unas puestas de sol tremendas.

—Suena a que vamos a recuperar allí nuestra luna de miel —dijo Norma suspirando.

—Voy a decirle al propietario que rescindimos el contrato de alquiler del bungaló. Tú haces las maletas y te vienes en el ferry del domingo. El permiso del Servicio Marítimo debería llegarte como muy tarde mañana. He adjuntado algunos dólares para la travesía. Mis hermanos pueden vaciar la casa y arreglar todo lo demás en Sherman Oaks. A Tom le pediré que te lleve el domingo a la terminal del ferry en Wilmington.

—¡Con viento en popa a toda vela! —exclamó ella a pesar de que enseguida se mareaba en los viajes en barco—. ¡Estoy tan contenta de que por fin volvamos a vernos...!

Eso iba a suceder en dos días.

—Yo también me alegro, cariño. Me siento aquí muy solo sin ti. Tan solo hay hombres de uniforme a mi alrededor. —Jim tenía prisa ahora—. Tengo que pasar lista. Hasta el domingo por la tarde a las tres en el puerto de Avalon.

—¡Hasta el domingo!

Colgaron y Norma salió de la cabina telefónica.

Frente a la oficina de correos dio un giro completo sobre las puntillas de los pies de modo que se le levantó la falda al aire. A continuación, desató a Muggsie del árbol. Tenían que ir a casa a preparar el viaje.

Al llegar frente a su bungaló, Muggsie se puso enseguida a olfatear en el jardín de delante de la casa. Con la nariz pegada a la tierra seca siguió un rastro. Al lado del buzón parecía oler especialmente bien. Muggsie encontró algo y comenzó a masticarlo con fruición, pero un instante después se puso a aullar aterrorizada.

Norma corrió a su lado de inmediato y le abrió el hocico. Encima de la lengua halló un pedazo de salchicha a medio masticar y llena de clavos. Se los sacó despavorida. En el paso de la lengua a las fauces había un clavo oxidado que se habría deslizado al esófago un instante después al tragar. También se lo retiró. Desvió la mirada a la casa de Betty, luego al otro lado de la calle, al aristocrático rosal de Abigail y finalmente a la casa de Mildred Miller, en la que vio moverse las cortinas.

Tras la detención de Pedro y tras los últimos encuentros con las vecinas, tendría que haber adivinado en realidad de qué actos ruines eras capaces. Y el asunto con Pedro Gonzáles estaba todavía lejos de haber llegado a su fin. En dos periódicos apareció anteayer la noticia de que el juicio contra él comenzaría en pocos días. Estaba acusado de «actividades antiamericanas», para cuya persecución se había creado un departamento propio en el Gobierno. En un artículo de la prensa se decía también que Inez exigía la liberación de su marido todos los días frente a la prisión policial y que estaba recaudando dinero entre la comunidad mexicana de Los Ángeles para pagar a un buen abogado.

El ambiente en el caso Gonzáles seguía caldeándose y hacía tiempo también que se estaban produciendo altercados en otros barrios de Los Ángeles. Los periódicos estaban plagados de noticias sobre reyertas brutales, sobre muertos y decenas de personas heridas de diferentes colores de piel, víctimas de tremendas palizas.

Norma sintió una rabia incontenible. Probablemente habría más salchichas asesinas escondidas en los alrededores de su bungaló. ¿Podían quedarse sus vecinas tan panchas ante la muerte de un animal inocente? Con las manos cerradas y con Muggsie atada a la correa, se encaminó a la casa de Abigail. Sin embargo, en mitad de la calle fue ralentizando el paso para acabar deteniéndose. Ahora era necesario utilizar la razón y mantener bajo control las emociones. ¿Podía estar realmente segura de que la carne con los clavos procedía de sus vecinas? ¿Y si se trataba tan solo de una coincidencia?

Norma no pudo menos que pensar en la película *Incidente en Ox-Bow*, en la que se habían emitido juicios precipitados. Ella no podía cometer ese error. Primero tenía que interrogar a Abigail antes de juzgarla precipitadamente. En este contexto se acordó del delicado hombre bajito de los dientes de conejo con quien había hablado en las montañas sobre aquella película insólita. Con sus pantalones vaqueros y el sombrero tropical parecía un loco que sabe disfrutar de la vida. Cuando ella se volvió a mirarlo una vez más al final de su conversación, vio al chiquillo que asomaba la cabeza fuera de la tienda de campaña con una linda cabellera.

Para hacer que se le desvaneciera un tanto la rabia hacia sus vecinas, condujo a Muggsie de vuelta al bungaló y le examinó la boca en busca de rastros de sangre, afortunadamente sin encontrar nada. Puso en el bebedero de Muggsie un poco del colutorio de Jim con el fin de desinfectar cualquier herida gracias a su contenido de alcohol. A continuación, cerró la puerta de la casa desde el exterior dando dos vueltas a la llave, por seguridad, y se dirigió a la casa de la familia Summer de forma muy civilizada y controlada. Miró también hacia la casa de los Gonzáles. La casa, antes de colores vivos, la habían pintado ahora de gris con los marcos de las ventanas blancos, tal como supuestamente era propio de los estadounidenses «auténticos». Un instante después paraba delante de la casa un camión de mudanzas del que bajó una familia con dos criaturas.

Ella quería despachar rápidamente con Abigail ese asunto. Mientras tocaba el timbre de la puerta con nervios, iba descansando el peso de su cuerpo alternativamente de una pierna en otra. No abrió nadie.

La segunda vez dejó que sonara más tiempo el timbre. En realidad, Abigail estaba siempre en casa al mediodía preparando los emparedados del almuerzo y el puré de verduras para Mike.

—¿Abigail? —exclamó Norma en el jardín, pero solo obtuvo un silencio por respuesta.

Cuando Norma volvió a intentar llamar por última vez a la puerta de la casa, Abigail abrió, pero se limitó a decir: «¡No tengo tiempo para ti!», y dio un portazo tan violento que se le levantó el pelo a Norma.

Se encaminó a la casa de Betty. Lo probaría con ella, pero Betty ni siquiera abrió, sino que hizo saber a Norma con la puerta cerrada que no disponía de tiempo. Norma ya ni lo intentó con Mildred. Regresó a su bungaló a ver cómo le iba a Muggsie. La perra yacía asustada frente al sofá. La acarició hasta que se quedó dormida.

Norma decidió no dejarla salir de nuevo por la puerta hasta haber examinado a fondo los terrenos de la casa en busca de trozos de carne peligrosos. En el jardín encontró, en efecto, más pedazos de carne llenos de clavos. Examinó incluso las grietas del suelo del porche hasta que anocheció. Luego se dejó caer, exhausta, en la cama plegable Murphy. Al divisar las zapatillas de andar por casa de Jim le vino el recuerdo de que el día había comenzado muy prometedor con la llamada telefónica en la oficina de correos. ¡Podía reunirse con Jim y marcharse de allí por fin!

En lugar de descansar, escribió una carta a Grace y a Bebe. ¿Cómo había podido creer alguna vez que Abigail podría convertirse en una amiga íntima y confidente, igual que Bebe? Había sido condenadamente ingenua. Prometió a Grace y a su hermanastra comunicarles la dirección nueva en Avalon en cuanto la supiera. Lo que más deseaba ahora era no tener que pasar ninguna noche más en Sherman Oaks.

Norma preparó entonces las cosas que iba a llevarse consigo a la isla para ser puntual esta vez el día de la partida. Entre ellas había tres jerséis, dos faldas, un vestido, el monedero para llevar colgado del cuello y el bikini para la playa. Este lo llevaba desde que tenía doce años. Los hermanos de Jim meterían todo lo demás en cajas y las guardarían en la casa de sus padres. Se imaginó nadando con Jim durante las puestas de sol en unas aguas de color azul turquesa, y creyó percibir ya la arena aterciopelada deslizándose entre los dedos de los pies. Ahora bien, ¿qué iba a hacer finalmente con la bolsa de Norwalk?

Norma agarró el álbum de fotos de sus abuelos y se sentó frente al sofá al lado de Muggsie, que dormía. Al principio fue pasando las páginas del álbum sin ningún propósito, hasta que sus ojos se quedaron clavados en una fotografía. Según el pie de foto había sido tomada en México. El abuelo Otis estaba de pie frente a un letrero en el que ponía «Ferrocarriles Nacionales de México». Debió de haber dejado su trabajo como pintor de brocha gorda para trabajar como ingeniero en la compañía ferroviaria. Eso lo convertía en el primer hombre con estudios entre sus antepasados. ¿Qué le habría dicho Otis a una nieta sin el título de bachiller?

Norma volvió a mirar varias veces esa fotografía del año 1895 que la había dejado fascinada desde la primera vez. La mirada de Otis parecía vigorosa, como si nada pudiera desviarla. En una de las últimas páginas, debajo de una fotografía había un artículo de periódico doblado y amarillento que hasta ese momento no le había llamado la atención. Describía el trabajo de Otis en la comunidad y mostraba a su abuelo como pintor ante una casa. En una segunda toma aparecía en el interior de una pequeña y estrecha buhardilla. Norma se acercó el artículo a los ojos. Otis debía de tener en torno a los cuarenta años en ambas fotografías. Era difícil de distinguir con claridad, pero sostenía un pincel en la mano y se hallaba frente a una pared llena de sensuales desnudos femeninos de gran tamaño que se asemejaban a aquel que Norma custodiaba de su madre biológica. Se sintió aliviada de que en su familia por parte materna no solo hubiera enfermedades mentales, sino también creatividad. Al mismo tiempo lamentó que el abuelo Otis no hubiera llegado a una edad avanzada. Lo enterraron en el año 1909, con tan solo cuarenta y tres años; no figuraba la causa de la muerte. Norma cerró de golpe el álbum de fotos y lo guardó con las cosas que iba a llevarse a la isla de Santa Catalina.

Eran tan solo las cinco de la madrugada cuando Norma abrió los ojos y posó la vista en el despertador. ¡Era por fin el día de su partida! Pasó la mano por el pelaje del vientre de Muggsie, que dormía a su lado. La perra se había tumbado a sus anchas toda la noche sobre su lomo y le había dejado a Norma apenas una estrecha franja al borde de la cama.

Abrió las cortinas por última vez para dejar pasar al bungaló el pálido sol de la mañana. Contempló en el porche la última salida del sol en Sherman Oaks. El aire era frío, la temperatura no era de más de dieciséis grados, invernal ya.

A eso de las siete colocó su maletita junto a la puerta; al lado estaban sus zapatos y la correa de la perra. Hoy no quería llegar ni un minuto tarde. El tiempo hasta que Tom llegó, en torno a las diez, transcurrió con una lentitud infinita. Antes de que se le olvidara, guardó también el Stanislavski en la maleta. Ese libro era algo sagrado para su madre, no quería que resultara dañado durante la mudanza.

A las nueve en punto, Norma se hallaba en el salón lista para partir. Se había rizado el pelo y se había puesto pintalabios para estar guapa para Jim. Ya había cepillado el pelaje de Muggsie dos veces. No podía estar más brillante.

Con su maleta en una mano y la correa de Muggsie en la otra, Norma salió por la puerta de la casa. Podía ser que Tom llegara antes de la hora convenida.

La mirada de Norma vagó por última vez por las casas grises de la calle. El vecindario la acogió calurosamente en su día con magdalenas de arándanos dulces; ahora estaba enormemente contenta de marcharse de allí. El odio y la obstinación de las vecinas con su prurito «de limpieza» en lo relativo al vecindario del barrio la habían dejado sin aire para respirar. Tal vez por deferencia hacia los inquilinos futuros de la casa arrancó por última vez un cardo de la franja de tierra próxima al buzón. Esperaba fervientemente no volver a ver nunca más a aquellas amas de casa supuestamente perfectas de Sherman Oaks.

—Gracias por traerme hasta aquí, Tom —dijo Norma estrechando la mano de su cuñado. Acababan de bajarse del Ford de Jim, y ahora se encontraban con Muggsie en el malecón de Wilmington. Durante el viaje, Norma se cercioró como mínimo cinco veces de que llevaba consigo realmente la carta de permiso del Servicio Marítimo. No todo el mundo estaba autorizado a entrar en la isla de Santa Catalina. Ahora revolvió en su bolso para palparla por sexta vez.

—Cuídate mucho, eres algo muy especial —dijo Tom, lo cual hizo que Norma levantara la vista—. Me alegro de que formes

parte de nuestra familia. Por cierto, hablando sobre la familia…
—Sacó un paquetito de su bolso que estaba envuelto en un mantelito de hule estampado de flores—. Esto te lo envía Ethel para el viaje. Asado frío, poco hecho —dijo sonriendo con timidez.

Norma aceptó el paquete con las viandas con una sonrisa de satisfacción.

—Dale las gracias de mi parte. Y saluda también a tu padre.
—Se enderezó el pañuelo blanco para la cabeza que se había atado para protegerse el peinado de la brisa del mar—. Cuídate mucho y dale un abrazo también a tu hermano Marion de mi parte —dijo con un dejo de melancolía en la voz. El fin de semana en las montañas había sido muy agradable. En aquella ocasión habló largo y tendido con Tom sobre la película *Incidente en Ox-Bow*. Por desgracia, la conversación no fue del interés de su esposa. A Norma le habría gustado hablar también con Mary. Era una persona muy taciturna.

—Haré ambas cosas. —Tom escarbó un poco en el suelo con sus zapatos viejos—. Jim es un suertudo, ¿lo sabes? —No levantó la vista del suelo hasta el final de la frase.

—Y yo también —replicó ella para que la situación no se volviera incómoda—. Tengo unos cuñados magníficos y una suegra que se preocupa de que no me muera de hambre. —Sonrió y le dio un besito amistoso en la mejilla—. Que te vaya bien, Tom.

Cogió su maleta con una mano, la correa de Muggsie con la otra y se dirigió al ferry con el único par de zapatos de tacón que poseía.

La travesía hasta Catalina, que se hallaba apenas a cuarenta kilómetros de la costa californiana, se le pasó volando. Y por suerte, Norma apenas sintió náuseas por el mareo. Se lo tomó como un buen augurio.

Catalina era la tercera isla en tamaño de las ocho islas del canal que se repartían a lo largo de la costa hasta el paralelo de Santa Bárbara. La isla de Santa Catalina era la única de las ocho que no era predominantemente una zona militar restringida y además estaba siempre habitada.

Durante la travesía, Norma fue una y otra vez al pequeño cuarto de aseo. Frente al espejo se enderezaba correctamente el pañuelo para la cabeza y se volvía a pasar el pintalabios. Muggsie permanecía sentada pacientemente a su lado.

Sus tacones altos representaban un auténtico desafío en un ferry con sus grietas, sus ranuras y sus suelos resbaladizos. Tropezó una vez y estuvo a punto de caer boca abajo todo lo larga que era, pero un hombre joven de pelo rubio pajizo, una raya lateral impecable y unos ojos azules brillantes la agarró en el último momento y aprovechó la ocasión para presentarse de inmediato.

Norma le dio las gracias amablemente con la correa de la perra firmemente agarrada mientras la mirada de él vagaba de los ojos a las piernas, luego a las caderas para regresar a la cara con los labios rojos de ella. Fue una sensación bonita que la miraran con admiración por una vez en lugar de las miradas lúbricas del señor Miller, por ejemplo. El joven no podía apartar la mirada de ella, y se quedó delante sin poder articular palabra durante unos largos instantes, como si le bastara que le permitieran mirarla. Norma sonrió satisfecha y se alejó moviendo las caderas. Percibía que su vida nueva comenzaba en esos momentos.

Cuando el ferry entraba en el puerto de Avalon, Norma y Muggsie fueron de los primeros en abrirse paso en dirección a la salida, aunque el barco no había amarrado siquiera. Desde las laderas les llegaba el reflejo brillante de la luz del sol desde unas casas pintadas con colores pastel. Las barcas viejas del puerto producían una impresión pintoresca, y no olía en absoluto a cloaca, como ocurría en Los Ángeles cuando hacía calor.

Norma y Muggsie salieron precipitadamente del ferry. Y ahí estaba él, apoyado con desenvoltura en un jeep militar haciéndole señas: su Jim. Norma respiró hondo, en un instante volvería a estar por fin en sus brazos fuertes, sentiría su proximidad, lo olería, lo tendría simplemente a su lado. Sus roces anteriores no tenían ya ninguna importancia. Durante las semanas que habían estado separados, ella lo había recordado a cada momento en su mente y cada vez tenía un aspecto un poco distinto. Al final temió incluso olvidarse de los detalles de su cara, de la frente alta de los Dougherty y de los ojos muy hundidos, de la alegre fuerza expresiva en todo el rostro, que era contagiosa y atrayente a la vez.

—¿Jimmie? —exclamó ella. Tuvo la sensación de que su maleta pequeña estaba cargada de piedras.

Jim se había vuelto aún más guaperas si cabe. Bronceado a pesar del invierno y más musculoso incluso en la cara, parecía tener unas mejillas más amplias. Ataviado con el uniforme de la marina mercante, con el pañuelo largo al cuello y la gorra blanca de marinero calada de lado estaba impresionantemente guapo.

Jim fue a su encuentro, le agarró la maleta y la metió en el coche con tanta ligereza como si fuera algodón en rama.

—¡Por fin! —dijo él mirándola como si la viera por primera vez.

Ella no pudo aguantarse por más tiempo y lo besó con pasión, aunque no era lo apropiado en público. Unos reclutas se pusieron a silbar con gracia.

—Esperad a que os arree a correr por el interior de la isla la semana que viene —les gritó Jim a los jóvenes con no menos gracia.

Norma no prestaba atención a las personas de su alrededor, solo tenía ojos para Jim. Quería contarle muchas cosas, quería decirle lo que había ocurrido exactamente en Sherman Oaks, pero en lugar de eso volvió a besarlo. Tampoco él podía contenerse. Al revolver en el pelo de ella, cuidadosamente recogido, se le deslizó por la espalda el pañuelo para la cabeza.

—Te has vuelto efusiva —constató él.

—Tal vez.

Ella no deseaba ser impetuosa, pero anhelaba con desmesura su contacto. Las manos cálidas de Jim en su cuerpo, el peso del brazo musculoso que la presionaba contra él. Y por muy excitada o alterada que estuviera, su presencia la tranquilizaba. Era una sensación liberadora no tener que lidiar sola por fin las batallas de la vida.

Ella le dirigió una sonrisa de todo corazón.

—Esta es Muggsie —dijo entonces señalando a la perra *collie*, y luego a Jim—. Y Muggsie, este es Jim. Espero que seáis buenos amigos.

Jim y Muggsie se escrutaron con desconfianza. La perra olfateó con cautela los zapatos de Jim. Levantó el rabo.

—Muggsie, ¿qué pasa? Pero si es Jim —dijo Norma sorprendida; acarició el lomo de la perra para tranquilizarla y miró a Jim—. Dale un poco de tiempo para que se acostumbre a ti. Tal vez esté celosa.

Jim corrió hasta la puerta del copiloto del jeep y la abrió.

—Ven, voy a enseñarte primero la isla y después nuestro nuevo hogar.

Norma dio la vuelta al vehículo y se dio cuenta de que Jim la observaba caminar boquiabierto con los tacones altos. Su mirada era similar a la del joven de antes en el ferry, una mezcla delicada de fascinación y desconcierto.

—Has cambiado tu forma de andar —comentó él cuando estuvieron sentados en el jeep.

A ella le parecía que no se movía de una forma diferente a la habitual. Tal vez más aliviada y sin dolores de cabeza porque el aire de aquí era muy puro.

Se sentía como una dama mientras la conducían por las colinas de Avalon en dirección al interior de la isla por aquellas carreteras empinadas y plagadas de curvas. El viento en contra tiraba con fuerza de su pañuelo para la cabeza, de modo que pronto se lo quitó por completo y dejó que se le desmelenara el peinado. Jim le pisaba con ganas al acelerador. Seguía gustándole mucho tomar las curvas más peligrosas con una sola mano al volante.

Se reían mucho y se cogían una y otra vez de la mano. Norma se enamoró de la isla desde el primer instante. Catalina era un trozo salvaje de California con colinas cubiertas de hierbas, con las cumbres de las montañas azotadas por el viento y con ovejas y cabras que corrían libres. Era una isla de contrastes, pues así como eran salvajes las colinas y las montañas, las playas eran mansas. En ellas crecían palmeras y agaves. Jim le contó que allí había búfalos que trajeron en su día a la isla para el rodaje de una película del Oeste. Olía embriagadoramente a eucaliptus. Norma se preguntó si Los Ángeles tendría ese mismo aspecto tan natural en los tiempos del abuelo Otis Monroe.

El apartamento pequeño que Jim había alquilado para los dos se encontraba en un edificio construido en la ladera de una colina y ofrecía unas vistas impresionantes al mar, a las montañas y a la bahía de Avalon. Era apenas más grande que el bungaló de Sherman Oaks, pero a Norma le encantó. Los muebles eran claros y acogedores, y el horno funcionaba a la perfección, tal como anunció Jim con orgullo.

—¡Hasta tiene un porche chiquito! —exclamó Norma maravillada—. Aquí podrás sentarte por las noches y yo te traeré un whisky con hielo y me tomaré un ginger ale frío. —Se rio de la guía de consejos matrimoniales, según la cual la esposa perfecta en ese ritual de relajación solo realizaba un papel de sirvienta para retirarse a sus dominios a continuación. Y no era así, ella tenía también sus necesidades.

Norma se acurrucó con Jim, y juntos miraron a lo lejos mientras Muggsie se escondía en el rincón más retirado del porche.

—Tenías razón. Esta isla es un sueño —dijo ella.

—Nuestro sueño en común —replicó Jim.

Esa noche se amaron impetuosamente, fue una noche digna de una luna de miel. Nunca antes había experimentado a Jim y a sí misma en semejante frenesí durante el juego amoroso. Ese mundo secreto sin tabúes la atraía mágicamente.

Norma se aclimató rápidamente a la isla y pronto se sintió bien acogida en ella. Las tareas domésticas le resultaban más livianas que en Sherman Oaks, y ningún vecino le preguntaba por su jardín delantero. La gente se saludaba con cortesía e intercambiaban algunas frases sobre las previsiones meteorológicas, pero luego cada cual seguía tranquilamente su camino.

En la isla de Santa Catalina, Norma volvió a emocionarse cuando Jim regresaba a casa del trabajo. Eso se debía también a que algo había cambiado entre ellos. Tenía la sensación de que Jim ya no veía en ella a una ama de casa pequeña y sumisa. Él le preguntaba con frecuencia por su opinión, también quería saber cómo se encontraba y la incluía en los planes para la noche y para los fines de semana. Ella gozaba de atención, y era hermoso tomar juntos una bebida en el porche sorbiendo con ruido. El momento culminante de su vida de pareja era cuando veían juntos la puesta del sol sobre el mar. Pero a Norma le encantaba además cuando Jim paseaba con ella por el puerto o cuando buceaba para pescar bogavantes que luego asaban y comían en la playa. A menudo permanecían sentados hasta la medianoche en la fina arena blanca. Jim tocaba entonces la guitarra y Norma cantaba «Taking a Chance on Love» con voz aguda y tierna. La canción hablaba de que valía la pena correr el riesgo del amor, de que las cosas se volvían mejores y de que deberíamos darlo todo por el amor.

A veces, los isleños o los reclutas les hacían compañía y unían sus voces en el canto alrededor de una hoguera. La mayoría de las personas de la isla de Santa Catalina eran hombres uniformados. Solo había unas pocas mujeres, y estas eran, o bien nativas ancianas, o las esposas ya entradas en años de los oficiales o coroneles. Norma no había visto todavía a ninguna mujer de su edad, pero de todos modos no quería pensar en una nueva amiga por el momento.

El tiempo en la isla era siempre soleado, pero hacía más fresco y era más ventoso que en el continente. Jim hacía excursiones con Norma al interior de la isla, en donde ella se sentía como en las praderas del Medio Oeste. En otra ocasión fueron a ver un parque lleno de aves exóticas de un colorido tan intenso que las casas de color pastel de las laderas de la isla producían una impresión insulsa a su lado.

Solo unas pocas semanas después de su llegada, Norma se lamentaba de lo rápido que pasaba el tiempo. Últimamente, en Sherman Oaks le parecía que las horas duraban días. Intentó reprimir el pensamiento de que su presencia en la isla era temporal. Jim no podría trabajar para siempre en Catalina. Cuando sus pensamientos querían saltar a ese tiempo futuro, se distraía con «Taking a Chance on Love». La cantaba una y otra vez.

A pesar de esa nueva vida satisfecha con Jim, Norma no quería descuidar a su perra de ninguna de las maneras. Desde el primer día en la isla se dio cuenta de que Muggsie no se sentía a gusto. La mayor parte del tiempo se retiraba a su rinconcito en el porche. Por esta razón, Norma la acariciaba con mayor profusión que antes, le seguía cepillando el pelo cada día y emprendía largos paseos con ella. En la isla no tenía que andar al tanto de si había trozos de carne asesinos y charlaba con desenvoltura con los lugareños que le hablaban con entusiasmo de la riqueza pesquera. A menudo la interpelaban jóvenes marineros o reclutas acerca del pedigrí de Muggsie, porque les llamaba la atención su pelaje azulado en vetas en torno al cuello. Puede que también contara entre las buenas formas de la isla hacer cumplidos sin ambages a una mujer desconocida. En cualquier caso, Muggsie contribuía a que Norma mantuviera conversaciones agradables y a que se redujera su timidez frente a las personas desconocidas, especialmente frente a los hombres.

Por Navidad, Jim y Norma estaban invitados a la casa del coronel Mustard, el superior de Jim. Norma solo conocía por teléfono a ese hombre enérgico. «¡Si todas las mañanas llamaran aquí todas las mujeres preocupadas que preguntan por sus maridos, no quedaría nada de tiempo para la instrucción! ¿Tiene claro esto, mamá?».

Cuando en la Nochebuena el coronel Mustard los recibió en su casa dentro de la zona militar restringida, tenía un aspecto muy diferente del que Norma se había imaginado por su intimidatoria voz al teléfono. Apenas era más alto que ella, pero en cambio estaba tan cargado de músculos que apenas le llegaba al torso la parte superior de los brazos. La esposa de Mustard estaba ya cercana a los cincuenta y era, por consiguiente, bastante más mayor que su marido. Ella se desenvolvía y se movía con la misma rigidez que él, razón por la cual Norma no tardó en preguntarse si en el transcurso de un matrimonio la esposa se iba pareciendo cada vez más al marido. ¿O era al revés? No pudo menos que sonreír por ese «al revés».

Por seguridad, ella añadió un respetuoso «señor, sí, señor» a cada una de sus intervenciones verbales iniciales en la mesa y mantuvo en lo posible la compostura en el asiento frente a su plato de porcelana y sus cubiertos ornamentados de plata. La esposa del coronel sirvió un pavo relleno de castañas y tocino, un verdadero festín.

Norma se esforzó esa noche por ofrecer una buena imagen como esposa, pero siguió siendo ella misma, sin doblegarse ni fingir ni mostrarse intolerante. No volvería a cometer ese error. Por su forma de expresarse, el coronel tenía en mucha estima a Jim, y les pidió que en reuniones privadas como la de hoy lo llamaran simplemente «James».

El ambiente se fue relajando cada vez más, solo cuando la conversación giró en torno a la política a Norma se le fue el apetito. James Mustard mencionó una de las proclamas del presidente Roosevelt, según la cual eran declarados enemigos aquellos estadounidenses de origen alemán o italiano. Norma pensó que ese sería probablemente el caso de muchos estadounidenses, pues la población de Estados Unidos estaba formada principalmente por inmigrantes. Al parecer, el Gobierno tenía mucho miedo de ser espiado incluso por personas que poseían la nacionalidad estadounidense. Una vez más se marginaba a las personas a causa de su origen. Esta noche, ¿era la segunda oportunidad de la que le había hablado el hombre bajito de las montañas? Gil, el vaquero del Ox-Bow, no había tenido ninguna oportunidad de enmendarse y probablemente tendría que vivir con una mala conciencia el resto de sus días. Norma no quería eso en ningún caso.

Contempló al coronel con más atención. Su boca no tardó en moverse por sí misma:

—¿No es un poco precipitado prejuzgar a la gente por su origen?

Percibió cómo se le arrebolaban las mejillas, porque todas las miradas estaban concentradas en ella.

Jim la miró perplejo. Probablemente lo veía de otra manera. Como matrimonio no siempre tenían que tener una misma opinión, ¿verdad?

James Mustard respondió con una fría voz militar y habló de las expulsiones como medidas preventivas necesarias para el bien de la nación estadounidense. La compasión y la mirada atenta en los destinos individuales de las personas parecían que le resultaban del todo ajenas.

Norma iba a replicar algo, pero Jim cambió con toda intención de tema y se puso a hablar de sus reclutas. Ella se disculpó por ausentarse de la mesa para no tener que rezongar en su contra. La señora Mustard la condujo al cuarto de baño.

Norma se empolvó las mejillas acaloradas y volvió a pintarse los labios. En un taburete junto al retrete había un ejemplar del *Los Angeles Times*. Le venía de perlas no tener que regresar enseguida a la mesa. De esta manera podía concentrarse y buscar argumentos nuevos. El periódico del taburete era la primera conexión con su antiguo hogar desde que vivía en Catalina. Pasó las páginas dedicadas a las hazañas del ejército de Estados Unidos y se limitó a leer los sucesos locales de Los Ángeles. Su mirada se detuvo un buen rato en un titular:

Condena de un revolucionario mexicano

El corazón se le aceleró y sintió una punzada en la cabeza de inmediato. En el artículo ponía que Pedro Gonzáles había sido condenado a dos años de prisión. El juicio estaba relatado con todo detalle, se mencionaban incluso los trajes pachucos, cómo no. Norma no quería creer que realmente hubieran declarado culpable a Pedro. La tercera columna del artículo estaba dedicada principalmente a la esposa de Pedro el día del anuncio del veredicto. A Norma le dieron escalofríos al leer que Inez culpaba al vecindario de Sherman Oaks de haber urdido ese complot contra su marido. Seguía insistiendo en la inocencia de él y en que los trajes pachucos llevaban mucho tiempo colgados y sin usar en el armario.

—Cariño, ¿estás bien? —oyó decir a Jim al otro lado de la puerta del baño.

Norma dobló de golpe el periódico.

—Sí —respondió y se puso a pensar qué decirle—. Mi pintalabios no quería dejarme lo bien que yo quería. —Abrió la puerta y se puso delante de Jim—. ¿Se ve bien así? —preguntó ella frunciendo los labios. Sus pensamientos seguían con Inez, que había sido muy valiente al rebelarse públicamente contra las vecinas y contra la policía. Inez se había atrevido incluso a afirmar que el juez de piel blanca había sido parcial en el caso.

Jim besó a Norma como respuesta y luego la condujo de vuelta a la mesa. Acababan de servir los postres. Norma se sentó y dirigió la vista a James Mustard. Las manos de ella se movían inquietas junto al cuenco del postre con un soberbio trozo de pastel de pecanas en su interior.

—Me gustaría hacerle una pregunta, coronel.

El coronel bajó el tenedor del postre y asintió con la cabeza. Jim le rozó la pierna con el pie por debajo de la mesa, pero Norma lo ignoró.

—¿No sería mejor que todos los seres humanos fueran tratados de la misma manera, sin importar su procedencia? —le preguntó al coronel. Si Inez estaba en lo cierto, la jurisprudencia californiana estaba impregnada de racismo.

—Pero los seres humanos no son iguales. Proceden de las culturas más diferentes y tienen una historia diferente. Esa es también una razón de por qué sería un error tratarlos a todos por igual. Estaríamos ignorando sus raíces, aquello que los distingue.

—Y además los negros no son como nosotros —dijo la señora Mustard. Esa era la primera vez que hablaba esa noche—. Me parece bien que tengan sus propias tiendas y sus restaurantes, sus propios barrios. Así podemos hacer nosotros nuestras cosas y ellos las suyas.

—¡Eso es! —confirmó el coronel Mustard.

Norma lo veía de otra manera. Le dieron ganas de levantarse de un salto de la silla y contarles a sus anfitriones los sucesos en su antiguo vecindario. Quería describirles cómo maltrataron a Inez y a Pedro y cómo les devastaron la casa. Su pulso martilleaba con fuerza por la rabia y por la agitación, podía percibirlo con claridad en el cuello. Pero contra el coronel no podía mostrar su indignación en absoluto.

Norma optó por la vía más suave, la vía más femenina:

—¿No sería más agradable que buscáramos los puntos en común en lugar de separarnos los unos de los otros? —preguntó en voz baja, con mucha cautela, obteniendo así toda la atención del coronel—. Entonces nos entenderíamos con mayor rapidez los unos a los otros.

—Puede ser —murmuró Jim. Los reunidos permanecieron callados en un silencio embarazoso.

—¿No vamos a tomar el ponche de huevo antes de que se enfríe? —propuso el coronel Mustard—. Sigamos hablando sobre temas tan difíciles como ese en otra ocasión.

Norma fue la única que no alzó la copa con el ponche de huevo caliente para brindar.

—¡Salud! —exclamó James Mustard igual que si estuviera dando una orden.

—¡Salud! —respondió Jim en un tono formal.

Norma levantó su copa solamente porque no quería aguarle la fiesta a Jim esa noche. Parecía muy feliz sentado a la mesa del coronel bajito y rígido. Y de todos modos no había sido un cobarde en este asunto, aunque apenas alzó la voz para manifestarse. Hacía falta mucho valor para ir en contra de la opinión arraigada en un grupo. Ella misma lo sabía mejor que nadie.

Mientras volvían a casa en coche, Norma no tenía ya ojos para admirar la belleza de la isla. Pensaba en las muchas personas afectadas por la nueva proclama, pero sobre todo no podía quitarse de la cabeza a Inez y sus acusaciones. Si, como ella decía, los sucesos de aquella noche se debían a un complot premeditado del vecindario, el señor Miller era un mentiroso, pues en su momento declaró que había visto a Pedro unos pocos días antes de su detención vestido con uno de los trajes confiscados.

Era medianoche pasada cuando llegaron al apartamento. Norma se sentó en la mecedora del porche y se puso a contemplar el puerto y el mar. Soplaba una brisa fresca. Los vientos de Santa Ana, la calima californiana, barrían la calle y enfriaban la noche. El viento le traía el sonido del tableteo de las drizas de los veleros. A pesar de aquel ambiente romántico, no podía sosegarse. Muggsie se había quedado dormida en su rinconcito.

Norma se preguntó si el complot contra los Gonzáles lo podría haber urdido el marido de Betty, el policía.

Esa noche fue Jim quien sirvió las bebidas, los dos tomaron ginger ale. Le puso a Norma con cariño una manta sobre el regazo.

—Piensa en algo más bonito que en esa proclama —dijo él—. Estás mucho más guapa cuando no tienes la frente así de arrugada. —Jim dejó la botella en la barandilla y se acuclilló delante de ella—. Deja la política para los hombres. Las mujeres deberían ocuparse de otros asuntos. ¿Qué tal si mañana mismo pruebas el horno a ver qué tal funciona? —Su mano se deslizó por encima del vestido color verde menta por la parte del dobladillo recosido.

«¿El horno?», pensó ella irritada. ¿Era ahí donde ella debía tener sus alegrías? ¿Es que él prefería a una mujer que hiciera magdalenas y que se adhiriera siempre a la opinión dominante en lugar de reflexionar con profundidad? Esa no sería para ella jamás lo que se denomina «una vida colmada». En su día quiso ser una buena ama de casa para poder perseverar, una buena niña tutelada. Sin embargo, ya había superado esa compulsión.

Jim se levantó de su postura en cuclillas.

—¿Qué te parece si nos damos nuestros regalos de Navidad esta noche en lugar de esperar a mañana a primera hora? Después de todo, los dos estamos en una edad —dijo él guiñándole un ojo— en la que sabemos que Papá Noel no baja por la chimenea de noche.

—¿De verdad que no lo hace?

Le supuso un gran esfuerzo sonreír. Abrió su botella de refresco y le saltó a chorro encima, de modo que ahora no tuvo más remedio que echarse a reír. Él le lamió a besos el ginger ale de las mejillas. En Avalon estaba más atento con ella, y eso la hacía sentirse bien.

A regañadientes, dejó finalmente que los regalos de Navidad la llevaran a pensar en otras cosas. Le gustaba hacer regalos y arrancar una pequeña sonrisa a los demás con ellos. En las últimas dos semanas había ido apartando algo del dinero para los gastos de la casa, y así pudo comprarle a Jim su regalo en el último momento.

Con una sonrisa cariñosa le tendió el arpón que le había comprado a una anciana de la isla. A partir de ahora, Jim no tendría que bucear en el mar con un gancho para pescar los bogavantes para la cena.

Mientras él admiraba el arpón, ella se puso a cantar «I'll Be Home for Christmas». Esta canción estaba dedicada a los soldados que luchaban en ultramar y que esperaban poder estar con sus familias algunos días durante las Navidades. Con esa canción, Bing Crosby se había posicionado entre los diez primeros en las listas de éxitos musicales, y la ponían a todas horas por la radio en el chiringuito del puerto.

Cuando Jim se colocó ante ella con su regalo, Norma se levantó de la mecedora. Apartó con delicadeza el fino papel de seda del envoltorio con temor a que se rompiera. Lo que apareció a la vista fue un vestido impresionante, digno de Jean Harlow. Era blanco, de mangas largas, le resaltaba la figura y le llegaba hasta las rodillas.

—Pensé que no debías asistir al baile del Día de los Presidentes con ese vestido verde remendado —dijo él.

—¿Un baile, dices?

Se colocó el vestido blanco delante. Era una talla más pequeña que la suya. Le habría sentado mejor una talla once.

—El baile tendrá lugar en el gran salón de baile del casino —dijo Jim—. ¡Imagínate! Vendrá la famosa banda de Stan Kenton. Además, asistirán militares de alto rango.

Norma levantó la vista de su vestido.

—¿La Stan Kenton, esa banda que tiene el tamaño de una gran orquesta? ¡Son unas estrellas a lo largo y ancho de todo el país!

Ella no había pasado nunca toda una velada cerca de una estrella como aquella banda.

—¡Esa banda justamente! Y el coronel Mustard..., quiero decir, James —se corrigió Jim lleno de orgullo—, me ha prometido presentarme a importantes oficiales y comandantes de la marina mercante.

—Suena de maravilla. —Norma se refería a la banda.

—¡Cariño, puede que aún tenga por delante una vertiginosa carrera estelar! James dice que todo es cuestión de enchufes. Mira allí, Norma. —Jim tiró de ella hasta la barandilla del porche, junto a la maceta de la arveja—. ¿Ves aquella mansión vieja? —Señaló con el dedo un palacio situado entre ellos y el mar—. Pertenece al magnate del chicle, William Wrigley, igual que gran parte de esta isla. Fue él también quien mandó construir el casino con el salón de baile.

Norma no podía imaginarse apenas la cantidad de fajos de dólares que había que poseer para que alguien pudiera comprarse una isla. Ellos no podían permitirse ni siquiera una radio.

—¡Vivimos en los Estados Unidos de América! —exclamó Jim con entusiasmo—. Aquí cualquiera puede llegar muy lejos. ¡De friegaplatos a millonario!

«¡De friegaplatos a millonario!» resonó dentro de Norma. Ella había soñado siempre con algo similar: pasar de huérfana a actriz amada. ¡Cómo se les pondrían los ojos entonces a las vecinas de Sherman Oaks! Como actriz, los cinéfilos la admirarían, igual que sucedía con Jean Harlow.

Norma borró ese viejo sueño de sus pensamientos y volvió a prestar atención a Jim. De momento le bastaría con poder vivir para siempre con él y con Muggsie en Catalina y convertirse pronto en padres de una criatura.

—Imagínate —prosiguió Jim como en un frenesí—, si hago mis méritos en la guerra y me ascienden rápidamente..., podría ganar entonces mucho más dinero. Sobre todo, después de la guerra se ofrecen buenos puestos de trabajo a los oficiales en el sector de la economía o en la política. Tal vez un buen día pueda comprar todo lo que deseas. ¡Imagínate que nos mudáramos a una casa tan grande como esa de ahí! —exclamó señalando con gesto humilde la mansión de Wrigley.

¿Una casa grande? Ese no era su sueño. Ella quería formar una familia con Jim. Ahora que estaba de nuevo con él, ese deseo era aún más intenso. De pronto, interrumpió sus pensamientos. ¿O tal vez podría convertirse después de todo en una actriz? Tal vez, dada la admiración con que la contemplaban aquí en Catalina y también durante la travesía en el ferry, sus posibilidades no eran tan malas. Tenía el Stanislavski debajo de la cama de matrimonio, en su lado y siempre a mano. Alguna que otra noche, después de que Jim se quedara dormido por las noches, lo había ojeado inocentemente, o eso creía. Era interesante leer más acerca del aprendizaje del trabajo de una actriz. Ese antiguo sueño de actuar en un escenario era diferente del deseo de tener una criatura, porque aquel solo le concernía a ella. Para cumplirlo no precisaba de ningún marido, únicamente de su propia voluntad y de mucho conocimiento sobre la materia. Tal vez por ello, el trabajo de actriz ejercía una atracción tan inquebrantable en ella.

—Intenta imaginártelo: nosotros en una mansión —insistió Jim—. ¿O no me crees capaz de cosechar un éxito enorme en el ejército? —preguntó arrugando la frente.

En consecuencia, Norma cerró los ojos y trató de imaginarse una casa lujosa en la que Muggsie disfrutaría de su propia habitación y donde no tendría que guardar las cañas de pescar debajo de los tablones del suelo para protegerlas de los ladrones.

—Puedo vernos en una mansión, con nuestra familia y nuestros amigos viviendo con nosotros —dijo ella a pesar de que la imagen en su mente era muy borrosa—. La mansión se encuentra, creo, en el bosque, bajo unos árboles. Y puedo oírme chapotear en un río.

Un instante después, esa imagen difusa se desvaneció de su mente. Abrió los ojos y levantó la vista hacia las estrellas, que la miraban con malos ojos. A diferencia del sueño de la mansión, siempre había visto su sueño secreto de actriz con gran nitidez.

15

Febrero de 1944

Norma caminaba expectante junto a Jim en dirección al casino de Avalon. No entendía cómo había pasado por alto ese edificio extraordinario en su arribada al puerto. Era una construcción circular al estilo de los años veinte, con columnas y muchos detalles. Parecía una promesa a todos los que llegaban a la isla: aquí encontrarían belleza y placer a partes iguales. Con ocasión de los festejos del Día de los Presidentes, el edificio, de un blanco resplandeciente, estaba iluminado por el exterior de modo que destacaba tremendamente contra el oscuro cielo nocturno. Ese casino era la enseña de la isla, el mar lo rodeaba por tres de sus lados y no tenía nada que ver con los que había a montones en Los Ángeles. En él no se jugaba al póquer ni a la ruleta, pero a pesar de ello el placer y la diversión estaban a la orden del día. Además del salón de baile ubicado en uno de los niveles superiores, en la planta baja había un teatro en el que también se proyectaban películas. Siempre había alguna actividad programada por allí.

—Paremos un momento aquí —le rogó Norma a Jim, que estaba tan nervioso como ella.

Unos caballeros vestidos con uniformes dispares pasaron con apremio a su lado. Al baile estaban invitados la mayoría de los hombres de la isla, los marinos y los infantes de marina. Muy pocos llevaban a una mujer del brazo.

—Vamos a pellizcarnos mutuamente para saber que no estamos soñando —dijo Norma.

Le dio un pellizco cariñoso a Jim en el brazo musculoso cubierto por el uniforme, apartando los ojos del casino tan solo un instante. Jim la pellizcó también con delicadeza y luego la condujo a la escalinata de la entrada, en la que habían desplegado una alfombra roja para los invitados al baile igual que en un estreno cinematográfico. Norma se sintió especial mientras subía un escalón tras otro con sus zapatos de novia de tacón alto.

—Agárrame fuerte si tropiezo —le susurró a Jim. Así que aquella era la sensación que se tenía al pisar una alfombra roja. Intentó caminar con los contoneos seductores de Jean Harlow—. Mmm —se le escapó en su arrobamiento.

—Lo haces de maravilla, cielo —le dijo Jim con un hilo de voz—. Estás muy atractiva cuando caminas. —La sonrisa de él irradiaba completo orgullo.

Norma le devolvió la sonrisa al principio, pero tropezó al perder el equilibrio en la puerta de entrada al desconcentrarse por el susurro erótico de él. Por suerte, Jim la agarró al vuelo. Norma miró en todas direcciones avergonzada, pero nadie se estaba burlando de su traspié. De todas formas, tenía que seguir trabajando en su forma de caminar, aunque ya no fuera a convertirse en una actriz.

En la zona de entrada al casino, las paredes estaban decoradas con hojas doradas y plateadas. Norma no sabía qué admirar primero. Su mirada se detuvo en un cartel de la Metro-Goldwyn-Mayer. Anunciaba la nueva película de Robert Taylor, a quien su compañera de reparto se aferraba dispuesta a darle un beso. Al contemplar ese gesto de entrega fervorosa, pensó que le gustaría ir pronto al cine otra vez.

Antes de que Jim y ella se dirigieran a la segunda planta del casino, Norma se alisó el vestido blanco una vez más. Durante los días anteriores al baile, había intentado comer menos para que el color no la hiciera parecer más gorda. Percibió la mirada de admiración de un hombre con el cabello rubio pajizo y unos brillantes ojos azules que le resultaba familiar, como si lo hubiera visto en alguna parte antes.

Norma y Jim fueron de los últimos invitados en llegar al salón de baile. Orgulloso como un oficial, Jim entró con ella del brazo en aquel espacio impresionante. Parecía salido de un sueño con esas paredes de color rosa pálido y las lámparas de araña de estilo Tiffany, cuya elegante luz se reflejaba en los botones dorados de las casacas de los oficiales. El suelo de madera pulida brillaba con intensidad y su superficie, lisa como un espejo, seguramente resbalara. Los primeros invitados al baile se agolpaban ya en la pista.

La orquesta de Stan Kenton pisó el escenario y fue recibida con un sonoro aplauso. Los músicos inauguraron la velada con el himno nacional. Los invitados se llevaron la mano al corazón para corearlo. Norma intentó llevar la segunda voz de corista con suavidad. Una y otra vez su mirada se perdía en los detalles encantadores del salón de baile. Presentía que esa velada iba a convertirse en algo muy especial.

Durante las primeras canciones, Jim condujo a Norma a través del salón mientras saludaba a sus amigos y les daba palmaditas paternales en los hombros a sus reclutas. No era tarea fácil conversar por encima del volumen de la música. La gran orquesta tocaba con cinco trompetas y cinco trombones a la vez y todos estaban metidos a fondo en su interpretación.

La vuelta de Norma y Jim terminó en el balcón circular con las arcadas y las columnas. Ofrecía unas vistas maravillosas al puerto y al mar. Norma llevaba el ritmo de la música con el pie y deseaba que Bebe y Grace pudieran estar allí para vivir junto a ella esa velada mágica. Bebe les habría diseñado y cosido los vestidos, y Grace se habría erigido con toda seguridad como la reina de la conversación.

En los más de tres meses desde que vivía en la isla, Grace solo le había escrito unas pocas líneas en una ocasión y con una letra llena de garabatos, como si le hubiera temblado la mano. Bebe también parecía más retraída desde las Navidades y volvía a escribirle cartas en lugar de confiar sus pensamientos más secretos a su diario conjunto. Sin embargo, Norma no quería inquietarse esa noche. Quería bailar y sentirse despreocupada, relajar el cuerpo y el alma. Bailando se sentía ligera como una pluma.

Norma y Jim bailaron primero «Eager Beaver», un atrevido tema de jazz con un impresionante solo de saxofón que ellos, al igual que los demás bailarines, recompensaron con aplausos entusiastas. Norma parecía aún un poco insegura sobre sus pies, debido a sus tacones altos y a sus nervios. Jim y ella se fijaron una y otra vez en las parejas que bailaban a su alrededor y enseguida le cogieron el tranquillo. Pronto se vieron bailando en mitad del gentío como si lo hicieran todos los días.

Antes de que se desvanecieran los últimos compases de la canción, un hombre uniformado se acercó a Jim por detrás y le dio unos golpecitos en el hombro. Era la señal para pedirle el siguiente baile con su dama. Jim entregó a Norma a aquel caballero joven, el que la había estado mirando un buen rato en la entrada. Sus ojos eran de color azul turquesa, como el mar.

—No me reconoce, ¿verdad? —quiso saber su pareja de baile al cabo de unos pocos compases. Se vio obligado a repetir varias veces la pregunta, porque las notas entrecortadas de los instrumentos de viento hacían casi imposible la conversación.

Norma se encogió de hombros mientras su cuerpo se movía al estilo swing. Buscó con la vista a Jim y lo encontró conversando con el coronel Mustard junto a la barra del bar. Su marido tenía puestas grandes esperanzas para su carrera en esa velada. En cambio, ella solo esperaba un entretenimiento brillante y más ímpetu. La segunda vez que dirigió la mirada hacia Jim lo estaban presentando a unos hombres que llevaban un montón de franjas doradas en las casacas. ¿Conseguiría que le dieran un permiso para permanecer con ella en Catalina durante toda la guerra?

La pareja de baile de Norma tuvo que acercarse más a su oreja para proseguir la conversación.

—La libré de una caída aquel día en el ferry.

—Muy amable por su parte —dijo ella, aunque no sabía muy bien a qué se refería. Volvió a fijar la distancia debida entre ambos y volvió a mirar hacia Jim, pero él ya no estaba.

Su pareja de baile volvió a acercársele.

—Parece que esta noche no está usted tan tambaleante de piernas.

La mirada de él se deslizó con admiración por su cuerpo. Casi como ido, le dijo que era «un regalo de Dios en la Tierra». Norma sonrió. Nadie la había descrito nunca así, ni siquiera su madre. Aunque el joven era un desconocido, ella disfrutaba con sus atenciones. ¿Sería porque no iban a volver a verse nunca más? Nunca la habían admirado con una mirada así de embelesada. ¿Era eso obra de su cuerpo y de sus movimientos? Jim le había dicho que estaba muy atractiva, pero aquello era diferente. Era su marido, y los piropos, un simple componente más en su relación.

Norma bailó el tercer y el cuarto baile con un oficial de verdad y, llevada por ese sentimiento de admiración, se desmelenó aún más. En una pieza improvisada de bebop que exigía un ágil juego de piernas, Norma lo dio todo, se olvidó por completo del salón a su alrededor. Las piernas le vibraban, los brazos se le pegaban al cuerpo durante un segundo y, un instante después, se movían al ritmo trepidante del bebop, una variante del jazz extremadamente rápida, poco melódica y, en opinión de muchos, apenas bailable. Tenía la sensación de que su cuerpo era un único músculo que respiraba la música como si fuera aire. En la pista solo quedaban unos pocos bailarines.

Mientras Norma tomaba aliento unos instantes tras el embriagador bebop, el coronel Mustard la invitó a una zarzaparrilla en la barra e hizo un amable comentario sobre su vestido y sobre su talento para el baile. Su voz sonaba con un deje lisonjero poco habitual en él. Su mirada se le desviaba una y otra vez hacia el escote. ¡Qué sencillo resultaba impresionar a los hombres a través de un cuerpo de mujer con ciertas redondeces! ¡Hasta el más rígido de los coroneles se convertía en un manso zalamero! En ese estado, probablemente estaría dispuesto incluso a conversar con ella sobre política. Pero esa noche Norma prefería bailar.

Jim no regresó al salón hasta una hora después. Radiante de alegría, se abrió paso entre la multitud para dirigirse hacia Norma. Sin embargo, antes de que pudiera alcanzarla, otro uniformado le pidió el siguiente baile y Jim solo pudo lanzarle una mirada anhelante.

En la siguiente canción, Jim y Norma volvieron a tomarse de las manos y se movieron en consonancia con los románticos compases del típico jazz de la costa del Pacífico. A partir de entonces, Jim fingió no apercibirse de los caballeros que le daban golpecitos por detrás en el hombro porque deseaban bailar con su esposa y que, a medida que avanzaba la velada, eran cada vez más numerosos. Jim empezó a poner los ojos en blanco y parecía más rígido que al comienzo del baile. En cambio, Norma se sentía más ligera que una pluma y flexible como una serpiente. No había canción al son de la que no supiera moverse adecuadamente. Y cuando daba un paso equivocado, se reía y simplemente seguía bailando.

Miraba con curiosidad a Stan Kenton en el escenario, el director de la banda, que tocaba el piano. Se decía que tenía los dedos más largos del país. La actuación parecía imbuirlos de una gran alegría a su orquesta y a él. Estuvo radiante durante toda la velada y conversó una y otra vez distendidamente con el público. Era un animador nato. Norma admiró el hecho de que sus mejillas no se le arrebolaran ni un ápice por la agitación.

Cuando la orquesta hizo la primera pausa a eso de las diez, Jim quiso marcharse a casa.

—Vámonos. Ya he tenido bastante.

Norma se sintió como si la arrancaran de un hermoso sueño.

—Pero si la noche no ha hecho más que empezar. —Lo condujo hacia el balcón, lejos del ruido, para entender mejor lo que decía—. ¿No fue bien tu charla con los militares de alto rango? —preguntó.

—Mañana tengo que trabajar y no quiero parecer cansado —respondió Jim con una evasiva y mirando a lo lejos a una de las parejas de baile que había tenido Norma.

—Yo quiero quedarme —replicó ella con vehemencia.

Después de todo, esa noche era suya para hacer lo que quisiera. Él le había comprado el vestido blanco sexy, la había presentado con orgullo a todo el mundo y después la había dejado sola mucho rato. Por primera vez no se sentía una marginada, una tipa rara, un caso deplorable de caridad, una estúpida con tan solo el graduado escolar, una mujer que no iba vestida con suficiente elegancia ni una vecina pobre y loca. No. Se sentía deseada y admirada, como una actriz. Había logrado deshacerse por primera vez de su pasado, igual que una serpiente se despoja de su piel.

Jim la agarró por una muñeca.

—¡Te digo que nos vamos!

Ya no era el Jim cariñoso y bienhumorado que se había esforzado tanto con ella últimamente. Le había confesado hacía poco lo mucho que le gustaba la versión menos desvalida de su Norma. Pero ahora, de pronto, ¿dejaba de importar lo que ella sentía, lo que ella quería? Norma notó cómo cesaban su ligereza y su distensión.

—¿Qué te pasa? —exigió saber.

Otro hombre, con el que Norma había bailado ya dos piezas, interrumpió la discusión.

—¿Me permite pedirle otro baile con su dama?

—¡No, no se lo permito! —vociferó Jim.

El joven dirigió una mirada larga a Norma, insinuó una reverencia ante ella y se alejó de allí con paso orgulloso. Jim no se dignó ni a mirarlo. Norma no comprendía lo que estaba sucediendo.

—¿Por qué has sido tan maleducado con él? En una velada especial como esta todo el mundo debería ser simpático.

—¿Maleducado? ¿Yo? —berreó Jim.

A Norma se le heló el corazón por el tono frío de su voz. Sonaba igual que su padrastro después de tomar muchas cervezas, cuando estaba hasta las narices de la vida como actor frustrado.

—Pero ¿no te has dado cuenta de cómo te miran todos estos tipos? —le reprochó Jim—. ¡Llevan así toda la noche!

—Se alegran de verme muy feliz y bailando sin descanso —respondió ella soltándose de su agarre.

Ser objeto de la mirada sonriente de tantas personas era una sensación nueva, desconocida. Nunca antes había bailado con tanta dicha ni se había sentido tan ligera. Nunca antes habían sido amables con ella tantos desconocidos, sin prejuicios, sin darle la sensación de que estaba fuera de sitio. Quería saborear ese momento mientras fuera posible. Y ¿qué problema había en que los hombres admiraran sus encantos? De todas formas, cuando volvieran a vivir en el continente, eso se terminaría. Allí las mujeres jóvenes no escaseaban tanto como en aquella isla militar. Recordó que el joven de los ojos azul turquesa la había llamado, con admiración, «¡un regalo de Dios!».

—¡Tu felicidad les da lo mismo! —le espetó Jim con aspereza—. ¡Todos esos no tienen ojos más que para tus tetas!

Norma quiso replicar que había sido él quien le había regalado el ceñido vestido que le realzaba tanto los pechos, pero decidió no echar más leña al fuego. Prefirió hacer un añadido a su argumento anterior:

—Nunca antes había bailado con tanta alegría, porque soy muy feliz contigo, Jimmie. Esta debería haber sido nuestra noche, el momento culminante de nuestro tiempo en la isla. Me habría gustado bailar solo contigo. —Jim parecía ahora confuso—. Si es tan importante para ti, de acuerdo: vamos a casa —se compadeció Norma.

Él asintió brevemente con la cabeza y a continuación puso rumbo hacia la puerta del salón. Norma apenas podía seguir sus pasos con los zapatos de tacones altos.

De vuelta en el apartamento, se fueron directamente a la cama, pero ella no podía pegar ojo. Jim estaba acostando dándole la espalda y ella habría jurado que tampoco podía conciliar el sueño. Hacía mucho tiempo que no discutían tan acaloradamente, sobre todo con ese tono áspero. Era la primera vez que lo veía tan airado.

A la mañana siguiente, Norma se despertó porque los rayos del sol le estaban calentando la cara. Jim estaba erguido y tenso al otro lado de la cama, como si hubiera pasado la noche así.

—Buenos días —dijo él en el tono del ineludible saludo militar.

Norma bostezó y no se enderezó porque tenía agujetas en los muslos por el baile.

—Buenos días —le respondió en voz baja.

—Anoche no quise contártelo de inmediato —comenzó a decir él mientras se sentaba de espaldas a ella con la vista fija en los pies—, pero tengo una misión en el Pacífico Sur. Partiré a mediados de abril.

Norma se incorporó al instante. Sintió esas palabras de Jim como si fueran un cuchillo directamente en el corazón. Notó el dolor y apenas pudo soportarlo.

—¿En el... Pacífico? —tartamudeó ella.

Tenía la esperanza de que Jim permaneciera en la isla durante toda la guerra. ¿Y ahora iba a partir de nuevo al cabo de tres semanas? Norma sintió que se le saltaban las lágrimas, pero apretó la lengua contra el paladar para contenerlas. En esta ocasión quería ser fuerte y no romper a llorar enseguida por mucho que estuviera sufriendo. Tal vez su destino era que la abandonaran una y otra vez. ¿No sería más inteligente aprender a manejarse en esa situación a partir de ahora? Pero no resultaba fácil desenvolverse cuando el corazón amenazaba con desangrarse. Quería ponerse una coraza protectora, una especie de segunda piel, para que las decisiones de Jim no continuaran resquebrajándole el suelo bajo los pies, para que ningún cuchillo volviera a alcanzar su corazón. Una segunda piel que cubriera también la marca de fuego de su pasado.

—¿Era... era por eso por lo que estabas anoche tan... tan raro? —preguntó con voz temblorosa.

Él se levantó de la cama, caminó pesadamente hasta la cocina y dio un mordisco a un dónut del día anterior. Masticando, se recostó en el horno y se quedó allí con la mirada perdida.

—Sí, tal vez. —No hizo el más mínimo intento por consolarla—. La velada de ayer... —titubeó y sujetó con fuerza el dónut.

Norma tenía que ser fuerte para que le creciera con firmeza esa segunda piel. Solo así podría salir mejor parada. Únicamente por esta razón se dirigió a la cocina y se sentó en una silla frente a él. Le temblaban las piernas y sentía las manos heladas.

—Hablemos —le rogó, esforzándose por mantener la calma.

—Como esposa de un soldado estacionado en ultramar, no se te permite permanecer por más tiempo en la isla —dijo Jim sin mirarla—. Ya no regresaré aquí después de mi misión en el Pacífico.

Norma levantó la vista.

—¿Tengo que irme yo también de Catalina?

Jim asintió con frialdad.

—¿Dónde estará entonces nuestro nuevo hogar? ¿En Van Nuys? —preguntó ella con un hilo traicionero de voz y carraspeó—. Podría amueblarlo acogedoramente hasta tu regreso y…

Dejó de hablar porque él negó con la cabeza.

—Nadie sabe cuánto tiempo estaré fuera. No quiero que vivas sola en una casa tal vez durante años. —Jim bajó la mano con el dónut—. Tu vestido de ayer fue un error. No quiero que vuelvas a ponértelo.

¿Ahora tenía la culpa de todo su vestido? Norma miró hacia el armario, delante del cual colgaba el vestido blanco de Harlow de una percha. Al principio le había apretado mucho, pero pronto dejó de percibir esa sensación y se entregó tan solo a la música. Sin embargo, ante la perspectiva de una nueva mudanza, el vestido dejaba de tener importancia para ella.

—¿Dónde me alojaré mientras tú estés en ultramar?

Se preguntó si su pequeña familia seguiría existiendo si ni tan siquiera vivían juntos. Llevaba mucho tiempo pensando de nuevo en la tía Ana, la tía de Grace. Podía imaginarse viviendo en su casa. Ana tenía un carácter cariñoso y reconfortante, como ninguna otra persona de su pasado. Podría ocuparse de llevar la casa y así no sería una carga. Seguro que Ana necesitaba alguien en quien apoyarse en sus paseos con las muletas. ¿O iría ya en una silla de ruedas? En realidad, Norma no sabía siquiera si Ana Lower estaba viva.

Jim decidió:

—Vivirás con mis padres. Allí estarás segura. Muchos de aquí hacen eso mismo con sus esposas.

Norma tragó saliva con dificultad. La madre de Jim era simpática y amable, sí, pero ¿compartir vivienda? Tarde o temprano saltarían las discusiones, sobre todo con el padre, que era muy gruñón. Por otro lado, así ella ya no estaría sola.

—¿Y Muggsie? —preguntó—. ¿Qué dirán tus padres sobre ella? ¿La tolerarán?

—Creo que sí —dijo Jim—. Y si no pues la entregas en la perrera hasta que tengamos alojamiento propio.

—¡Eso jamás! —exclamó Norma, y Muggsie corrió de inmediato en su ayuda desde el porche. Su voz debió de sonar desesperada. Muggsie le gruñó a Jim como si fuera un maleante.

—Tengo que prepararme ahora para el servicio —se limitó a decir él sin prestar atención a la perra.

Tiró de Norma y la besó con tanta energía y con un talante tan posesivo que casi le hizo daño. A continuación, se dirigió al baño.

Norma creyó percibir cómo comenzaba a crecerle esa segunda piel por todo el cuerpo.

16

Finales de abril de 1944

North Hollywood estaba, como Sherman Oaks y Van Nuys, en el valle de San Fernando. En el barrio todas las casas estaban pegadas. La venta de inmuebles en el antiguo terreno agrario estaba en expansión.

La casa de una planta de los Dougherty estaba situada en el patio trasero de una casa un poco más grande de Hermitage Street. Antes vivían en ella los mozos de labranza de un granjero. Norma ocupaba una pequeña habitación sin vistas.

Durante la primera semana la convivencia con sus suegros fue apacible. Pasaba la mayor parte del tiempo sola con Muggsie porque Edward y Ethel trabajaban. Sí, Ethel seguía trabajando y Edward no ponía objeciones, o por lo menos no en voz alta.

Por la mañana, Norma se ocupaba del pequeño hogar; por la tarde, daba largos paseos con Muggsie hasta la orilla del Tujunga Wash, que atravesaba el barrio procedente de la montaña. Quería conservar las largas caminatas que se habían convertido para ella en un ritual diario en la isla. Muggsie se lo agradecía con mucha serenidad en casa. La perra no le había cogido confianza a Jim antes de que se fuera, pero él tampoco se había esforzado nunca.

En su nueva situación, sin su marido durante un periodo indefinido y sin hijos, le quedaba mucho tiempo para reflexionar. A menudo pensaba en Jim y en cómo había cambiado su matrimonio. La segunda vez que se fue la sensación era distinta que aquel día en el puerto de Wilmington. «Te quiero», le dijo cohibido para despedirse. Ahora iba de camino al Pacífico Sur a vivir su sueño en la marina mercante. Norma no lloró cuando el barco zarpó.

Recordaba a menudo la noche en el casino de Avalon. Le habría encantado pasar toda la noche bailando y disfrutar más tiempo de esa ligereza. Fueron momentos mágicos y por una vez Norma se sintió el centro de atención, y no al margen, como una actriz secundaria. Jim jamás volvió a hablarle de aquella discusión, pero Norma no estaba dispuesta a transigir durante el resto de su vida. Puso los dos índices sobre el cabecero metálico de su cama y empezó a contar: «Lo hago, no lo hago…». Mientras tanto, los movía por turnos, muy juntos, hasta el otro extremo de la barra de metal. Cuando llegó al final solo le quedaba el espacio de un dedo: «Lo hago». Norma observó el último hueco y se dejó caer hacia atrás en la cama con un suspiro. ¿De verdad podía atreverse a perseguir su sueño de ser actriz? Ethel, su suegra, hacía lo que le venía en gana y además interrumpía a su marido con frecuencia.

En vez de coger el Stanislavski, Norma se levantó de la cama, anduvo de puntillas e imaginó que la alfombra desgreñada y áspera que tenía bajo los pies era una roja y que ella caminaba por encima con zapatos de tacón, como aquel día en el baile. Recorrió con cuidado, paso a paso, una línea imaginaria muy recta en el suelo. En una ocasión leyó en el *Hollywood Reporter* que las mujeres distinguidas siempre seguían una línea recta al caminar. No era tan fácil y solo se conseguía balanceando las caderas. Norma desfiló de un lado a otro y a cada intento le salía mejor.

Pasados unos días desde la mudanza a casa de sus suegros, llegó la primera carta para ella a su nueva dirección. Era de Bebe. La abrió ilusionada.

Querida hermana:

De pronto mi vida está patas arriba, nada tiene sentido ya. Voy a dejar el instituto. Grace ya no vive con nosotros, sino en Chicago. Ha dejado a mi padre por sus problemas con la bebida. Me siento muy perdida y no sé qué hacer.

BEBE

Norma dejó caer la carta. Lo que Bebe le había enviado era un alarmante grito de auxilio. Su hermanastra no era en absoluto una quejica. Cuando protestaba, normalmente era por algo peor de lo que parecía. Pero ¿qué había pasado en Virginia Occidental?

Norma corrió al teléfono que Ethel y Edward habían comprado a principios de año. Lo enseñaban a las visitas como si fuera un trofeo en medio del salón, sobre un tapete de flores. Norma sabía de memoria el número de teléfono de la oficina de correos de Huntington. Le suplicó a la centralita que la pusiera rápido en contacto y le pareció que pasaba una eternidad hasta que oyó la voz del empleado de correos. Norma le pidió (no, con los nervios prácticamente se lo ordenó en el mismo tono que usaba el coronel Mustard) que le diera el siguiente mensaje a Bebe: «Iré lo antes posible».

Su corazón acelerado no se calmaba. No le quedaba más remedio que viajar lo más pronto posible a Virginia Occidental. Al fin y al cabo, se trataba de su hermana. Por Bebe, Norma dejó plantado una vez a Humphrey Bogart y no preguntó por Ingrid Bergman. Por Bebe estaba dispuesta a emprender ese largo trayecto a través de medio continente. Ella habría hecho lo mismo por Norma. Su condición de menor tutelada llegaba a su fin en apenas seis semanas, con su decimoctavo cumpleaños; luego por fin podría salir del estado de California. Bebe no podía bajo ningún concepto dejar el instituto. Tenía que disuadirla a toda costa. Sonaba a que en Huntington todo marchaba mal.

Ese día Norma no se dirigió hacia el Tujunga Wash en su paseo, sino a la estación de tren más cercana para preguntar cuánto costaba un billete a Virginia Occidental. Se quedó sin aliento al oír el precio. Además, le dijeron que los perros estaban prohibidos en los viajes de larga distancia. Se le encogió el corazón solo de pensar en dejar a Muggsie en casa de los Dougherty. Nunca se había separado más de medio día de su perra, pero ¡era una emergencia! Además, de alguna manera tenía que recaudar el precio del billete. ¿Tal vez Ethel y Edward la ayudarían con algo de dinero?

Para despertar la misericordia de sus suegros, Norma preparó una cena muy laboriosa y, como todos los días, poco antes de que terminara la jornada laboral, colgó una tela sobre el cuadro de un desnudo que había pertenecido a su abuelo y que ella había colgado en la pared al poco de mudarse. Ethel no quería desnudos en su casa, aunque la mujer del cuadro era de una belleza deslumbrante. Norma ya había pillado a Edward echando un vistazo debajo del paño a escondidas. A ella la obra no le parecía en absoluto vulgar, al contrario: la modelo, inclinada hacia delante, transmitía mucha sensualidad y una fuerza intensa, y parecía atractiva e independiente a la vez. ¿Por qué siempre había que ocultar el erotismo? Ni que la humanidad se reprodujera por gemación.

Cuando Edward llegó a casa esa noche, Norma le sirvió enseguida una cerveza fría. Ethel parecía agotada y se alegró de no tener que echar una mano en la cocina. El olor penetrante de su laca para el pelo inundó la estancia, mezclado con el tufo de la tela de su ropa y el sudor.

Norma puso todo su empeño en complacer a sus suegros esa noche. Edward ya le había dado el primer mordisco a la hamburguesa con queso y jamón asado a tiras cuando Norma soltó:

—¿Me prestaríais ochenta dólares?

Edward se atragantó y empezó a toser. Se le salió el kétchup por la comisura de los labios.

—¿Quieres comprarte una casa? —preguntó cuando recuperó el aliento.

—Tengo que ir a Huntington sin falta —dijo ella, y les contó lo que le había escrito Bebe.

—Pobre Grace —fue el comentario de Ethel a la noticia. Hubo un tiempo en que había sido buena amiga suya. Juntas organizaron la boda de Norma—. Pero ¿por qué se ha ido a Chicago? —preguntó.

Norma se encogió de hombros.

—Tampoco lo sé. Pero tiene que haber pasado algo horrible.

Incluso en aquel momento estaba preparando el discurso con todo lo que quería reprocharle a Ervin. Primero la había separado de la familia y ahora echaba a Grace y hacía desgraciada a su hija. Norma estaba convencida de que, en el momento del traspaso de su tutela a Grace, el motivo de que tuviera que pasar casi veinticuatro meses en el orfanato y no solo seis fue por insistencia de su padrastro.

—Ni hablar —dijo Edward, masticando—. No vamos a prestarte dinero, no somos un banco.

Muggsie soltó un aullido.

—Pero ¡lo necesito con urgencia! —insistió Norma, e intentó calmar a la perra con caricias.

—¿Cuándo te has vuelto tan terca? —contestó Edward—. No creo que a Jim le entusiasme.

—Ya hemos prestado antes dinero y aún no nos lo han devuelto. —Ethel aclaró la airada reacción de su marido.

—Y no creo que Jim te permita viajar sola —añadió Edward al tiempo que se lamía el kétchup de los dedos. Desde que Norma vivía allí, su suegro hablaba un poco más, pero rara vez decía algo agradable.

—Jimmie también ayudaría a un amigo en apuros —aseguró Norma, convencida.

Ethel asintió.

—¿Y si ganaras tú el dinero para el viaje?

Norma sabía lo orgulloso que se sentía Jim de que su mujer no tuviera necesidad de trabajar. Quería costear él toda su vida en común.

—Pues entonces mejor no solicites un puesto de cocinera —dijo Edward, y se levantó de la mesa de la cocina.

—En mi trabajo siempre buscan gente —sugirió Ethel.

Norma solo sabía que su suegra trabajaba en la enfermería de una empresa armamentística en el aeropuerto Metropolitan. Su falta de interés ahora la incomodaba.

—¿Dónde me presento? —preguntó, y apartó la idea de que Jim quizá no la dejase trabajar. Muggsie se arrimó más a ella y colocó las patas delanteras sobre las piernas de Norma.

Ethel sonrió con orgullo.

—Pagan el salario mínimo. Por sesenta horas a la semana son veinte dólares.

Como obrero no cualificado, Jim ganaba en Lockheed cincuenta dólares por las mismas horas. Norma siguió calculando.

—Así tardaría cuatro semanas en reunir el dinero para el billete a Huntington. Al cabo de dos o, como máximo, tres meses también podría comprar el billete de Huntington a Chicago y de vuelta a Los Ángeles y además comprar algo de comida para el viaje.

—Pero tienes que ser consciente de que los trabajos en la producción de Radioplane son duros. ¡No es para señoritas sensibles! —insistió Ethel—. Y no te presentes con esos malditos zapatos de tacón.

Norma asintió. Últimamente se ponía los zapatos de la boda al pasear con Muggsie para recordar los días despreocupados en Catalina antes de la pelea. Ahora solo le quedaba esperar que Jim no se enterara. Antes de marcharse estuvo insufrible. Por primera vez Norma se alegró de no poder llamar por teléfono con regularidad. Así no descubriría su secreto tan rápido. Por suerte estaba en ultramar.

Norma acudió a Radioplane y le dieron un puesto sin problemas. Empezó al día siguiente. Para su sorpresa, la mayoría del personal eran mujeres. Como empleada, su nueva rutina empezaba a las cinco de la mañana. Antes de ir al trabajo con Ethel en el Ford de Jim, daba un largo paseo con Muggsie y se ocupaba de algunas cosas de la casa. Ya en su primer día la atormentó la mala conciencia por dejar a la perra encerrada en casa tanto tiempo, aunque seguramente el animal dormía mucho.

En Radioplane, Norma se pasaba toda la jornada de pie. Su función era pulverizar barniz para endurecer las telas que se colocaban en el fuselaje de los aviones teledirigidos en miniatura. Se usaban como aviones zángano para dispararles durante los entrenamientos. Por la noche, después de trabajar, apenas se tenía en pie. El mejor momento del día era cuando Muggsie la recibía al llegar del trabajo y ya no se apartaba de su lado hasta la mañana siguiente; la seguía hasta al baño.

Al terminar su primera semana, Norma tuvo una sensación increíble al sujetar en las manos los primeros billetes que se había ganado. Compró unas cuantas blusas de diario de segunda mano para el viaje previsto (todas juntas le costaron un dólar) y una pelota nueva para Muggsie.

Le importaba poco haber vuelto a lo más bajo de la sociedad como mujer trabajadora. Con tal de que Jim no se enterase y se lo prohibiera, podía obviar que el barniz que rociaba olía fatal, que tosía a menudo o que se le estaban hinchando las piernas poco a poco de pasar tantas horas de pie. Los nervios por su marido fueron en aumento y el que Bebe no hubiera vuelto a escribir tras el primer grito de auxilio tampoco ayudaba. ¿Y si Ervin le había hecho algo a su hija en plena borrachera? ¿Se atrevería?

Norma no aguantó más la incertidumbre e invirtió parte del dinero recién ganado en un telegrama a Huntington. Al cabo de dos semanas recibió respuesta.

Te echo mucho de menos, querida hermana.
Espero ansiosa a que vengas.
Ya no sé qué hacer.

Eso fue todo lo que Bebe le escribió.

Cuando Norma ya llevaba cinco semanas trabajando en Radioplane, un domingo estuvo a punto de parársele el corazón.

—¡Jim está al teléfono! —gritó Ethel hacia la habitación de Norma—. Quiere hablar contigo antes de que yo lo cosa a preguntas.

Norma agarró el auricular, indecisa. Era la primera vez que Jim llamaba desde su marcha. El tiempo sin él había pasado rápido.

—Hola, Jimmie —procuró sonar relajada.

—¡Hola, cariño! Por fin puedo llamarte. Hoy es día de permiso en tierra.

La felicitó por su cumpleaños, que sería el día siguiente, e insistió en que la echaba de menos. Por lo visto se había calmado en ultramar y volvía a hablarle con el mismo afecto que antes de la discusión. A veces la distancia ayudaba a que se volviera a apreciar a los demás. Parecía que les sentaba bien a ambos.

En realidad, los marineros no podían decir a sus familias hacia dónde navegaban, pero Jim se fue de la lengua. Su barco iba rumbo a Australia.

—¿Y qué tal te ha ido a ti? —preguntó—. Ya han pasado cinco semanas.

—Muggsie está bien —informó Norma para no hablar de sí misma—. Le encantan los largos paseos. Por lo demás, todo es muy monótono. —Era cierto, porque el trabajo en Radioplane no variaba precisamente.

—¿Y cómo estás tú? —preguntó Jim con ternura. Norma sintió remordimientos.

—Bien también —contestó, escueta. Con un poco de suerte, Ethel no le hablaría de Radioplane. Su suegra esperaba con impaciencia a su lado.

—Estás muy callada. ¿De verdad todo va bien? —su marido sonaba inquieto.

—Estoy preocupada por Bebe, no está muy bien —empezó Norma, y decidió sincerarse con Jim sin perder más tiempo—. Tengo pensado…

—Cariño, espera un momento. El primer oficial me está haciendo una señal —dijo Jim, y acto seguido añadió—: Lo siento, pero tengo que ir con él. No para de llamarme. ¡Hasta pronto, espero! —Dicho esto, colgó.

Norma solo le pudo pasar a Ethel el auricular con la señal del pitido.

—Ha tenido que irse de repente.

En su fuero interno se alegraba de haberse ahorrado una discusión, pero también sabía que era una cobardía por su parte. Decidió que se lo contaría a Jim en cuanto pasaran las ocho semanas de trabajo y volviera a llamar. Entonces le explicaría que durante el viaje nunca iría a sitios solitarios ni llevaría ropa ceñida, sino blusas recatadas de todos los colores menos el rosa. Cuando se enterara de que no hacía falta que aportara dinero, tendría opciones de convencerlo. Al fin y al cabo, Jim sabía lo mucho que significaba Bebe para ella. A lo mejor el trabajo y el viaje le parecían bien, porque aún tenía remordimientos por la noche de baile en el Avalon.

Norma no lo echaba mucho de menos. Quizá fuera por su nueva segunda piel.

Cuando al cabo de ocho semanas Norma recaudó el dinero para el viaje, su encargada no quería dejarla marchar. Le dio un certificado que la definía como una trabajadora ejemplar. Además, le ofreció seguir trabajando y le dio las gracias varias veces. El jefe del departamento incluso le prometió que la colocaría lejos del pestilente barniz, en la producción de paracaídas, si seguía trabajando en Radioplane. Sin embargo, Norma quería averiguar qué estaba pasando en Virginia Occidental y cómo podía ayudar antes de decidir qué hacer a continuación.

Al oír las palabras de sus superiores, Norma pensó que Jim a menudo se mostraba indulgente con ella, pero nunca la había elogiado ni le había dado las gracias por sus esfuerzos en el hogar. Ganar su propio dinero y encima recibir halagos le provocaban una sensación indescriptible. Quizá en el futuro le llegara incluso para apartar algo para clases de interpretación...

Tras su último día de trabajo, Norma entró en la casita de Hermitage Street con el certificado en la mano. Muggsie se puso a corretear contenta alrededor de sus piernas. Ethel aún estaba hablando fuera con una compañera.

Edward recibió a Norma con el teléfono en la mano.

—Jim vuelve a estar al teléfono. Estaba hablándole de tu trabajo en Radioplane cuando entrabas por la puerta. —A ella se le cayó el alma a los pies—. Que vaya bien, hijo —se despidió Edward, y le pasó el auricular a Norma.

Ella tenía la mirada fija en el tapete de flores cuando Jim le hizo saber, disgustado, que no iba a permitir que su esposa trabajase y que, sin embargo, lo que más lo había decepcionado era que no se lo hubiera contado.

—Solo han sido ocho semanas —lo corrigió Norma, lastimera—. Y mis jefes me han elogiado. Hasta me han dado un certificado.

—¡Mi esposa no va a trabajar ni un solo día! —dijo Jim, pero luego se hizo el silencio—. ¿Qué has dicho? ¿Un certificado? ¿Tan buena eras?

Norma sintió esperanza.

—Sí, Jim. Incluso me han ofrecido un cambio a un departamento de producción mejor. Pero para mí es mucho más importante poder ayudar a Bebe. ¿Tú no irías a ver a tu hermano si estuviera en apuros?

—¿Quieres ir a Virginia Occidental? ¿Sola? —preguntó Jim desconcertado—. ¿Encima eso?

—Iré sola —admitió Norma—, pero siempre estaré rodeada de gente. Te prometo que…

Jim la interrumpió con brusquedad.

—¡No lo voy a permitir en ningún caso! —resonó en el teléfono—. Mi esposa, tan guapa, sola entre tantos hombres…

A Norma se le resbaló el certificado de las manos y cayó al suelo.

—Pero piensa también en Bebe, es tu cuñada. No podemos dejarla en la estacada. Siempre ha cuidado de mí.

Jim continuó callado, pese a que cada minuto de conversación costaba una fortuna.

—Tú eres más importante para mí que tu hermanastra —dijo al fin—. Es peligroso para una mujer viajar sola por Estados Unidos. No quiero que lo hagas. ¡Fin de la discusión! —exclamó, y colgó.

Norma quiso colgar el auricular del gancho furiosa, aunque lo dejó con delicadeza por consideración a sus suegros. Había estado a punto de convencer a Jim, pero, una vez más, sus necesidades no le importaban. Había decidido él solo sin contar con ella, sin más. ¡No podía continuar así! Jim no podía seguir determinando su vida de forma tan omnipresente. Tenía que tomar las riendas. Jamás se perdonaría dejar a Bebe en la estacada en ese momento. La necesitaba como nunca antes.

—¿Y? ¿Qué ha dicho Jim? —preguntó Edward desde el sofá cuando Norma se fue a su habitación.

Ella se detuvo, imaginó el rostro lloroso de Bebe y contestó con la voz tomada:

—Pues que tenga un buen viaje, ¿qué va a decir?

17

Julio de 1944

Norma subió al tren con destino a Chicago en el último momento. Tom y ella salieron demasiado tarde de North Hollywood y luego, ya en el andén, no podía separarse de Muggsie. No paraba de abrazar y acariciar a la perra mientras ella olisqueaba su bolsa de provisiones para el viaje.

Norma levantó la maleta en el pasillo del tren y asomó la cabeza por la primera ventana abierta que vio. Tom tuvo que prometerle por enésima vez que cuidaría bien de Muggsie. Se había ofrecido a cuidar del animal en su casa durante el tiempo que durara el viaje. Siempre hablaba en primera persona, nunca en plural, cuando se trataba de su hogar y su familia.

—¡Y no te olvides de dejarle unos cuantos trozos de manzana en el comedero! ¡Le gusta tanto como la leche! —gritó Norma por la ventana.

—¡No se me olvidará! —le aseguró Tom, infatigable—. Y también haré juegos con la comida con ella. Justo como me has enseñado. —Sonrió, y le favorecía en la cara.

—¡Volveré pronto, Muggsie! —se despidió Norma.

Muggsie la miró con la cabeza ladeada y esa célebre mirada conmovedora de los perros. A Norma le entraron ganas de bajar, pero el revisor ya estaba silbando.

—Dos semanas son mucho tiempo. —Tom sonaba casi ardiente, aún lucía la sonrisa en los labios—. Cuídate mucho, de verdad, Norma. Jim me matará si se entera de que estoy al corriente de tu viaje secreto y encima te pasa algo.

El tren arrancó.

—¡Jamás se lo permitiría! —le contestó ella a gritos, aunque ella tampoco se sentía a gusto con tanto secretismo, y se despidió de Tom con un gesto.

Norma no volvió a meter la cabeza en el tren hasta que Tom y Muggsie estuvieron tan lejos que ya no los reconocía.

Ahora que la despedida había terminado sin problemas, quería mirar hacia delante. La emoción por el reencuentro con Bebe fue en aumento. Habían pasado dos años desde que se habían separado. No podía creer que pronto fuera a poder abrazarla. Esperaba no llegar demasiado tarde.

A Norma le costó encontrar su asiento. Se asomó también a la primera clase. Estaba llena de elegantes asientos y sofás. Había damas y caballeros sentados, vestidos como si acudieran a una celebración. Su sitio estaba justo detrás del vagón con el compartimiento del correo, donde el traqueteo era intenso. El asiento que podía convertirse en cama le habría costado más del doble, por no hablar de la categoría de lujo. Sin embargo, su sitio, aunque era un poco menos cómodo, le pareció excelente. Había trabajado mucho para ganarse hasta el último kilómetro del viaje. En los sitios baratos, los viajeros también iban acicalados. Pasaba desapercibida con la falda amarilla y la blusa nueva blanca.

Pasada la primera hora de trayecto, sacó la chaqueta de punto de la maleta y se la puso a modo de cojín debajo del trasero. Así estaba un poco más cómoda. Tendría que hacer transbordo dos veces; esperaba no tener problemas.

Por la noche, cuando el tren salió del estado de California, sus pensamientos se desviaron hacia Jim y su última conversación por teléfono. Se había portado como si fuera su comandante y no le había importado lo orgullosa que se sentía ella de haber desempeñado su trabajo en Radioplane con la máxima profesionalidad. Ni siquiera el futuro de Bebe lo había ablandado. Jim no había cambiado: seguía viendo solo sus necesidades. Le dolía, pero menos que antes. La capa de protección aguantaba muy bien el dolor.

Norma rezó para que Jim no telefoneara a casa de sus padres durante las tres semanas siguientes. Antes esperaba ansiosa sus llamadas. Ella también había cambiado, igual que su matrimonio. De todos modos, las probabilidades de que se pusiera en contacto tan pronto eran bajas; tal vez pudiera evitarse la disputa matrimonial. La última vez le habló de que le esperaban varios meses en el Pacífico sin permiso en tierra. Aun así, Norma sabía que no podría ocultarle el viaje para siempre; sería una carga demasiado grande para soportarla durante años. Además, Ethel y Edward lo sabían. Con lo mucho que hablaba Ethel, sería un milagro que no mencionara el viaje de Norma delante de su hijo antes del fin de sus días. En eso, Edward, parco en palabras, era harina de otro costal.

Norma miró atrás, hacia California, hasta que se puso el sol. El momento más bonito del día en Los Ángeles era justo ese. Cuando la luz se retiraba, todo brillaba y refulgía hasta que las estrellas asumían el mando de la mitad oscura. La primera noche del viaje, Norma no pudo conciliar el sueño por los nervios. El cielo estaba despejado y había luna llena. El tren atravesaba el sur de Arizona con sus peculiares cactus en forma de candelabro. Luego se adentraron en Nuevo México.

Por la mañana Norma procuró concentrarse en los paisajes que pasaban flotando junto a la ventana. Entretanto no paraba de evocar recuerdos bonitos con Bebe. Cuando se reía, era maravillosa. Norma siempre se contagiaba de su risa. La última vez que les pasó fue en Van Nuys, cuando intentaron hacer un pastel de cumpleaños para Grace y en vez de azúcar pusieron sal en la masa por error. Norma sonrió divertida al recordarlo, pero aun así no quería que volvieran los viejos tiempos. Le gustaba ser adulta, tener más responsabilidades, y con su trabajo en Radioplane había conseguido ser más independiente. ¡Ojalá hubiera llegado ya a Huntington para poder abrazar a Bebe de una vez!

Durante el segundo día de viaje, pasaron horas atravesando Texas hasta que Norma tuvo que cambiar de tren en Dallas. Le entraron ganas de pedirle al maquinista que acelerara, porque aquella era la tierra de Ervin Goddard. Allí se había criado Bebe y pasó por numerosas familias de acogida hasta que su padre se hizo cargo de ella. A Norma no le gustó Ervin desde el principio y las historias que le contó Bebe sobre su infancia no hicieron más que alimentar esa antipatía. Le resultaba amargo haber llegado a llamar a Ervin «papá» por amor a su madre.

«¡Mira hacia fuera!», se reprendió para no perder de vista la belleza de la ruta. En Arkansas, húmeda y cálida, una tormenta la sorprendió al hacer el transbordo y estuvo a punto de llevársela del andén. Los relámpagos rojos iluminaban el cielo. No menos impresionante era el paisaje de colinas suaves alrededor de Nashville, en Tennessee, o los románticos prados de Kentucky. La naturaleza de su país era de una belleza sobrecogedora; le habría encantado tener más tiempo para disfrutarla. Dos semanas eran poco para un viaje que atravesaba un país tan enorme como Estados Unidos.

Cuando el trayecto se volvió monótono, Norma sacó su Stanislavski de la maleta. Leyó el capítulo «La acción sobre el escenario» y pronto el texto la absorbió. Era como si en la vida real todos los intérpretes supieran comer, caminar o sentarse, pero sobre el escenario fuera distinto, decía el corifeo de la interpretación. Como el intérprete era vergonzoso o tímido y tenía miedo del público, sobre el escenario se comportaba de manera distinta. Ya no podía comer, caminar ni sentarse con espontaneidad, pero la interpretación consistía justo en «no sentirse observado». Norma lo entendió enseguida. Cuando se sentía observada también se comportaba de otra manera. Si tuviera que decir sobre el escenario o ante un equipo de rodaje aunque fuera una sola frase, tartamudearía por los nervios y las mejillas se le llenarían de manchas rojas. En cambio, cuando no se sentía observada, sino admirada por todos, y había música, era muy distinto. Sonrió al recordar los bailes al ritmo de las canciones del grupo de Stan Kenton. Se sintió ligera como una pluma. Fue un auténtico «momento mágico».

Durante el resto del trayecto Norma estuvo tan absorta en el Stanislavski que olvidó todo lo que la rodeaba. Solo volvió a cerrar el libro cuando el revisor anunció que entraban en Virginia Occidental.

Después de tres días y medio con las extremidades doloridas y aseos rápidos en los estrechos lavabos, por fin el tren llegó a Huntington. Aunque era la segunda ciudad más grande del estado, en Huntington había aún menos habitantes que en North Hollywood. La ciudad se situaba en el punto del río Ohio en el que se encontraban Virginia Occidental, Ohio y Kentucky.

Hacía un frío poco común para un día de julio. Norma se puso la chaqueta ya en la estación. En sus primeras cartas, Bebe le contó que había pocos meses de sol de verdad y luego le describió un invierno húmedo y frío. Virginia Occidental descansaba en los boscosos montes Apalaches. Para no perder ni un minuto más, Norma cogió un taxi hasta la casa de los Goddard. Estaba exhausta y sudorosa del viaje, llevaba el pelo hecho un desastre y el cuerpo le pedía a gritos una cama blanda. Si Grace la hubiera visto con ese aspecto, seguro que se habría llevado las manos a la cabeza. Sin embargo, entre la opción, presentarse así de desaliñada delante de su madre o aplazar aún más el reencuentro, Norma no habría dudado ni un momento y habría corrido a los brazos de Grace. En unos días estaría en Chicago.

A Norma le gustó lo verde que era Huntington, incluso en los barrios más humildes unos árboles centenarios y nudosos daban sombra a las casas. Cuando por fin llegó a la vivienda de los Goddard, le pareció irreal. Era una construcción de madera de dos plantas pintada de verde, con un porche techado que daba a la calle y un banco colgado con unas cadenas. La casa era tan estrecha que Norma dudó de que siquiera se pudiera desplegar una cama Murphy en el salón.

Subió corriendo los peldaños de la entrada hasta el porche. Su corazón estaba acelerado; sus manos, húmedas. Tenía una sed terrible. Aguzó el oído a cada paso que dio para acercarse a la puerta con mosquitera; intentando oír ruidos por si escuchaba algo como Ervin pidiendo cerveza a gritos. Se dio prisa, pero tan cerca de su objetivo cada segundo parecía un minuto. La casa estaba en silencio, solo se oía un pájaro carpintero desde el viejo árbol nudoso, cuyas ramas se posaban sobre el techo del porche como si fueran brazos.

Giró el pomo a toda prisa, abrió la puerta y entró en aquella casa desconocida con soltura.

—¿Hay alguien? —gritó.

Había enviado a Bebe las fechas de su viaje dos semanas antes, así que su hermanastra sabía exactamente cuándo llegaba. Los trenes habían sido puntuales.

—¿Norma? —se oyó a lo lejos—. ¡Estoy aquí arriba!

Norma no se paró a echar un vistazo en la planta baja, pero por el rabillo del ojo se fijó en que hacía tiempo que nadie limpiaba. No era propio de Bebe. Dejó el equipaje y subió corriendo la estrecha escalera hasta el piso superior.

Una vez arriba, Bebe se le acercó tambaleándose, vestida con un camisón que se le pegaba al cuerpo. Estaba pálida como un fantasma y tenía los ojos rojos e hinchados: era la sombra de la chica que se fue de Van Nuys.

—¡Por fin! —Norma abrazó a su hermanastra con cuidado, como si estuviera hecha de un cristal finísimo.

—Eres tú de verdad —sollozó Bebe.

Norma llevó a la enferma de la mano de vuelta a la habitación.

—¡Te lo prometí!

Bebe se desplomó en la cama con un gemido.

—Has venido de verdad —repitió, incrédula. Acarició la falda amarilla que en su día le había cosido a Norma.

—Es mi favorita —dijo ella, arropando a Bebe con aire maternal. Le dio un apretón en la mano fría para animarla—. ¿Qué te pasa? ¿Qué ha ocurrido?

Bebe quiso incorporarse de nuevo, pero Norma se lo impidió con suavidad. Su hermana estuvo buscando las palabras durante unos minutos, con los labios secos y agrietados.

—Ni siquiera me he atrevido a contarlo en nuestro diario.

A Norma le daba igual poder contagiarse de la enfermedad de Bebe. Se metió debajo de la colcha y se acurrucó con ella, que estaba hecha un baño de lágrimas.

—Te hablé por carta varias veces de mi amor por Gus —empezó a decir su hermanastra al cabo de un rato.

—Tu profesor de Matemáticas —recordó Norma—. Sí, le dedicabas las palabras más impresionantes, ¡como una poetisa!

Bebe se arrimó a Norma.

—Hace unos días sufrí un aborto —confesó—. Estuve unos días en el hospital después de que tuvieran que operarme de urgencia. Llevo en la cama desde entonces.

—¿Estabas embarazada?

Por un instante el deseo incumplido de Norma de tener hijos resurgió; otro de sus anhelos que Jim había pospuesto. Ahora ella había hecho lo mismo con él al ignorar su prohibición. Se sentía reforzada para hacer el viaje a Chicago para ver a Grace.

—De cinco meses. Pero Gus no quiso saber nada de mí cuando se enteró —dijo Bebe entre sollozos.

Norma se incorporó en la cama.

—¡Ya verás como le ponga la mano encima a ese Gus!

—¿Qué harías? —preguntó Bebe con voz temblorosa—. ¿Traérmelo? —Los ojos se le iluminaron un instante—. No puedo vivir sin él.

Norma se levantó.

—Le diría que no puede tratar así a la mejor hermana del mundo. ¡Y dejar embarazada a una mujer y luego largarse es lo último!

—¡Por favor, no! —suplicó Bebe—. No quiero que nadie le haga daño. —Miró avergonzada por la ventana, donde la pintura se estaba desconchando—. Papá dice que es culpa mía que Gus me haya dejado. —Cerró los ojos.

—¿Culpa tuya? —se indignó Norma—. Nunca he sido muy buena en matemáticas, pero para un embarazo se necesitan dos personas. Sin Gus nunca habrías engendrado a tu hijo.

—En eso llevas razón —dijo Bebe en voz baja, con los ojos aún cerrados, como si no quisiera ver más el mundo—. A lo mejor es culpa de los dos. Aun así, lo echo muchísimo de menos.

—Siento mucho todo esto —aseguró Norma, y se arrodilló delante de la cama. Un hombre que dejaba embarazada a una mujer y luego la abandonaba no tenía buen fondo—. Pero te recuperarás del todo, ¿no?

—¿Del corazón? —Bebe abrió los ojos y lanzó a Norma una mirada inerte y fija—. Seguro que no. En cuanto a mi cuerpo, los médicos son más optimistas.

—¿Sabes qué me ayudó a mí a superar el dolor de la separación cuando os fuisteis? —preguntó Norma con ternura—. Un chocolate caliente extragrande.

La sonrisilla quedaba bien en el rostro pálido y blanco de Bebe. Se dio la vuelta de costado hacia Norma.

—Qué bien que hayas venido. ¿No puedes quedarte para siempre?

Norma sonrió conmovida. Era como si nunca se hubieran separado.

—Ojalá ya hubieras terminado el instituto y volvieras conmigo a Los Ángeles. Aquí hace un frío horrible.

—El instituto… Quería… —empezó a decir Bebe.

—¡Lo vas a terminar pase lo que pase! Con estudios tienes muchas más posibilidades —la interrumpió Norma—. Además, eres la chica más fuerte que conozco. Seguro que superarás este mal de amores. Si tú no lo consigues, ¿entonces quién?

Bebe siempre había sido la más fuerte de las dos. Donde Norma se rendía, Bebe seguía luchando. Contra los ataques en el barrio, las pullas en el colegio, contra sus atribulaciones sobre el pasado. También fue ella la que empujó el tronco de la casa del árbol de Van Nuys.

Bebe le puso sobre los hombros a Norma un pedazo de la manta.

—Antes de que acabemos hablando solo de mí, me gustaría saber cómo te va con Jim.

Norma arrimó la cabeza a la manta.

—No podemos hablar tan a menudo por teléfono porque está en un barco. Ya te contaré los detalles cuando te encuentres mejor, ¿de acuerdo?

¿Habría llamado ya a casa de sus padres?

—Has cambiado —afirmó Bebe—. Has madurado.

Sin embargo, la última vez que Jim la riñó por teléfono Norma volvió a sentirse como una niña pequeña.

—Voy a prepararte un chocolate caliente para que pronto te sientas mejor del corazón —anunció con el tono de su suegra, que no admitía réplica.

Bajó a la cocina, donde las facturas se amontonaban sobre la mesa junto a una botella de bourbon. Mezcló rápido cacao, leche y jarabe de maíz y lo puso en un cazo. Cuando empezó a hervir, le llegó a la nariz un delicioso aroma a chocolate. Había entrado en calor, así que se quitó la chaqueta de punto.

—¡Ya está listo! —anunció hacia los pasos que se acercaban a ella—. Bebe, esto sí que te sentará bien. El cacao es un elixir milagroso para el alma.

—¡Hola, Norma! ¡Casi no te reconocía!

Ervin entró en la cocina con su estilo de vaquero de siempre. Se detuvo con las piernas abiertas y los pulgares tras la enorme hebilla como si fueran a ponerle una medalla al mérito.

Norma estaba a punto de servir el chocolate en una taza. Se detuvo y miró por encima del hombro. Se había preparado distintas frases para el reencuentro con Ervin, pero en ese momento no le salía ni una palabra. Notó que las manchas rojas le ardían en la cara. Por lo menos consiguió volverse hacia él. Igual que Bebe, estaba triste y pálido. Antes siempre lucía un buen moreno; ahora no resultaba muy convincente en el papel de vaquero carismático. Stanislavski habría rechazado su interpretación por ser una «exageración ingenua y diletante».

Ervin seguía hablando con acento texano.

—Me alegro de que estés aquí. Hace semanas que Bebe solo habla de tu visita. Y eso cuando habla.

—Yo… le he hecho un chocolate caliente —fue lo único que le salió a Norma. Por lo menos no había tartamudeado en toda la frase.

Llenó la taza hasta el borde y se maldijo en su fuero interno por no enfrentarse a su padrastro con la valentía que había imaginado. ¿Por qué se dejaba intimidar aún por él? ¿O era la vieja rabia la que la confundía de esa manera?

Ervin husmeó en la taza.

—Huele muy bien. Te has convertido en un ama de casa decente —dijo con una media sonrisa.

Era increíble que en Van Nuys se considerara el tipo más impresionante del barrio. Norma estaba tan cerca de él que por el olor supo que no se había lavado, pero no olía a alcohol. Se separó un paso de él.

—¿Y tú? ¿Cómo te va?

Ervin salió de la cocina al salón sin contestar. A Norma le sorprendió ver que no se desplomaba en el sofá, sino que se acercaba pensativo a la ventana.

—Me han despedido de Adel Precision por un periodo de crisis de facturación en los componentes hidráulicos que no tiene nada que ver conmigo.

Norma lo siguió al salón. Enseguida se fijó en la fila de fotografías enmarcadas, todas de Grace, sobre la repisa de la chimenea; parecía un altar. En todas las imágenes ella sonreía como una estrella de Hollywood.

—Pero mi sucesor era un auténtico desastre y hace un mes me volvieron a contratar. Vuelvo a tenerlo todo controlado —aclaró, pero a Norma le sonó más bien a ilusión—. No bebo desde que volví a trabajar —añadió él. Desvió la mirada hacia la botella de bourbon que había sobre la mesa de la cocina—. Esa botella de ahí me recuerda lo que me ha pasado con la bebida.

—¿Con Grace? —preguntó Norma, ya que hablaban de desastres.

Vio que a Ervin le temblaban los párpados por los nervios al contestar:

—Quiso distanciarse de mí. —Ya no sonaba como John Wayne en un duelo, sino como un hombre destrozado. Tal vez como Gil en *Incidente en Ox-Bow*.

Ervin cogió una de las fotografías de la repisa de la chimenea y sonrió a Grace.

—Tengo que mantenerme sobrio por ella.

Norma contaba con discutir con Ervin, incluso cantarle las cuarenta, pero no con sentir compasión por él. No podía creer que la separación del matrimonio Goddard hubiera sido cosa de Grace. Antes su madre dependía tanto de él que lo siguió sin Norma a la otra punta del país.

Volvió a la cocina, pensativa, y llenó otra taza de chocolate caliente. Se la dejó a Ervin en la mesita del sofá.

—Que aproveche —dijo, y subió con la otra taza a la planta de arriba.

A medida que pasaba horas con su hermanastra, Bebe se iba encontrando mejor. Norma la acompañó al médico, que se mostró satisfecho con sus avances en la recuperación, y le pagó el taxi hasta allí. Bebe no podía hacer esfuerzos bajo ningún concepto. Norma también se ocupó de la casa y cocinó para todos. Bebe y ella charlaron mucho durante esos días, pero, cuando la conversación derivaba hacia Grace, su hermanastra cambiaba de tema. Norma supuso que la echaba mucho de menos y por eso no quería hablar de ella.

Pasados cinco días, Bebe ya se sentía preparada para salir de casa a dar un paseo, sin taxi. Ya no tenía fiebre, y poco a poco fue recuperando el color en el rostro. Juntas caminaron por Huntington, marcado por la explotación de las minas de carbón y la industria del acero. Durante unas horas hasta el sol se portó bien con ellas. Norma sintió el calor y la luz en el rostro y deseó tener a Muggsie a su lado. Echaba de menos Los Ángeles, cálido y luminoso, donde el brillo de las estrellas era más impresionante que en Virginia Occidental.

El día antes de continuar con su viaje consiguieron subir al refugio secreto en lo alto de las ramas del viejo roble nudoso.

Igual que en la fotografía que le había enviado Norma un día, tomada delante de la casa del árbol, Bebe vestía la falda amarilla.

Norma había llevado mantas para que Bebe se sentara sobre algo blando y no tuviera frío. Primero las usó para cubrir el suelo, luego envolvió a su hermanastra con ellas. Aunque ya estaban a finales de julio, no acababa de llegar el calor.

—Me voy a sentir como una anciana frágil si sigues cuidándome así —protestó Bebe con una sonrisa.

Norma hizo caso omiso de sus palabras y le sirvió un té, que era más curativo que la cerveza de raíz o la limonada. Se relajó cuando Bebe bebió los primeros sorbos. La casa del árbol estaba rodeada de ramas y follaje tan espeso que desde abajo apenas se veía. Estuvieron un rato sentadas en silencio, escuchando el martilleo de los pájaros carpinteros.

—¿Te acuerdas de cuando hablábamos de tus planes en la casa del árbol de Odessa Avenue? ¿De que querías ser una actriz de Hollywood famosa? —preguntó Bebe—. Me alegra que no hayas renunciado a ese sueño. —Señaló el Stanislavski que Norma se había llevado.

Ella sonrió ensimismada. Su hermanastra tenía razón. No había renunciado a su sueño, aunque temporalmente había tenido que apartarlo. Ahora sabía que prefería que sus objetivos en la vida no dependieran de nadie.

—Deberías pensar con tiempo cómo vas a afrontar la fama. Hay muchos rumores sobre el estilo de vida de las actrices famosas. Por lo visto, al empezar cada día de rodaje necesitan estimulantes y al final, somníferos. Tienes que alejarte de eso a toda costa.

—Claro. —Norma le dio un empujoncito cariñoso a su hermanastra—. Pero aún no he llegado a eso. Lo único que he hecho de momento es leer de vez en cuando el manual de interpretación.

—¿Qué más podrías hacer? —preguntó Bebe—. ¿Cuál sería el siguiente paso para cumplir tu sueño? ¿Audiciones?

—Supongo que ayudaría preguntar por un profesor de interpretación —aventuró Norma.

Siendo morena, no creía que tuviera opciones en los estudios cinematográficos sin unas cuantas clases, y para pagar un profesor tendría que volver a trabajar en Radioplane.

Norma recordó el periódico del instituto para el que había escrito en diversas ocasiones. Una vez, por encargo de la redacción, llevó a cabo una encuesta entre los estudiantes para averiguar qué tipo de mujer preferían los hombres. Al final escribió un artículo muy leído con los resultados, que habían revelado que los hombres las preferían claramente rubias. ¡La vida real era como las películas!

Norma abrazó a Bebe y no la soltó durante un rato. Era agradable hablar con alguien sobre cómo cumplir su sueño.

—¿Qué más deseas? —preguntó Bebe sin separarse de ella.

—Me gustaría tener hijos, aunque no sé si Jim aún quiere. Además… Bueno, no… Solo es una tontería fruto de la euforia del reencuentro.

—Ningún deseo es una tontería —afirmó Bebe, y se separó un poco de Norma—. Vamos, dilo.

Norma sonrió de nuevo. Bebe seguía siendo su mejor amiga y era muy comprensiva. Bajó la voz como si fuera a decir algo de lo más obsceno.

—Trabajar y no dedicarme en exclusiva a Jim fue una sensación agradable. Sentí algo parecido a la libertad al tener mi dinero en la mano. El viaje también me está gustando mucho. Me gustaría hacerlo más a menudo. —Hacía tiempo que le había confesado a Bebe que Jim se lo había prohibido.

Al principio Bebe se quedó sin aliento.

—Eso suena a problemas con tu marido —contestó en el mismo tono quedo.

—Y me gustaría ir más a menudo a bailar —añadió Norma, más convencida, y extendió los brazos como si estuviera en un escenario. En ese momento no quería pensar en riñas ni prohibiciones—. Me gustaría deleitarme toda la noche al ritmo del blues y del jazz.

—Suena bien —contestó Bebe, reflexiva.

Volvieron a acurrucarse juntas y al final Norma sacó de la bolsa la cerveza de raíz que había comprado por sorpresa. A

Bebe se le iluminaron los ojos de alegría. Abrieron las botellas y el silbido salió volando como un pájaro por la copa del árbol y bebieron con fruición. Al poco rato, Norma entonó el himno nacional y devolvió a Bebe con aire solemne su billete de diez dólares con el retrato del padre fundador Hamilton. Un día insistió en devolverle el dinero cuando se reencontraran, aunque el año de separación que habían previsto se había convertido en más de dos. Acordaron que su próximo reencuentro no se haría esperar tanto.

Hacía rato que había oscurecido cuando Bebe desvió la conversación hacia su padre. Dudaba de que hubiera dejado de verdad la bebida y describió el alcoholismo como una enfermedad grave que dañaba el cerebro. Conocía muchos detalles médicos de la adicción. Norma no había visto a Ervin beber ni una sola vez, pero seguro que la lucha era dura. Se había fijado más de una vez en que estaba a punto de agarrar la botella, pero luego se contenía mirando una fotografía de Grace. Norma recordó las noticias del *Hollywood Reporter*, todas repletas de estrellas beodas. De Errol Flynn se decía que todos los días llevaba un maletín de médico con sus medicamentos diarios, de los cuales la mitad eran vodka. Norma no tocaba el alcohol; solo el olor le repugnaba.

—Espero por tu bien que tu padre consiga dejarlo pronto —dijo.

—Y Grace también —añadió Bebe. El viento sopló a través de las ramas del roble y el tronco crujió como una vieja casa encantada.

Norma pensó que no la había entendido bien.

—¿Mamá también?

—Grace bebía incluso más que papá —dijo Bebe en voz baja.

¡No podía ser!

—En Van Nuys nunca bebía mucho —repuso Norma.

Bebe contestó en un tono apenas audible y bajó la mirada.

—Claro que bebía.

Norma se quedó paralizada. En Van Nuys Grace no era una borracha, sino la mejor madre del mundo. La conocía bien, se habría enterado si su madre hubiera tenido un problema con el alcohol.

A Bebe le costó pronunciar la frase siguiente.

—Grace siempre bebía mucho, solo que tú no te dabas cuenta. —El viento se llevó aquellas palabras hacia el bosque.

Norma clavó la mirada en las mantas de lana, raídas y descoloridas.

—¡No me lo puedo creer! —Ni quería creerlo, porque eso significaba que había estado equivocada respecto a su madre.

—¿Sabes por qué Grace se mudó a Chicago? —preguntó Bebe.

—¿Porque no quería estar más con tu padre borracho? —contestó Norma.

No paraba de pensar en que los comentarios de Ervin sobre la abstinencia también podrían ser mentira, pese a haber tenido el efecto deseado.

—Grace nos abandonó a papá y a mí porque no quería dejar de beber, aunque él se lo exigió —susurró Bebe, y volvió a apartar la mirada de Norma—. Nos abandonó igual que hizo contigo antes. —Levantó la vista poco a poco.

Norma se levantó de un salto, furiosa, y se dio un golpe en la cabeza contra el techo de la casa del árbol.

—¡Fue Ervin el que se llevó a Grace a Huntington! —replicó con vehemencia. Recordaba muy bien cómo su madre le había dado la noticia del nuevo trabajo de Ervin—. ¡Mamá habría preferido quedarse conmigo!

¡La imagen de Grace destrozada entre lágrimas lo demostraba! Blanca como el papel y con voz temblorosa, confesó que Norma no podía salir del estado de California por ser una menor tutelada.

Bebe sacudió la cabeza.

—Fue Grace la que le propuso ir a Huntington por la atractiva oferta de trabajo.

Norma se apartó de Bebe.

—¡Mientes! —Se le llenaron los ojos de lágrimas—. Mamá nunca me habría abandonado por voluntad propia.

Bebe la agarró de la mano, pero ella apartó el brazo. Ya tanteaba con los pies los primeros peldaños de la escalera.

—Lo siento, Norma, pero es la verdad. Grace es la persona más egoísta que conozco.

Aquellas palabras fueron para Norma como un puñetazo en el estómago que la dejó sin aliento. ¿Por qué hablaba Bebe tan mal de su madre? En Van Nuys Grace nunca había tenido una mala palabra con ellas, siempre eran de ánimo, también para Bebe.

Por primera vez Norma fue consciente de que su hermanastra llamaba a su madre «Grace», nunca «mamá». Así que a lo mejor el origen de esos comentarios insidiosos era que Grace no le cayó bien desde el principio. Algunos niños nunca daban una oportunidad a las madrastras.

Furibunda, Norma bajó la escalera de la casa del árbol. Si lo que Bebe decía era cierto, ¿por qué nunca había plasmado esos secretos en el diario? ¡Grace nunca le habría mentido! De pronto, la amistad con su hermanastra le parecía construida sobre una base de pompas de jabón.

Norma tenía el corazón en un puño cuando salió corriendo de la casa del árbol como si la persiguieran. Enseguida se desorientó, pero le dio igual, solo quería alejarse de Bebe y de la amarga decepción que esta le había provocado. Lo peor no era que Ervin mintiera, sino que su hermanastra también lo hiciera. A Norma le rodaban lágrimas por las mejillas, pero no se las limpió.

Se le atascó el zapato en un tocón y se cayó en el suelo del bosque. Se le ensució la falda amarilla y se rozó la rodilla. Dolorida, se levantó. ¡Tenía que largarse de allí! Si volvía a ver a Bebe, enloquecería. Oyó a su hermanastra repetir las palabras: «Fue Grace la que le propuso ir a Huntington por la atractiva oferta de trabajo». Bebe había perdido completamente la cabeza por su desdichada historia de amor con el profesor de Matemáticas, era lo único que explicaba su extraño comportamiento. Norma estuvo un buen rato dando vueltas por el bosque para quitarse de la cabeza la imagen y la voz de Bebe. Los pinos, muy juntos, se mezclaban con los robles, y cada vez oscurecía más.

En algún momento paró en una calle, sin aliento. Tenía las piernas llenas de la mugre del bosque, y se le habían quedado enganchadas hojas de pino en el pelo. La sangre de la rodilla arañada se había secado a medias. Le entraron ganas de ir ya a la estación de tren y visitar a Grace. Le había dicho por carta que quería ir con ella a uno de los famosos clubes de jazz de Chicago. Habían hecho planes y quería pasar tiempo con ella y vivir algo especial juntas. Como antes.

Exhausta, Norma emprendió el camino de vuelta a casa de los Goddard. Tardó dos horas en encontrarla. Cuando entró en la vivienda angosta, oyó los ronquidos de Ervin desde el dormitorio de la planta de arriba. Subió, recogió sus cosas de la habitación de Bebe y se tumbó en el sofá del salón. Con las piernas dobladas en busca de protección, cerró los ojos con la esperanza de que llegara pronto el día siguiente y por fin pudiera continuar su viaje.

Al día siguiente Ervin insistió en llevar a Norma a la estación. Estaba metiendo su equipaje en el coche cuando esta echó un último vistazo hacia la ventana de Bebe. Cuando vio a su hermanastra de pie junto al cristal, con el rostro lloroso, apartó la mirada y subió enseguida al coche.

Durante el trayecto Ervin y Norma no se dijeron ni una palabra, aunque ella estuvo a punto varias veces de preguntarle sobre la marcha de su madre. Pero ¿qué iba contestar ese hombretón de Texas? Ervin Goddard jamás admitiría haber ahuyentado a Grace con la bebida. Y aunque fuera cierto, tampoco reconocería que se mudó a Virginia Occidental por insistencia de su mujer. Eso significaría que Ervin no había renunciado a su sueño de Hollywood por convicción propia, sino por Grace, y los maridos no hacían eso: ponían sus metas por delante. Norma lo daba por hecho. De todos modos, era muy improbable que hubiera algo de cierto en lo que le había contado Bebe. ¿Cómo podía planteárselo, aunque solo fuera un instante? Le parecía una traición a su madre.

Cuando Norma bajó del coche delante de la estación, Ervin le dejó la maleta a los pies y le dijo:

—¿Puedes hablarle bien de mí a Grace? —Norma no supo cómo reaccionar. Ese ruego era como una confesión para que intercediera por él. Si no fuera un mentiroso empedernido, quizá lo habría hecho—. La quiero más que a nada en el mundo —dijo Ervin.

Tras un breve gesto con la cabeza, subió al coche y, de nuevo, dejó a Norma envuelta en una nube de polvo.

18

Esa misma noche Norma llegó en tren a Chicago. Estaba muy emocionada y eso era bueno. Así podía concentrarse en el final feliz del viaje y no pensar todo el tiempo en el desastre sucedido con Bebe. Ahora quería dedicarse de lleno a ese lugar nuevo y a reencontrarse con la persona más importante de su vida. Chicago era una ciudad fascinante donde los edificios se erguían hacia el cielo. Era grande, animada y colorida.

Antes de que el tren se detuviera, vio a Grace en el andén. ¡Ahí estaba su madre! ¡La echaba mucho de menos! No tenía a nadie más cercano que Grace. A nadie tenía tanto que agradecer como a ella.

Pese a su complexión menuda, Grace destacaba como una reina entre la multitud, muy elegante, con el cabello rubio dorado y ese rizo natural al estilo de Ingrid Bergman. Llevaba una gabardina de color beis que contrastaba con sus zapatos de tacón. Estaba increíblemente atractiva con ese estilo *Casablanca*. Hacía poco que Norma había leído un artículo en el *Hollywood Reporter* sobre Humphrey Bogart borracho como una cuba. Se sacudió esos pensamientos fugaces como si fueran gotas de lluvia. No quería saber nada más de las mentiras de Bebe. Punto, se acabó. Ahora era el turno de Chicago y Grace.

Norma se alisó el vestido de color menta en el cuerpo, luego bajó del tren. Se abrió paso entre los pasajeros con ímpetu, con la mirada fija en Grace. Cuando la tuvo delante, se lanzó a su cuello como una niña pequeña.

—¡Por fin!

Una cálida sensación de afecto y amor le invadió el cuerpo. Era exactamente igual que cuando Grace la fue a recoger al orfanato. No quería separarse de su madre nunca más. Le daba igual que la gente del andén las mirara de reojo.

—Corazón, por fin nos volvemos a ver. —Grace sonrió y le dio un empujoncito a Norma en el hombro con cariño. La miró de arriba abajo con entrañables ojos maternales—. Me alegro de que no hayas engordado después de casarte. Estás aún más guapa. —Norma se sonrojó con el cumplido. Grace estaba como siempre, grácil y natural, y no parecía haber envejecido nada, aunque cumpliría cincuenta al año siguiente—. Pero pareces un poco cansada del viaje. —Le acarició las mejillas—. Seguro que querrás asearte un poco antes de ir al bar.

—Sí, claro —admitió Norma, y acarició la cara contra la cálida mano de Grace.

Un pasajero, un señor de mediana edad, le llevó la maletita. Al principio Norma ni siquiera lo vio de tan absorta como estaba en el agradable capullo de amor maternal.

—Señorita, esta maleta es suya, ¿verdad? —preguntó el señor, y miró a Norma esperanzado.

—Ah, sí, la había olvidado por completo con la emoción. Muchas gracias —dijo Norma. Se acercó la maleta y agarró a Grace del brazo.

—Es usted muy amable, señor —contestó Grace. Le sonrió, pero él solo tenía ojos para Norma y se colocó bien la corbata.

A Norma eso le molestó un poco. Cuando Grace y ella salían en Los Ángeles, siempre era su madre la que suscitaba el interés de los desconocidos, incluso de las mujeres. Si Grace hubiera estado en el baile de Catalina, seguro que habría sido la más admirada de la noche.

—Que lo pase bien en Chicago —dijo Norma al caballero.

Quería estar con Grace de una vez a solas, sin tener que pensar más en hombres. Grace la rodeó con el brazo y le dio la espalda al desconocido.

—Ven, vamos un momento a mi apartamento, y luego salimos. Me hablabas con tanto entusiasmo de la banda de Stan Kenton en tu carta... Uno de los trombonistas toca esta noche con otro pequeño grupo en el Trumpet Bar.

Norma se emocionó aún más. Por fin, ¡música otra vez! Quería disfrutar de cada compás y conservar durante mucho tiempo la felicidad.

Grace llamó a un taxi delante de la estación. Norma pensó, sin parar de mirar a su madre, que tan mal no podía irle si podía permitirse un taxi. Una alcohólica no tenía el aspecto fresco y radiante de Grace, sino más bien el gris y pálido de Ervin.

Durante el trayecto en coche, Grace puso por las nubes la vida en Chicago: era la cuna del blues, la ciudad de los cabarés, los clubes de jazz y los locales de baile, y había bares clandestinos legendarios cuyo origen se remontaba a la época de la ley seca. Grace tampoco pasó por alto que la estrella de cine mudo Gloria Swanson era de Chicago.

—Aquí se vive mejor que en Huntington. —Sonaba exultante, no parecía haber perdido su alegría.

Norma no conocía a nadie que estuviera tan a menudo de buen humor como Grace. Su madre la había animado en numerosas ocasiones cuando de pequeña la asaltaban los recuerdos tristes.

El piso de Grace estaba en el South Side de Chicago, justo detrás de una gran carnicería. Formaba parte de un edificio largo y bajo donde todas las puertas eran iguales, y tras las ventanas colgaban unas cortinas desgastadas. No era muy acogedor, más bien parecía un motel anticuado de una película policiaca. Los vestidos y blusas de Grace estaban colgados en un perchero desnudo.

Norma fue al lavabo, se lavó la cara y sonrió al ver el enorme maletín de cosméticos junto al lavamanos. Dentro cabría casi toda su ropa de viaje. Tras una breve duda, lo abrió como si fuera un cofre del tesoro. Encima relucía una colección de pintalabios como si fuera un teclado. La paleta de colores iba del rosa claro, pasando por el fucsia, hasta el granate casi marrón.

Grace apareció a su lado y cerró el maletín con una sonrisa cariñosa.

—Tengo un regalo de bienvenida para ti.

Llevó a Norma de nuevo al salón, que servía al mismo tiempo de dormitorio. Le puso un vestido rojo con el torso plisado delante del cuerpo.

—¡Algo especial para mi preciosa hija de Hollywood! —exclamó.

Norma sonrió al oír sus palabras y de repente buscó con la mirada dónde estaba su maleta con el Stanislavski. La vio junto al sofá. Esperaba no decepcionar a su madre por no haber estudiado ninguna escena para ella.

Impresionada, acarició el delgado cinturón blanco del vestido, el lazo blanco y el dobladillo también blanco de las mangas. Le recordaba a un uniforme de enfermera, pero más festivo. Hacía tiempo que ese estilo también era muy popular en Hollywood. Se lo probó enseguida y se puso los zapatos de tacón de la boda. El vestido le resaltaba la cintura y los pechos y era suave y agradable al tacto. El rojo intenso era típico de Grace: muy atrevido. Parecía tener el cuerpo perfecto para los vestidos que resaltaban la figura. A algunas mujeres les quedaban estrechos en algunos puntos y se tensaban, o se les formaban unas arrugas feas (como le sucedía a la blusa de Grace sobre los pechos planos). A Norma, en cambio, el vestido ceñido le quedaba como un guante. Sin embargo, lo que más le alegró fue ver que su madre había acertado en su gusto y supiera sus medidas. Se le lanzó de nuevo al cuello.

—Gracias por conocerme siempre tan bien.

Comprobó aliviada que a Grace no le olía la boca en absoluto a alcohol.

Norma se lo pasó en grande aquella noche en el club de jazz. Se sentó con Grace en la segunda fila, en una mesita con vistas al escenario. El trombonista de la banda de Stan Kenton actuaba acompañado de un trompetista, un clarinetista, un banjo y un contrabajo.

Desde la primera canción, Norma estuvo moviendo el pie al ritmo de la música. Los temas transmitían una alegría tan fantástica que le daban ganas de bailar, pero las mesas estaban tan juntas y llenas que no había sitio. La mayoría de los clientes tenían bourbon o whisky delante y pedían cada media hora. Grace solo bebía sorbos de una copa de vino. Acabaron hablando de viejos recuerdos.

—Esa tostada con queso tan maravillosa que comimos aquel día en Van Nuys… Y luego los vecinos eran tan simpáticos… Fue una época relajada. —Grace sonrió ensimismada.

—Sí, es verdad. Yo una vez me tomé hasta dos tostadas con queso. Y Bebe comía aún más… —Norma se prohibió seguir hablando—. No hablemos de los Goddard.

Grace la miró un rato pensativa, pero no hizo más preguntas. Siempre sabía cuándo era mejor no insistir en algo con Norma y ella le agradecía mucho esa delicadeza. Antes los temas tabú eran las viejas historias sobre Pearl, sobre lo alocadas que eran Grace y ella de jóvenes.

—El bar me encanta —dijo Norma para concentrarse del todo en el presente.

Con tanta gente de buen humor, con ganas de divertirse, el ambiente era especial. Los músicos tocaron «Cotton Tail», de Duke Ellington, y el clarinetista cambió el instrumento por un saxofón. Norma tarareó la melodía y miró asombrada los dedos del saxofonista, que corrían a una velocidad extraordinaria por los pistones del instrumento dorado. En su cabeza ya estaba planeando su siguiente visita a Chicago. Cuando volviera a trabajar en Radioplane reuniría fácilmente el dinero para hacer el viaje de nuevo durante la siguiente primavera. En realidad, le gustaría que Jim la acompañara, echaba de menos esa armonía, pero para eso primero tendría que sobrevivir a la confesión de su viaje secreto. Con suerte, luego se calmaría un poco. Tras la última discusión, la distancia les había sentado bien.

Aquella noche Norma le habló a Grace de su matrimonio, de Jim y de su deseo de trabajar. Grace la animó a no olvidar sus necesidades. Estaba convencida de que todo tenía su momento y aquel no era el de sacar el tema del matrimonio de Norma. Sin embargo, opinaba que, ahora que le había cogido aprecio y cariño a Jim, tenía que ser valiente con él.

Cuando la banda empezó a tocar «Chinatown, my Chinatown», Norma cantó con naturalidad. La canción tenía tanto ritmo y tantas voces maravillosas que era su música de acompañamiento preferida para cuando limpiaba. La había cantado muchas veces en Catalina, por lo que se sabía la letra de memoria. Con ella en el oído se limpiaba más rápido.

—*Chinatown, my Chinatown, where the lights are low...*

Cantó y recordó sus primeros meses en Sherman Oaks, cuando empezó a enamorarse poco a poco de Jim, cuando él la ayudó a superar la añoranza de su familia. Siempre le estaría agradecida, no olvidaría aquello jamás, aunque a veces discutieran y ella tuviera que tomar las riendas de sus propios sueños.

—*Hearts that know no other land, drifting to and...* —cantó más fuerte, de manera que su voz dulce llegó a la mesa de al lado. El matrimonio que la ocupaba la miró con admiración. Grace soltó una sonora carcajada.

De pronto los músicos dejaron de tocar. La voz de Norma permaneció dos compases más en la sala. En el escenario, el trombonista cogió el micrófono.

—Esta noche tenemos a una dama encantadora entre el público —dijo y paseó la mirada por la gente congregada en las mesas. Norma también miró alrededor para ver a quién se refería. Grace se irguió en la silla y miró al frente, hacia el escenario—. He observado por el movimiento de los labios que se sabe la letra de la canción —siguió diciendo el trombonista—, y eso me encanta.

Bajó del escenario. Al principio Norma aún creía que se refería a la señora rubia de la primera fila que llevaba toda la noche devorándolo con los ojos, pero pasó de largo su mesa. Cuando se paró delante de ella, a Norma se le aceleró el pulso de repente y lo rechazó con un gesto con las manos. Sin embargo, el trombonista no se dejó amedrentar.

—¿Nos concedería esta encantadora dama el honor de cantar para nosotros? La acompañaremos, claro.

En vez de cantar, Norma sentía que se iba a desmayar. El corazón bombeaba la sangre en su cuerpo a tal velocidad que parecía que corriera, y eso que estaba sentada recta como un palo, como si estuviera atada a la silla.

—Se llama Norma —informó Grace al trombonista— y es una cantante excelente.

Norma quiso contradecirla, pero apenas oía nada, porque sentía el pulso muy fuerte en los oídos. El corazón le rugía como una orquesta de timbales.

El trombonista se plantó delante de ella y dijo con más confianza:

—Norma, ¿me concedería el honor de acompañarnos con su voz en «Chinatown, my Chinatown»? Luego la dejaré en paz, se lo prometo. —Esbozó una sonrisa encantadora—. Solo una canción.

—¡Vamos, cariño! —la animó Grace.

Cuando la gente alrededor empezó a aplaudir, Norma se levantó de la silla. Ante tantas miradas de pronto le fallaban las piernas, pero consiguió llegar al escenario sin tropezar al lado del trombonista. Colocó a Norma delante del micrófono, posó los labios en la boquilla de su instrumento y le hizo un gesto con la cabeza a sus compañeros.

Ella les devolvió el gesto. Las primeras palabras le salieron demasiado flojas y vacilantes, pero los espectadores parecían encantados de todas formas. Al notar las miradas de asombro y admiración, se fue envalentonando y cantó con más fuerza y claridad. Antes de terminar la primera estrofa, la canción ya la había conquistado.

—*Dreamy, dreamy Chinatown, almond eyes of brown...*

El trombonista hizo un gesto alegre con la cabeza a sus compañeros de grupo. Norma se sentía embriagada, notaba un cosquilleo en su interior, como si en su estómago hubiera un refresco de cola rebosando. Caminaba con movimientos suaves de cadera al ritmo de la música. Sentía el cuerpo flexible y elástico como una varilla.

—*Heart seems light and life seems bright, in dreamy Chinatown* —cantó.

Los músicos empezaron a improvisar, así que Norma tuvo que volver a cantar la última estrofa. Nadie quería parar.

Cuando sonó el último compás de la canción, el público se levantó aplaudiendo entusiasmado. En la vorágine de tanta emoción, Norma se dio la vuelta tras el micrófono y la falda del vestido rojo voló vaporosa a la altura de los muslos y durante un instante fugaz se le vio la rodilla rascada por debajo de las finas medias medio transparentes. El aplauso se infló de nuevo. El trombonista se colocó al lado de Norma, le dio las gracias con un beso en la mano y se inclinó con ella ante el público. Acompañado de los aplausos, la escoltó de vuelta a su mesa junto a Grace como si fuera la estrella invitada de la noche.

Norma estaba tan embelesada por el peculiar ambiente que balanceaba las caderas con más fuerza que de costumbre al caminar. Imaginó la línea recta en el suelo como aquel día sobre la alfombra raída de Ethel. De nuevo sintió un cosquilleo en el estómago, como si rebosara el refresco.

Grace la recibió con una sonrisa de oreja a oreja y le estrechó las manos.

—¡Mi cautivadora hija! —Estaba tan emocionada que tenía los ojos llenos de lágrimas. Aún no se había terminado la copa de vino.

El grupo siguió tocando hasta pasada la medianoche y Norma no se cansaba de escucharlos. También advirtió que era objeto de continuas miradas de curiosidad. A Jim no le habría gustado, y por eso no las correspondía. Grace, en cambio, disfrutaba de las atenciones de los hombres. A medida que avanzaba la noche, Norma estaba más convencida de que su madre jamás volvería con Ervin.

Norma y Grace no salieron del Trumpet Bar hasta la madrugada. Como ya no consiguieron un taxi, volvieron a pie al piso.

Iban agarradas del brazo y durante el paseo pasaron por establecimientos tan sospechosos que habrían hecho sonrojar incluso a Jim. En un momento dado, Norma no pudo evitar abrirle su corazón a Grace después de una noche tan maravillosa. No quería tener secretos con ella.

—Me alegro mucho de que te vaya tan bien —dijo, dejándose llevar por el éxtasis de la noche y la confianza que enseguida había vuelto a notar entre ellas.

Las luces de los bares emitían un destello prometedor. En Chicago había mucha más vida que en Huntington.

—¿Por qué no iba a irme bien? —contestó Grace.

De pronto, Norma no se atrevía a contarle las insidiosas mentiras de Bebe.

—¿Os vais a divorciar? —preguntó en cambio.

Estaba prohibido y mal visto que los matrimonios por la Iglesia se divorciaran. Sin embargo, Norma no sabía si se aplicaba lo mismo a los enlaces celebrados en Las Vegas, donde se habían casado Grace y Ervin. Las Vegas no era conocida precisamente por su castidad, y además estaba en otro estado, con leyes y normas distintas.

—Ervin dice que te quiere mucho —soltó Norma en ese instante. En realidad, no quería ser la mensajera de amor de su padrastro. Pero tal vez la había conmovido su amor desesperado.

—No sé qué pasará con Ervin y conmigo —confesó Grace, y aceleró el paso—, pero no te devanes los sesos con eso, corazón. Todo se solucionará de alguna manera.

Norma no podía parar de sonreír. Cuando Grace la llamaba «corazón» se sentía protegida y querida. Se arrimó a su madre mientras caminaba cogida de su brazo y la observó de soslayo. Incluso al final de una noche tan embriagadora, el maquillaje de Grace se mantenía perfecto. Se lo había retocado en el baño del bar casi cada hora.

Empezó a llover.

—El tiempo en Chicago es imprevisible. Es lo único que me molesta de aquí. —Grace soltó una carcajada y condujo a Norma bajo el saliente de una verdulería que tenía las persianas bajadas.

«Lo tiene todo controlado; también el alcohol», pensó Norma, aliviada. Grace solo había bebido una copa de vino en toda la noche. En su nuevo trabajo en el laboratorio cinematográfico no podía permitirse presentarse con resaca o borracha. Sobre todo porque le pagaban por encima del salario mínimo, como le había contado con orgullo durante «Lady, Be Good».

El chubasco pasó rápido, así que pudieron seguir con su paseo nocturno.

—Si te apetece, mañana te enseño la casa donde nació Gloria Swanson —propuso Grace—. Apenas tenías nueve años cuando vimos *Música en el aire* en el Teatro Chino de Grauman. Fue la primera película de cine sonoro de Gloria, era fantástica.

—¿Esa era donde ella es una diva de la ópera que quiere fugarse con un compositor alemán? —Norma solo tenía un vago recuerdo de la historia. Se acordaba mucho mejor de que ese fue el día en el que Grace le compró su primer polo.

Poco después de llegar al piso, Norma se quedó dormida sentada en el sofá de puro cansancio. Grace la tumbó con cuidado y la arropó con una manta. Medio dormida, Norma la oyó decir:

—Buenas noches, mi corazón de Hollywood.

El día siguiente fue un viaje al pasado del cine estadounidense. En la ciudad, junto al lago Míchigan, se rodaron los primeros cortos antes del cambio de siglo. Jefes de estudio como Walt Disney iniciaron allí su carrera. Solo cuando se urbanizó Los Ángeles empezaron a irse cada vez más cineastas de Chicago hacia la costa, ya que en California el tiempo era más fiable y sobre todo brillaba el sol el día entero; era primordial para rodar películas que, en su mayor parte, consistían en exteriores. A Norma no se le ocurría persona mejor que su madre con la que adentrarse en el mundo del *motion picture*, de las imágenes en movimiento.

Durante ese segundo día juntas, Grace le enseñó su lugar de trabajo en el laboratorio cinematográfico, donde estaba empleada como vigilante, y le presentó a sus compañeras, todas muy simpáticas. En el laboratorio también la mayoría del equipo eran mujeres. Por mucho que así lo pintara Jim, no era nada raro que estas trabajaran. Y no eran en absoluto viudas a las que no les quedaba más remedio para no morir de hambre, ni mucho menos.

Después del laboratorio fueron a la casa donde nació Gloria Swanson y la conversación derivó inevitablemente en los esfuerzos de Norma por llegar a ser actriz. Contó sus planes de asistir a clases de interpretación y de estudiar una obra con un profesor para impresionar a los peces gordos del cine.

—¿Qué te parecería una obra clásica? —propuso Grace—. Así seguro que destacarías entre la masa de candidatas.

Norma había pensado más bien en la escena de alguna película. ¿Una obra clásica no era demasiado para una chica como ella, que había dejado los estudios?

—Yo te propondría *Antígona*, la tragedia de Sófocles, un poeta de la Grecia antigua. Sé que es perfecta para que los principiantes practiquen. Creo que alguna vez he oído que fue con esa obra con la que Judy Garland entusiasmó en su audición.

—¿Judy Garland? ¿De verdad? —preguntó Norma, exaltada—. Quiero intentarlo —aseguró, ya que al oír el nombre «Garland» enseguida pensó en Dorothy, de *El mago de Oz*, el papel que había hecho famosa a la actriz—. Espero que Jim no se oponga.

—Me parece bien que como esposa te vayas emancipando poco a poco —siguió hablando Grace—. Creo que los hombres que prohíben a sus mujeres trabajar tienen miedo de que sean independientes. Mira Ethel: ella se impuso también a Edward, agotado.

—¿Jim, miedo de mí? —repuso Norma, molesta.

—A lo mejor teme que al tener tu propio dinero ya no estés atada a él. Ervin tampoco quiso nunca que yo trabajara justo por ese motivo.

—Entonces tendré que quitarle ese miedo a Jim —decidió Norma— y demostrarle que no lo quiero menos por no estar atada al dinero de la casa.

—Así habla una mujer emancipada. —Grace asintió, sin que se moviera un solo mechón de su peinado perfecto—. Justo así. En un matrimonio no puedes olvidar jamás tus necesidades. De lo contrario, en algún momento serás solo un cascarón vacío al servicio de tu marido.

Norma se preguntó si Grace hablaba por experiencia propia. Estaba segura de que no había sido fácil convivir con un bebedor mentiroso. Sonrió para animarla.

—Tienes razón. ¿Quién quiere ser un cascarón vacío?

El segundo día con Grace se terminó tan rápido que Norma se quedó con ganas de pasar mucho más tiempo con su madre. Grace le compró el texto de *Antígona* como motivación para trabajar en su carrera.

Abrumada por el tiempo inspirador que habían pasado las dos juntas, a última hora de la tarde Norma fue a la estación de tren. Estaba resuelta a aplazar unos días el viaje de vuelta. Mientras tanto, Grace quería preparar para cenar la famosa tostada con queso por los buenos tiempos. A Norma le daba la sensación de no haber estado nunca separadas.

En la taquilla le informaron de que hasta finales de semana no había sitios libres en los trenes con destino en la Costa Oeste. Encima, el cambio le saldría caro. Ya no le quedaba mucho dinero de su sueldo en Radioplane: la caja para el viaje había quedado reducida a quince dólares. Lo justo para provisiones y un regalito para Tom y sus suegros. ¿Y si le pedía algo de dinero a Grace? ¿Qué eran treinta dólares a cambio de una semana más juntas, sobre todo para alguien que ganaba por encima del salario mínimo?

Cuando volvió al piso, Grace estaba cortando el queso.

—Sí que has vuelto rápido. ¿Puedes poner la mesa? —pidió a Norma, y desapareció en el baño.

Norma puso la mesa y, cuando Grace volvió a la cocina, le contó lo que le habían dicho en la estación. Mientras Grace calentaba la tostada con queso en la sartén, el aroma a hierbas del cheddar derretido se extendió por el piso. Norma no pudo evitar sonreír al ver a su madre luciendo uno de los delantales de flores para cocinar que tanto le gustaban a Ethel. Pese a sus diferencias, hubo un tiempo en que esas dos mujeres fueron buenas amigas. Lo único que parecían tener en común Ethel y Grace era el hecho de ser mujeres casadas que no renunciaban a su opinión. Eso era lo que Grace llamaba «estar emancipada».

—¿Podrías prestarme treinta dólares para cambiar el billete? —preguntó Norma al ver la tostada con el queso dorado encima.

Antes de responder, Grace le sirvió a Norma una limonada y ella se permitió una cerveza pequeña.

—Tengo que ver si tengo tanto. El próximo cheque de mi sueldo no llega hasta dentro de tres días. —Buscó en el monedero que llevaba en el elegante bolso—. Lo siento. Me parece que no tengo.

Norma suspiró.

—¡Era demasiado bonito para ser verdad! Entonces intentaré volver a verte lo antes posible. —Dicho esto, devoró con avidez su tostada, de la que rebosaba el queso derretido por los lados.

Grace besó en la frente a Norma mientras masticaba.

—Serás bienvenida en cualquier momento. Ya lo sabes.

—La tostada con queso está tan rica como siempre —la elogió Norma, y cogió otra.

Grace, en cambio, seguía comiendo como un pajarito y de vez en cuando le daba un sorbo a la cerveza.

Después de cenar lavaron juntas los platos y luego se acomodaron en el sofá. Grace ya bostezaba, pero Norma quería enseñarle algo sin falta. Sacó el álbum de fotografías de la maleta y lo abrió por la página en la que aparecía Otis Monroe en 1895.

—¿Qué sabes de él? —Al fin y al cabo, Grace era buena amiga de Pearl y esta era la hija de Otis.

—Era un hombre interesante —dijo Grace; cruzó las piernas de derecha a izquierda y al poco tiempo al revés—. A su mujer, Della Mae, no la vi mucho. No tuvo una vida fácil, igual que Pearl.

Lo último que quería hacer Norma durante aquella última noche juntas era hablar de las enfermedades mentales de su familia.

—Pero ¿y Otis? ¿Qué sabes de él? ¿Fue el primero en estudiar ingeniería de la familia?

—No que yo sepa. —Grace sacudió la cabeza—. Creo que Della Mae se alejó de él porque enfermó. Antes de la Primera Guerra Mundial se contagió de sífilis y eso le destrozó el cerebro.

Norma no podía creerlo.

—¿También enloqueció?

Su madre, su abuela y su abuelo, contó mentalmente. ¿Y su padre?

—Pero antes de eso Otis era un hombre con grandes sueños. Tenía una buhardilla minúscula donde pintaba acuarelas eróticas siempre que tenía un minuto libre.

Norma sacó el artículo de periódico que había detrás de la fotografía de la penúltima página y señaló el estudio abuhardillado que aparecía.

—¿Esta de aquí?

—Eso parece. —Grace abrazó a Norma—. ¿Has ido a visitar a tu madre biológica durante este tiempo?

Norma agachó la cabeza, turbada.

—Está en un manicomio en San Francisco. Muy lejos.

Sin embargo, aun cuando estaba cerca, en Norwalk, Norma no había reunido el valor para encontrarse con Pearl.

—Pobre —dijo Grace—. Hubo una época en la que éramos muy amigas.

—¡Háblame de los sueños de mi abuelo! —rogó Norma.

—Otis era distinto de la mayoría de los hombres de su familia —empezó Grace.

Norma acarició la fotografía de su abuelo.

—Lo supuse desde el principio.

—Adoraba a los pintores franceses de la *belle époque* porque eran muy valientes al elegir sus motivos, a menudo atrevidos. Soñaba con vivir de pintar cuadros en una casa-barco. —Grace intentó hablar con un acento que sonara francés y las dos se rieron a placer.

—¿Sabes si lo consiguió? —preguntó Norma cuando se calmaron.

El sueño de su abuelo sonaba como mínimo igual de demencial que su idea de llegar a ser una actriz famosa. ¿Habría en la pintura también un «momento del vértigo»?

Grace bostezó mientras se tapaba la boca.

—Creo que no.

—Imagino que sería maravilloso vivir en un barco —dijo Norma—. Podrías ir a nadar con frecuencia, y por la noche el agua brillaría con la luz de luna.

Grace se levantó.

—Bueno, estoy ansiosa por ver si esta noche sueñas con una casa en un barco. —Sacó del armario la colcha y una almohada para Norma—. Estoy agotada.

Norma fue rápido al baño y luego se tumbó en el sofá. Grace la tapó en un gesto maternal.

—Buenas noches, corazón.

—Lástima que no pueda cambiar el billete —insistió Norma.

—Sí, es una lástima. —Grace le dio un beso en la frente y luego se fue al baño.

A Norma se le cerraron los ojos antes de que Grace se tumbara en la cama junto a la ventana. No se molestó en cerrar las cortinas descoloridas y raídas.

Norma repasó mentalmente aquel día tan especial. Pensó también en el Trumpet Bar, en cómo había actuado sobre el escenario y en los aplausos del público. Se quedó dormida plácidamente con la melodía de «Chinatown, my Chinatown». Con Grace a su lado, episodios tan mágicos como aquella noche eran el doble de buenos.

En algún momento, cuando fuera aún estaba oscuro, Norma despertó al oír pasos. Parpadeó y vio la silueta de Grace que iba al lavabo con la bata puesta. Oyó un ruido, como si su madre abriera el maletín de cosméticos. ¿Tenía pesadillas? Norma se levantó del sofá y fue al baño. La puerta estaba entornada. La abrió de un empujón.

Grace tenía una petaca en los labios y bebía como si fuera un refresco de cola. Con cada trago, su cuerpo en tensión se iba relajando un poco más.

Norma sintió que un gélido escalofrío le recorría la espalda.

—¿Qué… qué estás haciendo?

Grace se apartó la petaca de los labios despacio.

—Solo un traguito —aseguró—. Necesito algo para la digestión, la tostada con queso me ha sentado mal al estómago.

—Eso no parece un traguito —dijo Norma con la voz tomada.

—No pasa nada, no te preocupes por mí —respondió ella con el tono de una madre cariñosa—. Venga, volvamos a la cama. —Dejó la petaca en el lavamanos y quiso apartar a Norma del marco de la puerta. Sin embargo, Norma no se movió del sitio.

—Bebe me dijo que bebías. —Lo dijo en el mismo tono bajo y cauteloso que había empleado su hermanastra aquel día en la casa del árbol, solo que, al contrario que ella, Norma no bajó la mirada, humillada. Miró a Grace a los ojos.

—¡Qué sabrá la pequeña Bebe! —replicó Grace. Su voz sonaba tensa.

Norma aguzó el oído. ¿Su hermanastra le había contado la verdad, entonces? Bebe le dijo que el alcohol cambiaba a las personas. Por ejemplo, las volvía más irritables, como estaba Grace en ese instante. Se puso nerviosa.

—Le tiene más cariño a su padre biológico que a mí, por eso dice muchas cosas para protegerlo desde que me fui —aseguró Grace. Salió del baño pasando al lado de Norma y se tumbó de nuevo—. Buenas noches. Necesito dormir. —Dicho esto, le dio la espalda a Norma.

Norma pensó en el artículo sobre Errol Flynn del *Hollywood Reporter*. Decía que, mientras esperaban el siguiente trago, a los alcohólicos a menudo les temblaban las manos y siempre estaban inquietos. Eso le había llamado la atención al hojear el álbum de fotografías con Grace, pero lo atribuyó al cansancio de su madre.

Si Bebe tenía razón en cuanto a la bebida, ¿podía ser cierta también la segunda acusación, aún más horrible? ¿La de su marcha a Virginia Occidental? Y las mentiras de Ervin, ¿qué pasaba con ellas? El pánico se apoderó de Norma, que fue a la cocina, encendió la luz y cogió el bolso caro de Grace, que estaba colgado de la silla. Esta se levantó de un salto de la cama, hecha una furia.

—¿Qué haces?

Antes de que llegara su madre, Norma sacó otra petaca. Nadie en su sano juicio guardaba petacas en todos los bolsos. El estómago de Norma empezó a rebelarse.

—Entonces ¿Bebe tenía razón? —preguntó sin aliento.

Grace contestó con una carcajada falsa. A Norma se le paró el corazón al ver que junto a la petaca había un montón de billetes de diez dólares. ¿No le había dicho su madre que no tenía treinta para prestarle? Lo que tenía en la mano parecía sumar mucho más. En su recuerdo oyó decir a Grace: «Serás bienvenida en cualquier momento». Y ahí estaba de nuevo, ese dolor punzante del abandono, como si alguien le removiera las entrañas con un cuchillo.

—¡No te pongas dramática! —Fue todo lo que se le ocurrió decir a Grace en su defensa.

Sin embargo, Norma sacudió la cabeza sin soltar el bolso de su madre. Grace le había mentido. No quería que se quedara más tiempo, seguramente para poder beber sin que nadie la molestara. Su madre, que le había prometido estar siempre a su lado, no quería estar más con ella. Ni ahora ni quizá tampoco entonces, en Van Nuys. Por lo visto en eso Bebe también tenía razón: no fue Ervin, sino Grace, quien quiso mudarse sin falta a Virginia Occidental.

Norma se mareó con el peso aplastante de las mentiras. Corrió al fregadero y tuvo arcadas, con el bolso de Grace aún en la mano. ¿Qué más era mentira? Era muy fácil tomarle el pelo a la pobre chica patética ávida de amor que Norma siempre se había sentido. Se odiaba por ello.

—¡Dame mi bolso! —Grace le arrancó el objeto de las manos—. Para de tratarme con esa falta de respeto. ¡Estás haciendo el ridículo!

Norma aún tenía algo de vómito en la comisura de los labios cuando contestó:

—¡No, tú estás haciendo el ridículo y lo estás destrozando todo con la bebida!

Recibió una sonora bofetada que la hizo dar tumbos y golpearse en la frente con el borde de la mesa de la cocina. Norma sintió frío y calor en la cabeza, y se tocó la sangre en la frente. Mientras se incorporaba tambaleándose, Grace se llevó de nuevo una petaca a los labios y bebió con avidez, con el bolso apretado contra el pecho como si fuera un mono. Tenía el rostro desfigurado. Sin maquillaje y a la luz deslumbrante y eléctrica de la cocina se la veía abotagada y con la piel muy porosa. A esas alturas, tenía el mismo aspecto que Errol Flynn.

Norma no pudo más que mirarla horrorizada, como si tuviera un monstruo delante. Después de respirar varias veces, rápido, apartó la mirada y rompió a llorar.

—Mañana mismo a primera hora te llevaré a la estación. Créeme, es mejor así, Norma Jeane —dijo Grace con severidad después de vaciar por fin la petaca.

Norma notó la sangre en los labios y las sienes calientes. Con el corazón acelerado, se fue tambaleando hasta su maleta con la intención de empezar a recoger sus cosas, pero se quedó sin fuerzas en el cuerpo. Se hizo un ovillo y siguió llorando. Sentía tal dolor en el pecho que soltó un alarido. Nadie la consoló. Había vuelto a perder una madre.

TERCERA PARTE

Si hubiera respetado las normas,
no habría llegado a ningún sitio.

MARILYN MONROE

19

Mediados de agosto de 1944

Norma apenas se enteró de la vuelta de Chicago a Los Ángeles. Estuvo sentada como anestesiada en el tren de larga distancia, con la mirada perdida. Más tarde ni siquiera recordaría dónde había hecho el transbordo.

De vuelta en Hermitage Street, en casa de sus suegros, la vida solo le deparaba un único sentimiento: dolor. Era como si despertara de la anestesia tras una operación y no tuviera analgésicos. Daba vueltas en la cama, lloraba sin control, perdía la orientación; ya no sabía ni qué quería hacer. Se refugió en su habitación y evitó a sus suegros, igual que a las demás visitas. No quería que le preguntaran qué había pasado y tener que explicarlo con palabras. Ya se le pasaría.

Desde su regreso de Chicago, no había tenido ni un solo buen día. A menudo se le iba la cabeza hacia la pelea en la cocina, el cambio de conducta de Grace y su despedida, que no había existido como tal. A la mañana siguiente, su madre la había dejado en la puerta junto con su equipaje. El viaje que Norma había emprendido con tanta ilusión había terminado en una doble catástrofe. Además de a Bebe, había perdido a su madre. ¡No podría volver a ver a Bebe nunca más! Norma sentía una tremenda vergüenza. Cuando pensaba en Bebe la asaltaba el mismo intenso dolor de cabeza que aquella vez con el incidente con Inez y Pedro, y notaba que se le encogía el estómago. Jamás podría volver a mirarla a la cara sin sentirse miserable y ciega. A toda la debacle se sumaba que había mentido y engañado a Jim por ese viaje. Tenía todos los motivos para sentirse fatal.

De nuevo, Norma rechazó la oferta de Ethel de acompañarlos a una barbacoa con los vecinos. En vez del olor a costillas a la brasa y salsa casera ahumada, la envolvió el de madera quemada. Había encendido un pequeño fuego al lado de la casa y se había sentado frente a él en un cubo al revés. La fiel Muggsie se acostó a sus pies, igual de triste. Juntas contemplaron las llamas, juntas lloraron. Los ojos les escocían por el humo.

Norma tenía en el regazo un montón de viejas cartas de Grace, en las que su madre le mentía diciéndole lo mucho que la echaba de menos. Entre las misivas se ocultaba el texto de *Antígona*, su último regalo, que por tanto también merecía ir a la hoguera. Se levantó despacio y fue tirando las cartas una por una a las llamas. Quemó todo aquello en lo que había creído durante años. Su propia madre le había tomado el pelo y le había dado gato por liebre como si fuera una niña tonta.

Un llanto compulsivo obligó a Norma a arrodillarse, pero no paró de arrojar las cartas al fuego. Jamás habría pensado que la despedida de Grace sería tan terrible y que se iría después de una pelea y con una herida sangrando en la frente.

Cuando ardieron todas las cartas, Norma sintió que ya había llorado todo lo que necesitaba y tenía la mente en blanco. ¿Cómo iba a salir de ese agujero? Siguió con la mirada las partículas de ceniza que flotaban en el aire hasta que la posó en el libro de *Antígona*, que había caído al suelo. Lo cogió y, cuando estaba a punto de tirarlo también a la hoguera, en el último instante dudó y lo abrió por el prólogo. Antes siempre la consolaba pensar en la interpretación, así que leyó un momento. En el prólogo se decía que la tragedia hacía hincapié en los lamentos y el sobrecogimiento, y justo por eso la lectura de la obra debía servir para purificarse de esos estados. Leyó para ahogarse en el triste destino de la griega Antígona. La joven se opuso por amor al prójimo a la prohibición del regente Creonte de enterrar el cadáver de su hermano. El lenguaje era anticuado, no era fácil de entender.

Muggsie apoyó la cabeza en las patas delanteras mientras observaba cómo Norma leía en voz alta, cada vez en un tono más dramático: «Oh, aposento del sepulto, cámara mortuoria, morada eternamente cerrada en el lóbrego infierno». Puso todo su dolor en aquellas palabras. «Sin amigos, abandonado, debo bajar a los desgraciados a la cripta de los muertos». El texto le salía del alma, aunque ella lo habría formulado de forma más sencilla. Norma no podía parar, leyó una frase tras otra. Las palabras eran como un soporte, como un corsé que impedía que se desmoronara del todo.

Durante un rato se sumergió en el destino de Antígona, pero luego regresó a su propio dolor intenso. El cuchillo que le removía las entrañas había llegado hacía tiempo a su corazón. Tiró el libro al fuego.

Dos semanas después de su regreso, Norma aún no tenía ganas de compañía y pasaba la mayor parte del tiempo en su habitación. Tampoco le interesaba si sonaba o no el teléfono. Jim no había vuelto a llamar desde que se marchó, así que se ahorró la confesión. Se sentía fatal por pensar que podía perderlo también a él. No quería amarlo por ser lo único que le quedaba.

—¡Feliz cumpleaños! —Oyó los gritos de alegría que llegaban desde el salón.

Edward celebraba que cumplía sesenta y un años. Ethel había invitado a la familia, los amigos y a algunas compañeras de Radioplane. Norma no tenía hambre y se había escabullido de la fiesta tras una felicitación rápida.

Oía risas, vasos que brindaban y a Marion elogiar el postre delicioso. El olor a pastel de manzana llegaba hasta su cama. Pasó una eternidad hasta que volvió la calma al salón y escuchó que se iban los invitados.

Al poco tiempo, llamaron a la puerta de su habitación.

—¿Puedo pasar?

—Sí —contestó Norma por educación, porque se lo debía a sus suegros. En realidad, no quería ver a nadie.

Ethel ocupó el único lugar donde sentarse de la estancia: en la cama, al lado de Norma.

—Desde que volviste eres como un alma en pena y no hablas con nadie. Hasta Edward empieza a estar preocupado por ti.

Norma no contestó, se limitó a mirar a Muggsie, que dormía a los pies de la cama. Pensó que lo de que Edward estaba preocupado era una mentira piadosa para animarla.

—Por lo menos cuéntame cómo le va a mi amiga Grace en Chicago —rogó Ethel. Acarició la mejilla de Norma y pasó el dedo por la herida de la cabeza. Se le estaba formando costra.

Movida por un impulso, Norma abrazó a su suegra como agradecimiento por haberla cuidado durante las últimas semanas y no haberla presionado. Tras su regreso de Chicago, Ethel se había hecho cargo de la mayor parte de las tareas domésticas. Además, no obligaba a Norma ni a ir a la iglesia los domingos ni a desayunar en la mesa y la dejaba quedarse en la cama.

Sonó el teléfono, y Norma oyó que Edward contestaba. Debía de ser la quinta llamada de felicitación del día.

Norma se sentó al lado de Ethel en el borde de la cama. De cerca, su suegra tenía el rostro apagado y parecía agotada del trabajo en Radioplane. Sus enormes pechos subían y bajaban con cada respiración como si fueran montañas imponentes.

—A Grace no le va muy bien —dijo Norma, vacilante, y pensó en qué quería y podía contar. Agradecía que Ethel no la hubiera presionado al día siguiente de volver de Chicago y que no la hubiera acosado con preguntas. Sobre todo porque la paciencia no era una de sus virtudes—. Tiene problemas de salud —añadió.

Ethel se quedó sin aire.

—¿Tiene un tumor en el pecho, como Florence, la vecina de enfrente?

Norma lo negó con la cabeza. No quería entrar más en el tema para proteger a su madre. ¿O qué era Grace para ella ahora?

—¿Ha dicho si podría volver a Los Ángeles? —siguió preguntado Ethel—. Aquí hay muy buenos médicos.

—No dijo nada —contestó Norma, sin saber qué haría si volviera a ver a Grace tan pronto.

—Me tranquiliza que no sea un cáncer —aseguró Ethel. Se levantó de la cama y se dirigió a la puerta. Ahí se dio la vuelta de nuevo—. Si te apetece pastel de manzana…

Norma sacudió la cabeza antes de que Ethel terminara de hablar.

—Te guardaré un trozo igualmente —terminó su suegra—. En la nevera, arriba a la izquierda. Está delicioso. A lo mejor luego te apetece comértelo.

—Puede —dijo Norma, y se dejó caer en la cama.

Hacía diez semanas que Norma había vuelto de Chicago, pero su marido seguía sin llamar. Para entonces ella ya volvía a hacerse cargo de más tareas domésticas y prestaba atención a si sonaba el teléfono. Empezaba a preocuparse por si le había pasado algo a Jim en la guerra. Por eso le había escrito una carta dos semanas antes, para pedirle que diera señales de vida. Aunque sus palabras tardaran en llegarle al barco, ya debería haberlas recibido. Esperaba que el silencio se debiera a que no tenía posibilidad de tomar tierra con un barco militar y buscar un teléfono.

Norma estaba agachada para limpiar el polvo del pie de la mesita del teléfono cuando sonó. Descolgó enseguida.

—¿Jimmie?

—Hola, Norma, soy Tom —dijo este al otro lado del auricular.

—Ah, Tom. Sí, hola. —Norma hundió los hombros y se forzó a decir lo de siempre—. ¿Cómo estás?

—Eso quería saber yo de ti. Hace poco te escabulliste a escondidas del cumpleaños de papá.

—Jim aún no ha llamado —murmuró ella.

—¿Puedo distraerte mientras esperas? —preguntó Tom, indeciso. Se le notaba que se sentía un poco pesado.

—¿Cómo quieres distraerme? —preguntó Norma mientras quitaba el polvo de la mesa del teléfono.

—Déjate sorprender —contestó Tom—. Esta noche a las siete, ¿entendido?

—Pero tengo que cuidar de Muggsie —se excusó ella.

Ya había tenido sorpresas suficientes, y además no conseguía distraerse. Ni siquiera jugar a la pelota con Muggsie la sacaba de sus pensamientos. Había acabado siendo una lanzadora pésima.

—He pensado que podríamos llevarnos a Muggsie —dijo Tom, y se apresuró a decir—: Dame una oportunidad de hacerte sonreír. Además, desde que volviste de Chicago tienes ojeras. Seguro que te sienta bien un poco de aire fresco.

Para ser Tomas, aquel era un intento de quedar de lo más osado, pero Norma sentía que le debía algo por haber cuidado con tanto cariño a su perra durante el viaje. A Muggsie le brillaba el pelaje más que nunca. Seguro que la había cepillado con frecuencia y la había alimentado bien. En el cumpleaños de Edward, Norma reconocía que había sentido cierta envidia al ver que Muggsie quería que Tom la acariciara muy a menudo en vez de ella.

—Está bien, a las siete delante de casa —dijo para saldar su deuda.

Cuando Norma salió por la tarde con Muggsie, Tom ya la estaba esperando en la entrada del jardín. Le costó devolverle la sonrisa. Muggsie, en cambio, saltó sobre su cuñado meneando la cola.

—Quería enseñarte a conducir —anunció Tom—. Así no tendrías que arrastrar la compra a pie hasta casa. O podremos ir a la montaña contigo al volante. —Sonrió cohibido.

A Norma le parecía que la montaña le quedaba lejísimos, los buenos momentos que pasaron ahí parecían de otra vida. Además, no tenía dinero para gasolina. Había gastado sus ahorros en el viaje a Chicago. La mensualidad para la casa de Jim solo le daba para sobrevivir.

—No sé… —dijo dando un rodeo.

—¿Una mujer al volante? —Edward se acercó a la valla del jardín—. De todos modos, quedará en nada.

Norma ni siquiera lo había oído aproximarse.

—Venga, vamos. —Tom le dio un empujoncito amistoso a Norma—. Hagámoslo, aunque solo sea para darle una lección al viejo.

A Norma le apetecía mucho más volver a ocultarse bajo la colcha o navegar muy lejos en una casa-barco, como soñaba el abuelo Otis.

Aunque no había aceptado, Tom la llevó hasta el asiento del copiloto del Ford, que normalmente solo conducían Ethel y Edward. Jim les había encargado que cuidaran de su querido coche.

—¡Muggsie, vamos! —gritó Tom.

La perra subió de un salto al asiento trasero, contenta. A lo mejor esperaba ir a la montaña, o solo era uno de sus innumerables intentos de hacer sonreír a su dueña. Norma ocupó el asiento del copiloto sin mucho entusiasmo.

Tom paró unas cuantas calles más allá, en un aparcamiento delante del instituto de North Hollywood, donde no había nadie a esas horas. Le explicó cómo arrancar el motor, frenar y acelerar y cómo comportarse en el tráfico como conductora de un vehículo motorizado.

Norma se sintió confiada en el Ford hasta que Tom le pidió que se cambiaran el sitio. Se sentó insegura en el asiento del conductor y encendió los faros. Sin embargo, antes de girar la fina llave en el contacto, se detuvo y acto seguido bajó la cabeza hasta el volante.

—Estaba tan ciega que siempre veía a Grace solo como el hada buena. —Posiblemente en parte era culpa suya que Grace le hubiera mentido durante tanto tiempo. ¿Para eso no se necesitaban siempre dos personas? Una que fingiera algo y otra que se dejara engañar, que cerrara los ojos a la verdad para no sentirse herida—. Además, ¡seguro que Bebe me odia por haber sido tan idiota! —siguió Norma, desesperada. Le había escrito brevemente para disculparse, pero todavía no había encontrado las palabras para describir su pesar.

Muggsie ladró en señal de protesta.

—¿Odiarte? —Tom acarició a la perra, que enseguida se calmó—. Nadie es capaz de eso. Eres la chica más encantadora y simpática que conozco.

Norma levantó la vista del volante.

—Solo lo dices para consolarme.

—Lo digo porque estoy seguro de que tienes buen corazón. Además, no creo que te hayas dejado llevar por la ceguera, sino por los sentimientos. Eres una persona muy sentimental, conciliadora y bondadosa.

¿Todo eso pensaba de ella? Norma se habría descrito como «insegura», «poco querida» y alguien que iba «como un elefante en una cacharrería». Volvió a pensar en Chicago.

—¡Tendría que haber creído a Bebe desde el principio! —se lamentó. No sabía si aún podría salvar la amistad con su hermanastra. Su carta fue un intento desesperado de que Bebe no la olvidara del todo.

—Bueno, explícame qué pasó en el viaje —le pidió Tom con cautela.

Norma respiró hondo y luego le contó el escándalo con todo lujo de detalles. No se dejó nada, ni siquiera su teoría de que Grace llevaba años, quizá incluso una década, desde antes de marcharse a Virginia Occidental, sin ser sincera con ella. Era tan incomprensible como la infinidad del espacio exterior. Siempre había tenido la sensación de que el amor maternal de Grace era sagrado y jamás se agotaría. Nunca lo había dudado y eso le había dado fuerzas año tras año. Llamar «mamá» a una mujer y confiar a ciegas en ella ¿no era lo mejor que había en la vida además del amor? Era un regalo que le había dado con gusto a Grace y jamás podría perdonarla por haberlo pisoteado como si fuera una colilla.

Desde el Magnolia Park se oyó la sirena de un coche de policía. Norma siguió con la mirada fija el cono de luz que proyectaban los faros del Ford hasta la pared del instituto con las canastas de baloncesto.

—Estabas ciega de amor y no querías ver que tu madre no era como pensabas —dijo Tom—. Los niños suelen pensar que sus padres son perfectos.

El cielo sobre ellos se tiñó casi de negro y empezó a hacer frío. Tom se estiró hacia Norma y encendió la luz de estacionamiento, pero sin tocarla.

Era cierto. Siempre había pensado que Grace era perfecta.

—¿Por qué sigue bebiendo? —preguntó desesperada—. ¡Así lo destroza todo, hasta su familia!

—Mientras no entienda cómo le afecta el alcohol, no parará —analizó Tom, con la mirada fija en el asfalto del aparcamiento—. Al principio, la bebida hace que el dolor sea más soportable y la vida, más fácil. Uno está más contento y se siente libre. Pero en realidad te atrapa cada día un poco más.

Norma miró a Tom. Parecía saber de lo que hablaba.

—¿Por qué…? —preguntó con cuidado, y al mismo tiempo pensó en qué dolor querría mitigar su madre.

—¿Por qué te atrapa, quieres decir? —contestó Tom, y comprobó con una mirada que Muggsie estuviera bien en el asiento trasero. La perra había cerrado los ojos, pero parecía escucharlos. Sus globos oculares se movían bajo los párpados y tenía las orejas levantadas.

—Me refiero a por qué bebías tú —dijo Norma, sin apartar la vista de Tom.

Tom tragó saliva, como si necesitara deshacer un nudo en la garganta. Tras un rato de silencio, dijo:

—Después de la súbita muerte de nuestro hijo pocos días después de nacer, nada era como Mary y yo habíamos imaginado. —Le tembló la voz al decir—: Donald murió de una ruptura del diafragma congénita.

Norma lo cogió de la mano. Sin duda había cosas que uno no superaba en toda la vida. En su caso tenía que aceptar de una vez por todas que sería para siempre la persona abandonada o engañada y esperar que, si aceptaba su destino, en el futuro le doliera menos. Podría aceptarlo sin más y no esperar mucho de la vida, así no se llevaría desilusiones continuas. Quizá una doble capa gruesa de piel le serviría de protección ante todos los agravios.

—Lo siento mucho —dijo, y pensó también en la mujer de Tom, a la que conoció en una excursión por la montaña. Mary parecía igual de tímida que él. El matrimonio apenas hablaba entre ellos. En el cumpleaños de Edward se habían mostrado igual de distantes.

—Poco después de que enterrásemos a Donald en ese minúsculo ataúd, empecé a beber y a ahuyentar a todos mis amigos. El alcohol es muy peligroso, muchos se hunden con la adicción —siguió diciendo Tom.

—¿Cómo lograste salir? —preguntó Norma, compungida. Le daba muchísima pena que Tom hubiera sufrido tanto.

—Reaccioné cuando me quedé dormido borracho con un cigarrillo en la boca y desperté rodeado de fuego y humo.

Se levantó la camisa ancha de manga larga y dejó al descubierto un laberinto de cicatrices sinuosas en la piel que en algunos puntos parecían pulidas, las típicas cicatrices por quemaduras que Norma conocía por las películas del Oeste. Tuvo que contenerse para no apartar la vista, era muy desagradable.

—Por suerte me quedaba un amigo que no me hizo reproches por haberlo destrozado todo con la bebida…, y también mi matrimonio.

Norma recordó que ella también le había recriminado a Grace que bebiera.

—Ese amigo me dio otra oportunidad y me salvó la vida. No me juzgó ni esperó que fuera siempre fuerte. Con él podía mostrarme débil y hablar de mis miedos. Simplemente estuvo ahí, y eso me dio las fuerzas para luchar contra la adicción.

Norma no recordaba que Grace hubiera mencionado tener amigos en Chicago, solo colegas. ¿Quién iba a poder ayudarla como habían ayudado a Tom? Aunque no deseara volver a verla, tampoco quería que se echara a perder.

—¿Nos vamos? —preguntó Tom.

Norma no reaccionó hasta que él agitó una mano delante de su cara. Habría preferido seguir hablando de los asuntos que no se podían superar en la vida, pero giró la llave en el contacto y enseguida se puso nerviosa cuando el volante empezó a vibrar bajo sus dedos.

—Para acelerar hay que fiarse del tacto —le explicó Tom con una leve sonrisa—. Aprieta suavemente el pedal derecho. —Se sonrojó un poco al decirlo.

Norma quiso devolverle la sonrisa, pero no le salió. Aceleró con cuidado. Poco a poco llegaron hasta delante de las canastas. A un ritmo parecido dieron tres vueltas al aparcamiento; luego Norma aceleró con más valentía.

Cuando, una vez terminada la primera clase de conducción, volvieron a Hermitage Street, Norma le dio un abrazo a Tom para agradecerle su sinceridad. A partir de entonces ya no lo consideraría tímido, sino valiente por haber superado su adicción. Tom aparcó el Ford con una suavidad envidiable y luego se fue en su coche.

Norma y Muggsie lo siguieron con la mirada. Se preguntó si algún día llegaría a ser tan valiente como Tom.

Norma estaba pensando en cuál sería su primer paso para ser más fuerte cuando el teléfono sonó dentro de la casa. Al instante apareció Ethel en la puerta.

—¡Norma, ven rápido al teléfono! ¡Es Jim!

Norma entró y le cogió el auricular a Edward.

—Me alegro de oírte. —Esas fueron las primeras palabras que dijo, e iban muy en serio. Sentía un gran alivio.

—Hemos estado durante semanas en ultramar, no he podido llamar antes —aclaró Jim—. Tu carta sonaba urgente, y llegó en el momento justo. Yo también quería hablar contigo. He estado pensando…

—Jimmie, no, no digas nada. Primero quiero confesarte algo. Siento mucho no haber sido del todo sincera contigo por el trabajo en Radioplane. Y… y… Fui a ver a Bebe y a Grace, pero regresé sana y salva. Todo fue bien y al final Bebe no va a dejar los estudios. —De pronto se hizo el silencio al otro lado de la línea. Solo se oía la respiración suave de Jim—. Por favor, perdóname —rogó ella mientras toqueteaba nerviosa el tapete de flores de Ethel. Dejó de oír nada—. Te prometo que nunca volveré a hacer nada sin tu permiso. Ni trabajos... ni viajes...

—Ya —dijo Jim, y Norma se sintió motivada a explicarse con más detalle.

—Estaba tan obsesionada con ayudar a Bebe que no pensé en nada más. —Contuvo la respiración a la espera de una tormenta.

—¿Tu hermanastra está mejor ahora? —preguntó Jim—. ¿Por lo menos la aventura valió la pena?

—Un poco mejor —admitió a media voz—, pero tuvimos una fuerte discusión. Ay, Jim, si tú supieras...

—Lo siento —dijo él, pero menos afectado de lo que se había mostrado Tom—. En ese trabajo en el que destacabas..., ¿cuántos dólares te pagaban?

—Veinte a la semana —contestó ella, molesta por el abrupto final de la conversación, que en realidad no había sido tal.

—¿Y te alejarían de ese barniz venenoso? —siguió preguntando.

Norma asintió.

—Sí, eso me dijeron.

—Entonces, ¿cómo es Radioplane? ¿Hay muchos hombres? ¿Los jefes te tratan bien?

—La mayoría del personal son mujeres —le informó Norma— y para trabajar tenemos que llevar monos anchos. Helen, que estaba a mi lado, siempre contaba chistes divertidos. Con Wendy comía el bocadillo en la pausa del mediodía. Sí, Jim, Radioplane estaba bien. —Al hablar del trabajo así le gustaba incluso más, aunque fuera monótono. El contacto con sus compañeras le había sentado estupendamente.

—Estaría bien que tuviéramos más dinero —contestó Jim—. Los niños son caros y he pensado que deberíamos ir ahorrando poco a poco para eso. —Norma se quedó sin habla. Era la primera vez que Jim hacía alusión a la planificación familiar—. Si quieres seguir trabajando, no tengo nada en contra —aseguró él—, siempre y cuando seas sincera y honesta conmigo a partir de ahora.

—¡Gracias, Jimmie! Te lo prometo.

Norma sintió como si una mano la alcanzara para ayudarla a salir del pozo de oscuridad. Se juró no volver a engañar a Jim, y ni siquiera por Grace. «Mucho menos por alguien como Grace», se corrigió.

—Tom quiere enseñarme a conducir, ¿también te parece bien? Así volvería antes del trabajo y podría ayudar más con las tareas domésticas. —Norma vio que Ethel aguzaba el oído.

—De acuerdo —concedió él—. Aunque hoy ya me estás pidiendo mucho.

—Ya lo sé. —Ella sonrió al decirlo. Estaba muy contenta de que Jim volviera a ser indulgente y cuidadoso.

—Te quiero, Norma —dijo él, y colgó.

Pronto, Norma comenzó a imaginar cómo sería ganar sus próximos dólares de mujer independiente en Radioplane.

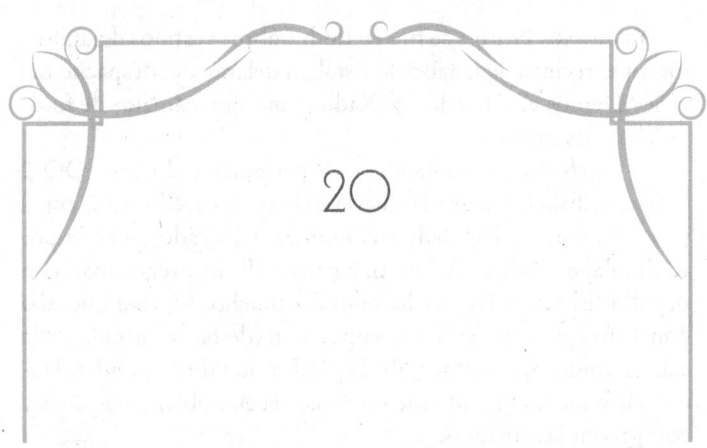

20

Noviembre de 1944

Me parece que lo haces genial, Norma —la elogió Ethel cuando salieron juntas en el Ford de Jim del recinto de la fábrica de Radioplane. Por el camino, Norma había tenido que dar dos frenazos por unas mofetas, y una vez estuvo a punto de equivocarse de dirección al girar en una calle de sentido único. Sin embargo, para ser su primer trayecto oficial desde que había aprobado el permiso de conducir, estaba contenta. Edward había dicho que había aprobado solo por haberle sonreído tanto al examinador. Ethel lo contradijo con vehemencia y le preguntó a su marido si en su momento dijo lo mismo de su examen de conducir. Entonces Edward se quedó callado.

Desde que Norma había vuelto a trabajar en Radioplane, todos los días salía un poco más de su agujero de dolor. Ya no la asaltaban tan a menudo imágenes de Grace bebiendo y vociferando, y las mentiras del pasado se iban diluyendo un poco. Norma jamás había contemplado la posibilidad de necesitar una capa de protección también para su madre. No era que ya no sintiera nada por Grace, pero esa segunda piel la ayudaba a que los recuerdos no la afectaran tanto. Se obligó a no mirar atrás. Grace ya no desempeñaría un papel importante en su futuro.

Ya de lejos Norma se fijó en los hombres vestidos de uniforme en el recinto de la fábrica. Estaban delante del despacho del señor Denny, el fundador de Radioplane, con cámaras de fotografía en las manos.

—El jefe está presentando a los periodistas el nuevo OQ-2 —afirmó Ethel, y cerró la puerta del copiloto. El OQ-2 era el primer avión no tripulado del mundo, fabricado en serie por Radioplane. Todos los que trabajaban allí lo pregonaban con orgullo. El señor Denny lo valoraba mucho. Norma quedaba con Ethel para regresar a casa por la tarde en la entrada de la sala secundaria, que albergaba la producción de paracaídas. Hacía seis semanas que su función consistía en doblar paracaídas y comprobar las costuras.

Le sentaba bien volver a estar rodeada de gente. No tardó nada en saberse las maniobras al dedillo. Por eso últimamente cada vez le pasaba más que, durante el trabajo, pensaba en viajes. Iba en el Liberty a ver a Jim mientras recorría con los dedos y cien ojos costura por costura.

Desde la liberadora conversación por teléfono, Jim le escribía todas las semanas una carta y preguntaba cómo le iba en el trabajo, si le pagaban el sueldo con regularidad. A esas alturas ya podía decir con seguridad que el 10 de diciembre volvería a casa durante un mes entero. Celebrarían la Navidad juntos; un primer rayo de esperanza desde Chicago, además del examen de conducir aprobado.

—En realidad no debería estar aquí —dijo alguien cuya voz no conocía. Norma alzó la vista un instante al oír el clic de una cámara de fotos. Un fogonazo deslumbrante como el sol iluminó su lugar de trabajo, pero no parpadeó. Siguió examinando con calma la costura de la tira exterior cerca de la apertura de compensación de presión del paracaídas que tenía delante.

—¿Y dónde debería estar, según su opinión? —preguntó.

—¡En la portada de una revista! —contestó el hombre sin vacilar.

Norma levantó la vista un rato más. A unos metros de ella había un hombre uniformado más o menos de la edad de Jim.

—Disculpe que no me haya presentado. Soy el cabo David Conover, de la Primera Unidad Cinematográfica de las Fuerzas Aéreas del Ejército estadounidense. —Le tendió la mano sin apartar el ojo del visor de la cámara. Era un tipo enorme de espalda ancha.

—¿Y qué trae por aquí a un cabo del ejército? —preguntó ella—. Pensaba que les estaban presentando la nueva generación de aviones no tripulados en el despacho del señor Denny.

—¡Usted me trae por aquí! —contestó el cabo—. Estaba usted muy dulce acariciando el paracaídas con una sonrisa. Maravillosa. —Al pronunciar la última palabra incluso asomó la cara por detrás de la cámara. Llevaba unas sencillas gafas de alambre.

Norma sonrió al ver que le dedicaba tantos cumplidos y atenciones.

—¡Sí, exacto! —exclamó él, y apretó varias veces seguidas el disparador. La sonrisa de Norma se volvió más expresiva sin querer.

Cuando se les acercó el señor Denny, Norma enseguida se inclinó de nuevo, concentrada, sobre su trabajo. Si no comprobaba y doblaba dos docenas de paracaídas al día, le descontaban algo del sueldo.

—¡David! —gritó el jefe de la empresa—. Habíamos quedado en fotografiar a las chicas jóvenes con el OQ-2, así que venga a la producción de aviones no tripulados, a la nave principal.

—Señor Denny, mi cliente, el oficial Ronald Reagan en persona, desea mostrar a empleadas jóvenes y guapas y no a viejas gruñonas y agotadas. ¡Nuestros soldados necesitan ver que, cuando vuelvan de la guerra, lo que los espera en casa es bonito y fresco!

Norma vio por el rabillo del ojo que el cabo, al decirlo, no paraba de señalarla con la cámara. A punto estuvo de que el aparato se le cayera de la mano.

—¡La producción de aviones no tripulados no transmite belleza como ella! ¡Mire ese rostro inocente! —insistió el fotógrafo—. Es la chica perfecta para la publicación *YANK, the Army Weekly*.

A Norma se le resbalaron los dedos de la tela del paracaídas. ¿Trabajaba para la *YANK*? Jim nunca había leído demasiado, y mucho menos libros, pero la *YANK* le gustaba y podía pasar horas con la revista en la tumbona. A la mayoría de los soldados les encantaba esa revista semanal del ejército porque en el medio publicaba un bonito póster, unas páginas centrales, de una actriz, cantante o bailarina famosa. En la publicación que Norma vio en Catalina aparecía retratada Chili Williams con un bikini de topos, bañándose en el océano. Chili se hizo famosa con el nombre «la chica de topos» cuando un fotógrafo la sorprendió por casualidad mientras se bañaba. Ahora tenía un contrato con un estudio cinematográfico.

—Está bien —dijo el señor Denny—, pues que Norma Jeane venga a la nave principal. ¡Pero insisto en que sujete un OQ-2 en las manos!

David Conover se colocó al lado de Norma.

—Por favor, no diga que no a dejarse fotografiar por mí de nuevo en la nave principal, Norma Jeane.

Norma alzó la vista. Era muy amable por preguntárselo. Por lo visto el jefe de la empresa estaba de acuerdo y no le iban a reducir el sueldo por el retraso. Y así tendría un regalo de Navidad para Jim.

—Pero no me gustaría aparecer con una moda de baño tan escasa como Chili Williams —añadió en voz baja. A fin de cuentas era una mujer casada, y Jim ya se puso celoso solo porque se puso un vestido ceñido.

Al salir de la nave, David Conover le preguntó:

—¿Tiene algo un poco más bonito que ponerse que ese mono del uniforme?

Norma habría preferido llevar el vestido de color rojo chillón de Chicago, pero estaba colgado en el armario de casa.

—La blusa verde y la falda están en el casillero —dijo ella. Por suerte ya no se le veía la herida de la cabeza.

—Póngaselo enseguida. La esperamos en la nave principal —dijo el cabo, y luego se volvió hacia el señor Denny.

Norma se dio prisa en cambiarse y lanzó una mirada fugaz al espejo de su casillero. ¿Ella en la *YANK*? ¿Como una modelo de verdad? Pero si su cuerpo no era delicado, y el rostro mofletudo y los párpados caídos no eran lo bastante elegantes para una modelo. Tenía la cara demasiado infantil, por muchas blusas que se pusiera.

Sin embargo, nunca se sabía, quizá le daban un pequeño sueldo y podía posar más a menudo, así tendría más dinero para sus propios deseos. Jim ya tenía pensado gastar una buena parte de lo que ganaba en cosas de niños y juguetes. Quería hablar con prudencia con él de eso en Navidad. Por lo menos para participar en la decisión de qué pasaba con su dinero.

Cuando Norma se plantó delante de la nave principal con su ropa de diario y el pase de la empresa en la pretina de la falda, el cabo le lanzó un pintalabios rojo.

—Le quedará perfecto, Norma Jeane.

El color le gustaba, le recordaba a las frambuesas maduras.

Norma pasó las horas siguientes posando con sus labios de color frambuesa y cierta torpeza con un avión no tripulado, mientras el jefe de la empresa ponía de relieve las bondades de su creación de fondo. Al principio, lo oyó elogiar el motor de pistones de dos tiempos y dos cilindros del avioncito no tripulado, pero enseguida se concentró del todo en las indicaciones del cabo y el clic del disparador. David Conover estaba tan emocionado con las fotografías que no podía dejar quieta la cámara.

Mientras Norma fingía montar la hélice en el avión con una sonrisa de oreja a oreja, él hacía docenas de fotografías y le hablaba de la revista *YANK* de gran tirada.

—Si tenemos suerte, mi fotografía con su imagen entrará en la estricta selección para una de las primeras portadas del año nuevo.

Norma esperaba que una portada hiciera sentir orgulloso a Jim. Así no solo él sería un héroe de la nación, ella también haría un trabajo importante para la guerra.

—Imagínese que su sonrisa anima a un soldado americano agotado —la incentivaba el fotógrafo.

La palabra «imagínese» enseguida remitió a Norma a su Stanislavski. El profesor de interpretación dedicaba muchas páginas de su manual a ese «imagínate». Ese inicio de frase era como el material inflamable para un juego imaginativo. Al buscar un recuerdo de felicidad y risa que le sirviera de ejemplo, fue consciente de que hacía mucho tiempo que no reía a carcajadas. Entonces recordó cuando subió al escenario del Trumpet Bar a cantar; entonces fue feliz. Tarareó en voz baja «Chinatown, my Chinatown» para sí misma.

—Es fantástico cómo lo haces —la halagó David Conover, que pasó con toda naturalidad a un trato de confianza—. Seguro que quieres ser actriz algún día. ¡Con esa cara y esa sonrisa!

Norma lo miró sorprendida. ¿Cómo lo sabía? Dudó un momento si contar su sueño a ese desconocido, pero al final asintió.

—Me encantaría. También tengo pensado buscar un profesor de interpretación. —Tras su regreso de Chicago había olvidado el tema, pero en ese instante volvió a la superficie. Gracias al cabo.

—Yo sé un camino aún mejor para conseguir un contrato con un gran estudio cinematográfico. Y cuando tienes un contrato, los estudios pagan las clases. Tienen contratados a docenas de profesores de interpretación que enseñan a sus estrellas mientras no ruedan y las dirigen al estudiar los papeles.

En ese momento entró otro fotógrafo con una empleada rubia y pidió el sitio junto al avión de muestra.

—Luego te lo explico mejor —dijo David—. Antes me gustaría verte un poco más. —La llevó delante de la nave de producción y le puso una pequeña cámara en la mano con la que debía fingir que estaba fotografiando una escena divertida.

Norma soñó con Catalina, donde había pasado la mejor temporada de su vida. Se vio paseando por la playa, fotografiando los seres vivos del mar y los peces saltando.

David estaba entusiasmado con su actuación y le pidió que se colocara el cabello en el cuello. Entonces Norma olvidó que solo llevaba la casta blusa verde y la falda larga gris. Se imaginó con su biquini blanco puesto. No le costó tirar hacia atrás la cabeza con el mismo gesto seductor que Jean Harlow. Quería revivir ese instante en la playa de Catalina, eso había conseguido David con su estímulo. Sin embargo, en vez de al fotógrafo, vio a Jim detrás de la cámara. Quería retarlo como aquella noche fogosa en la isla, porque entonces le prestó toda su atención. Quería demostrarle que ya no era la niña con la que tenía que hablar como si fuera su subordinada.

Mientras los demás fotógrafos ya esperaban con su equipo recogido en la entrada de la fábrica, David no se cansaba de fotografiarla. El señor Denny tuvo que recordar al cabo que su empleada tenía otras tareas que hacer, además de posar.

—¿Podría enviarme copias? Sería un regalo bonito para mi marido —preguntó Norma al final. También quiso saber a qué se refería con «un camino aún mejor».

—Si me das tu dirección, puedo enviarte la fotografía más bonita. —David le facilitó una libreta y un lápiz. Sus colegas ya lo estaban reclamando—. Y tu número de teléfono también, por favor.

Norma dudó si dar a un desconocido el número de teléfono de los Dougherty, pero luego lo hizo. Al fin y al cabo, David tenía información valiosa para ella.

—Entonces ¿cuál es el mejor camino para conseguir un contrato con un estudio? —preguntó nerviosa.

—Ah, sí, el mejor camino. Sin duda la entrada en el sector del cine es más rápida si antes eres modelo. Los estudios prefieren modelos a actrices —aclaró David—. Si primero apareces en varias portadas, los jefes de los estudios no tendrán más remedio que fijarse en ti.

Sonaba plausible, pero ¿ella en varias portadas? Eso era una ilusión.

—Me encantaría hacerte fotografías en color. Mi cámara te adora. ¡Eres un talento natural! —la aduló el cabo.

A Norma la incomodaban un poco sus cumplidos, ahora que ya no tenía la cámara delante y volvía a estar realmente enfrente de él. Se sonrojó.

—Hasta otra, Norma Jeane —dijo David Conover en un tono que no supo interpretar—. Y piénsate lo de hacer fotografías en color en mi estudio. Se inaugurará en primavera.

—Lo pensaré. Hasta otra, cabo David. —Norma lo saludó con la mano, vacilante.

Cuando volvió a casa con Ethel por la tarde, al terminar el turno, apenas podía pensar en otra cosa que en aquello que le había caído encima de golpe. Cuando estaba delante de la cámara se sentía alegre como hacía mucho que no se sentía. Además, a David le encantaba su sonrisa. Consideraba que su capacidad de no parpadear ante los fogonazos era una gran ventaja. Por otra parte, era un hombre al que prácticamente no conocía. ¿No sería una imprudencia ir a su estudio sin más?

—¿Qué honorarios has pedido por dejar que te fotografiara durante tanto tiempo? —preguntó Ethel cuando no hacía ni cinco minutos que habían salido del recinto de la empresa.

La noticia de la actuación de Norma como modelo fotográfica había corrido como la pólvora. Sin duda Ethel había sido una de las primeras en enterarse del encuentro de Norma con David Conover. La enfermería era como la centralita del intercambio de pasillos de Radioplabe.

—No lo he hecho por dinero —aclaró Norma, porque en realidad ni siquiera había pensado en unos honorarios por esa primera sesión—. Lo he considerado un servicio a la nación. —Pero sobre todo la había divertido. ¿Se podía pedir dinero por algo divertido?

—A los chicos también les pagan por sus servicios en la guerra, ¿por qué no iba a cobrar una mujer? —opinó Ethel.

—Ni siquiera es seguro que una de mis fotografías vaya a entrar en la selección de la revista —tranquilizó Norma a su suegra y a sí misma. Le gustaría volver a sonreír delante de la cámara de David. Nadie le había dicho nunca que tuviera un talento natural para algo. Como ama de casa era regular, como esposa un notable, solo como amante quizá sacaría un sobresaliente, pero esto último no podía decírselo a nadie. Norma pensó en Chili Williams, que también fue descubierta por casualidad por un fotógrafo y había conseguido, a través de su trabajo de modelo, un contrato con un estudio cinematográfico. A lo mejor el próximo día libre que tuviera iría al cine a ver la última película de Chili.

Norma apretó con fuerza el acelerador. Si su foto aparecía en la portada de la *YANK* y la veían dos millones de personas, entre ellas los jefes de los estudios, para una pobre desgraciada como ella sería como si le tocara el gordo de la lotería con el número complementario.

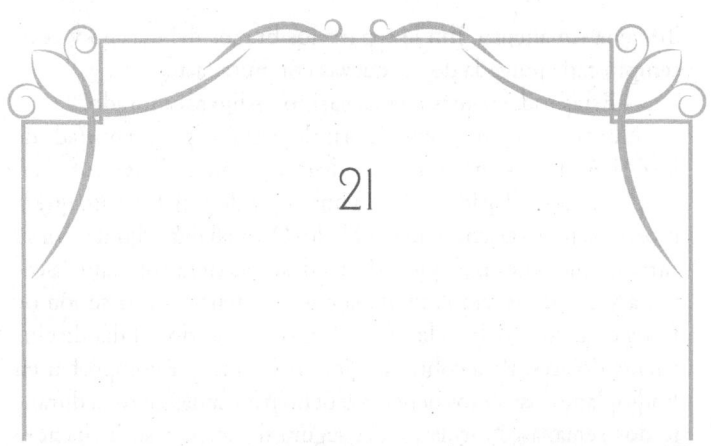

21

10 de diciembre de 1944

Hacía frío, pero Norma renunció a ponerse una chaqueta para que el vestido luciera. Llevaba el rojo vivo de Chicago con la bonita cinta blanca en el cuello, el cinturón blanco en la estrecha cintura y los dobladillos blancos planchados en los brazos. Lo había elegido para aquel día pese al malestar que sentía al llevarlo por culpa de Grace. Era el vestido más bonito que tenía.

Quitó la llave del contacto y salió del Ford. Aspiró con placer el frío aire marino mientras el transbordador estaba a punto de atracar. Se había peinado con grandes rizos hacia el lado derecho, como Chili Williams en su primera película, *Una chica urgentemente*. El papel de Chili en *Una chica urgentemente* había sido insignificante, pero aun así Norma se había entusiasmado con todas las escenas. El hecho de que Chili pasara de modelo de fotos a actriz la animaba a que también su sueño pudiese realizarse algún día. Llevaba un tiempo yendo los domingos al cine en lugar de a la iglesia.

Miró a los hombres que salieron primero del transbordador. Jim lo hizo poco después. Cuando la vio apoyada en el Ford, dejó caer el petate y corrió hacia ella. Cuando llegó, la abrazó y besó efusivamente. Ella habría preferido un saludo cariñoso.

Todavía sin aliento, Jim le separó los brazos del cuerpo y contempló cada pulgada de sus curvas con mirada ansiosa.

—Estás todavía más guapa, cariño —dijo asombrado.

Norma se preguntó enseguida: ¿lo bastante para la portada de la *YANK*? Una semana después de que la fotografiasen para Radioplane, había llegado a su casa una copia de gran formato que la mostraba junto al avión no tripulado. David había adjuntado a su carta un mensaje en el que volvía a destacar su talento ante la cámara y en primavera la invitaba con insistencia a una sesión de fotos en color. Incluso le ofrecía unos honorarios al día de cincuenta dólares. Para cobrar ese importe tenía que comprobar en Radioplane doscientos ochenta y ocho paracaídas en total durante dos semanas. Norma estaba segura de aceptar su invitación, pero era decisivo que Jim lo aprobase. Con lo importante que este asunto se había vuelto para ella, no podía pasarlo por alto.

Norma no quería esperar ni un minuto más para hablar a Jim de la *YANK*, pero no encontró la oportunidad tan rápido. Como sorpresa de llegada, su marido la llevó al Pacific Ocean Park, un parque de atracciones en Santa Mónica. Después montaron a caballo. Jim hablaba sin respiro de países lejanos, de sus camaradas, que se habían convertido en sus amigos, de su barco, el Liberty, y de cómo habían celebrado el Día de Acción de Gracias en ultramar. Al final habló del conflicto bélico en Europa. Habló del horrible Hitler, que no se rendía y había llegado a reclutar a niños para la guerra.

En la fiesta de reencuentro, Ethel sirvió bistecs y patatas asadas en el horno. Antes se echó efusivamente al cuello de su hijo pequeño. De la alegría, Edward incluso había levantado un poco su gorra de béisbol para saludarlo. Solo Muggsie volvió a contenerse con Jim. Rodeado de su familia, Jim estaba radiante. Y su mirada se dirigía una y otra vez hacia Norma con ojos brillantes. Hambriento, devoró dos porciones de carne mientras Norma comía al menos un poco del bistec por respeto a Ethel. Estaba demasiado nerviosa.

En el transcurso de la noche, Marion se unió a ellos con su familia. Llevaron una gran bandeja con pastelillos de chocolate.

Encima estaba representada la bandera estadounidense en una colorida y dulce pasta de azúcar glaseado. Lástima que Tom y Mary no pudiesen ir, pensó Norma.

Mientras la familia se comía los pastelillos de chocolate, Norma pensaba en cómo reaccionaría cada uno de los presentes al verla en la portada de la *YANK*. A ella, que no tenía el bachillerato ni padres de verdad y solo se había casado por necesidad. En todo caso quería hablarlo ese día con Jim, de lo contrario no descansaría.

Después de que hubiesen acabado la bandeja con los pastelillos de chocolate, Jim tuvo prisa en dormir por fin a gusto, tal como lo llamó guiñando un ojo a sus padres. Norma y Jim se retiraron pronto a la pequeña habitación. En realidad, la cama era demasiado estrecha para dos personas.

Cuando Norma menos se lo esperaba, Jim le quitó el vestido rojo. Le besó los pechos con impaciencia, la metió en la cama y se colocó entre sus piernas. Bajo el desnudo del abuelo Otis, Jim gimió y meneó la pelvis sobre ella. Norma echaba de menos sus roces íntimos.

Tras media hora estaban tumbados uno junto al otro sudando y mirando el techo bajo.

—Ya es hora de que la guerra acabe por fin y pueda estar todos los días a tu lado —dijo Jim y por primera vez en mucho tiempo volvió a sonar añorante y no serio—. Aunque parece que no te ha ido mal en casa de mis padres.

—Siempre fueron buenos conmigo —respondió Norma, si bien había sido desagradable que Ethel también hubiese hablado con Edward sobre cuántos honorarios debía pedir Norma a David. Pero esas cosas solo eran nimiedades. Ambos tenían buen corazón.

—Cuando acabe la guerra, me gustaría que alquilásemos un bungaló más grande —dijo Jim—. Quizá en Van Nuys o más cerca de las montañas para no desplazarnos tanto cuando queramos pescar los fines de semana. Con al menos dos habitaciones para nuestra prole.

Norma no quería hablar en ese momento de los planes familiares. Puso en duda que realmente siguiera queriendo quedarse embarazada tan rápido. Con la perspectiva de trabajar como modelo de fotos, sería mejor aplazar un poco el deseo de tener hijos. Se sabía que el cuerpo de una mujer también sufría cambios con un embarazo y el parto.

—Con mi salario de Radioplane seguro que podríamos permitirnos algo más grande —respondió ella sin opinar sobre una habitación para niños—. Creo que incluso un dormitorio propio con una cama ancha ya sería una mejora enorme.

Jim se volvió a un lado, apoyó la cabeza sobre el brazo y la miró.

—El trabajo parece sentarte bien. Primero pensaba que con un empleo podrías volverte como mi madre. Desde que trabaja, ya no deja que mi padre le dé órdenes. Desde hace décadas. —Fingió suspirar—. Pero contigo es distinto.

Norma siguió boca arriba y solo giró la cabeza hacia Jim. Se había tapado con la manta hasta los pechos y asentía.

—Sí, tienes razón. El trabajo me sienta bien. —El de Radioplane y el de modelo de fotos.

Mientras Jim calculaba en voz alta qué préstamo podrían afrontar para una casa más grande con dos cuartos para los niños, Norma oía roncar a su suegro en la habitación contigua.

¡Ahora o nunca! Se levantó desnuda de la cama, fue hasta el armario y sacó el sobre de David. Con la brillante fotografía detrás de la espalda, se dirigió bamboleando la cadera y de puntillas hacia la cama. De la misma forma había vuelto a su mesa en el Trumpet Bar. Bamboleándose y con tacones altos. Había sido divertido.

Jim no pudo apartar la mirada de ella, parecía contener la respiración. Poco a poco Norma se arrodilló ante la cama y sostuvo la fotografía encima de los pechos.

—Tengo un regalo para ti.

—Eres tú la de la foto —constató Jim sorprendido.

Norma asintió entusiasmada. Cada vez le gustaba más esa fotografía, porque mostraba su lado feliz.

—El señor Denny en persona permitió que un fotógrafo me retratase como una patriota en Radioplane con el avión no tripulado. —Con la esperanza de que estuviese un poco orgullosa de ella, acentuó en especial la palabra «patriota».

—¿Una mujer patriota? —repitió Jim, y sonó como si hablase sobre algo tan increíble como el aterrizaje de extraterrestres en el jardín de Ethel.

—¿No te gusta la foto? —preguntó Norma desconcertada.

Jim cogió la fotografía y la miró con más detalle.

—Sales guapa. Pero sin esa herramienta en la mano, quizá en una playa, estarías más atractiva. —Miró por encima de la foto y sus ojos volvieron primero sobre los pechos de Norma—. Aun así, gracias por la foto. Y ahora vuelve a la cama. —Jim quería atraerla hacia él, pero ella se resistió con cariño.

—La foto podría aparecer en la *YANK* —dijo por fin.

Jim cogió el petate desde la cama y sacó el último número.

—¿Aquí? —preguntó incrédulo.

Norma cogió la revista y pasó las páginas, porque en la portada solo aparecían soldados. Por fin encontró la foto de una señora llamada Selene Mahri, tan rubia como Chili Williams. Selene tenía un aspecto seductor, también sin mostrar mucha piel desnuda.

Jim se frotó el mentón.

—¿Mi mujer en la *YANK*? ¡Sería fenomenal! —Miró a Selene Mahri con mucho detalle—. Mis camaradas se quedarían boquiabiertos.

—¿Verdad? —Se subió a la cama y se recostó contra él—. Resulta que el fotógrafo, el cabo David, me pagaría cincuenta dólares si vuelve a fotografiarme.

—¿Cincuenta dólares por un par de fotos? Madre mía, es mucha pasta para sonreír un poco —se asombró Jim—. ¿El cabo David es atractivo?

Sus celos parecían no haber disminuido. En su última carta antes del permiso por vacaciones, Jim le había preguntado si había hombres simpáticos en la vecindad, incluso le había mandado una foto suya, que guardó en el álbum de fotos del abuelo Otis. ¿Habría sido mejor que la pusiera junto a la cama?

—Tú eres atractivo, Jim —acentuó la primera palabra. Le pasó la mano por los musculosos brazos y lo miró con ojos seductores, los párpados entornados y la cabeza un poco inclinada, como Jean Harlow—. Por favor, permítemelo —pidió susurrando y le dio un besito en el cuello.

Excitado, Jim dio un fuerte suspiro.

—Está bien —soltó antes estar demasiado distraído para pensar con claridad—. Que te vuelva a fotografiar, pero solo por cincuenta dólares.

Norma habría querido dar gritos de alegría, pero para no asustar a Jim continuó con sus caricias. Sin embargo, con cada nuevo roce y beso, se alejaba mentalmente de él y se dirigía hacia David. Era inimaginable la idea de que quizá pronto dos millones de lectores de la *YANK* la admirasen tanto como el fotógrafo. Y si había un solo jefe de estudio entre ellos, su sueño de infancia podría realizarse. Lo habría conseguido sola. Sí, quería volver a posar ante el cabo David a toda costa.

22

El permiso por vacaciones de Jim pasó rápido y a principios de enero su partida volvía a ser inminente. Habían celebrado unas agradables y tradicionales Navidades con un abeto, regalos y largas comidas. Para fin de año hicieron una excursión por las montañas. Jim apenas se apartaba del lado de Norma, mientras que ella esperaba cada vez más nerviosa un mensaje de David. También de camino a la terminal de transbordadores pensaba sobre todo en sus sueños como modelo de fotos.

Al despedirse, Jim apenas quiso separarse de ella, como si la viese por última vez. Incluso volvió para besarla de nuevo.

—En junio estaré otra vez a tu lado, cariño.

Al contrario que en las despedidas anteriores, esta vez a Norma no le daba miedo estar sin Jim. Tenía ante ella muchos meses sin él. Habían acordado que de momento ella ahorraría el dinero que ganaba y decidirían juntos sobre su uso. Además, Jim le había prestado su Ford hasta que volviese definitivamente de la guerra. Ella lo vio como un generoso voto de confianza.

Norma regresó a North Hollywood y la rutina comenzó de nuevo. La esperanza de aparecer en la portada de la *YANK* la ayudó a superar el aburrimiento. Veía su cara de portada en portada. Eso hacía que se riera una y otra vez. Tenía cosquillas en la barriga, como el aleteo de un pájaro. Más de una vez Ethel asomó sorprendida la cabeza por la puerta. Una vez su suegra incluso la pilló practicando a ir en línea recta y estaba visiblemente extrañada con los briosos andares de Norma. En comparación, Ethel caminaba como un pingüino, pero rechazó la oferta de Norma para enseñarle a moverse.

Últimamente Norma pasaba algunas horas después del trabajo en la biblioteca comunal para informarse sobre la fotografía. En caso de que lo de la *YANK* saliese bien y a lo mejor recibiera más solicitudes como modelo, quería entender qué era importante para una buena foto. Le sorprendió que fotografiar fuese mucho más que solo accionar el disparador. Era un juego artístico de luces y sombras en el que la persona retratada era secundaria. Y cualquier mujer, daba igual lo guapa que fuese, parecía poco atractiva si el fotógrafo no entendía su oficio y ensombrecía las virtudes de ella en lugar de destacarlas mediante la luz. Una foto podía ser una verdadera obra de arte, como una acuarela. En cierto modo el fotógrafo también era un pintor, similar al abuelo Otis. A menudo Norma meditaba sobre lo leído en sus paseos con Muggsie.

La espera a la contestación de David se volvió poco a poco insoportable. ¿Quizá había olvidado avisarla y hacía tiempo que su cara adornaba una de las portadas? Norma iba pronto todas las semanas a la oficina de correos de North Hollywood, donde vendían la *YANK*. Como la revista solo se publicaba para miembros del *Army*, no se podía conseguir en los quioscos habituales. Con el último número en la mano, contemplaba la portada con atención y pasaba las páginas con los dedos temblando hasta la página desplegable en el centro de la revista. Pero no encontraba su foto.

Cada semana Norma esperaba con menos entusiasmo. Después de todo, el cabo David había hablado de «comienzos de año» para la publicación de las fotografías.

Solo un envío postal hizo repentinamente que Norma se olvidara del siguiente número de la *YANK*. Se quedó sin aire cuando leyó el remitente: Grace Goddard. Habría preferido recibir correo de Bebe. Norma se llevó la carta a su cuarto y se hundió como atontada en la cama. Al ver las letras en el sobre sintió la misma decepción e impotencia que tras la expulsión en Chicago. Seguro que enseguida se encontraría mal. Le dolía donde había tenido la herida en la frente.

Cuando abrió el sobre, pensó que de los nervios el corazón le daría un vuelco.

Querida Norma:

Siento muchísimo que nos separásemos peleadas en Chicago. Desde entonces vuelvo a estar mejor. Sin embargo, ahora ya no puedo ir a trabajar tantas horas, pues quiero concentrarme en mantenerme sobria. No es fácil y me cuesta mucha energía. También he hablado de mi problema con un doctor, que está especializado en alcoholismo. Dice que con voluntad firme puedo lograr desprenderme del alcohol para siempre.

Norma no vomitó. Grace sonaba confiada y además ya no parecía el monstruo que la había abroncado y golpeado contra la mesa de la cocina.

El doctor Kingston me resulta de gran ayuda, pero es muy caro. En Chicago me habías hablado de tu reincorporación a Radioplane. ¿Acaso me enviarías un poco de dinero para que pueda visitarlo con regularidad y pagar las facturas médicas? Sería muy amable por tu parte.

Norma bajó la carta y pensó en el artículo sobre los actores bebedores, que mostraba el ingenio con el que procedían los alcohólicos para satisfacer su adicción. Mentir y pedir dinero bajo un pretexto para poder comprar más alcohol era lo mínimo. Tras el suceso de Chicago creía más que capaz a Grace de tenderle semejante emboscada, aunque le doliese. Norma siguió leyendo:

Sé que lograré dejar el alcohol. Cuando esté sana, me gustaría volver a mudarme a Los Ángeles. Ya está decidido. Cuídate, cariño.

Tu mamá que te quiere

¿«Mamá»? Esas cuatro letras representaban amor, cariño y sobre todo confianza. Le parecía mal volver a relacionar a Grace con esa palabra. Al momento le remordió la conciencia. ¿Y si era cierto lo que Grace afirmaba? Sonaba confiada, ¿y no era lo más importante para dejar atrás la adicción? ¿Que una misma quisiera a toda costa? Tom había dicho algo parecido. ¿Podía dudar y negar su apoyo a Grace?

Le vino a la memoria el lema de Antígona: «No he nacido para odiar, sino para amar», y el apoyo del médico parecía la única posibilidad para salir del infierno. Si Grace no pudiese aprovechar esa oportunidad porque Norma no le enviaba dinero, se haría reproches eternamente. Lo mismo que se arrepentía por su comportamiento con Bebe en Huntington.

Norma fue al armario por la maleta, en la que guardaba sus ahorros en el monedero de Bebe junto al álbum de fotos. Volvió a contar cuánto dinero había ahorrado desde su regreso. Daba a Ethel una parte de su salario como pensión, además de lo que Jim pagaba a su madre por el cuarto.

Contó doscientos diez dólares y treinta centavos. Así que cien dólares no deberían ser un problema. Al día siguiente lo giraría por telégrafo antes de empezar el trabajo. Ojalá ayudase así a Grace. Aunque le hubiera hecho cosas horribles, no podía verla perecer.

El domingo antes del Día de los Presidentes, Ethel comentó la llegada de un invitado con estas palabras:

—Ahí viene a paso lento un gigante con gafas de alambre.

Ethel y Edward acababan de volver de la misa dominical y Norma, de la matiné en el cine. Hasta la entrega de los Oscar en marzo, quería ver las películas que se perfilaban como favoritas.

Tras las palabras de Ethel, Norma corrió enseguida a la ventana.

—¡Es el cabo David!

—¿El fotógrafo que estaba en la fábrica? —se acordó Ethel, y su tono, antes raro, derivó en desprecio—. ¿El cabo que no paga a sus modelos? —Su mirada iba dirigida a Norma, porque, en su opinión, tendría que haber insistido en que la remunerase. Incluso posteriormente.

Solo la decencia de la mujer casada impidió que Norma no se precipitara enseguida hacia el cabo. Se esforzó mucho por parecer serena.

—Lo saludo fuera. —Le dio la espalda a su suegra y fue al jardín. Muggsie la siguió como una guardaespaldas y se colocó en la desvencijada puerta del jardín.

Norma habría preferido bajar la calle unos pasos con David para conversar tranquilos, pero Ethel se lo tomaría a mal. Desde la marcha de Jim, su suegra parecía sentirse aún más responsable de ella que antes. En realidad, era una sensación agradable. Al fin y al cabo, a las suegras también las llamaban «madres políticas», lo que contenía la palabra «madre». Pero esta vez no quería precipitarse, sino abordarlo todo con cuidado y sin las infantiles y exageradas ganas de ser madre.

—Norma Jeane, vuelves a estar muy guapa —la saludó David.

Aunque no se habían visto en varias semanas, su tono familiar no parecía impertinente. Norma llevaba aquel vestido verde menta, ya raído, que Jim le había regalado, y encima su vieja chaqueta de punto. Apenas se había arreglado, porque la sala de cine estaba a oscuras la mayor parte del tiempo. Solo se había pintado los labios color frambuesa, como los últimos domingos.

La mirada de David se detuvo enseguida en la boca de Norma y sonrió.

—Ya veo que te gusta el color tanto como a mí.

—¿Tienes noticias de la *YANK*? —soltó Norma. Puso a Muggsie a su lado y le ordenó que se acostara y relajase.

A Norma le pareció que David asentía de forma muy prometedora.

—Preferiría hablar contigo de la *YANK* almorzando tranquilamente, no aquí deprisa y corriendo. ¿Puedo invitarte de improviso?

Sin uniforme, David parecía aún más simpático. Solo llevaba una camisa blanca bajo la chaqueta de traje y un pantalón claro. Las nubes y el cielo azul se reflejaban en los cristales de sus gafas de alambre.

—Hay una agradable taberna irlandesa en Wilshire Boulevard. Hacen sándwiches excelentes —propuso él.

El Wilshire Boulevard pertenecía a las mejores calles de Los Ángeles. Un almuerzo allí sonaba maravilloso para celebrar su primera portada. Su excitación aumentó.

—Sí, con mucho gusto —dijo Norma, aunque también la intimidaba ir a un local elegante. Grace y Ervin habían gastado todo el presupuesto mensual en los mejores restaurantes para acechar a productores de cara al anhelado papel de Ervin como héroe del Oeste. Del hotel Millennium Biltmore, que tanto le gustaba frecuentar a Louis B. Mayer, el magnate de la Metro--Goldwyn-Mayer, Norma sabía que un refresco de cola costaba un dólar. Tras esas salidas lujosas, la familia solo comía gachas de maíz durante varios días.

—Por favor, dame unos minutos para arreglarme un poco —pidió Norma. Para la celebración solo venía al caso su mejor vestido, el de color rojo vivo; no importaba si no se sentía a gusto con él.

Norma ya se volvía hacia la casa, pero David le cerró el paso.

—Hazme el favor, quédate como estás y sube. —Señaló el coche, un Chevrolet Cabriolet negro con capota beis.

Muggsie gruñó quedo.

Norma dudó. ¿Ir a Wilshire Boulevard con una chaqueta de punto raída?

—La taberna no es de postín. Allí la gente es distendida —aclaró David.

—Bueno, si tú lo dices... Déjame avisar rápidamente a mi suegra.

Volvió a casa; tumbada, Muggsie movió la cola.

—¿Ethel? —gritó.

Nadie respondió, pero el traqueteo de platos le reveló que Ethel estaba en la cocina.

—Vuelvo dentro de una hora —dijo Norma.

Su suegra se horrorizó.

—¿Confías en ese gigante grosero?

—Hasta ahora el cabo David se ha portado conmigo como un caballero y el trabajo con él me ha divertido.

—Cómo te mira. —Ethel sacudió la cabeza—. En mi opinión, no trama nada bueno.

—Es fotógrafo y es su trabajo mirar bien —lo defendió Norma—. ¿Cómo me va a sacar partido si no conoce mis virtudes?

Ethel solo gruñó y volvió a concentrarse en los platos sucios.

—Sé cuidar de mí misma —se despidió Norma—. Ya no soy la chiquilla crédula con la que Jim se casó.

Ethel la miró pensativa un momento, después dijo:

—Pero vuelve dentro de dos horas. Te necesito para planchar.

Norma estuvo de acuerdo y dejó a Muggsie a cargo de su suegro. Por fin, Edward había trabado amistad con la perra. Era un lanzador sorprendentemente bueno y a Muggsie le gustaban los juegos de pelota más que nada.

Bajo la mirada de David, Norma intentó llegar al Chevrolet negro con la mayor elegancia posible. Él le sujetó la puerta del copiloto y observó con atención cómo Norma se deslizaba hasta el asiento bajo la capota cerrada. Entretanto, Ethel corría la cortina de la cocina con gesto rudo.

David corrió hasta el asiento del conductor.

—¿Podemos irnos?

Norma asintió excitada por su prometedor futuro. Comparado con el Ford de Jim, tenía la sensación de volar en el trayecto a Wilshire Boulevard de tan ligero que iba el Chevrolet. David era un conductor excelente.

Norma se relajó desde el primer minuto y dejó que el fresco viento en contra le soplase en la cara. Cerró los ojos y sintió que David apartaba una y otra vez la mirada del tráfico hacia ella. Sí, notaba las miradas y las disfrutaba si eran tan admirativas como la de David. Ojalá no se diera cuenta de que ella tenía la piel de gallina en los brazos.

El Old Horseshoe causaba un efecto distinto del que su buena situación en Wilshire Boulevard permitía suponer. La taberna era un bar muy acogedor con paredes de piedra, muebles de madera oscuros y cortinas de cuadros. Y, sin embargo, Norma admiró el comedor como un palacio del cine mientras David hacía una seña al conocido camarero y llevaba a Norma hasta una de las últimas mesas libres.

Norma no podía apartar la vista de las paredes y del techo, pues allí colgaban enormes hojas de trébol en las que había nombres escritos a mano. Sobre su mesa estaba el de Bing Crosby. ¿El mejor bailarín de Hollywood era un cliente fijo?

Norma tomó asiento reverencialmente en una sencilla silla de madera y David se sentó enfrente de ella. El público del Old Horseshoe parecía sereno pero arreglado. Norma pensó que podía necesitar como amuleto una vieja herradura, tal como se llamaba el local. ¡Su cara en la portada de la *YANK* sería la más grande!

—Dos black ale, por favor —pidió David.

Norma lo contradijo con tono categórico:

—Para mí un ginger ale, por favor. No bebo alcohol. —No le gustaba y además convertía a las madres cariñosas en mujeres que chillaban y tan solo eran una sombra de sí mismas. Ojalá las visitas al doctor Kingston ayudasen a Grace.

—Ah, por supuesto —dijo David y corrigió el pedido.

Norma se quitó rápido la vieja chaqueta de punto, con la que se sentía como Cenicienta. De la carta escogió un sándwich con tomate, pepino y lechuga. David pidió uno con salchichas asadas y salsa oscura y grasienta.

Después de que les sirvieran las bebidas, David alzó de inmediato su vaso de cerveza.

—Esta vez los redactores de la *YANK* han tardado mucho en revisar las fotografías de todos los fotógrafos —empezó.

Norma se alegró de que por fin tocara el tema. La excitación de Norma aumentaba, lo notaba porque le sudaban las manos.

—Ronnie Reagan…, me refiero por supuesto al oficial Reagan en persona, ha participado en la decisión.

Norma agradeció al cielo que no solo le fuesen las mujeres rubias al oficial Reagan. Asintió contenta y alzó su vaso de ginger ale para celebrarlo.

—Por desgracia las fotos que te hice no están en portada —informó David. Chocó de buen humor su vaso con el de ella, como si todavía hubiera algún motivo de celebración.

Decepcionada, bajó el ginger ale. ¿No lo había logrado? Aturdida, miró el ansia con la que David bebía mientras ella luchaba por contener las lágrimas. Así que no era la belleza por la que él la tomaba. Y su sonrisa no era lo bastante buena para la *YANK*. Se había considerado mejor de lo que era. Como decía la tía Ana, solo hay desengaño cuando antes han engañado. Norma se había engañado a sí misma con la ilusión de que podría convertirse en modelo de fotos con esa cara rolliza y esos párpados caídos. Sentía enfado y tristeza al mismo tiempo, una confusa mezcla de sentimientos que la fatigaba y resultaba pesada. ¡No podía ponerse a llorar! Era mejor terminar aquello al menos con serenidad.

Norma se levantó.

—Siento haber malgastado tu tiempo, David. —Tan solo quería irse de allí. Se avergonzó de sí misma. ¡Qué ingenua había sido de nuevo, y no la mujer experimentada que había enfatizado ante Ethel! No era de extrañar que incluso David se burlara de ella y brindase por su fracaso. También habría podido transmitirle la negativa en la puerta del jardín.

El camarero estaba llevando sus sándwiches cuando David rodeó con un gesto cariñoso la muñeca de Norma y dijo:

—Pero no es motivo para estar decepcionada. Quédate.

El húmedo brillo de sus ojos delató a Norma.

—¡Sí lo es! —lo contradijo con un asomo de terquedad infantil.

—Al contrario. ¡Ahora más que nunca quiero demostrar a ese anticuado oficial que eres una joya! —David le soltó la muñeca—. Estoy convencido de que eres única. Por favor, vuelve a sentarte, Norma Jane. —Juntó las manos a modo de súplica—. ¡No salir en una portada no significa nada!

Norma no sabía qué pensar. ¿Era otro intento inútil de hacerle un cumplido? Era mejor que parase de inmediato, de lo contrario pronto ya no creería a nadie. Resultaba muy desagradable que un deseo se desvaneciera como una pompa de jabón. Norma se dirigió a la puerta.

David la siguió.

—Los ojos te brillan con magia cuando sonríes a la cámara. Nunca le había visto eso a ninguna mujer. ¡Por favor, no te rindas! Para hacer carrera se necesitan más ímpetu y perseverancia. Es como en la vida real. ¿O quieres decirme que hasta ahora nunca te han decepcionado en la vida?

Norma sacudió la cabeza y lo miró enérgica y sinceramente con los ojos enrojecidos.

—Confía en mí, Norma Jane —pidió David con tono cariñoso—. Contigo puedo lograr una nueva tendencia, la de la muchacha más joven, cuya naturalidad esté en primer plano.

Norma estaba indecisa. Ya había confiado una vez en David y no había abusado de su confianza. Quizá debería darle otra oportunidad al asunto.

Tras vacilar un poco, volvió con él a la mesa, donde sus sándwiches estaban intactos. David estaba radiante y entonces era casi imparable. En cuanto volvieron a sentarse, le habló de la fotografía *pin-up* y de moda, cuyo momento ya había pasado con su tendencia a la figura ficticia de mujeres veinteañeras con sombreros lo más caídos posible y maquillaje pesado. Se esforzó tanto por venderle la derrota como éxito que Norma ya no se sentía agotada ni decepcionada al comer el sándwich.

—Pero la nueva tendencia a la naturalidad apenas tiene posibilidades a mi juicio —respondió ella.

Nadie miraba más a una mujer sin maquillar que a una arreglada. La gente quería ver belleza sobrenatural. Conocían de sobra lo natural, para eso no necesitaban revistas. Norma pensaba cómo podría confesar su fracaso a Ethel sin oírle a su suegra que ya lo sabía.

—Danos a mí y a mi cámara, pongamos, dos horas. Si entonces sigues sin creer en mi visión, no os molestaré a ti ni a tu suegra. —Sonrió un instante—. ¡Nunca más! —Levantó las manos con inocencia—. Prometido.

El trombonista del Trumpet Bar también había intentado algo parecido. ¡Siempre la misma canción! Pero Norma dudó, quizá porque, al contrario que aquella noche en Chicago, no tenía refuerzos.

David sacó de debajo de la carta una de las enormes hojas de trébol que todavía estaba sin rotular.

—Si algún día quieres estar allí arriba junto a Bing Crosby —señaló el techo—, no puedes rendirte tras el primer tropezón. A riesgo de repetirme, este negocio no funciona así.

Norma solo asintió para que él parase de una vez de querer convencerla.

—¡Y ahora ven, Norma Jane! Dos horas no son mucho para una sesión de fotos.

En cuanto ella asintió, David se levantó de golpe, la cogió de la mano y la sacó del Old Horseshoe. Norma se quedó enganchada en la mesa sobre la que resaltaba el nombre de Cary Grant en una hoja de trébol.

David condujo el Chevrolet en dirección al norte. Pronto estuvieron en la 101 al pie de Hollywood Hills. Tomó la salida a la altura de Sherman Oaks, pero dobló al este. Unas carteleras anunciaban los Universal Studios y la Warner Bros. En algún lugar detrás de la Warner Bros., David aparcó ante una fila de almacenes con dos pisos que era típica de Los Ángeles. Ya no había ni rastro de actividad en el recinto del estudio.

Con paso vacilante, Norma entró tras él en el almacén oscuro. Su mal presentimiento desapareció en el momento en que David encendió la luz. Ante ella emergió de la oscuridad un estudio fotográfico. Una habitación llena de lámparas, paredes de fondo, accesorios y un camerino abierto como en un teatro.

David le pidió que se pusiera delante de la tela blanca y desapareció. Poco después volvió de las habitaciones de arriba con una cámara. Estaba muy concentrado mientras colocaba dos lámparas casi enfrente de ella. El primer flash se iluminó cuando Norma todavía echaba un vistazo al estudio. Se puso a pensar en el abuelo Otis. En ese momento la animó acordarse de que también él había tenido un sueño al que seguro no había renunciado antes de tiempo. Sintió que su decepción por la negativa dejaba sitio a la curiosidad. En ese estudio se sentía un poco como Otis en su taller abuhardillado.

—Sí, esa mirada me gusta. Como modelo de fotos deberías ver siempre la cámara como tu amiga, no como una intrusa en tu privacidad —aclaró David y pulsó el disparador.

Norma asintió dándolo por sentado. David conseguía que ella sonriese contenta, incluso en una posición incómoda.

—Una cara interesante impresiona más que una inmaculada pero vacía. En tu cara veo sobre todo inocencia, frescura y curiosidad, pero también un poco de…

—Sí…, ¿un poco de? —preguntó y se quedó quieta.

—Un alma herida. —Apenas pronunció la frase, David volvió a pulsar el disparador. Se volvió a oír el típico silbido del equipo de flash.

De repente, Norma miró al suelo. Su vulnerabilidad le resultaba desagradable. Por eso los Bolender la habían echado.

David volvió a pulsar el disparador.

Norma pensó en Grace. Cuanto más reflexionaba sobre ello, más dudaba que Grace llevase realmente los cien dólares al doctor Kingston.

David pulsó por última vez el disparador, después bajó la cámara.

—¿Alguna vez has visto cómo se revela un carrete?

Le imponía con su tenacidad, su pasión por el asunto y su estatura única. Era casi dos cabezas más alto que ella en zapatos planos y el doble de ancho, pero delgado. Nada parecía sobrecogerlo, ni siquiera una negativa para una portada en la que tenía puestas muchas esperanzas.

Norma ya había leído un poco sobre los productos químicos que eran necesarios para revelar un carrete, pero no tenía ni idea de la práctica. En realidad, hacía tiempo que debería estar de vuelta en North Hollywood. Seguro que Ethel ya la esperaba ante una pila de ropa de cama, pero algo le hizo decir:

—Sí, me gustaría saber más al respecto. —Alzó la vista hacia él con ojos brillantes.

David la llevó a una habitación en la planta superior del almacén donde había toda clase de vasos graduados, productos químicos, cajas y una cuerda sobre una bandeja de goteo. David metió las manos en un saco totalmente oscuro, extrajo el carrete de la cámara y lo bobinó en un tanque de revelado. Le confió a Norma la tarea de echar agua templada en una de las cajas más grandes y después colocar el tanque de revelado y las botellas con los distintos productos químicos de colores para que estos estuviesen a la misma temperatura. También puso un termómetro en cada caja.

Fascinada, observó cómo David vertía sucesivamente y con maniobras bien cronometradas los productos químicos de colores en el tanque de revelado. Realizaba cada maniobra como un ritual sagrado.

Al mismo tiempo Norma pensó en Jim, que hacía su trabajo con la misma pasión. En Navidad, había puesto continuamente por las nubes el Liberty y la responsabilidad con la que cargaba. No se cansaba del adiestramiento. Las manos de Jim eran un poco más pequeñas y ásperas que las de David. Al pensar en lo que Jim le había hecho con ellas la última noche antes de marcharse, un agradable escalofrío le recorrió el cuerpo. Antes, cuando David la había cogido de la muñeca, sus manos resultaron suaves al tacto. Descartó rápido ese pensamiento ilícito.

En los siguientes pasos se vio la impaciencia con la que David esperaba las fotos. Se quitó una y otra vez las gafas de alambre, mordió las patillas y finalmente se incorporó, pero no habló con Norma. También guardó silencio al revisar la cinta revelada y seca. La inspeccionó sobre una mesa iluminada con una lupa de negativos, parecida a un monóculo.

Norma ya pensaba que la había olvidado cuando le tendió la lupa de negativos. Sus dedos se tocaron un momento cuando ella la cogió.

Se vio a través de la extraña lupa igual que él le había descrito la nueva tendencia en la taberna. El negativo la mostraba sin maquillar excepto por los restos de carmín en el labio superior, pero con una mirada pensativa. En otra parecía curiosa y sorprendida, con el pelo todavía revuelto del viento en contra. Las fotos de David no se parecían lo más mínimo a los retratos de Hollywood. Ese tipo de retratos, que se vendían en los cines y se regalaban en los estrenos, parecían albergar un secreto por su efecto sombrío. En una de esas ocasiones, su madre biológica debía de haber adquirido el retrato de Clark Gable, al que de niña Norma tomaba por su padre.

A Norma le pareció que David debería haberla animado a reír para las fotos, como en Radioplane; contenta se gustaba mucho más que decepcionada y pensativa. Sin embargo, las fotografías la dejaron de una pieza. Parecían auténticas y la mostraban sin rodeos. La vida real, sin mentiras ni idealizaciones.

David señaló un negativo tras otro.

—¿Entiendes ahora a lo que me refería antes en el Old Horseshoe?

Se acomodó mejor la lupa de negativos al ojo y volvió a mirar cada foto en detalle.

—No parezco una modelo de fotos, sino más bien la auténtica Norma Jeane.

—Una Norma Jeane joven, inocente y a la vez irresistible —la corrigió sin apartar la vista de los negativos—. Alguna foto está más lograda que otra. Y eso que todavía no te he enseñado cómo moverte de forma más profesional ante la cámara. Maquillar a una mujer e iluminar para que la favorezca no es demasiado difícil. Pero hacer una serie espontánea sin una foto fallida es absolutamente meritorio, incluso para una modelo experimentada.

Su opinión dejó a Norma de una pieza.

—Si primero dominas los movimientos adecuados y con ello también puedes conseguir esa naturalidad para un encargo, si conoces todos los trucos ante la cámara y ponemos a una buena maquilladora que solo destaque tus virtudes con un toque de maquillaje, entonces todo es posible para ti..., para nosotros. Las revistas se pelearán por ti.

Norma apartó la lupa de negativos. Sentía que el suave aleteo de un pajarillo le cosquilleaba el vientre, pero se puso las manos encima. No quería más desengaños. Por otra parte, David también le había dicho que no debía rendirse tan rápido si quería progresar.

Norma se asomó a la ventana del almacén. Estaba anocheciendo y el logotipo iluminado de la Warner Bros., la abreviatura WB en medio de un escudo, parpadeaba como un corazón latiendo inquieto sobre el tejado del estudio.

¿Podía atreverse a confiar otra vez? El corazón le latía más fuerte, el pajarillo en el estómago revoloteaba con brío de un lado a otro. La habían decepcionado muchas veces y después había salido una y otra vez del oscuro agujero. Tenía mucha chispa, si lo pensaba bien. Entonces ¿por qué seguía dudando en aceptar el nuevo desafío?

23

16 de marzo de 1945

Darryl dio una larga calada al puro. Al mismo tiempo su mirada se deslizó por el cristal tintado de la limusina y se detuvo en el logo de la Warner Bros., sobre el tejado del estudio. Con melancolía se acordó de la época anterior a haber trabajado para la Twentieth Century-Fox. En la Warner Bros. había dado el salto de guionista a productor. Al principio el estudio era un pequeño negocio familiar, que luchaba por sobrevivir, con demasiados hermanos Warner. A instancias de Darryl se habían arriesgado a apostarlo todo por el último avance, el cine sonoro. Eso había sacado a la empresa de los números rojos.

Pero la época de Darryl en la Warner abarcaba sobre todo aquellos años felices en los que sus tres hijos, las niñas de sus ojos, habían visto la luz y Virginia todavía estaba locamente enamorada de él. Hacía un momento, Richard, el benjamín, estaba muerto de pena en la ventana cuando Darryl había salido de la casa, rabioso de celos, y se había precipitado en la limusina.

Esa noche preferiría escaquearse de la entrega de los Oscar, empinar bien el codo en cualquier lugar donde nadie lo conociese y fumar media docena de gruesos habanos. Pero la entrega de los premios de la Academia era la cita del año que nadie del sector podía perderse. Se demostraría si su trabajo de los últimos años —la selección de materias, la supervisión del rodaje y el montaje— valía la pena.

La entrega anual de los premios Oscar volvía a la industria cinematográfica aún más rica, inmortal e infinitamente glamurosa. El espectáculo se retransmitía por radio en todo el país. La valoración del trabajo artístico permanecía en la sombra.

Darryl abrió el bar tras el asiento del conductor, que estaba abastecido de bebidas alcohólicas de alta gama.

—¿Quiere uno? —le preguntó a Alfred, que estaba a su lado, y ya preparaba dos vasos.

Alfred asintió apenas y lo acompañó de un gruñido, que Darryl seguía sin saber interpretar.

En lugar del obeso director, cuya respiración sonaba como la de un tuberculoso, en realidad debería haberlo acompañado Virginia con su irresistible vestido palabra de honor. ¡Ojalá no hubiese estado allí esa maldita camiseta interior acanalada! Por supuesto, la culpa de la disputa no era de la camiseta, sino de su esposa, que la había metido en la maleta tras su último fin de semana en Palms Springs. ¡Virginia se había atrevido a ponerle los cuernos! Era horrible, como una película mala.

Darryl dio varias caladas seguidas al puro, de modo que debió escupir. Hasta que la humareda lo envolvió, no se sirvió a sí mismo y al testarudo británico que tenía al lado un buen whisky escocés, uno que había madurado cincuenta años en un barril de madera de roble. Alfred y él eran más o menos el peor equipo de emergencia que Darryl podía imaginarse para la entrega de los Oscar. En el rodaje de *Náufragos* se habían peleado constantemente porque Alfred no había puesto en escena suficiente acción. Por lo menos *Náufragos* estaba nominada a tres categorías esa noche. Darryl veía posibilidades de que la película ganase un Oscar, el nombre de Alfred Hitchcock sin duda impresionaba a los miembros de la Academia. En caso de que *Náufragos* se llevara por lo menos un Oscar esa noche, olvidaría todas las discusiones con Alfred. Conseguir más estatuillas que la Metro-Goldwyn-Mayer, a eso aspiraba Darryl desde que había vuelto de la guerra. En las nominaciones, el mayor estudio cinematográfico solo estaba un poco por delante. Así que todo era posible esa noche.

Mientras Darryl bebía y fumaba alternativamente y le ardía la garganta, repasó su prebenda para la noche. Su atracción era *Wilson*, película biográfica sobre el presidente estadounidense Woodrow Wilson. Su película *Laura* recibió cinco nominaciones y *Náufragos*, de Alfred, tres.

Cuando estuvieron a dos bloques del Grauman, la limusina se detuvo y el conductor les abrió las puertas.

Darryl cedió a Alfred el paso a la alfombra roja. El largo pasillo que a ambos lados bordeaban unas tribunas con cinéfilos chillando no gustaba mucho, sobre todo a los actores que llevaban mucho en el negocio, porque había un ruido infernal. Los aficionados gritaban los nombres de sus actores favoritos, se entusiasmaban, se disparaban una y otra vez flashes o empezaba a sonar una sirena. Toda la policía de Los Ángeles parecía estar esa noche en el Hollywood Boulevard. Según se decía, hasta que alguien no había ganado un Oscar, previsiblemente no ganaría suficiente dinero para compensar el escándalo anual de los Oscar.

Darryl intentó que no se le notara el enfado con su esposa y dio una calada más moderada al puro, no como un principiante. Hizo señas a los aficionados y también cedió a Alfred el paso a las entrevistas mientras el sol se ponía sobre el distrito Centro de Los Ángeles.

A las seis menos cuarto en punto se cerraron las puertas del Teatro Chino de Grauman para los más de mil invitados. En lugar de ramos de flores, decoraban el vestíbulo la bandera estadounidense y las de los países aliados. Junto a la puerta que daba a la gran sala de cine estaba colgada, en memoria de los cineastas caídos en la guerra, una bandera enorme con sus números de identificación bordados. Darryl apagó el puro y saludó.

Darryl y Alfred se demoraron un poco charlando, entre otros con el productor David Selznick, que seguía buscando otra película como *Lo que el viento se llevó*. Después saludó a la encantadora Gene Tierney, la protagonista de *Laura*, cuyo vestido palabra de honor le recordó enseguida a Virginia. Sospechaba del chico de la piscina de Palms Springs, pero tampoco se podía descartar que su esposa hubiera ligado con otro del lugar o incluso del sector cinematográfico. No se había manifestado en detalle al respecto. Quizá porque con la excitación de Darryl no había conseguido hablar. Nada le parecía imposible. Su mundo, que siempre había creído tener controlado, estaba del revés. Se sentía miserable, herido y ultrajado. ¡Maldita sea, era humillante!

Darryl y Alfred ocuparon sus asientos en la segunda fila de la impresionante sala de cine. Por todas partes veía pajaritas blancas, fracs negros, trajes de seda y vestidos de gala caros. Los de las mujeres volvían a ser más coloridos y extravagantes, pero todavía no eran tan centelleantes como los de antes de la guerra.

La entrega de ese año también era una fiesta que celebraba el previsible fin del loco dibujante de postales Schicklgruber y su banda nazi. En el trato con los demás y en las moderaciones volvía a notarse más desenfado. Ese año, las estatuillas de los Oscar —el caballero con la espada de dos filos sobre el rollo de película— ya no serían de yeso, como últimamente, sino que se volvían a fundir a mano en metal, con una aleación cara y, entre otros, un revestimiento de oro de veinticuatro quilates.

A las seis en punto los moderadores, Bob Hope y John Cromwell, empezaron con la entrega. Era una mezcla de espectáculo de varietés y entrega de premios en veintitrés categorías. La disciplina reina era la de mejor película, en la que estaban nominadas *Wilson*, de Darryl, así como *Luz que agoniza*, con Ingrid Bergman, de la Metro-Goldwyn-Mayer.

Los invitados alrededor de Darryl miraban fascinados el escenario con el telón centelleante. ¿Qué ganador anunciarían a continuación? Para sus adentros suplicaba: «¡*Wilson*, por favor!», porque esa película era importante. La industria necesitaba más así.

Por primera vez esa noche resonó la famosa exhortación:

—¡El sobre, por favor! —Tras la cual, el miembro del jurado recibió el sobre con el ganador y lo abrió—. El Oscar en la categoría de mejor película es para... —Se produjo una pausa en la que se podía oír volar una mosca—: *Siguiendo mi camino,* de Paramount Pictures.

Darryl respiró aliviado, porque al menos no había ganado la Metro-Goldwyn-Mayer. Mientras el director, Leo McCarey, recibía el premio en el escenario y daba uno de los habituales discursos de agradecimiento, Darryl añoraba por primera vez al maestro de ceremonias de las últimas entregas. Entonces servían por lo menos bebidas durante el espectáculo. Podría necesitar otro whisky escocés doble. En el escenario, Bing Crosby recibía el Oscar al mejor actor protagonista.

Bing Crosby dio las gracias de forma profesional y encantadora con un chiste con el que el público se rio mucho. Darryl sonrió con educación y volvió a pensar en Palms Springs. Para mayor seguridad despediría al chico de la piscina y tan solo buscaría a tipos viejos y jorobados para su limpieza.

Iban pasando las categorías y los intermedios artísticos y musicales amenizaron el ambiente mientras Darryl se quedaba cada vez más tiempo sumido en sus pensamientos. Se enteró del primer Oscar para la Fox cuando Alfred lo empujó. Premiaron *Wilson* por el mejor guion original. Lamar Trotti recogió la estatuilla y Darryl le hizo una seña aprobatoria con la cabeza. La Metro-Goldwyn-Mayer aún no había recibido ningún trofeo.

Darryl se obligó a concentrarse de una vez. ¡Esa podría convertirse en una de las noches más importantes de su carrera! Lo consiguió hasta con el premio a la mejor cámara en una película en blanco y negro, porque ganó *Laura.* Gene Tierney, la protagonista, y Joseph LaShelle, su mejor cámara para las películas en blanco y negro, subieron juntos al escenario. La morena Gene también estaba guapa sin tanto maquillaje, al contrario que muchas estrellas de la Metro-Goldwyn-Mayer. Darryl volvió a pensar en la joven de la caña en las montañas, que irradiaba una belleza natural sin ser consciente de ello. Pasó rápidamente por su cara la primera sonrisa relajada de la noche.

Volvió a mirar hacia el escenario. Gene estaba divina con ese vestido de noche. De todos modos, podía juzgarlo, aún no había perdido el juicio del todo. Nunca había sentido algo parecido tras la disputa de la mañana con Virginia. No conocía a ninguna otra mujer de un magnate cinematográfico que se atreviera a serle infiel.

Gene y Leon recibieron un atronador aplauso, en especial por parte de Darryl. En lugar de la actriz, veía a Virginia sonriendo en el escenario frente al telón centelleante. No podía parar de pensar en ella, de quererla. Lo había inspirado para hacer películas con mujeres más fuertes, como *Laura*. Pero ¿tenía a toda costa que tomarse la misma libertad que él?

Por primera vez Darryl se preguntó cómo se había sentido Virginia cuando salió a la luz una de sus aventuras. ¿También tan humillada y vacía? Sería…, le daría mucha pena.

El resto de la entrega se le pasó a Darryl como una exhalación, con el silbido de Alfred en el oído izquierdo. Más bien de pasada contó los Oscar para los estudios Fox y la Metro-Goldwyn--Mayer.

Cuando concedieron la vigesimotercera estatuilla, y tan solo quedaban los Oscar honoríficos, el resultado era de siete a cuatro para él, ¡para la Twentieth Century-Fox! ¡Habían derrotado a la Metro-Goldwyn-Mayer en los Oscar! Lo había logrado. Qué resultado tan aplastante. Darryl debería dar gritos de alegría, brindar con champán y más tarde bailar feliz por la sala, pero parecía como pegado al sillón del cine y tragaba quina. Estaba avergonzado porque era un tremendo egoísta. No aguantaba un minuto más allí.

Darryl quería escabullirse con cualquier pretexto cuando dijeron su nombre. Alfred le dio una palmada fuerte en la espalda, probablemente para que volviese en sí esa noche. Pidieron que Darryl subiese al escenario con Norma Shearer, la presentadora. Norma era la viuda de Irvin Thalberg, el legendario productor y antes una confiada estrella de cine en la Metro-Goldwyn-Mayer, que había dejado de tener estrabismo ante la cámara.

—Enhorabuena, señor Zanuck, por el Irving G. Thalberg Memorial Award.

Norma Schearer le entregó el busto de Thalberg sobre el pedestal de mármol con el que ya habían galardonado a Darryl, unos años antes, por su trabajo como destacado productor creativo que producía constantemente películas de gran calidad. En el hotel Biltmore, Virginia estuvo a su lado, fue quien más aplaudió y lo besó cuando regresó del escenario a su sitio en la mesa del banquete. El beso en público había causado revuelo en la prensa de Hollywood Boulevard, lo que Darryl había disfrutado mucho.

No estaba preparado para ese homenaje, sus problemas privados habían quitado importancia a todo lo demás. Ojalá Virginia no se hubiera enamorado del hombre al que pertenecía la camiseta acanalada.

Darryl dirigió la boca hacia el micrófono, pensó, retrocedió y miró a la derecha del escenario, donde Norma Shearer le sonreía. La viuda de Thalberg había ganado su primer Oscar por protagonizar *La divorciada*, en la que interpretaba a una mujer con numerosas aventuras. Al mirarla le entró miedo. El público alzó fascinado la vista hacia él.

Bob Hope, el moderador, se puso a su lado.

—¿Darryl Zanuck sin palabras? —se burló por el micrófono—. Si esto no es el punto culminante de los Oscar... —El público soltó una sonora carcajada y Darryl se rio con tristeza.

Volvió a acercarse al micrófono.

—Este año me gustaría dar las gracias sobre todo a mi mujer, Virginia. Es mi mayor fuente de inspiración. ¡Te quiero! —Era cierto. Bajó del escenario y salió de la sala de cine con un aplauso entusiasta.

Fuera, Darryl se abrió paso a través del grupo de periodistas e hizo señas para detener un taxi. Quería consolar por fin a su hijo. Además, a Dicky le encantaba levantarse por la mañana y que su padre estuviese a su lado en la cama. Pero quizá podía ser que Richard tuviese que consolarlo a él. ¿Y qué podría decirle a Virginia tras todas las duras palabras de la mañana? Parecía tener el corazón en la mano.

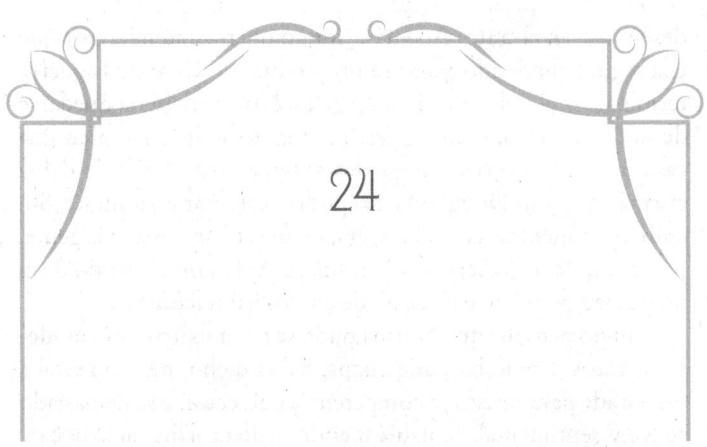

24

S i bien Norma oía cómo se cargaba el flash de David con un silbido ascendente, estaba absorta en sus pensamientos. Se había alegrado cuando Jim volvió a marcharse tras su reciente permiso por vacaciones en junio. La mayor parte del tiempo solo había hablado de los niños que quería tener con ella, y para eso la mantenía despierta al principio todas las noches. Bajo esa presión, Norma ya casi no se divertía con el sexo. Jim se había vuelto más impaciente. Antes solo la acariciaba durante horas, le exploraba el cuerpo pulgada a pulgada y se embriagaba con sus suspiros entrecortados y sus gritos apasionados. Sus intimidades habían perdido la pasión por su deseo de dejarla por fin embarazada.

Norma había intentado recordarle que quería esperar a tener hijos hasta que lo despidiesen de la marina mercante. Pero a Jim le importaba un bledo lo que había dicho. Por eso Norma siempre inventaba nuevas excusas para justificar que no tenías ganas de sexo. En realidad, estaba ávida de roces y caricias, de calor y cercanía, de lo que debía prescindir durante muchas semanas.

Su matrimonio había cambiado. Antes Jim la abrazaba con cariño. Ella sentía el calor de su musculoso cuerpo, en el día a día se reían mucho juntos. Desde entonces habían perdido el desenfado en el trato. Además, Jim no quería entender por qué ella seguía queriendo ganar su propio dinero. Cuando la guerra terminase y él volviera a Los Ángeles, Norma debería quedarse de nuevo en casa, como antes. En cuanto se instalaran en una casa juntos, volverían a regir las antiguas reglas. Nadie debía afirmar que Jim Dougherty no podía sustentar a su mujer. Sin embargo, mientras él estaba fuera, no oía chismorrear a la gente, por eso todavía le dejaba ganar dinero. Solo con el sueldo de él no podían permitirse una casa de cuatro habitaciones.

Jim no pensaba que Norma pudiese tener éxito como modelo de fotos. Era lo bastante guapa, había dicho, pero no estaba preparada para resistir la competencia del sector. Era demasiado suave y sentimental. Se había metido media tortita en la boca y había contado masticando que un camarada, cuya hija trabajaba como modelo de fotos, había hablado de las peleas entre modelos para quitarse los encargos.

Fue un golpe duro para Norma que Jim confiase tan poco en ella. Por eso siguió guardándose su sueño de ser actriz. No iba a dejar que su marido la disuadiera.

En cambio, David confiaba plenamente en ella. Solo pensar en las nuevas posibilidades le causó una sensación agradable que la hizo sonreír de repente.

—Norma Jeane, concéntrate, por favor —le pidió David.

El fotógrafo y ella habían ido un día al valle de la Muerte, que se encontraba al este de California, en la frontera con el estado de Nevada. El paisaje era ideal como fondo para fotos especiales. Al final de la excursión, Norma tendría un portafolio que podría enseñar a los mejores fotógrafos de Hollywood.

—Y ahora me gustaría ver tu sonrisa más bonita —pidió David.

Norma contrajo enseguida el cuerpo y desterró a Jim de sus pensamientos. Necesitó respirar dos veces para concentrarse y lograr su sonrisa más bonita. Se imaginó que estaba en el interior de la isla de Santa Catalina y que oía balar a las ovejas. Sonrió todavía más cuando pensó en las posibilidades que se abrirían tras esa excursión. Si salía sonriendo en una portada, con suerte los estudios cinematográficos se darían cuenta. David quería proponer las nuevas fotos a muchas revistas y venderla como la típica chica buena estadounidense.

Justo después de la excursión, el *Army* mandó a David de vuelta a la guerra en ultramar. Como él tenía que marcharse pronto, Norma consideró el viaje al desierto su última oportunidad para hacer carrera. Solo por eso había aceptado la insólita oferta de David para recogerla a las cuatro de la mañana y pasar todo el día en el valle de la Muerte.

Ethel solo había sacudido la cabeza cuando se enteró. Si la sesión hubiese estado planeada para más de un solo día, probablemente su suegra la habría encerrado en casa; Norma estaba convencida de ello. Había prometido volver antes de medianoche.

—Lo haces genial, Norma Jeane. Y ahora dirígete a la cámara —pidió David.

Ese día David ya le había enseñado cómo colocarse para que las poses resultasen profundas y vivas, y que debía evitar a toda costa mirar a la cámara. Hacerlo fijamente estaba mal visto en los retratos, porque resultaba muy poco natural. Era mejor que el modelo mirase casi al lado del objetivo. Esto daba la impresión de que el fotografiado no era consciente de la cámara. Humphrey Bogart había perfeccionado la mirada al lado de la lente. A Norma tampoco le resultaba difícil. Con la misma rapidez dominó la mirada por encima del hombro, aunque no era tan fácil mirar así a la cámara de tal modo que no tuviese sombras en la cara y no pusiera los ojos en blanco.

David le aseguró que las poses que exigían a Norma mucha tensión corporal resultaban muy naturales. Posar era un trabajo duro, sobre todo con tanto calor en el desierto, donde apenas hacía sombra. Llevaba un sencillo jersey a rayas y pantalones cortos. En el instante en que se volvió hacia la cámara de David, sonrió soñadora. Pensaba en pescar y en lo despreocupados que Jim y ella siempre habían sido en las montañas. Le parecía que había pasado una eternidad.

—¡Norma Jeane, es maravilloso! —exclamó David entusiasmado y pulsó el disparador mientras esta se acercaba a él bamboleando la cadera. El suelo estaba tan seco y levantado que ella debía prestar atención para no tropezar.

Durante la sesión David hizo pocas pausas, en las que Norma pudo beber algo, tan concentrado estaba en el trabajo. También practicaron poses de perfil, que destacaban en especial las curvas de cada modelo y que por eso se consideraban como un desafío.

A primera hora de la tarde descubrieron un montón de flores silvestres de un lila radiante en medio de las que Norma posó. Su portafolio sería una mezcla de poses distintas y fondos variados.

Cuando el último carrete estuvo lleno, Norma se bebió toda una botella de agua y se mojó con otra. Entretanto, David recogió su equipo fotográfico, a la vez que se le iban los ojos hacia ella.

—A la vuelta pararemos en Lone Pine. Es mi sorpresa de despedida para ti.

Norma se estaba secando con el jersey un par de gotas entre los pechos. Nunca había oído hablar de Lone Pine, pero le encantaban las sorpresas. Miró el reloj y no aceptó la invitación hasta que calculó aproximadamente que llegarían a North Hollywood cerca de la medianoche.

David condujo tranquilo en dirección al norte. Norma le pidió que condujera un poco más rápido; si seguía yendo tan lento, le pondrían una multa por aparcar en medio de la carretera.

—En Lone Pine la temporada de la trucha empieza muy pronto, por eso el sitio atrae a muchos pescadores —le aclaró David y por fin aceleró—. El Owens Valley y la Golden Trout Wilderness son embriagadores. —Se entusiasmó mirando alternativamente la calzada, a lo lejos y a Norma.

—¡Sí, vamos a pescar! Es una sorpresa estupenda —dijo alegremente Norma y pensó que la pose de tres cuartos pescando con mosca quedaría muy bien en una foto—. ¿Tienes cañas en el maletero?

—Tenía prevista otra cosa para ti, Norma Jeane. —David la miró a los ojos, la carretera era recta durante muchos kilómetros—. Y el agua no interviene. —Murmuró—. Por desgracia.

Norma se frotó las manos nerviosa y se preguntó cuándo la había sorprendido Jim por última vez.

Lone Pine era una ciudad diminuta, integrada en un impresionante paisaje montañoso. Y en realidad solo había una calle principal, que atravesaba el lugar y después serpenteaba en curvas cerradas por las laderas detrás de la ciudad.

David salió pronto de la calle principal y siguió un accidentado camino secundario que sacudía bastante el Chevrolet. La suspensión del coche rechinaba y el motor rugió varias veces cuando David aceleró para salir de las hondonadas. Frenó con cuidado ante un grupo de casas para no levantar polvo.

—¿Conoces la película *El hombre de la frontera*? —preguntó David a la vez que sacaba del asiento de atrás un viejo sombrero de vaquero y se lo ponía a Norma.

—¿Te refieres a la historia del jefe de los mormones, Brigham Young? —preguntó Norma y se puso bien el sombrero con una sonrisa—. ¿La película biográfica?

David asintió.

—Exacto. Brigham Young era el hombre que guio a su pueblo en un duro viaje por las Montañas Rocosas hasta un nuevo lugar para vivir.

A Norma se le borró la sonrisa, aunque la película le había gustado. En *El hombre de la frontera* asesinaban y expulsaban a una minoría, los mormones. Se preguntó cómo estarían Inez y Pedro. Ya debían de haberlo puesto en libertad. Decidió retomar el contacto con ellos. Podía preguntar en la perrera de Los Ángeles si sabían dónde vivían los Gonzáles. Era muy posible que volviesen a cuidar de perros abandonados.

—*El hombre de la frontera* se rodó aquí hace unos años. —David bajó del coche y le abrió a Norma la puerta del copiloto—. Pareces pensativa. ¿Estás bien?

Norma se estiró como para volver a posar ante la cámara.

—Estoy bien. —La verdad era que hacía tiempo que no se encontraba muy bien. Y no era culpa de David. Por él no había renunciado a su sueño y esa era una sensación maravillosa. Merecía la pena luchar por ello una y otra vez para salir de los baches e ir tirando por la vida.

—¿En alguna ocasión has pisado un plató de rodaje?

Norma sacudió la cabeza, el sombrero de vaquero se aflojó.

—Si tu sueño es convertirte en actriz, ya deberías haberlo hecho. ¿No te parece? —Sonrió con descaro y se subió las gafas de alambre.

—Sin duda —susurró Norma, y tan solo tenía ojos para el pequeño estudio del Oeste que tuvieron delante.

Norma avanzó por la ancha calle que flanqueaban a izquierda y derecha las tiendas y casas de un pasado lejano, todas cuchitriles de madera. Había incluso una taberna.

Norma se ajustó el sombrero de vaquero bajo el mentón y caminó a lo largo de la ancha calle, imaginándose que era uno de los pioneros que en el siglo anterior habían llegado allí. Creyó sentir en la cadera el cinturón con la pistola y se subió el sombrero un poco con el dedo. Miró a su alrededor como si primero tuviese que reconocer el lugar para la gente de su caravana. En el salvaje Oeste los peligros acechaban en cada esquina.

—¡Los vaqueros van más tiesos y despatarrados y no mueven tanto el trasero! —exclamó David divertido.

Norma se volvió hacia David con esa mirada dura de ojos apretados que tanto le gustaba poner a Ervin Goddard a la manera de Wayne. Ella se la había copiado a escondidas. Miró fijamente a David de los pies a la cabeza y después se detuvo en los ojos tras los cristales de las gafas. El cabo le había enseñado que los ojos eran el elemento de la cara más importante y cómo podía hablar al espectador solo con ellos. Por primera vez en mucho tiempo miró a David a los ojos y sintió un hormigueo en la zona del estómago. Tenía el iris de un gris radiante.

—¿Qué has dicho, miserable canalla? —preguntó con voz más desfigurada y grave—. ¿Acaso quieres retarme?

David levantó las enormes manos como si lo apuntasen con un arma. Se tomaba en serio su juego. Después Norma ya no fue capaz de contener la risa y David también se rio. Se exaltaron, se abrazaron para sostenerse. Era muy gracioso que Norma hiciese de vaquero o de hombre, además uno como Brigham, al que todo un pueblo admiraba.

—Sería mejor que interpretase el papel de Linda Darnell —consideró Norma después de recobrar el aliento y haberse desprendido de David. Linda Darnell era la protagonista femenina de *El hombre de la frontera*, que interpretaba a la confiada Zina. En la película, Zina era una huérfana marginada: un papel que a Norma le venía a la medida.

Cuando hablaba del sector cinematográfico con David, ya no sonaba tan poco realista conseguir un contrato con uno de los grandes estudios. Sin embargo, le daba miedo el día en que sus pruebas de cámara tuviesen lugar. ¿Cuántas oportunidades le concedían a una actriz?

—En todo caso te pareces a Linda Darnell. El papel de Zina te iría bien. De todos modos, aún habrías sido demasiado joven cuando se rodó —consideró David—. Supongo que tenías catorce o quince años en 1939.

—Trece —respondió Norma.

A esa edad aún creía que Grace seguiría siendo su madre para siempre. Entretanto ya hacía tres años de la mudanza de los Goddard y, excepto por la vergüenza que sentía para con Bebe, Norma podía vivir con ello. En ese momento no le gustaría tener a Grace cerca. ¿Y a Bebe? Por desgracia aún no había reaccionado a su carta de disculpa.

David señaló la deteriorada taberna, cuyos cristales estaban rotos.

—Ven, vamos a beber un buen whisky. —Hizo como si pusiese la Colt en el soporte del cinturón.

Norma subió los escalones de la terraza acristalada. Mentalmente podía ver a Henry Fonda sentado en una mecedora junto a la puerta y observando bajo su sombrero de vaquero los acontecimientos en la calle. Se decía que Henry había superado su timidez actuando.

Abrió con entusiasmo la chirriante puerta de dos hojas y se quedó de piedra. En lugar de sillas, mesas y quizá un piano viejo o por lo menos una barra, solo vio un desierto rocoso y a mano izquierda una impresionante montaña.

—Cómo, qué, por qué...

David no pudo responder, porque ella salió de la taberna y fue a las siguientes casas de la calle. Abrió todas las puertas y corrió detrás de las casas y apenas lo creía.

—Todos estos edificios solo tienen fachada y paredes laterales —constató desesperada.

—Espero no haberte desilusionado —dijo David cuando Norma volvió a la taberna respirando hondo. Apenas podía apartar la mirada de ella. Ya desde el primer minuto del viaje había apostado casi exclusivamente por mirarla fijamente. Tenía esa mirada especialmente profunda cuando la miraba, como si la desentrañase.

—¡En *El hombre de la frontera* parecía de verdad! —dijo asombrada Norma.

—¡Así es el cine, crea ilusiones! —respondió David y se encogió de hombros—. El bueno de Darryl Zanuck lo ha vuelto a hacer a las mil maravillas.

—Darryl Zanuck, ¿debería conocerlo? —preguntó Norma.

—Es el jefe de la Twentieth Century-Fox. ¿No has oído hablar de él? ¿Ni siquiera de sus aventuras, que se detallan en las revistas de Hollywood?

—Pobre esposa —pensó Norma en voz alta; después sus pensamientos volvieron al plató de rodaje—. Pero ¿cómo rodó la Twentieth Century-Fox las escenas interiores?

Norma esperaba que la Metro-Goldwyn-Mayer no tomase el pelo a sus espectadores de la misma forma. Le gusta más que el estudio de Darryl Zanuck. Le gustaba que el señor Mayer hubiese ganado sus primeros dólares como trapero y desde entonces tuviera, al parecer, un despacho cuyas paredes estaban revestidas de cuero blanco. Vivía el sueño americano, al que ella no estaba dispuesta a renunciar. Podía trabajar con ahínco por él mientras Jim estaba lejos. Poco a poco anochecía en Lone Pine.

—Las escenas interiores se rodaron en el estudio —aclaró David—. Delante de las ventanas que daban al exterior ponían fondos. Son paredes desplazables con la imagen de una calle o un paisaje que parece de verdad.

—¡Espera! —Norma estaba desconcertada—. Simulan las escenas exteriores con una ilusión de las habitaciones interiores. Y las escenas interiores con una ilusión del paisaje de alrededor. Es extraño. ¿Por qué no todo en uno?

—Es una cuestión de despliegue y costes. Sería demasiado caro copiar todos los motivos interiores en el desierto. Aquí fuera también se añade el calor tórrido, que hace el trabajo especialmente duro y con ello más aburrido —comentó David.

—Y en el estudio también es más fácil conseguir la electricidad para encender las lámparas —concluyó Norma, y estuvo segura de que había mucho que aún no sabía sobre el rodaje de las películas. Cada información nueva era una pieza que colocaba en el puzle llamado «mi sueño». Agradecía a David que la instruyese.

—Los estudios siempre tienen en cuenta los costes de rodaje. Al fin y al cabo, los productores quieren ganar mucho dinero con sus películas —añadió.

Norma se soltó el sombrero de vaquero.

—Siempre pensé que se trataba sobre todo de hacer una película extraordinaria.

Incidente en Ox-Bow era una película extraordinaria. ¿De camino al Teatro Magnolia su cuñado Tom no le había mencionado también a ese Darryl Zanuck como productor de *Ox-Bow*? Le gustaría decirle al señor Zanuck que debía hacer muchas más películas así. Pero ¿por qué alguien como él iba a hablar con alguien como ella?

David la miró, pero Norma se acordó con pánico del reloj.

—¿Ya es tan tarde? Tenemos que volver, David. Si no… —No quería decir que se llevaría una bronca de su suegra. Entonces se sentiría como una niña y no como la mujer fuerte que, con suerte, David veía en ella.

—¿Si no…? —preguntó David con una tierna sonrisa.

Justo cuando Norma estaba a punto de mencionar a su celoso marido, David le puso el índice en los labios.

—No digas nada —le pidió en voz baja entre el concierto vespertino de los grillos.

Su dedo estaba caliente y era muy suave al tacto. Se ensimismó imaginando cómo sería si no solo le tocase los labios. Cerró los ojos y levantó un poco la frente mientras las palabras «amor» y «suerte» le rondaban la cabeza.

Justo cuando sentía en los labios la cálida respiración de David, apartó la cabeza. ¡No debía ceder a su atracción! No quería engañar a Jim. Aunque estaba ávida de cariño e inmensamente agradecida a David por su apoyo, su entrega y sus modales respetuosos, dijo sintiéndolo en el alma:

—Volvamos a casa, por favor. —Tenía muchísimo calor y ansiaba meterse en una piscina de agua fría.

David parecía sorprendido, pero asintió. Como un caballero, la llevó de vuelta al coche.

De camino a Los Ángeles guardaron silencio. Tras la mitad del trayecto, David encendió la radio. Agudizaron los oídos cuando un informe sobre la prueba de la primera bomba atómica en Nuevo México interrumpió la música banal. Los científicos estadounidenses dieron a la bomba llena de plutonio el nombre de Gadget, lo que venía a significar algo así como «artilugio», y debía ser la respuesta a las posibles armas nucleares alemanas.

Norma volvió a pensar en Jim, como tantas veces cuando oía algo sobre la guerra. ¿También diría que no si una mujer lo cortejase tan lejos de su esposa? No estaba segura, pero sabía que el apetito sexual de Jim podía ser grande y él, impaciente. Al igual que ella. Dos días antes se había tocado, aunque decían que la masturbación envenenaba la sangre y era nociva. Cada vez hacía más cosas consigo misma y no con Jim. Sus cartas de respuesta a Jim trataban más bien de cosas irrelevantes del día a día. Quería seguir amando y deseando a Jim, pero ya no era tan fácil. ¿Pasaban todos los matrimonios por esa fase?

De vuelta en Los Ángeles, David aparcó el Chevrolet en Mulholland Drive. Solo entonces Norma recobró la voz.

—Gracias —dijo un poco cohibida porque había llegado la despedida.

Desde el aparcamiento se les presentaba una sobrecogedora vista sobre el centelleante Los Ángeles a medianoche. David levantó la mano como si quisiera pasársela a Norma por el pelo, pero se detuvo a medio camino y la bajó.

—A partir de ahora tienes que seguir tu camino sola.

Norma se reclinó en el coche y bajó la mirada hacia el mundo de centelleo que tenían delante.

—Creo que puedo conseguirlo —susurró con voz suave. Las luces en los tejados de Los Ángeles parecían estrellas caídas en picado y heridas.

—Lo conseguirás, depende del objetivo que te fijes. Pero lo más importante es que nunca renuncies a creer en ti. ¿Me lo prometes?

Norma asintió. Conocía su objetivo desde que tenía ocho años y había visto por primera vez a Jean Harlow en *La chica de Missouri*. Eso no debería fallar, pero Norma tenía que seguir practicando para creer más en sí misma. No era fácil si su familia no lo hacía.

Para alcanzar algo en la bolsa de la cámara que estaba sobre el tapete, David tuvo que acercarse a Norma. Ella vio que David se esforzaba por no volver a tocarla. En lugar de darle un beso, le dijo:

—Esto te recordará nuestro tiempo juntos.

Reconoció enseguida el regalo.

—¡Una hoja de trébol del Old Horseshoe! —David había escrito el nombre de Norma. Además, le entregó una tarjeta de visita.

Srta. Emmeline Snively, agencia de modelos Blue Book
Hotel Ambassador, 3400 Wilshire Boulevard

—De ella puedes aprender mucho para lo que te espera, llámala cuanto antes —dijo David—. Edita el *Blue Book*, un catálogo en el que recomienda a sus modelos. ¡Quien consigue salir ahí tiene muchas posibilidades de ganar el gordo! —David sonrió medio triste, medio contento; arrancó el motor y siguió por Hermitage Street.

Norma lo miró conmovida, con una lágrima en el ojo.

—Nunca te olvidaré, David. —Era mucho después de medianoche.

Todavía pensando en David y la fuerza que sus palabras le dieron, Norma entró en la casa de sus suegros. Ojalá Ethel y Edward ya durmieran. Se quitó los zapatos para no hacer ruido y justo estaba yendo de puntillas a su habitación cuando la luz se encendió.

Ethel estaba en el sofá del salón. Con aire de reproche miró sucesivamente a Norma y al reloj de la cocina, pero no dijo nada. Parecía llevar allí un rato.

Norma se acercó al sofá.

—Disculpa el retraso, pero no pude rehusar cuando David quiso enseñarme una sorpresa en Lone Pine.

—¿David? La última vez todavía era el cabo David. ¿Y también tenía una sorpresa para ti?

—¿El gigante te metió mano? —gruñó Edward desde el dormitorio. La puerta estaba abierta.

—¡No! ¿Qué opinión tenéis de mí? —exclamó Norma enseguida en dirección a Edward.

—Para empezar, sí que tengo una sobre ese señor Conover. No está bien que ronde a una mujer casada.

—No me ronda —dijo Norma. En todo caso, solo había querido besarla con mucha ternura, como Jim ya no lo hacía. Tras rechazarlo, David no lo había intentado una segunda vez; le estaba muy agradecida.

—Creo que tu sitio está en casa; aquí, con nosotros —siguió Ethel—. No con un fotógrafo desconocido en algún lugar del desierto.

—Jim también está en algún lugar lejano —respondió Norma.

Ethel ignoró su justificación.

—El trabajo en Radioplane es dinero ganado dignamente. Mañana mismo le pediré al señor Denny que te vuelva a contratar.

Norma sacudió la cabeza.

—¡El trabajo de modelo de fotos no es indigno!

Ethel suspiró.

—Ay, Norma, todavía eres demasiado inexperta para juzgarlo. Todos saben lo que pasa en ese sector.

Entristeció a Norma que aquella mujer que había llegado a conocerla bien solo la creyese capaz de doblar paracaídas y la siguiera tomando por una inmadura. Tras la disputa con Grace, Ethel la había tratado con tanto cariño y comprensión como una segunda madre, ¡y ahora eso! Tampoco entendía por qué Ethel sabía lo que pasaba en el sector de la moda. Seguro que no era cierto todo lo que se publicaba en las revistas del corazón.

Ethel le cogió la mano a Norma y la acercó al sofá de manera conciliadora.

—Te digo esto porque quiero protegerte de una decepción. Tu bienestar es muy importante para mí.

—¿No tienes sueños ni quieres superarte a ti misma para cumplirlos? —preguntó Norma en voz baja y se sentó junto a su suegra—. ¿Y también olvidas el tiempo?

Ethel se detuvo. Tan solo se podía oír volar una mosca. Por fin respondió en voz baja:

—A mi edad es demasiado tarde. —Siguió un suspiro—. Y antes…, bueno…, entonces la familia necesitaba toda mi atención. Los sueños son lujos que los Dougherty nunca pudimos permitirnos. —Un gesto melancólico se extendió por la cara de Ethel—. Cuando seas madre, comprenderás por qué quiero evitar que hieras a mi hijo.

—¡Yo tampoco quiero! —aseguró Norma. Debía de haber un camino que satisficiera a todos los implicados y no hiriese a nadie. Quizá solo hacía falta comprender un poco más a los otros, lejos de los caminos arraigados y lo que los vecinos quizá pudieran cotillear.

Norma no le notó en la cara si la creía. Su suegra guardaba silencio, lo que era inusual.

—Buenas noches —dijo Norma; se levantó del sofá y fue a su cuarto.

Le dio pena que Ethel nunca hubiese tenido sueños. Quizá habría debido decirle a su suegra lo maravilloso que era cumplir un sueño. Empezaba con un movimiento en el estómago que primero parecía el aleteo nervioso de un pájaro y después se convertía en un hormigueo mágico, como una cola espumosa que rebosaba en todo el cuerpo.

Norma se desvistió, se puso el camisón y se metió en la cama. Cruzó las manos debajo de la cabeza, cerró los ojos y sintió un presentimiento de su suerte. El plató de *El hombre de la frontera* era único, y seguro que Linda Darnell, que encarnaba a Zina en la película, había tenido que ensayar mucho para el papel.

Stanislavski escribió en su libro que la interpretación implica pruebas diarias, el proceso creativo siempre está activo en el actor, día y noche, sin importar lo que haga. Lo llamaba «suerte y tormento de la creación». Cuanto más sabía sobre el rodaje de películas, más fascinada se encontraba. Estaba convencida de que la interpretación podría satisfacerla día y noche. Quizá solo en ese estado sería capaz de vivir el «momento del vértigo».

Hacía cuatro años que había visto *El hombre de la frontera* en el cine, pero los diálogos eran pegadizos. Su escena favorita de la película tenía lugar de noche, cuando Zina se duerme mientras el mormón Jonathan le pide matrimonio.

Aunque era una película seria, se había reído en esa parte. La idea de dormirse de cansancio ante una declaración de amor era muy divertida. Las mujeres no siempre tenían que derretirse y esperar con impaciencia una propuesta de matrimonio. Por una vez los hombres sentían lo mismo. Volvió a oír el clic del disparador y la voz de David diciendo: «¡Sí, justo así! ¡Maravilloso!».

Norma se imaginó tumbada como Zina en su escena favorita sobre un lecho provisional en el suelo de un carro, con la cabeza junto a la de Jonathan y solo separados por una cortina. La música de violín, que acompañaba la conversación de fondo, era para derretirse. La cámara capturaba desde abajo los ojos grandes y los bonitos labios de la preciosa Zina. Tenía un aspecto de diosa con los ojos de un brillo similar al de Norma en sus fotos. Jonathan empezaba su acercamiento: «Zina, ¿sabes lo que me estoy imaginando?».

Sin embargo, en el papel de Zina, Norma tenía sueño, se ponía boca arriba y subía la manta un poco más. Le encantaba la parte en que Jonathan aplazaba, apurado, la propuesta de matrimonio porque no se daba cuenta de que Zina ya estaba dormida.

Norma se imaginó que David..., Jonathan, le besaba todos los dedos después de darse cuenta de que Zina ya no lo escuchaba. Disfrutó el cariño y pensó, antes de dormirse agotada a continuación, que demostraría a todos los escépticos de lo que era capaz. Al día siguiente contactaría con la señorita Snively, de la agencia de modelos Blue Book, y pediría una cita.

25

Norma no se cansaba de contemplar los numerosos detalles italianos y orientales con los que se adornaba el hotel Ambassador. Pertenecía al tipo de hospedajes lujosos que incluso tenían una orquesta que tocaba mientras los huéspedes comían.

Con sus nuevos zapatos de ante y su ajustado vestido, toda de blanco, Norma caminaba un poco perdida por el enorme vestíbulo con la gigantesca chimenea italiana. La suntuosidad, las pesadas cortinas, las arañas de cristal y las alfombras orientales parecían salidas de una película cara.

Hacía más de tres años que había estado en el Ambassador o, mejor dicho, en el Cocoanut Grove, que también pertenecía a la finca del hotel junto con los miles de habitaciones, piscinas, bungalós, jardines y campos de golf. El Cocoanut Grove era el club nocturno preferido de Louis B. Mayer, al que Grace y Ervin habían acechado varias veces. En una ocasión, Norma los acompañó a uno de esos actos desesperados, pero el señor Mayer no apareció.

Pero en esa ocasión no estaba camino del club nocturno. Subió en ascensor a la planta del casino del hotel, donde, además de tiendas de ropa, una peluquería y negocios italianos, se encontraba la oficina de la agencia de modelos Blue Book.

Le temblaron las rodillas cuando sonó la campanilla y las puertas del ascensor se abrieron demasiado rápido, revelando el letrero de la agencia. Blue Book estaba especializada en formación y representación de modelos de fotografía y moda y en la iniciación de carreras cinematográficas. Norma se agarró al portafolio y deseó que David estuviese a su lado.

Vacilante, entró en la recepción de la agencia. La secretaria estaba sentada a un moderno escritorio blanco. Llevaba una rosa blanca en el pelo castaño oscuro y parecía encantadora, incluso si estaba concentrada atendiendo al teléfono mientras tomaba apuntes.

La mirada de Norma se dirigió a la pared junto a la puerta, donde unas brillantes fotos de modelos le llamaron la atención. Eran las mujeres más hermosas que había visto. Todas sin excepción le parecieron más guapas que ella. Contempló las imágenes con atención; las poses no habrían podido ser más distintas y vibrantes.

—Usted debe de ser Norma Jeane Dougherty. —La secretaria había terminado la llamada telefónica y se acercó a ella—. Soy Joyce. Bienvenida a Blue Book. —Sonreía de forma agradable y cordial, lo que rebajó un poco el nerviosismo de Norma.

—Buenos días. Me alegra mucho estar aquí —dijo sin tartamudear.

—Antes de que la señorita Snively la reciba en su despacho, le tomaré las medidas —aclaró la secretaria—. Por favor, sígame. ¿Puedo llamarla Norma?

—Por supuesto.

Pasando junto a más fotografías impresionantes, Norma siguió a la secretaria hasta una habitación contigua en la que había espejos de cuerpo entero y percheros llenos de vestidos y ropa de baño. Joyce la midió y anotó las cifras en una tarjeta de registro. Además, pesó a Norma y le examinó la boca.

—Eso es todo.

La secretaria sonreía con confianza, como si Norma no tuviera un aspecto distinto a las mujeres que aparecían en las fotos del pasillo. Ellas eran altas, tenían poco pecho y parecían cultas.

¿Quizá debería haber llevado un vestido que le destacase menos los pechos?

—Acompáñeme al despacho de la señorita Snively —la invitó Joyce.

Guio a Norma por el pasillo hasta un despacho con una alfombra suave y muebles de estilo refinado. La secretaria archivó la tarjeta de registro, le susurró a Norma «Suerte» y salió del cuarto. Se movía a una velocidad impresionante.

Con el corazón palpitante, Norma se acercó a la pared al lado del enorme escritorio, en la que había un montón de portadas de revistas enmarcadas. ¿Eran todas esas mujeres modelos de Blue Book? Sentía que estaba en el lugar correcto.

Al escuchar que unas voces se acercaban, volvió rápido a la puerta de entrada. No obstante, se alejaron poco después.

Como tras media hora la señorita Snively aún no había llegado, Norma se dirigió a la ventana y miró a través de la persiana la piscina del hotel, sobre la que volaban unos papagayos. Ese día hacía muchísimo calor y le apetecía bañarse. La temperatura era otro argumento en contra de ese ajustado vestido. Poco a poco empezó a sudar.

De repente, la puerta se abrió y Emmeline Snively entró a toda prisa en el despacho. Norma se sobresaltó.

—Buenos días, Norma. Me alegra que haya venido —dijo la pequeña y grácil jefa de la agencia con acento británico.

Era alta y delgada como una vela y llevaba puestos unos tacones del diámetro de un palillo. Dio unos pasos vehementes alrededor del escritorio. Parecía una de esas inglesas elegantes y viejas que iban de vacaciones a Hollywood.

Aunque Norma quería sentarse frente a ella, la señorita Snively le pidió con voz nasal:

—Antes de que pasemos a la parte más agradable de nuestro encuentro, recorra el despacho un par de veces, por favor.

Norma caminó de un lado a otro delante del escritorio, contoneando las caderas, con el portafolio apretado contra el pecho como único apoyo. Consiguió ir en una línea recta perfecta mientras movía sensualmente las caderas exactamente como lo había hecho tras su actuación en el Trumpet Bar.

—Es como si sus rodillas tuviesen doble articulación —analizó la señorita Snively. Sus ojos brillaban como aguamarinas—. No puede quedarse recta, porque se le bloquearían debido a eso. Para compensarlo, tambalea las caderas y menea demasiado el trasero. ¡Tiene unos andares horribles, Norma!

Ella tragó saliva y bajó la mirada, insegura. Nunca había oído hablar de rodillas con «doble articulación» ni de «andares horribles». Tanto a Jim como a David les gustaba mucho mirarla caminar.

—¿Quiere decir que estoy enferma? —preguntó sorprendida. No podía ser; se sentía rebosante de salud.

—No diría que esté enferma, pero tampoco en ningún caso que sea perfecta —respondió Emmeline Snively.

Aunque a Norma no le resultaba nada nuevo oír que no era perfecta, pensó, un poco desconcertada, que tampoco pretendía serlo. Su naturalidad era más importante para David.

Emmeline Snively se recostó en el sillón giratorio de cuero.

—Ahora, siéntese, por favor.

Norma se esforzó por sentarse recta. Por las sesiones de fotos con David sabía que las poses sentada pocas veces producían un buen efecto, y por eso era mejor que la modelo se inclinara o se reclinase un poco. Norma se inclinó ligeramente, pero sintió que, por los nervios, ya no controlaba del todo su cuerpo. Su mirada inquieta se dirigió al busto de Nefertiti que estaba encima del escritorio.

Sin aviso previo, la jefa de la agencia alargó la mano hacia el pelo rizado de Norma, frotó las puntas entre sus dedos como si fueran arena y separó un mechón del resto de la melena. Su gesto era de desaprobación, como si Norma se hubiera presentado a la cita sin peinar, a pesar de que se había pasado dos horas en el baño.

—Su pelo es crespo y rebelde —dictaminó la señorita Snively y cogió uno de sus lápices afilados—. Nunca la contratarán como modelo de sombreros. —Señaló la pared con la colección de portadas, en las que varias modelos los llevaban.

Norma observó con espanto cómo la jefa de la agencia anotaba en la tarjeta de registro: «Se recomienda decoloración y permanente ondulada para domar el pelo. Entonces la redondez de la cara no parecerá tan infantil». ¿Es que no tenía nada bueno que decir?

—No me gustaría ser rubia —dijo Norma con cautela. Y, aparte de eso, tampoco podía permitirse mantener un estilo que un peluquero debiese retocar con regularidad. Lo cual sucedería si se alisaba y decoloraba el pelo—. Y no hay muchas modelos con rizos naturales. Es algo especial —dijo intentando sonar segura y sin olvidarse de sonreír.

—Lo que tiene en la cabeza no son rizos naturales, Norma: es pelo crespo. En el mundo del modelaje es una gran diferencia.

La señorita Snively cogió el portafolio de Norma y hojeó el trabajo de David. Si también criticaba las fotografías, Norma se levantaría, se despediría educadamente y lo intentaría en otro lugar. Le habían dicho que también la agencia de Mary Webb Davis tenía buena reputación.

—Si le alisásemos el pelo —siguió gangueando la señorita Snively, nada impresionada—, quizá también consiguiéramos solucionar el problema de la sonrisa.

A Norma se le descompuso la cara.

—¿«El problema de la sonrisa»? —repitió de una pieza—. Pero ¿qué le pasa? David decía…

La jefa de la agencia sostuvo a la altura de la nariz una de sus fotos. Mostraba a Norma mirando por encima del hombro con un jersey rojo.

—Si sonríe así, su nariz parece demasiado larga y se forman unas líneas feas alrededor. Sonríe demasiado alto. ¡Tiene que bajar la sonrisa!

¿Sus rodillas estaban mal, su pelo era crespo y debía bajar la sonrisa? ¡A David le encantaba su sonrisa! Sería mejor que se fuera preparando para un aterrizaje forzoso. Su esperanza empezó a derivar en decepción.

—¿Está soltera? —La señorita Snively deslizó la hoja de trébol del Old Horseshoe hasta el borde de la mesa.

—Casada —respondió Norma como un soldado y se enfadó por haberse olvidado de sacar del portafolio el amuleto con su nombre antes, en la recepción. La dobló y se la metió en el bolsillo. La había pifiado: así de simple y amargo.

—¿Desde cuándo está casada? —quiso saber la jefa de la agencia.

—Desde los dieciséis años —respondió Norma.

En su interior comenzó a surgir la misma decepción que había sentido con el rechazo de la *YANK*. Esa amarga mezcla de tristeza y enfado... Intentaba llevarlo con serenidad, lo cual, sentada frente a Emmeline Snively en lugar de ante el comprensivo David Conocer, era una tarea mastodóntica.

—Así que es usted una ama de casa adolescente que se aburre y quiere hacerse un par de fotos —dijo la señorita Snively para provocarla.

—¡No! —Los labios de Norma temblaron—. Soy una mujer que tiene un sueño y quiere realizarlo, aunque sea difícil, aunque sus suegros lo tachen de «aventura frívola».

Los reproches de Ethel ofendían a Norma. Se alegró de haber salido temprano de casa esa mañana y de no volver hasta la tarde. Esperaba que su éxito calmara a Ethel, pero parecía que no iba a ser el caso.

La señorita Snively miró fijamente a Norma tras esas palabras.

—Bueno —dijo—, entonces no se aburre.

Norma miró fijamente dos fotos de su portafolio, que estaba junto al busto de Nefertiti. En una tenía una amplia sonrisa; en la otra estaba un poco menos contenta. Se esforzó mucho por contemplar ambas de forma totalmente objetiva, apartando la decepción o la embriaguez del día en el que se hicieron las fotos. En efecto, si sonreía de corazón su nariz parecía más larga, enseñaba todos los dientes y el labio superior se le subía demasiado.

Se serenó. Aquella era la mayor oportunidad de su vida.

—Me gustaría aprender cómo puedo mejorarlo —dijo con cautela.

La señorita Snively le devolvió el portafolio.

—He visto a todo tipo de muchachas que podrían tener posibilidades como modelos. Y usted, Norma, no tiene nada extraordinario, por desgracia.

La franqueza de la jefa de la agencia le sentó a Norma como una pedrada. Se le descompuso definitivamente la cara. Las palabras pasaron por sus oídos como una exhalación. Todo había terminado incluso antes de empezar. Daba igual que ya no quisiera volver a Radioplane, sino posar ante la cámara y vivir momentos mágicos.

Tras el escritorio, Emmeline Snively se levantó y acompañó a Norma hasta la puerta. ¡No podía creer que todo hubiera acabado! Dentro de un minuto volvería a su antigua vida.

—Pero su naturalidad me gusta —dijo entonces la jefa de la agencia al llegar a la puerta.

Norma se detuvo. ¿Había oído bien? ¿La señorita Snively había dicho algo agradable? Tardó un instante en entender la información. «Pero su naturalidad me gusta». ¡Aquella era su oportunidad! Le habría gustado saltar de alegría, pero no podía hacerle eso a la elegante señorita Snively. Por amor propio, se limitó a alegrarse para sus adentros y disfrutar del renovado cosquilleo en su vientre.

La señorita Snively se mantuvo seria.

—Si la representamos como agencia, usted se compromete a asistir a nuestro curso de tres meses. En él enseñamos a nuestras muchachas a tener encanto, actitud, control de la figura, a maquillarse, a elegir la ropa y a desarrollarse como personas. La cuota de admisión en Blue Book más una foto de página entera y el curso cuestan ciento veinticinco dólares.

—No tengo ciento veinticinco dólares —respondió Norma de inmediato.

No desde que había enviado a Grace otros cien dólares para pagar sus recientes facturas médicas. Se los había pedido en una carta conmovedora y había prometido devolverle hasta el último centavo. Norma se había gastado sus últimos ahorros en el vestido blanco y los zapatos de ante. Los había comprado expresamente para la cita. Apenas tenía dinero y dependía urgentemente de nuevos ingresos. Pero no iba a permitir de ninguna manera que su carrera fracasara por eso.

—¿Sería posible liquidar la tarifa con los primeros ingresos que gane con ustedes? —pidió intentando no sonar demasiado desesperada.

Emmeline Snively, con el picaporte ya en la mano, respondió:

—Si trabaja duro y sigue mis consejos, quizá podríamos conseguirle un par de encargos y saldar los costes. Sí, sería posible.

—Muchísimas gracias, señorita Snively —se apresuró en decir Norma. Sintió que, en aquel momento, por fin completaba el puzle y podía ver el motivo que formaban las piezas.

La señorita Snively ya se estaba dando la vuelta cuando dijo:

—Por favor, resuelva todo esto con mi secretaria. Los cursos empiezan el lunes. ¡Sea puntual! Ah, sí, y seguro que sabe que su tutor debe firmar el contrato con la agencia, porque usted todavía no tiene veintiún años.

Norma se quedó de piedra. ¡No había pensado en eso! ¿Volvía a necesitar el permiso de Jim? ¡Era injusto! Quería tomar sola sus propias decisiones, ya que al fin y al cabo también luchaba en solitario por sus sueños. En ausencia de Jim se sentía libre e independiente, pero necesitar su firma en un papel la reducía únicamente a su esposa, de la que su marido podía disponer. No podía fracasar a causa de Jim; sus sueños no le interesaban. Había llegado por sí misma, sin su ayuda, a la agencia de modelos más famosa de Los Ángeles en el elegante hotel Ambassador.

Tuvo que carraspear antes de poder decir con fingido convencimiento:

—Mi marido estará en ultramar durante meses. Firmará en cuanto regrese.

La señorita Snively apenas asintió.

—Entonces está todo hablado.

—En todo caso, trabajaré duro e intentaré secarme el pelo de forma que quede más liso —aseguró Norma, pero la jefa de la agencia ya le había vuelto la espalda y estaba con otra muchacha en el pasillo.

¡Conseguido! Cuando Norma creyó que no la observaban, saltó contenta y aliviada.

El primer día del curso transcurrió de forma distinta a lo planeado por la señorita Snively. En vez de hablar de maquillaje y ropa, la jefa de la agencia, inmaculadamente vestida, y sus alumnas, todas más altas que ella, se reunieron alrededor de una radio que estaba sobre el escritorio de la recepción. Las emisoras echaban humo con la cobertura informativa sobre las medidas que, en opinión del nuevo presidente estadounidense, Harry S. Truman, acabarían por fin con la guerra mundial: el lanzamiento de la bomba atómica sobre Hiroshima. Se esperaba que Japón capitulase enseguida después de que los nazis alemanes se rindieran en mayo, por lo que la guerra mundial, al menos en Europa, había terminado. La opinión de los locutores de radio se hallaba menos dividida que la de las muchachas y trabajadoras de la agencia de modelos. Algunas estaba orgullosas del éxito. Phyllis Young, una belleza rubia nórdica con pómulos altos a la que acompañaba su madre, chilló de entusiasmo cuando le dijeron que habían pegado en la bomba una foto de Rita Hayworth, su actriz favorita.

Sin embargo, Norma y la mayoría de las demás estaban horrorizadas por las innumerables muertes. Hacía dos semanas, Jim había hablado en su última conversación telefónica con mucho entusiasmo de la prueba del «artilugio» en Nuevo México. En cambio, a ella las actitudes belicistas le gustaban cada vez menos y, además, impedían que Jim volviese a casa y firmara su contrato con la agencia. Esta vez emplearía con él una prometedora estrategia que se basaba sobre todo en la persuasión que podía ejercer con su cuerpo. Si los papeles seguían sin firmarse, la señorita Snively se enfadaría: ya se lo había reclamado dos veces. Norma no quería que la jefa de la agencia la echase por eso. Hasta el momento, Snively se había comportado de forma más bien desconfiada con ella.

En ese primer día, la señorita Snively dio clase hasta la última hora de la tarde por el retraso de los informes radiofónicos. Además de Norma, participaban en el curso otras veinte muchachas, a menudo acompañadas de sus madres. La mayor parte de las alumnas soñaba con tener una carrera como estrella de cine, porque las modelos fotográficas estaban claramente peor pagadas.

Por la tarde, Norma ya sabía al menos cómo entrar en una habitación con la distinción de una estrella de cine. Ensayó esa tranquilidad y elegancia al día siguiente en casa después de que sus suegros se fuesen a trabajar. Se trataba sobre todo de no huir, sino de deleitarse con cada movimiento como si hubiera una cámara. Además, debía mantenerse una expresión agradable en la cara.

Norma absorbió los contenidos del curso sobre maquillaje y cosmética, moda, fonación y posado. Le pareció especialmente interesante lo que la jefa de la agencia llamaba «coordinación». La clave era saber venderse en público como una estrella que no fuese solo fugaz.

Los viernes por la tarde hacían fotos que la señorita Snively analizaba la semana siguiente. Hacía que posaran en ropa de baño junto a la piscina y en los jardines del hotel, con flotadores, en grupo y solas. La jefa de la agencia conocía las reglas del sector y sabía que lo que buscaban los clientes no eran muchachas completamente vestidas. Enseñar un poco de piel era útil para hacer carrera.

Al principio Norma no pensaba pedir permiso al celoso de Jim. Las fotos en bañador eran de prueba y, en el mejor de los casos, acabarían en su portafolio. Jim no las llegaría a ver.

Norma disfrutaba de que la fotografiaran en poses eróticas. Tenía la sensación de que Otis la pintaba desde el cielo con las acuarelas más bonitas. Su abuelo le había enseñado, gracias al desnudo que pintó, a reconocer la belleza del cuerpo.

La mayoría de las muchachas de la agencia participaba en concursos de belleza para Miss Verano, Miss Primavera o Miss Agosto, que Emmeline Snively no se cansaba de recomendarles para hacer carrera. Sin embargo, al estar casada, esos concursos estaban prohibidos para Norma. Como esposa, no era apropiado para ella presentarse poco vestida ante un público, y esta carencia era algo que Norma quería compensar a toda costa con un rendimiento sobresaliente en el curso. Estudiaba la teoría durante días y noches enteras. En lugar de a concursos la mandaban a periódicos de moda y a agencias de publicidad para que la valorasen.

Aunque trabajó con ahínco en su sonrisa y en alisarse el pelo solo con el secador, el primer encargo de Norma se hizo esperar unas semanas mientras las demás ya compaginaban los suyos con el curso. Sí, casi todas las alumnas eran más altas y más ricas que ella, y además estaban solteras y sus madres (o al menos sus padres) las acompañaban al curso y las llevaban al Ambassador. Pero nada de eso frenaba a Norma. Estaba decidida y hambrienta de una carrera contra viento y marea.

En septiembre por fin llegó su momento. Contrataron a Norma de azafata en el Pan Pacific Auditorium para una exposición industrial. Era habitual utilizar a modelos de foto como demostradoras, repartidoras de cupones y tomadoras de muestras. Por fin tenía su primera oportunidad y Norma quería darlo todo, aunque no fuese una cita para un anuncio publicitario ni una portada.

Estaba amaneciendo cuando Norma salió nerviosa del cuarto de baño. Aguzó el oído en dirección al dormitorio de sus suegros, que permanecía en completo silencio. Fue de puntillas hasta la pequeña cómoda del salón y con los dedos temblando, como una ladrona, abrió poco a poco el cajón de arriba. Pareció transcurrir una eternidad hasta que encontró el documento deseado. Se esfumó rápidamente en su cuarto. Tan solo le quedaban diez minutos para irse al Pan Pacific Auditorium. De ninguna manera podía llegar tarde a su primer encargo. Tardaría una hora en ir de North Hollywood a Fairfax; dos en caso de que el tráfico fuese desfavorable. Tenía que salir a las seis como muy tarde. Había aplazado el paseo con Muggsie para la vuelta.

Norma se sentó en la cama, donde ya tenía preparado su contrato, abierto sobre una revista *YANK* a modo de apoyo, y un lápiz. Al lado puso el contrato de formación militar de Jim, que acaba de coger. Ethel lo guardaba con orgullo junto a los documentos oficiales de la familia.

Norma examinó con atención la firma de Jim. Después cogió el lápiz y empezó a escribir la letra «D» en el campo de la firma en su contrato. Su mirada se alternó una y otra vez entre el contrato de formación y el de la agencia hasta que llegó a la última letra de «Dougherty».

Al final consideró que su imitación podía pasar, más o menos, por la firma de Jim. No se sentía cómoda falsificándola, pero no quería hacer esperar más a la impaciente señorita Snively. Cogió el bolso y los documentos y se puso sus zapatos de ante blancos.

Al salir de casa quiso devolver el documento de Jim a la cómoda. Cuando abrió el cajón, de repente Edward apareció detrás de ella.

—¿El contrato de formación de Jimmie? —gruñó dormido. Se había acercado con tanto sigilo como un indio.

Norma se quedó helada de miedo. En una mano sostenía el contrato de formación, en la otra el documento para la jefa de la agencia.

—¿Contrato de agencia…? —dijo Edward, leyendo el título en negrilla en la mano izquierda de Norma—. ¿Qué agencia?

A Norma se le congeló la sangre en las venas cuando Edward cogió el contrato y lo hojeó. No les había contado nada de eso a sus suegros.

—Me… me… me ayudan a conseguir encargos como modelo de fotos para que pueda ganar dinero —aclaró tartamudeando—. Y el contrato de Jimmie… —No se le ocurrió ninguna explicación convincente.

—Mi hijo es un héroe —dijo Edward al ver el logotipo del Servicio Marítimo de Estados Unidos.

Norma asintió, pero fue horrible la sensación de ocultarle la verdad a otra persona. Aunque solo fuese su huraño suegro.

Decidida, volvió a poner el contrato de Jim en la cómoda y metió el de la agencia en su bolso. Con suerte, Edward no tardaría en olvidar el asunto. Y tal vez sus ojos todavía estuvieran lo bastante cansados para no haber visto bien la firma en la última página del contrato de Norma.

—Tengo que irme —dijo.

Se apresuró en salir de casa. Cuando cerró la puerta, Edward seguía mirándola con extraña insistencia.

El Pan Pacific Auditorium se encontraba en Fairfax. Durante diez días Norma debía repartir octavillas de una empresa de acero, hablar con los visitantes y acompañar en la presentación de un archivador de acero mientras sonreía.

Su primer día le entregó a la señorita Snively el contrato firmado y no llegó a casa hasta medianoche. Los siguientes nueve llegó pocas veces antes de las diez a North Hollywood. Durante la jornada se cambiaba varias veces el ajustado vestido blanco por un traje de noche palabra de honor negro que la señorita Snively le había prestado. Cuando volvía a casa, completamente agotada, se encontraba a Muggsie durmiendo a los pies de Edward y se ponía un poco celosa de su suegro.

El trabajo de azafata no era su sueño, pero aprendió a apretar los dientes y tuvo suficientes oportunidades para probar su nueva sonrisa ante los miles de visitantes. Cuando llegaron los últimos días de la feria, su sonrisa aún no era perfecta y a menudo su labio superior empezaba a temblar cuando intentaba bajarla.

El último día de trabajo en la feria industrial Norma aún tenía que entregar el sueldo en efectivo a la señorita Snively. Una vez en su despacho, Norma volvió a tomar asiento delante del escritorio con el busto de Nefertiti, se inclinó ligeramente hacia la jefa de la agencia y se esforzó por mantener la calma, aunque, en realidad, estaba destrozada. Contó delante de la señorita Snively, billete a billete, el sueldo de nueve dólares convenido con el cliente. Después esperó las críticas.

—Nuestro cliente ha quedado muy contento con su trabajo en la feria —dijo la señorita Snively contra toda previsión—. Pero ¡no es motivo para relajarse!

Norma asintió y notó un tirón en la nuca. No parecía tener ninguna parte del cuerpo que no estuviese tensa.

Para asegurarse, la señorita Snively volvió a contar el dinero y al final alzó la vista desconcertada, una expresión que no acostumbraba a mostrar. Emmeline Snively siempre sabía cómo eran las cosas. Norma no conocía a ninguna mujer que tuviera ideas tan agudas y claras ni que fuese tan determinada.

—¿No ha cogido nada de los honorarios para la comida o los gastos de transporte? —preguntó con voz nasal, como la típica inglesa noble. Levantó la ceja derecha.

—¿Debería haberlo hecho? —preguntó Norma, y notó cómo el cuerpo se quedaba lentamente sin sus últimas fuerzas. En la cómoda silla, el agotamiento se abría camino poco a poco.

—No, no debería, pero casi todas las muchachas lo hacen. Es usted honrada, Norma. Me gusta.

—Gracias, señorita Snively —respondió ella cansada, y solo pudo disimular un bostezo en el último segundo.

—Sin embargo, no perdamos los estribos —le advirtió la jefa y meneó un par de veces la mano para que Norma se incorporara y no estuviese sentada así de desvanecida—. ¿Está segura de que Blue Book no es demasiado duro para usted?

—¡No, de ninguna manera! —respondió enseguida Norma, completamente despierta—. Haría otras cinco ferias más si ese es el camino hacia mi primera portada.

—Me alegra oírlo —dijo Emmeline Snively y puso un contrato delante de Norma.

Ella le echó un vistazo con los ojos nublados. ¿Qué feria era la siguiente? ¿Qué distancia le tocaría recorrer diariamente?

—¿Es…? ¿Es…? —Solo alcanzó a decir eso de la emoción.

El pulso se le disparó. De repente ya veía con más claridad. El cliente era Arnolds of Hollywood, una tienda de ropa en Hollywood Boulevard para la que la fotografiarían con un traje de lana. El anuncio publicitario aparecería en muchos periódicos.

—Sí, lo es: tu primer contrato para fotografías publicitarias —subrayó Emmeline Snively. Las comisuras de sus labios se le contrajeron, pero llegó a sonreír—. ¡Enhorabuena!

A Norma le entraron ganas de abrazarla por encima del escritorio y, en esa ocasión, lo hizo. La señorita Snively se dejó hacer dos segundos; después apartó a Norma con decisión.

—Y ahora váyase de una vez a la cama. Parece horriblemente exhausta. Haré que le llamen un taxi, deje aquí su coche. No permitiré que conduzca tan cansada.

De camino a casa, Norma cabeceó varias veces y no volvió en sí hasta que el conductor frenó con fuerza al llegar a su destino.

Cuando entró, cansada pero contenta, en casa de sus suegros, Ethel estaba sentada a la mesa de la cocina rellenando un cupón de lotería. Edward estaba tumbado en el sofá con la boca abierta y roncando y Muggsie descansaba recostada contra sus pies.

Aunque estaba agotada, Norma se acercó a su suegra. Tenía que compartir a toda costa las maravillosas noticias con alguien.

—Figúrate, ¡tengo un encargo para mi primera fotografía publicitaria! —le contó entusiasmada. —Ethel ni se inmutó. Ni siquiera levantó la cabeza del cupón de lotería—. Seguro que Jim se alegrará del dinero extra —añadió. Había esperado que su éxito borrara el escepticismo de su suegra.

—Ah, ¿sí? —Ethel cogió el billete de lotería y fue al dormitorio.

Decepcionada por la obstinación de su suegra, Norma le puso a Muggsie el collar y la correa. Aunque ya era noche cerrada, quería jugar con ella en el jardín. Muggsie se levantó con indolencia de los pies de Edward y salió trotando por la puerta tras Norma. Mientras le contaba a la perra su día y la conversación con Emmeline Snively, Muggsie tenía pocas ganas de jugar con la pelota. Norma la achuchaba y abrazaba, pero la perra se desprendía y miraba una y otra vez la puerta.

Norma se desplomó en la cama, incapaz de dar ni un paso más, pero sus pensamientos no querían sosegarse. Estaba boca arriba y veía proyectado en el techo su futuro a todo color, como una película. Se convertiría en una persona nueva, en una exitosa modelo de fotos que se atrevería a escribir de nuevo a Bebe. Y, en esa ocasión, sería algo más que una pobre disculpa. La nueva Norma sería una hermana mucho mejor y, sobre todo, no tan crédula. Nunca volvería a vivir una situación tan rara como la de la casa del árbol en Huntington.

Antes de que se le cerraran los ojos, Norma echó una última mirada a la acuarela de Otis. Quizá lograse cumplir el sueño de su abuelo y tener una vida feliz y en libertad.

26

Norma aparcó el Ford en el margen de la calle y caminó con pasos breves y acelerados hacia la casa de Tom y Mary. Antes de que pudiera llamar a la puerta, su cuñado abrió.

—¿Estáis listos? —preguntó, nerviosa.

Por primera vez vio a Tom vestido no con ropa ancha, sino con un elegante traje negro, con pajarita y camisa blanca. Se había cortado el pelo bien corto y lo llevaba peinado con una cuidada raya al lado.

—Pareces todo un caballero —lo elogió Norma, lo cual era perfecto para la ocasión, porque ese estilo era el código de vestimenta para el Cocoanut Grove.

La señorita Snively había invitado a las modelos y a sus familias, así como a los empleados de la agencia, a la celebración de fin de año en el club nocturno del hotel Ambassador. Norma pensó que a sus cuñados les sentaría bien un cambio de aires y los convenció para que la acompañaran. Así por lo menos por una vez no aparecería sola en un acto de la agencia.

En general, Tom y Mary no salían. Mary siempre había guardado las distancias con Norma y evitaba las conversaciones, pero ella tenía ganas de ayudar. Últimamente le parecía que Tom estaba cada vez más solo y triste, igual que su esposa.

Al verla, Tom no dijo ni una palabra; se limitó a mirarle los labios perfectamente pintados de color rojo pasión. Llevaba el vestido blanco ceñido y los zapatos de ante de la entrevista de trabajo. Se había alisado el pelo con el secador y luego se lo había peinado con ondas suaves, al estilo actual de Hollywood. Con ese estilo esperaba poder evitar el rubio oxigenado. La semana anterior, la señorita Snively había vuelto a sacar el tema.

—Me temo que hay un problema —anunció Tom—. Mary no va a venir. —Señaló la puerta del baño con un gesto laxo—. Ya sabía que acabaría así. Cree que es demasiado fea. —Posó su mirada soñadora en Norma mientras lo decía.

—Pero ¿por qué? Mary tiene los ojos verdes más bonitos que he visto jamás —dijo Norma volviendo al coche.

No estaba segura de si oyó a Tom añadir en voz baja:

—A tu lado se siente fea.

Norma cogió su nuevo maletín de cosméticos del asiento trasero del Ford. Después de pagar a plazos los ciento veinticinco dólares que le debía a la señorita Snively, aquella había sido su primera adquisición con su sueldo de modelo. Desde el éxito de la campaña de anuncios de Arnolds of Hollywood, la habían contratado para otras campañas publicitarias y un fotógrafo húngaro la había retratado unas cuantas veces.

Le sentó bien evitar los desfiles de moda, ya que el primero había terminado en desastre porque con sus andares vacilantes no pudo seguir el ritmo de las demás modelos. De todos modos, casi siempre la rechazaban para trabajos de moda porque no encajaba a la perfección en la talla media. Cuando se ponía aquellos vestidos se le tensaban en el pecho, aunque por lo demás le quedaban bien. La moda de pasarela estaba diseñada sobre todo para chicas con poco pecho.

Norma volvió a la casa y llamó con suavidad a la puerta del baño.

—Mary, soy yo, Norma. Me encantaría que vinieras con nosotros al Cocoanut Grove, de verdad. Seguro que será una velada agradable. ¡A lo mejor hasta van algunas estrellas de Hollywood!

346

El hotel Ambassador se construyó para personas de negocios, pero desde hacía unos años entre los invitados había cada vez más famosos que se mezclaban con militares de alto rango para disfrutar de noches de baile y galas benéficas para financiar la guerra. Algunas compañeras de la agencia de Norma solían quedar con huéspedes del hotel en el bar, algo a lo que ella se negaba en redondo porque estaba casada. Aunque... tenía un poco la sensación de no estarlo. Durante los últimos meses, Jim hablaba más por teléfono con su madre que con ella, porque pasaba mucho tiempo fuera de casa por los encargos de modelo fotográfica y los cursos. Norma ni siquiera sabía cuándo llegaría exactamente su marido durante las fiestas navideñas de ese año.

Norma oyó que Mary se sorbía los mocos en el baño y se propuso hacerla sonreír, al menos durante esa noche. Apenas conocía a su cuñada, era muy reservada y discreta. Ethel le había contado, tiempo atrás, que antes de la muerte de su bebé Tom y Mary se querían profundamente y eran inseparables.

—¿Qué te parece si te buscamos un pintalabios que te quede bonito? —preguntó a media voz para no presionarla—. ¿Tal vez uno con un poco de brillo naranja? Te sentaría bien con el pelo rojizo.

Se abrió la puerta del baño y Mary se asomó por la rendija de la puerta. Tenía los ojos rojos y los rulos le colgaban de cualquier manera de la cabeza, como si hubiera intentado quitárselos a tirones.

—¿Puedo ayudarte? —preguntó Norma.

En realidad, ya no le quedaba tiempo. La señorita Snively los había convocado a las ocho, y Norma nunca había llegado tarde a ninguna cita de la agencia. Además, existía el peligro de que el Ford se quedara parado en la calle. Desde que había empezado a conducirlo, el coche tenía problemas de motor. ¿O era el tubo de escape?

Mary abrió la puerta un poco más como respuesta a su ofrecimiento. Norma entró en el baño y dejó el maletín de cosméticos en el lavamanos. Sin decir nada, empezó a sacarle a Mary los rulos del pelo y a poner orden en el caos que reinaba en la cabellera de su cuñada. Pronto cayeron sobre sus hombros unas ondas suaves. Norma le explicó que, en ocasiones como aquella, las chicas se ponían una base de maquillaje que convertía su rostro en un lienzo en blanco que luego se «pintaba» para resaltar sus puntos fuertes y sus virtudes.

Durante las sesiones de fotografía, Norma llevaba una base el doble de gruesa de lo habitual para que no se le vieran las manchas rojas en la cara. En las entrevistas de trabajo seguía poniéndose muy nerviosa. Solo delante de la cámara perdía el miedo y la reserva y se movía sin vergüenza.

—Estoy horrible, muy pálida —se lamentó Mary mientras Norma le ponía rímel en las pestañas.

Mary hablaba en el mismo tono reservado y tenue que Tom, como si sus voces se hubieran fundido en el matrimonio. No estaba nada bronceada, a diferencia de la mayoría de los californianos, como si no hubiera salido de casa en mucho tiempo. Pero aun así era guapa y su palidez, peculiar.

—No estás horrible, tu color es agradable —la corrigió Norma con una sonrisa para animarla mientras le ponía colorete en polvo de color melocotón, primero en las mejillas y luego encima de las cejas. Lo había aprendido en el curso de maquillaje de Blue Book. Daba un aspecto fresco a las mujeres—. Envidio tu piel fina y pálida. Creo que pronto llegará el momento en el que una base de maquillaje tan clara como la que te he puesto será el accesorio más importante en los bolsos de todas las mujeres. —Mary tenía la piel tan clara y uniforme que parecía porcelana.

Su cuñada la miró algo molesta; seguramente hacía años que no recibía cumplidos. Con la ayuda de Norma se decidió por un pintalabios del color de los melocotones maduros que combinaba a la perfección con el colorete.

Norma cogió el vestido de Mary de la tapa del retrete y se lo puso delante del cuerpo. Bajo la fina combinación, su cuñada tenía los pechos pequeños. Además, el embarazo había hecho mella en su cuerpo y estos le colgaban un poco y ya no tenía la barriga del todo plana.

—Me lo han prestado. ¿Es lo bastante sofisticado? —dijo Mary, insegura.

Era la primera pregunta que le hacía a Norma. El primer intento de comunicación. Norma no pudo evitar sonreír.

—Es justo el color adecuado para ti: verde claro. Tienes buen ojo para estas cosas. —Los zapatos planos tenían poca gracia, pero bajo el vestido largo nadie lo notaría—. Ahora tenemos que darnos un poco de prisa —dijo Norma.

Guardó los utensilios de maquillaje en el maletín y le colocó bien una onda pelirroja rebelde a Mary. Luego fue al salón a esperarla.

Cuando Mary salió del baño, Tom se quedó boquiabierto. Miró fijamente a su mujer como si fuera una aparición, con las ondas rojizas sobre los hombros, a la moda. A Mary le costó alzar la vista. No estaba acostumbrada a exhibirse. No paraba de desviar la mirada al suelo y bajar los hombros. En realidad, le sacaba una cabeza a Norma, pero no lo parecía.

Antes de dirigirse al vehículo, Norma le dio un codazo en el costado a Tom y le susurró:

—Coge a tu mujer del brazo y llévala al coche.

Se comportaba como un adolescente inexperto.

Llegaron con media hora de retraso al Cocoanut Grove. Norma había rezado para que el Ford no diera problemas por lo menos esa noche y sus oraciones fueron escuchadas. Con Mary a su lado y Tom detrás, subió la escalera alfombrada del club nocturno más impresionante de todo Los Ángeles. Disfrutó llamando la atención cuando varios invitados se dieron la vuelta para mirarlos.

Al caminar, Norma se concentró en todo lo que había aprendido sobre cómo entrar y salir de una sala: la clave era disfrutar de cada movimiento, cada paso, nunca huir y siempre lucir la expresión adecuada en el rostro. Cada peldaño que subía le parecía un breve instante mágico coronado por la burbujeante sensación que se siente al tomar un refresco. A diferencia del baile en Catalina, esa noche ya no necesitaba agarrarse a alguien. Cada vez era objeto de más miradas. Notaba un cosquilleo en la barriga que se expandía a cada fibra de su cuerpo. Imaginó que estaba en su propio estreno de cine, con los periodistas y aficionados gritándole encantados. Notó que le salían manchas rojas en el rostro por los nervios, ocultas por la capa gruesa de maquillaje que se había puesto. Vio en las caras de los demás invitados que su entrada había sido todo un éxito, y sus llamativos andares levantaban pasiones y provocaban cuchicheos. ¿No era increíble que lograra causar sensación en un lugar como el Cocoanut Grove?

Con sus cortinas de color rojo carmín, las columnas doradas y las enormes palmeras de papel maché, el club nocturno parecía una agradable sala marroquí. De las ramas de las palmeras colgaban monos disecados cuyos brillantes ojos de ámbar daban la impresión de hacer guiños a los invitados. Mirara donde mirara Norma, veía brillos en los cuellos, muñecas y orejas de las mujeres. En el techo azul refulgían los focos como estrellas en el cielo. Sobre todo, le impresionaron los cuadros de gran formato que colgaban de la pared junto a la escalera. Representaban paisajes de fantasía tan alocados como el propio club. Montañas rojas, ríos plateados y flores de lo más insólitas de color rosa chillón, lila y amarillo la iluminaban. Con esos carismáticos tonos, los cuadros contrastaban con los colores apagados de las acuarelas del abuelo Otis.

El colorido le recordó las pinturas de Inez. Pensó un instante en su antigua vecina, a la que no había podido encontrar a través del refugio de animales. Nadie sabía qué había sido de los Gonzáles tras la estancia en prisión de Pedro.

La señorita Snively se acercó a Norma y a sus acompañantes dando pequeños y elegantes pasos. Llevaba un vestido de un atrevido estampado de leopardo. Del codo le colgaba un bolso negro con el asa llena de perlas.

—Por fin ha llegado, Norma. Ya pensaba que la habían atropellado en el terrible tráfico de Los Ángeles.

Norma sonrió para sus adentros; le gustó que la fría jefa de la agencia se preocupara por ella. Presentó a Tom y a Mary y luego la señorita Snively los llevó a las mesas. A cada paso, Norma se sentía presa del «hechizo de las palmeras», como había oído que la gente llamaba al efecto que provocaba el atractivo del Cocoanut Grove.

La jefa de la agencia había reservado las mesas del escenario y las había colocado para que formaran una gran mesa de gala. La orquesta estaba sentada en el borde de la pista de baile. Norma se sentó enseguida al lado de Tom y Mary en un extremo con la señorita Snively, que presidía la mesa como si fuera la cabeza de familia. Enfrente de Norma estaba sentada la secretaria, Joyce, que llevaba una flor de hibisco en el cabello. Estaban todas las chicas de la agencia, y entre sus padres, hermanos y los empleados formaban una multitud notable. Servían ginger ale y champán.

La señorita Snively inauguró la velada con un discurso. Elogió los éxitos de la empresa, enumeró las portadas en las que habían aparecido sus chicas de Blue Book y agradeció a sus empleados y modelos todo el esfuerzo. En medio del maravilloso sonido del brindis, Norma vio por el rabillo del ojo que un caballero muy parecido a Charlie Chaplin los miraba. En los periódicos de Hollywood se presentaba al actor como una víbora frívola que perseguía las faldas de todo Los Ángeles, incluidos los suburbios, y que durante los rodajes se ponía muy histérico y vulgar. ¿Sería cierto? Norma le dio un codazo a Mary, que siguió su mirada y le hizo un gesto con la cabeza, impresionada.

Norma apenas pudo concentrarse en la comida porque estaba demasiado ocupada absorbiendo el ambiente especial del club nocturno. Y eso que había langosta.

Tom se puso a hablar con los padres de Pat Frazee, una de las modelos más veteranas de la agencia, sobre la anhelada rendición de Japón. Por fin se había terminado la guerra y habían vencido a todos los enemigos de los aliados.

Norma se alegró al ver que Mary desviaba la mirada hacia su marido con cuidado, como si fuera una primera caricia. Poco después el padre viudo de Helga Tryggva, sentado enfrente de ella a la mesa, la invitó a bailar. Ni Mary ni Tom sabían qué hacer, pero Norma animó a su cuñada brindando con su ginger ale. La orquesta tocó un tema rápido de George Gershwin.

—Norma, tengo una… No, en realidad tengo dos sorpresas para usted —anunció la señorita Snively mientras ella observaba embelesada cómo Tom contemplaba a su mujer bailar desde la mesa y olvidaba el fin de la guerra.

—La próxima vez tienes que ser más rápido —le susurró Norma.

—Soy un mal bailarín —murmuró Tom cohibido.

—¡Eso da igual! —repuso ella con decisión; luego se volvió hacia la señorita Snively. La secretaria también escuchaba fascinada.

—El redactor jefe del *Family Circle* me acaba de llamar —dijo la señorita Snively—. Quieren publicar en portada una de las fotografías que te hizo André de Dienes. Esa en la que juega con un cordero.

Norma se quedó sin habla, el corazón empezó a latir con fuerza y notó calor en las mejillas.

—¿De verdad tengo mi primera portada? —preguntó, solo para volverlo a oír.

Desvió la mirada un momento hacia el techo del club lleno de luces. ¿Se podían tocar de verdad las estrellas del cielo?

Emmeline Snively contestó a su manera. Primero le dio a entender que, pese a que era normal su alegría, algunas estrellas de cine fueron descubiertas en el Cocoanut Grove.

—Al principio pensé que no tenía usted nada extraordinario, Norma. Pero nuestros clientes me han demostrado que me equivocaba. La felicito por este éxito y espero que lleguen muchas más portadas.

Norma le dio un tierno abrazo a la señorita Snively. Quería sujetar su suerte en ambas manos y retenerla. Tuvo la sensación de empezar a flotar.

—Sí, sí, está bien. Aquí en público no —dijo la señorita Snively, pero no apartó a Norma. Incluso le pareció notar las manos de Emmeline en la espalda.

Cuando Mary volvió de bailar, Norma lucía una sonrisa de oreja a oreja. Su cuñada también parecía estar disfrutando de la velada. Tom le colocó bien la silla a su esposa.

Parecía el día más bonito de su vida. Norma nunca se había sentido tan segura de que ser modelo fotográfica era lo suyo. Antes buscaba su sitio; ahora estaba firmemente convencida de cuál era: delante de una cámara.

—¿No quiere saber la segunda sorpresa, Norma? —preguntó la señorita Snively con un tono algo embaucador.

Norma estaba tan absorta viendo cómo Tom miraba soñador a Mary que, por un momento, se había olvidado de todo lo que la rodeaba. Solo había oído la pregunta a medias, mezclada con el murmullo nervioso de una madre que había visto a uno de los jefes de estudio en el club.

Hasta que Joyce no la avisó con el pie por debajo de la mesa, Norma no volvió a prestar atención a la jefa de la agencia.

—Disculpe, señorita Snively —dijo con alegría. Esbozó una tenue sonrisa y se concentró del todo en su jefa.

—Hay otro asunto que se paga muy bien —continuó la señorita Snively—. El famoso fotógrafo Raphael Wolff busca una chica para su anuncio de champú. Ha visto su imagen en el *Blue Book* y quiere sin falta que sea su modelo. Te pagaría doscientos dólares.

—¡Doscientos…! —Era la voz de Tom, que sonaba tan sorprendido como si la señorita Snively le estuviera pidiendo a Norma que se quedara en cueros delante de un fotógrafo.

—¡Vaya! —exclamó Norma—. Me encantaría hacer el anuncio de champú, por supuesto. El Ford necesitará pronto un motor nuevo.

Pensó que podría ser un regalo para Jim cuando volviera a casa. Su coche era su posesión más preciada. A lo mejor el motor nuevo lo ablandaría cuando le confesara lo de sus encargos de modelo y que había falsificado su firma en el contrato de la agencia.

—Solo pone una condición… —dijo la señorita Snively, y paseó la mirada por las chicas de la mesa. No siguió hablando hasta que se aseguró con gestos de que todas estuvieran sentadas correctamente y no olvidaran una sonrisa elegante y tenaz—. Bueno, sobre esa condición insignificante —retomó la conversación—. Raphael Wolff te quiere a ti, pero con el pelo rubio. Incluso se haría cargo de los costes de peluquería. Por lo menos te quiere ver con un rubio dorado.

—Por lo menos rubio dorado —repitió Norma, que daba vueltas a la cucharilla de postre en la mano, indecisa.

—Aunque personalmente creo que te quedaría mejor el rubio claro —dijo la señorita Snively con convicción, y Joyce asintió con vehemencia.

«Así, Jim quizá no me reconocería», fue lo primero que pensó Norma. A él las rubias le parecían muy sensuales... Tal vez eso podría facilitarle la misión de conseguir su aprobación.

—¿Puedo consultarlo con la almohada, señorita Snively? —preguntó Norma.

Si un fotógrafo pagaba tanto dinero por una sesión, sería porque sus fotografías tenían peso en el sector. Norma creía haber oído hablar del señor Wolff con relación a los retratos clásicos de estrellas de Hollywood. Acto seguido se acordó de David, con quien había empezado el camino hacia su nueva vida. Lástima que no pudiera estar en esa noche tan especial. Esperaba volver a verlo algún día.

—Perdonen —se disculpó Mary ante los presentes—, tengo que ir al baño.

—Yo también —dijo Norma. Con tantas noticias sensacionales necesitaba aire fresco—. Te enseño dónde está.

De camino al servicio, los monos de los árboles parecían observarlas con sus ojos resplandecientes.

—No te precipites, Norma —le dijo Mary delante del lavamanos.

Ella se miró en el espejo y pensó que tenía el mismo distinguido brillo rojizo en el cabello castaño claro que su abuelo.

—Me gusta mi naturalidad —le confesó a su cuñada—. Y también mis andares tambaleantes.

—Conserva por lo menos una de las dos cosas, si no hay más remedio —dijo Mary, y miró primero a Norma y luego se observó a sí misma en el espejo del baño.

Norma se acercó a ella y le colocó las ondas sobre el hombro derecho. Se dibujó una leve sonrisa en el rostro de Mary. Acto seguido, se abrió una puerta de los baños y una señora con un rubio intermedio pasó por su lado hacia los lavamanos. Mary la reconoció enseguida. Clavó la mirada en el vestido de la mujer, que era más bien recatado, como si fuera un fantasma. Norma siguió la mirada de Mary y casi se le salieron los ojos de las cuencas. ¡Era Ingrid Bergman! Una de las actrices más elegantes y de más talento de Hollywood, la favorita de Bebe y ella.

—Creo que su amiga tiene razón, Norma —dijo Ingrid Bergman con toda tranquilidad, como si estuviera en el baño de su casa, mientras se lavaba las manos con mucho garbo y calma.

Norma notó que las manchas rojas buscaban su sitio en su rostro por debajo de la base de maquillaje. De pronto volvía a sentirse como la chica que esperaba para conseguir un autógrafo encaramada a la valla del aeropuerto Metropolitan.

—¿Qué... qué... qué quiere decir, señora Bergman?

Ingrid Bergman se secó las manos en la toalla de color rojo carmín.

—Cuando los de Hollywood quisieron traerme a Estados Unidos para el papel de Ilsa Lund en *Casablanca*, al señor Mayer le pareció que mi pelo no era lo bastante rubio, que mis cejas eran demasiado anchas... y unas cuantas cosas más que no estaban bien.

—¿Se refiere a Louis B. Mayer, el jefe de la Metro-Goldwyn Mayer? —dijo Norma. No quería transmitir tanta admiración ni sonar como una actriz desesperada en busca de un contrato con un estudio, aunque la Metro-Goldwyn Mayer era su preferido.

Ingrid Bergman dejó la toalla en la cesta de ropa sucia que había junto al lavamanos.

—Le dije al señor Mayer que solo aparecería en *Casablanca* tal y como soy. Y así fue.

—Gracias por el consejo —susurró Norma, que se sentía como si flotara en las nubes—. ¿Puedo pedirle un autógrafo para mi hermana Bebe?

El único papel que llevaba en el bolsito era su talismán del Old Horseshoe con su nombre escrito. Le dio la vuelta a la hoja de trébol por el dorso vacío y se lo entregó a Ingrid Bergman junto con un lápiz. La actriz firmó con paciencia y una sonrisa y luego se dirigió a la puerta. Ahí se dio la vuelta y miró a Mary.

—Por cierto, ese vestido verde claro le queda genial. —Y salió del baño.

A Mary le rodó una lágrima por la mejilla de la emoción.

Norma imaginaba a las estrellas de Hollywood mucho más distantes. Guardó el trébol como si fuera un tesoro en el bolso y se miró pensativa en el espejo.

—Voy a volver con Tom a contarle lo de Ingrid —dijo Mary, que ahora caminaba con menos torpeza que al llegar al club.

Norma quería estar sola un instante. Sabía que tenía que ofrecerle algo a Hollywood en compensación por su carrera, pero no quería desmerecer lo que más le gustaba de ella. Sin embargo, el fotógrafo del champú no era el primero que le sugería que se tiñera de rubio… En ese momento, decidió hacerlo, pero no renunciaría jamás a sus andares oscilantes. Por mucho que llamaran la atención, se convertirían incluso en su emblema.

Quizá con un nuevo color de pelo por fin dejaría atrás a la antigua Norma Jeane, a esa niña que sufría continuas decepciones, y quedarse solo con lo bueno en su nueva vida.

Absorta en los pensamientos sobre su primera portada, Norma salió del baño. Oyó un ruido y abrió mucho los ojos al chocar con alguien. Había tropezado con un caballero al que reconoció enseguida por sus dientes de conejo y su complexión delicada.

—¿Usted aquí? —preguntó sorprendida.

—Usted tampoco está en la montaña —contestó él con una media sonrisa.

Norma no pudo evitar sonreír.

—Estas últimas semanas he tenido tanto trabajo que no he tenido tiempo para el campo. ¿Qué hace aquí?

En su momento Norma pensó que era artista o actor por el aspecto estrafalario de sus pantalones de vaquero y el sombrero tropical, pero ahora parecía incluso más un actor en busca de un buen papel con ese esmoquin tan sobrio.

—Estoy echando un vistazo —respondió él.

Norma se preguntó qué significaba eso en la lengua de los actores. Ervin decía lo mismo cuando iba de bar en bar por Hollywood en busca de los jefes de los estudios y de un papel.

—Está distinta —comentó él, y ahí estaba de nuevo esa extraña confianza entre ellos que los había llevado a hablar sobre *Incidente en Ox-Bow*, el gregarismo y su matrimonio en la montaña.

—Antes solo era ama de casa, pero ahora soy modelo fotográfica —le dijo—. Por fin puedo hacer algo que me divierte.

—No tiene nada de malo ser ama de casa —repuso él.

Se apartaron un poco para no estar en el medio. La orquesta tocaba «Moonlight Serenade».

—Es verdad. Pero solo eso no me hace feliz y he decidido que yo también puedo serlo —aclaró Norma con decisión.

Él la miró pensativo.

—Esa frase podría ser de *Laura*.

Norma sonrió y desvió la mirada hacia el cuadro colgado a su lado en la pared, en el que una luna llena iluminaba un paisaje y una cascada.

—¿Su matrimonio va mejor? —preguntó ella con cautela, recordando que aquel día había insinuado que lo preocupaba.

Él negó con la cabeza, compungido.

—Intento cumplir todos los deseos de mi mujer, pero ella sigue distante y a lo mejor incluso se vuelve a ir… —Hizo una pausa y murmuró algo acerca de un «chico de la piscina» para sus adentros.

Norma lo entendió cuando le contó que debido a su crisis matrimonial apenas disfrutaba con su trabajo.

—Pregúntele a su mujer qué es importante para ella y cómo se siente en realidad. Muéstrele sus sentimientos y háblele con sinceridad de los suyos —le aconsejó Norma.

Hacía tiempo que Jim no hacía eso con ella. No era de extrañar que en las últimas sesiones de fotos ya no imaginara a su marido detrás de la cámara, sino a muchos desconocidos que la admiraban porque no conocían su pasado ni sus defectos.

—Ya —contestó él, pensativo.

—Tengo que volver al escenario —dijo Norma. Sonaba bien: «al escenario»—. Le deseo suerte.

—Me alegro de volver a verla. Y no olvide practicar de vez en cuando el balanceo de los hombros para no perder el impulso.

Norma dio media vuelta para irse y dijo, con la esperanza de hacer una buena acción:

—Dicen que Louis B. Mayer vendrá esta noche. A lo mejor tiene suerte con él.

Aunque se la deseaba sinceramente, sabía que un hombre bajo y delicado no encajaba en los grandes papeles protagonistas románticos, pero tal vez pudieran contratarlo como marginado o bromista.

De vuelta en su mesa, al lado de Mary, Norma se enteró de que esa tarde se esperaba que los honrase con su presencia en el club Darryl Zanuck, jefe del estudio Twentieth Century-Fox, y no Louis B. Mayer. Algunas chicas enseguida se enteraron de las novedades sobre el jefazo que corrían en la fábrica de rumores. Al parecer, durante años no había dejado de viajar al extranjero, pero ahora su mujer le había parado los pies.

En realidad, Norma se alegró de que no estuviera el jefe de la Metro-Goldwyn-Mayer, porque aún no se sentía preparada para presentarse ante él. Antes de adentrarse en otros terrenos quería hacer bien su trabajo como modelo fotográfica. Sentía que le debía algo a la señorita Snively por sus esfuerzos, como llevar a cabo por lo menos una docena de encargos en los que ella pudiera llevarse una jugosa comisión.

Norma estaba recibiendo las felicitaciones de dos compañeras por su primera portada cuando se oyó un griterío junto a la escalera de la entrada. La orquesta había hecho una pausa, por eso se oía tan bien. Los demás en la mesa hicieron caso omiso, pero cuando Norma oyó «¡Usted es un racista!» en español, se levantó enseguida. Aunque no hablaba el idioma, la palabra «racista» se parecía en inglés. Y era un concepto que en Hollywood y en el sector de la moda era tan impopular como la homosexualidad, la masturbación o el comunismo.

Norma se disculpó con la señorita Snively y se dirigió a la pared que había junto a la escalera con la alfombra de pelo largo.

—¿Esa no es…?

No podía creer lo que veían sus ojos y aceleró el paso. Cuando llegó a la escalera se convenció de que no se había confundido. Un señor alto, vestido de frac y con aura de jefe estaba junto a una mujer orgullosa a la que solo dedicaba miradas de desprecio.

—¿Qué importa un nombre? —le espetó Inez.

¡Era ella de verdad! Al igual que le había sucedido antes con Ingrid Bergman, Norma no pudo apartar la mirada de su antigua vecina. Inez parecía bastante mayor que en la época de Sherman Oaks. Unos finos mechones plateados, como el color de los ríos en los cuadros, se mezclaban en el pelo negro y brillante. Si estaba en el club, ¿sería que vivía en Los Ángeles?

—Me ha alquilado sus cuadros con un nombre falso, señora —respondió el caballero, disgustado, y Norma reconoció al director del Cocoanut Grove, el señor Walker.

Inez cambió al inglés.

—Isadora Montgomery es mi nombre artístico —dijo en tono conciliador.

—De haber sabido que Isadora Montgomery era mexicana… ¡Llévese sus porquerías! —El señor Walker señaló los cuadros que Norma había contemplado con asombro. Luego siguió espantando a Inez como si fuera un insecto molesto.

Sin embargo, Inez no se movió.

—Me debe un importe de noventa dólares por los cuadros. Y según el contrato que firmamos y cerramos, hace tiempo que venció el alquiler.

Norma ya no aguantó más y se acercó al lado de Inez, que la miró anonadada.

—¿Norma? ¿Eres tú de verdad? —Sonrió un instante antes de que se le ensombreciera la mirada de nuevo.

—El arte de Inez es digno de admiración y no importa dónde naciera —intervino Norma, indignada. El nombre artístico claramente no era el problema.

Cada vez más clientes las miraban y se acercaban a ellos. El señor Walker se cruzó de brazos.

—¡Yo no lo veo así!

Norma se puso nerviosa porque la señorita Snively y algunas personas de la agencia se les acercaron con cara de desconcierto. Se aproximó incluso su conocido, el actor delgado en busca de un papel. «Solo faltan las sirenas de la policía», pensó Norma. Sin embargo, hizo acopio de todo su valor y dijo:

—Vuestros antepasados y los míos vinieron a esta tierra por un solo motivo: para construir un país libre. —Brigham Young decía esas palabras en *El hombre de la frontera* cuando defendía la libertad religiosa ante un tribunal. Las frases siguientes también eran de la película—: Y en un país libre todo el mundo tiene los mismos derechos y todos pueden soñar. —Se sintió como Brigham ante el tribunal.

—¡Norma, vuelve a nuestra mesa, por favor! —rugió la señorita Snively a un lado.

Pese al nudo cada vez mayor que sentía en la garganta, Norma no cedió. Con el corazón acelerado, se puso delante de la pared donde colgaban los peculiares cuadros de Inez. Le temblaban las rodillas por los nervios y le pareció un milagro que aún no hubiera tartamudeado. Nunca había hablado delante de tanta gente. Respiró hondo y dijo:

—¿Acaso estos cuadros no encajan a la perfección en estas salas tan peculiares?

El señor Walker se cruzó de brazos en un gesto autoritario. Norma reconoció el viejo miedo y la desesperación en los ojos de Inez. Le pareció escuchar en su recuerdo el aullido de las sirenas de policía y los nunchakus azotando el aire.

La señorita Snively agarró a Norma y la apartó.

—No está bien lo que está haciendo, Norma —le dijo.

Miró insegura a su jefa, tras la cual se habían congregado las demás modelos con sus acompañantes. Le pedían con gestos que volviera y le daban a entender que dejara que las cosas se calmaran. Solo Tom y Mary la animaban. Norma se zafó de la señorita Snively.

Se plantó muy cerca del director del club ante las miradas atónitas de los presentes, consciente de que en el Ambassador corría el rumor de que el señor Walker era incapaz de negarles nada a las chicas jóvenes y atractivas. Norma adoptó una postura provocadora, imaginándose que estaba en una sesión de fotos, y frunció los labios rojo pasión en un gesto seductor. Había entendido que sus argumentos no convencerían a ese hombre, así que se apretó los pechos con los brazos ligeramente y se inclinó hacia él hasta que lo tuvo al alcance de la mano. Oyó que varios clientes resoplaban, ofendidos, y murmuraban despectivamente. Aun así, la mayoría eran incapaces de apartar los ojos indignados de ella.

El señor Walker prácticamente absorbió su imagen, acarició con la mirada su cuello esbelto y siguió bajando hasta el escote. Molesto, se aflojó la pajarita de seda.

—He olvidado su nombre. ¿Cómo se llamaba? —preguntó en un tono muy distinto al que acababa de emplear con Inez.

Norma respondió con una voz dulce y aguda:

—Soy Norma Jeane Dougherty. Y esa de ahí es Inez Gonzáles, pintora de gran talento.

El señor Walker estaba tan ocupado estudiando las curvas de Norma que ni siquiera torció el gesto al oír el apellido mexicano. El silencio era tal que se habría oído caer un alfiler en la sala.

—Inez pintó estos cuadros tan curiosos, que quedan muy bien en el Cocoanut Grove —susurró Norma, y lo miró de arriba abajo con un dulce «Mmm».

El director hizo un gesto casi imperceptible y no apartó la mirada de ella ni siquiera cuando Ingrid Bergman apareció a su lado.

—Si deja los cuadros colgados y paga a la artista —dijo Ingrid—, tal vez venga más a menudo a su club a partir de ahora.

Inez miró perpleja a la actriz.

Norma asintió al director con los ojos entrecerrados para animarlo, pensando en que las visitas de Ingrid Bergman atraerían aún más a la prensa y los cuadros de Inez recibirían más atención.

Al principio al señor Walker no le salían las palabras, pero poco a poco fue tomando conciencia de todo lo que perdía si descolgaba los cuadros.

—Está bien —dijo al final, después de aclararse la garganta, y volvió a aflojarse la pajarita de seda en el cuello—. Los cuadros se quedan.

Inez se quitó un peso de encima. Miró a Norma, que ya se había apartado del señor Walker con un movimiento discreto, con una sonrisa de alivio.

—¿Y el alquiler? —insistió Ingrid Bergman.

El director del club hizo una señal a uno de los camareros, que apareció poco después con un fajo de dinero. Con Norma e Ingrid a su lado, Inez contó los billetes uno a uno.

La multitud se disolvió lentamente. La señorita Snively y las chicas volvieron al escenario. La orquesta empezó a tocar un swing rápido.

—Me alegro de volver a verte, Norma —dijo Inez. En las mejillas le brillaban lágrimas de emoción—. Muchas gracias por tu intervención.

—Te lo debía desde hacía tiempo —repuso ella.

Volvieron a asaltarla las imágenes de esa horrible noche en Sherman Oaks. Aunque entonces ella actuó de forma diferente al resto de los vecinos, le faltó la seguridad para expresar su opinión frente a las resistencias. Se alegraba de no tener que ver a Abigail y compañía. En cambio, era una gran alegría reencontrarse con Inez. La abrazó, feliz.

Ingrid Bergman le dio a Inez una tarjeta de visita.

—Si tiene más cuadros, me encantaría verlos. Llame a mi secretaria y acordamos un día.

—Gracias, lo haré, señora Bergman —dijo Inez, contenta, y siguió a la actriz con la mirada mientras se alejaba. No podía creer su suerte—. ¿Estoy soñando o…?

Después de tanta tensión, Norma solo podía reír. Hizo que Inez le escribiera su número de teléfono en un billete de dólar.

—Me encantaría volver a veros a los dos con más tranquilidad.

Preguntó cómo les iba a Pedro y a ella. Inez asintió y le explicó brevemente que se habían mudado a Chatsworth, en las afueras de Los Ángeles. Vivían en casa de unos amigos. Luego

Inez le preguntó a ella si su *collie*, que en aquella época siempre estaba atada en el porche, estaba bien.

—La llamé Muggsie —dijo Norma, encantada.

Inez sonrió con ternura.

—Un nombre muy bonito. Gracias por cuidar de ella. Ahora tengo que irme o Pedro se preocupará.

Las dos mujeres se despidieron con otro abrazo antes de que Inez descendiera por la escalera alfombrada a la salida del club.

En el trayecto de vuelta a casa del Cocoanut Grove, Tom y Mary se sentaron en el asiento trasero del coche mientras Norma se concentraba en el tráfico. En un gran cruce de Wilshire Boulevard el Ford empezó a hacer ruidos raros, pero llegaron a su destino sin retraso.

Ya amanecía cuando paró delante de casa de Tom y Mary. Tom entró con su mujer en casa como si ella fuera la reina del baile de fin de curso. Norma tocó el claxon como despedida, relajada y aliviada al ver que su buen amigo por fin iba a conseguir empezar de nuevo en su matrimonio.

Para Norma la velada también había sido todo un éxito. Conseguir su primera portada había sido todo un hito y había conocido a mucha gente maravillosa. Tenía mariposas en el estómago de la ilusión.

Esperaba que la señorita Snively no se tomara mal su intervención. En ese caso, su colaboración con la agencia terminaría, con portada o sin ella, y no quería volver a cometer el error de decantarse por el bando equivocado. Sin embargo, estaba tan agotada de felicidad y alegría de volver a ver a Inez que solo quería dejarse caer en la cama. Norma pisó el acelerador hasta Hermitage Street.

Abrió la puerta de casa sin hacer ruido, se quitó los zapatos y se colgó el bolso del hueco del codo. Al entrar en el salón, se quedó de piedra.

Jim estaba sentado en el sofá con su uniforme de marinero puesto y el petate a los pies. Parecía exhausto.

—Buenas noches —dijo Norma. No se le ocurrió nada mejor.

Jim se levantó, se plantó delante de ella y la miró de arriba abajo.

—¿Dónde estabas en plena noche? ¿Vagabundeando por ahí? —Su tono era glacial.

—¡Yo no vagabundeo!

Del susto, a Norma se le habían resbalado los zapatos de la mano y se habían caído al suelo.

—¿Dónde estabas? —insistió él—. Ni siquiera mi madre lo sabía.

Norma procuró mantener la calma.

—Ethel no lo sabía porque mi vida ya no le interesa. Imagínate, hoy he conseguido mi primera portada...

Jim la interrumpió con aspereza.

—¿Has estado con otro hombre? ¿Con esos harapos ceñidos? ¡Te prohibí ponerte estos vestidos! ¿Cuánto hace que vas así?

—He estado en la celebración anual de la empresa de la señorita Snively en el Cocoanut Grove. Emmeline Snively es la jefa de la agencia de modelos Blue Book, que me da trabajos. Tiene una reputación excelente en el sector.

—¿Está casada? —preguntó Jim. Norma negó con la cabeza. ¿A qué venía esa pregunta?—. Entonces no puede tener una reputación excelente —aseveró él, y sacudió la cabeza con una expresión contrariada, como si Norma no dijera más que tonterías.

—¡Eso es absurdo! —lo contradijo Norma. Las chicas de la agencia decían que la jefa no estaba casada porque no quería que el matrimonio pusiera límites a su carrera en el negocio de la belleza. Eso no tenía nada de absurdo—. La señorita Snively sabe perfectamente cómo debo avanzar en mi carrera para poder ganar dinero para nosotros, para ti y para mí, Jim. Querías más ingresos para tener una casa grande. —Incluso se había atrevido a soñar con una casa como la mansión Wrigley.

—¿Tu carrera? —repitió él con desdén, y se puso rojo—. ¡Eres mi mujer! Esa es tu carrera. ¡Esposa, ama de casa y, pronto, madre!

—Me gustaría tener algo que decir sobre mi futuro y quién soy —dijo con firmeza.

El rostro enrojecido de Jim le daba miedo. Parecía a punto de perder el control en cualquier momento.

—Hablas como si te hubieras emborrachado en el Cocoanut Grove —dijo él con desprecio—. ¿Qué va a decir la gente? Mi madre opina que ya están hablando de ti.

Las palabras de Jim la dejaron sin aliento. ¿Por qué le hacía daño justo la persona que debería protegerla? Había esperado que la cantidad de dinero que ganaba y la buena suerte que había tenido lo entusiasmaran. ¿Cuando uno quiere a alguien no desea que sea feliz? Si tu felicidad no era importante para tu pareja, ¿acaso te amaba de verdad?

—¡A partir de hoy no te van a fotografiar nunca más! —rugió Jim al cabo de un instante—. ¡Este sector te ha vuelto completamente loca!

Norma se quedó petrificada y pensó que el corazón se le había parado. ¡Jim no podía prohibirle hacer de modelo! Si no podía trabajar, le quitaría todo lo que daba sentido a su vida. Todo su esfuerzo para lograr un mínimo de felicidad y éxito no podía ser en vano. El tono de desprecio de Jim le hacía un nudo en la garganta. Le hablaba sin ningún respeto. La respiración de Norma se volvió rápida y superficial.

—Siempre te he sido fiel y… —Se le entrecortó la frase—. No te he reprochado nada —aseguró—. Pero tú…

—¿Ahora es culpa mía? —rugió Jim, tan alto que los vecinos lo oirían.

Norma se apoyó en la pared. Se ahogaba. Le costaba tomar y sacar aire con regularidad, pero clavó la mirada en Jim y le dijo en un falso tono de calma:

—Me habría encantado que me hubieras preguntado una sola vez durante nuestro matrimonio qué deseo yo y cuál es mi sueño. ¿No lo entiendes?

Se le llenaron los ojos de lágrimas. Había sido una noche maravillosa. Había dado un gran paso en el Cocoanut Groove para acercarse a su sueño de la interpretación. Se había sentido envuelta en polvo de estrellas, como si flotara, hasta que vio a Jim en el sofá, y ahora solo se sentía infeliz y desesperada.

Jim se cruzó de brazos e intentó aparentar la mayor indiferencia posible, pero le temblaba todo el cuerpo.

—Entonces ¿tu sueño es posar delante de pervertidos que se hacen llamar fotógrafos? —le echó en cara.

Conforme Jim alzaba la voz, Norma hablaba cada vez más bajo.

—Los celos te ciegan —susurró.

Jim la ignoró. Tenía la cara aún más roja.

—Según la ley del estado de California, un marido debe aprobar cualquier empleo de su esposa, y ahora mismo yo me niego oficialmente. Eres mi mujer y, como tal, estás sometida a mi voluntad. ¡No te queda más remedio que obedecerme, joder!

Norma sacudió la cabeza con tanta fuerza que perdió el equilibrio y tuvo que apoyarse en la pared de nuevo. Jim recogió sus zapatos de ante del suelo y se los lanzó, y en ese momento comprendió que no estaba dispuesta a renunciar a su sueño por él. Levantó la mirada y lo miró a los ojos, antaño cálidos, que ahora solo expresaban ira e incomprensión.

—Yo también tengo derecho a ser feliz y no permitiré que nadie me lo arrebate. Ni siquiera tú, aunque seas mi marido. —Al terminar la frase estuvo a punto de fallarle la voz.

Jim la miró sin decir palabra, como si nunca hubiera considerado la posibilidad de que ella se opusiera a sus deseos.

Norma corrió a su habitación, sacó la pequeña maleta de viaje de debajo de la cama y empezó a llenarla. Nunca había tenido muchas pertenencias y eso la ayudó. Se llevó el Stanislavski y abandonó el manual de *El ama de casa perfecta*. Al lado, en el salón, reinaba el silencio. Norma llamó a Muggsie, pero la perra no acudió. Abrió la puerta de la habitación de sus suegros sin hacer ruido. Ethel dormía de costado de cara a la ventana; su acusada permanente se había alisado. Edward roncaba de espaldas. Norma apartó a la perra de sus pies tirando del collar.

Al final, Edward no la había delatado por falsificar la firma de Jim.

Cuando salió del dormitorio con Muggsie, Ethel dijo, sin volverse hacia Norma:

—Si abandonas ahora a nuestro hijo, no hace falta que vuelvas.

Aunque Norma le estaba agradecida a Ethel por haberla cuidado, y a Edward por haberse ocupado de Muggsie, no aguantaba ni un minuto más con Jim en aquella casa.

—No soy yo la que nos ha separado —afirmó, y salió del dormitorio.

Por vez primera, no eran otros los que la abandonaban a ella, sino al revés. Aun así, era una sensación horrible.

Con la maleta y la correa de Muggsie en una mano y las acuarelas del abuelo Otis enrolladas bajo el otro brazo, pasó junto a Jim, que la seguía con la mirada, incrédulo y abatido. Parecía impotente ante su firmeza. A Norma le rompió el corazón verlo así.

Con lágrimas en los ojos, abandonó a las personas que habían sido su familia durante más de tres años.

—Necesito un poco de distancia —dijo a modo de despedida.

Recogió sus zapatos de ante y salió de la casa. No parecía que Jim tuviera nada que objetar a que siguiera utilizando el Ford, o por lo menos no la detuvo cuando metió sus cosas en el coche.

Norma empezó a llorar al poner a Muggsie en el asiento trasero. No podía mirar atrás, si no, cedería. Giró la llave de contacto y apretó el acelerador. No sabía adónde iría ni qué pasaría a partir de entonces. Hacía tiempo que era demasiado mayor para refugiarse en la casa del árbol.

27

Norma jamás habría pensado que le sentaría bien vivir sola en un piso con Muggsie. Ya hacía cuatro meses de su marcha y con ella ni siquiera había infringido la ley. Su mudanza solo hubiera sido delito para el estado de California si Norma se hubiera ido en contra de la voluntad de su marido y sin poder demostrar crueldad psicológica. Esto último era todo un tema, pero respecto a lo primero Jim ni siquiera había intentado retenerla. Desde su discusión no había vuelto a dar señales de vida, así que no podía decirse que Norma se hubiera marchado en contra de su voluntad.

La mañana siguiente de su horrible pelea, Norma condujo sin parar por Los Ángeles. No quería molestar a la señorita Snively ni a sus compañeras de la agencia con sus problemas personales. Estaba tan desesperada que incluso paró por necesidad en casa de los Bolender para preguntarles si tenían una habitación libre, porque Ida y Albert ahora alquilaban la habitación que antes ocupaban los niños en acogida al ir muy justos de dinero. Sin embargo, como los Bolender no estaban en casa, Norma marchó sin rumbo por Venice hasta que por la noche se acordó de Ana Lower, con quien no hablaba desde su boda. En aquel entonces Ana iba con muletas. Norma no estaba segura de si sería una carga para la tía de Grace debido a sus dolencias físicas, pero Ana era su última salvación.

Ana Lower vivía en Sawtelle, en el oeste de Los Ángeles, en una casa grande de dos plantas con dos apartamentos pequeños en la planta baja, que alquilaba. Las playas de arena blanca de Santa Mónica no quedaban muy lejos de allí y era fácil hacer una excursión al mar. Sin embargo, Sawtelle era solo el limpiabarros de Beverly Hills y Bel Air, y la mayoría de sus vecinos eran familias cuyos niños eran objeto de burlas en el colegio por su origen. Norma había dormido varias veces en casa de Ana y lo había vivido en carne propia.

Ana se sorprendió al verla. No se había olvidado de Norma y la recibió con las palabras: «Mi preciosa niña». Era una mujer de pelo blanco, rolliza, con la espalda arqueada y cariñosa como la abuela de un libro de cuentos. Le sacaba casi diez años a Ethel Dougherty y tenía claramente un carácter más sosegado. Aunque seguía lidiando con el reuma y los líquidos en las piernas, parecía encontrarse mucho mejor. Ya no iba con muletas.

Norma insistió en pagar un alquiler justo por el pequeño apartamento de la planta baja y ayudar en la casa. Como condición para que pudiera quedarse todo el tiempo que quisiera, Ana le exigió que le permitiera alimentarla en condiciones. Había trabajado de cocinera y tenía predilección por los sustanciosos guisos de alubias. Además, se negaba a que Norma la tratara como a una mujer enferma. Si necesitaba ayuda con la casa, se la pediría, le aseguró.

Norma se alimentaba bien durante las comidas que Ana y ella compartían mientras mentalmente contaba cuántas horas extra tendría que moverse a cambio. Hacía poco que se había comprado unas pesas con las que se mantenía en forma, y quería seguir cultivando su cuerpo. Algunas chicas de la agencia, en lugar de hacer deporte, tomaban inhibidores del apetito (las pastillas que se tragaba la actriz Judy Garland antes de un rodaje estaban muy cotizadas).

Durante las primeras noches, Norma y la tía Ana hablaron mucho sobre la pelea con Jim. A Norma se le encogía el corazón cada vez que pensaba en lo triste que lo había dejado en North

Hollywood. Al fin y al cabo, Jim era una de las personas más importantes de su vida y no quería verlo sufrir, aunque seguía doliéndole todo lo que él le había echado en cara.

La tía Ana la mecía entre sus brazos.

—Lo mejor es que obedezcas a tu corazón, niña.

Su corazón le decía que ya era hora de pensar en ella o se iría al traste.

—Fue lo que hice yo cuando me divorcié de William Lower, y hasta hoy no me he arrepentido —dijo la tía Ana—. Aunque William tenía mucho dinero y nunca nos faltaba de nada, en mi matrimonio me sentía como en una cárcel.

Mientras charlaban, Norma se dio cuenta de que conocía a muchas mujeres divorciadas: su madre biológica, Grace y la tía Ana. Jean Harlow se había divorciado tres veces, y, por lo visto, aquella era la media para las famosas. Emmeline Snively incluso había conseguido no casarse. Sin embargo, ¿a cuántas mujeres conocía que hubieran seguido felices después de mucho tiempo con sus maridos?

Pasados unos días de su separación, durante una conversación con la señorita Snively, Norma sintió un gran alivio al comprobar que Emmeline había tratado de impedir la discusión con el director del Cocoanut Groove solo para proteger su reputación, pero el valor de Norma la había asombrado. Mientras hablaban, la señorita Snively recuperó su elegante sonrisa británica cuando Norma le dijo que había decidido teñirse de rubia.

Sin embargo, las otras modelos de la agencia guardaban las distancias con Norma. La madre de Pat Frazee había hecho correr el rumor de que era una chica fácil que no había sido capaz de controlarse ni siquiera ante un hombre tan honorable como el director del club.

Norma se sintió a gusto en casa de la tía Ana desde el primer día, pero debido a sus numerosos encargos tardó semanas en instalarse, a pesar de sus escasas pertenencias, en el apartamento de la planta baja.

El día que se mudó, quiso dormir con Muggsie en la cama y la perra se subió a la colcha, pero, cuando Norma despertó por la mañana, Muggsie estaba tumbada en el suelo, junto a la puerta de la habitación.

Durante la primera semana, Norma le envió a Bebe el autógrafo de Ingrid Bergman a Virginia Occidental. Solo adjuntó además una hojita con el número de teléfono de la tía Ana en la que deseaba a Bebe una feliz Navidad.

La noche de San Silvestre, Norma volvió a colgar la acuarela del abuelo Otis encima de la cama y dejó el Stanislavski en la mesita. Si por las noches no se le cerraban los ojos de agotamiento, leía, pero lo conseguía con menos frecuencia que en el pasado, porque estaba demasiado cansada por su trabajo delante de la cámara y por las continuas disputas que, desde hacía poco, sus compañeras iniciaban con ella mientras miraban con desprecio los vestidos ajustados que realzaban la figura de Norma.

La señorita Snively la promocionaba aún más desde que se había teñido del mismo tono rubio que Ingrid Bergman. La visita a la peluquería había sido algo increíble. Al contrario de lo que había esperado, la apestosa tortura de la decoloración no había sido tal. Estuvo mucho tiempo con los ojos cerrados, como una oruga que se transforma en crisálida y, al despertar, bate las alas convertida en mariposa. Cuando se vio por primera vez con el pelo rubio en el espejo del salón, no podía creer hasta qué punto cambiaba su aspecto el nuevo color. Se plantó muy cerca ante su reflejo para asegurarse de que apenas quedaba rastro de la Norma anterior.

Irradiaba una luz diferente y hasta entonces desconocida para ella. No se había dado cuenta del aire melancólico que había tenido de morena. Su cara parecía más grande enmarcada por el pelo rubio. Sonrió a su reflejo, se dio la vuelta y se observó centímetro a centímetro por todos lados. Su opresivo pasado le parecía de otra vida.

Por desgracia, su nuevo aspecto alimentó la envidia de las demás. Llegaban a la agencia solicitudes para ella casi a diario. Celebridades como Earl Moran, Joseph Jasgur o el escocés Bill Burnside querían contratar sesiones con ella. Moran la fotografió para un «calendario artístico», como lo llamaba él, medio desnuda. Durante la sesión, Norma evocó la vida en la *belle époque*, el desenfado y la sensualidad que tanto habían fascinado a su abuelo y ella casi había pasado por alto. Durante los meses siguientes, apareció en portadas de revistas como *Peek*, *See* o *U.S. Camera*.

Su primera portada, en el número de abril del *Family Circle*, donde en realidad el cordero le robaba la atención, había salido dos semanas antes. La tía Ana tenía la imagen enmarcada en el salón y se la enseñaba a todas las visitas, quisieran o no. Expresaba el orgullo que sentía por Norma con mucho más que sus palabras, también con sus gestos y actos. Solo se ponía seria y perdía su cariñosa mirada de abuela cuando Norma amenazaba con no terminarse el plato, y todas las mañanas le preparaba un sándwich de mermelada y mantequilla de cacahuete.

Por mucho que Norma intentara no pensar en Jim en el trabajo y dedicarse a las sesiones con profesionalidad, no paraba de cavilar sobre su matrimonio, y se preguntaba qué sería de él. Sabía por Tom y Mary que Jim había partido antes de tiempo. Aunque la guerra había terminado, tenía que volver al Pacífico para preparar al equipo militar para el transporte de regreso a Estados Unidos y acompañarlo.

En momentos de melancolía, se acordaba de Jim sonriendo, bailando o sumergiéndose con su arpón en el mar. Guardaban muchos recuerdos bonitos juntos… Norma había disfrutado de estar entre sus brazos, en los que se había sentido a salvo. Ahora estaba en manos del mundo, sin su protector. Algunos días lo echaba de menos; otros, recordaba la pelea y veía los zapatos de ante volar por los aires y entonces se alegraba de vivir separada de Jim. Sin embargo, sus ansias de ternura y de caricias seguían ahí. Desde que vivía sola se había familiarizado con la mayoría de las formas de masturbación: darse placer a sí misma la ayudaba a quererse más. Aunque no quería estar sola para siempre, se negaba a volver a ser prisionera de otra persona.

Desde que le iba tan bien con las portadas, pensaba cada vez más en las audiciones. Un día, Charlie Chaplin intentó entablar conversación con ella delante de la agencia (el actor la había invitado a cenar, pero ella lo había rechazado con educación) y la señorita Snively la llamó a su despacho. La jefa condujo a Norma ante la pared de portadas enmarcadas que había junto a su escritorio y su perseverante mirada saltó de una a otra portada mientras decía:

—Ha llegado el momento de iniciar su carrera en el cine.

A Norma la sorprendió que la señorita Snively ya la viera capaz. La mayoría de las chicas de la agencia ejercían de modelos como mínimo dos años antes de que les dieran esa oportunidad.

—Mi mayor sueño es conseguir un contrato con la Metro--Goldwyn-Mayer —confesó con confianza.

La señorita Snively miró fijamente a Norma.

—¿Precisamente en el estudio más grande y de mayor éxito, donde la competencia entre las actrices es especialmente dura? —dijo con voz nasal.

—¿Por qué no? —repuso Norma—. De pequeña ya soñaba con trabajar allí. Y cumplir los sueños de la infancia es algo muy especial, ¿no le parece?

La fría expresión del rostro de la señorita Snively se ablandó. Incluso esbozó una breve sonrisa.

—Bien, entonces haré todo lo posible para conseguirle una audición. —Norma gritó de júbilo para sus adentros—. Para mayo he previsto una cita con una amiga influyente del sector cinematográfico que posee buenos contactos con los cazatalentos de la Metro-Goldwyn-Mayer. Le enseñaré algunas de sus portadas. Podría ahorrarnos el tener que compartir *casting* con otra docena de chicas.

—¡Eso suena genial! —exclamó Norma.

No había contado para nada con la posibilidad de tener una cita individual. Sería la oportunidad de su vida para tener el foco únicamente en ella. Cuando estaba sola sobre el escenario, sus complejos remitían y no se concentraba en sus carencias.

De pronto, el corazón le latía tan rápido como cuando se enamoró de Jim.

Desde que Norma tenía conocimiento del encuentro dispuesto para mayo, empleaba sus domingos libres en prepararse. Descartó la idea de aprenderse un texto de una obra de teatro clásica y, en cambio, ensayó su escena preferida de *El hombre de la frontera* hasta el agotamiento. Al final, incluso se atrevió con el monólogo inicial de Brigham Young en el que hacía un alegato en favor de la libertad religiosa ante el tribunal. Las frases que había utilizado en el Cocoanut Groove pertenecían a ese mismo texto, pero era muy distinto interpretarlo entero de forma creíble. Todavía exageraba demasiado y resultaba poco natural, justo como decía Stanislavski que sucedía a menudo con las escenas de muerte. Sin embargo, Norma no se rindió y creyó en su talento, tal y como le había prometido a David que haría.

No podía evitar sonreír al pensar en el tierno gigante que la había introducido con tanto cuidado en el mundo de la fotografía; ese hombretón que llamaba a su oficial superior simplemente «Ronnie Reagan». Estaba convencido de que apodarlo así en privado era la única manera de no tenerle un respeto tan desmesurado que lo hiciera arrodillarse ante el actor Reagan. Quizá Norma también debería pensar en el señor Mayer, de la Metro--Goldwyn-Mayer, como «el bueno de Louis el Trapero». Soltó una risita y, justo cuando iba a acariciar a Muggsie, sonó el timbre de su apartamento.

¿Sería Jim? Enseguida se le tensó todo el cuerpo y escondió los zapatos de ante debajo del sofá. ¿Qué iba a decirle? ¿Cómo iba a enfrentarse a él?

Muggsie se dirigió de un salto a la puerta, intrigada, meneando la cola con alegría. Tenía un olfato infalible para las personas y nunca había ido así a recibir a Jim.

Norma abrió la puerta. Lo primero que vio fue la portada del *Family Circle*. Luego, la revista bajó y apareció tras ella una cabeza desgreñada. Se le aceleró el pulso y le costó reprimir el impulso de cerrar la puerta de golpe.

—De bebé ya eras maravillosa —le dijo su madre biológica. Solo movía la boca al hablar; por lo demás, su rostro parecía una máscara de arcilla.

—Pe… Pe… Pearl —tartamudeó Norma, insegura por no saber qué decir ni sentir.

Lo primero que le venía a la cabeza al pensar en su madre eran las enfermedades mentales hereditarias que casi había olvidado.

Pearl había envuelto su cuerpo demacrado con un sencillo vestido gris que tenía el dobladillo suelto. Iba con la cara lavada y el cabello castaño claro y crespo recogido en la nuca con poco esmero. La ausencia de maquillaje destacaba su rostro enjuto y plano y sus párpados caídos. En Norwalk, Pearl no había sido una mujer desaseada, y Norma no podía negar que la vida había tratado mal a su madre. Se quedó embarazada por primera vez a los catorce años y poco después se casó. Ambas conocían lo que era un matrimonio prematuro.

—¿Puedo vivir contigo? —le preguntó Pearl con voz apagada, como si estuviera preguntando por algo tan irrelevante como el tiempo en un lugar en el que, de todos modos, siempre brillaba el sol.

Norma dejó a su madre entrar en la casa. La había pillado totalmente por sorpresa. ¿Qué podía hacer? Nunca habían tenido ningún vínculo; solo se habían visto una o dos veces al año cuando era pequeña. ¿Dos desconocidas viviendo juntas en el pequeño apartamento de la tía Ana? Aquello no saldría bien.

Muggsie olfateó a Pearl con curiosidad, pero ella ni siquiera se dio cuenta.

—¿Qué ha pasado con tu marido? —preguntó Norma—. ¿Dónde está? —Pearl se limitó a negar con la cabeza. Mantenía el resto del cuerpo inmóvil, como si fuera un maniquí. Con la mano derecha sujetaba una bolsa de papel—. ¿Te has escapado de la clínica? ¿Saben que estás aquí? —preguntó Norma para ganar tiempo.

¿Qué iba a hacer si Pearl sufría un ataque de repente? Pensó en llamar a Ana, que estaba arriba a punto de calentar uno de sus aromáticos platos de alubias.

—Ya no pueden ayudarme —dijo Pearl. Con los ojos nublados, sin ver con claridad el mundo que la rodeaba, examinó el apartamento alrededor de Norma—. Me gustaría quedarme aquí —murmuró.

«¡No, no puedes quedarte en mi casa!», quiso contestar ella. Pero ya había hecho entrar a aquella pobre miserable, por educación. Siempre había sido amable con Pearl, tal y como le habían enseñado los Bolender. Estaba dispuesta a alojarla una noche para que no deambulara sin techo por Los Ángeles, pero al día siguiente tendrían que encontrar otra solución. ¿Su madre y ella bajo un mismo techo, como si fueran una familia? ¿Cómo iba a funcionar eso? Además, Norma no tenía experiencia a la hora de lidiar con enfermedades mentales. ¿Y si hacía o decía algo que abría las viejas heridas de Pearl?

Norma condujo a su madre al salón, manteniendo una distancia prudencial entre ambas. Muggsie las siguió sin quitarle ojo a la invitada. Pearl se paró delante del sofá y dejó las bolsas de la compra al lado. Aparte del ejemplar del *Family Circle*, que sujetaba contra el pecho con los dedos rígidos, aquello era todo lo que tenía consigo.

—Este sitio es un poco pequeño para las dos —comentó Norma—, pero nos las arreglaremos para una noche.

Pearl se levantó del sofá como si hubiera recibido una descarga eléctrica y Norma pensó que seguramente eran los efectos secundarios de su enfermedad.

El austero vestido gris de su madre le recordaba a Norma a su época en el orfanato. Allí tampoco se zurcían enseguida las prendas rotas y cada huérfana tenía asignada dos vestidos de color azul claro y dos blusas blancas.

—¿Te apetece beber algo? —preguntó para poder huir un momento a la cocina. En el saloncito se estaba creando un ambiente desagradable. Cada silencio, y también cada palabra, era agotador.

Pearl no contestó; tenía la mirada fija en sus bolsas. Norma huyó de todos modos y se tomó su tiempo para coger dos refrescos de cola de la nevera. No tenía ni idea de lo que le gustaba a su madre. Cuando volvió al salón, Pearl ya no estaba donde la había dejado y Muggsie estaba sentada tan tranquila en su rincón.

Norma encontró a su madre en su dormitorio, delante de la acuarela de Otis.

—Tu abuelo siempre quiso estudiar arte en Europa —dijo, sin mover ni un músculo.

Era como si se guardara todos sus sentimientos en su interior.

Norma se colocó al lado de su madre con las dos botellas en la mano. Con discreción, miró de reojo a Pearl. Eran personas totalmente opuestas; jamás se parecerían en nada. Por ejemplo, ahora que al fin Norma se aclaraba el pelo, Pearl, que antaño iba siempre teñida, había dejado de hacerlo. Por lo visto, su madre ya no quería estar guapa ni elegante para la vida ni para sí misma.

¿Estaría Grace igual que Pearl a esas alturas? ¿O habría superado su adicción con ayuda de las numerosas consultas médicas? Norma le había enviado en total quinientos dólares, lo que había pospuesto la reparación del Ford.

Grace siempre había sabido cómo tratar la enfermedad de Pearl, y, por primera vez desde Chicago, Norma deseó poder contar con su ayuda.

—Mi padre siempre me pareció raro —dijo Pearl con apatía—. Tan raro como tú me consideras a mí. —Norma agachó la mirada, sorprendida. Sentía compasión, pero no amor por la mujer que tenía al lado. No había vivido nada con ella, apenas tenían recuerdos comunes—. Era muy pequeña entonces, pero sé que cada día era más olvidadizo —dijo su madre—. Tenía unos dolores de cabeza horribles.

Si no miraba a su madre al hablar, casi sonaba un poco normal. Su suegro Edward hablaba con la misma parsimonia. El hecho de que se acordase de esas cosas y de que fuera capaz de identificar cómo se sentía Norma atestiguaban, en cualquier caso, que todavía tenía intervalos de lucidez.

—Un año antes de morir, sufrió el ataque. Quedó con el lado derecho paralizado y ya no pudo pintar —prosiguió Pearl.

—Quizá el abuelo murió porque ya no podía hacer lo que le hacía feliz —repuso Norma—. Y su sueño de pintar y vivir en un barco se había apagado con la parálisis.

Norma condujo a su madre de vuelta al salón, pero sin tocarla. Delante del sofá le dio una botella de cola. Pearl se sentó y cogió la bebida con los dedos rígidos. Antes de beber, metió la mano que le quedaba libre en el bolsillo del vestido y sacó unas pastillas. Se puso unas cuantas en la boca y se las tragó con el refresco. Muggsie subió al otro extremo del sofá.

Unos minutos después, a Pearl se le cerraron los ojos y se quedó dormida medio sentada, con la barbilla sobre el pecho. Parecía un cadáver.

A Norma le entró el pánico. ¿Y si su madre acababa de tomarse demasiadas pastillas? No sabía cuántas habían sido, no las había contado.

Alterada, subió corriendo a ver a la tía Ana, que le preguntó dos veces si de verdad era Pearl. Norma se lo confirmó con insistencia. La tía Ana consiguió que se calmaran las dos con un gran plato de alubias blancas. Luego llamaron juntas al hospital de Santa Clara y se enteraron de que hacía tiempo que Pearl había recibido el alta por voluntad propia, pero que sus familiares debían vigilar que tomara con regularidad los tranquilizantes.

La tía Ana bajó y ayudó a acomodar mejor a Pearl en el sofá. Norma le suplicó en un susurro que no la dejara sola con su madre.

Cuando Pearl despertó más tarde, Norma subió a su madre al piso de Ana, donde se sentaron las tres y cenaron con ella. Por primera vez, Norma no pudo cumplir la promesa que le había hecho a Ana y no probó ni un bocado, por mucho que se esforzó. La situación era demasiado imprevisible. ¿Cómo iba a aguantar la noche entera sola con su madre?

Cuando terminaron, Pearl se ofreció a ayudar con la siguiente comida. Les contó que en Norwalk solía recolectar y limpiar la verdura. Norma se quedó perpleja al oírle decir que había una siguiente comida juntas. La idea le producía pavor, pero cuando fue a hablar notó la mano cálida y tranquilizadora de la tía Ana encima de la suya.

¿Y si aquella era la última oportunidad que tenía de que ella y su madre biológica intimaran? Le daba miedo hacer otro intento, pero aún más que acabara en desastre. Pearl y ella no tenían absolutamente nada que decirse ni nada en común, ni el presente ni el pasado.

Contra todo pronóstico, la primera noche fue tranquila y durante los días siguientes Pearl no quiso salir del piso más que para pelar verdura arriba, en casa de Ana. No se movió ni siquiera para dar un paseo corto y que le diera el aire.

Pero después, tras una semana de tranquilidad, Norma comprendió lo que significaba que una persona sufriera cambios de humor. Algunas noches su madre quería charlar sobre el pasado y le preguntaba por sus planes de futuro. Otras, Pearl no decía ni una palabra, pero caminaba por la calle, confusa, y murmuraba cosas en una lengua que Norma no entendía.

Las jornadas de trabajo después de esas noches eran un infierno. Norma estaba falta de sueño y de concentración. No podía seguir así, se jugaba todo por lo que tanto había trabajado.

28

Finales de abril de 1946

Norma se despidió de Inez y Pedro desde el balcón del piso de Ana mientras subían al coche para marcharse. Los Gonzáles habían parado en Sawtelle en el camino de vuelta de San Diego, donde vivía la hermana de Inez. Había sido un reencuentro en un ambiente relajado y querían repetirlo sin falta.

Inez le había enseñado a Ana a condimentar bien los guisos de alubias con bastante cayena y chile. Ambas habían comentado que Muggsie había adelgazado y que apenas comía.

Cuando Norma volvió al comedor con la tía Ana sonó el teléfono.

—¿Diga? —preguntó Ana—. ¿Señorita qué? —Tapó el auricular con la mano y le susurró a Norma—: La mujer al otro lado de la línea tiene una voz tan gangosa que casi no la entiendo. Creo que lo hace para dejar claro que es una inglesa elegante, pero yo sigo notando esa pizca de acento del Medio Oeste, de Ohio o Indiana.

El fino oído de Ana hizo sonreír a Norma. Ella nunca notaba los acentos, pero sabía que nadie hablaba con una voz nasal tan peculiar como la de la señorita Snively. A Norma le molestó que su jefa la llamara un domingo. Con lo desconcentrada que estaba últimamente en el trabajo, ¿podía ser que Emmeline Snively quisiera reñirla o incluso despedirla? Las ojeras de Norma saltaban a la vista, y en las sesiones últimamente su sonrisa era forzada porque no dejaba de pensar en su madre. Eso perjudicaría «la reputación de la agencia». Era como si pudiera oír a la señora Snively.

La tía Ana invitó con un gesto a Norma a acercarse al teléfono.

—La señorita suena bastante impaciente.

Antes de coger el teléfono, Norma le sirvió un refresco a la apática Pearl para que se tomara de una vez las pastillas. Había encontrado la medicación debajo de la cama al recoger por la mañana.

La tía Ana volvió a colocarse al oído el auricular del teléfono azul metálico y contestó:

—Sí, Norma Dougherty está aquí. Ahora se la paso.

Norma cogió el auricular y dijo con cierta inseguridad:

—Señorita Snively, buenos días. —Norma imaginaba que estaba a punto de decirle que la sesión mejor pagada para la semana siguiente se había cancelado.

—¿Qué le pasa en la voz? ¿Se le ha metido un sapo en la garganta? —preguntó Emmeline Snively con brusquedad.

Norma se aclaró la garganta.

—No, no me pasa nada... —dijo, y se apresuró a añadir—: En la voz.

—Ya le hablé de mi amiga con buenos contactos entre los cazatalentos de la Metro-Goldwyn-Mayer... —prosiguió la señorita Snively.

—¿Han dicho que no? —preguntó Norma temerosa.

—¡Al contrario! ¡La Metro-Goldwyn-Mayer la ha invitado el cuatro de agosto a una audición! —exclamó la señora Snively al teléfono, tan entusiasmada que casi se quedó sin voz—. Quieren conocer en persona a la chica rubia del anuncio de champú inmediatamente.

Con la poca profesionalidad que había demostrado últimamente, lo último que esperaba era que le concedieran una audición.

—¿A... a... mí?

—Le piden, Norma, que estudie la escena de *Lo que el viento se llevó* en la que Scarlett jura no volver a pasar hambre —le informó la señorita Snively.

Otra escena de la película se abrió paso en la mente de Norma. «Otro baile y perderé la reputación para siempre», decía la coqueta Scarlett a Rhett Butler, y él contestaba: «Con valor, puede vivir sin ella». La película era un auténtico tesoro de descarados diálogos de peso y potentes monólogos como el de Scarlett. Norma ya había visto la película por lo menos una docena de veces. Los mitos que corrían sobre el rodaje eran de sobra conocidos.

De pronto hasta la vida con Pearl le parecía más fácil. Norma apartó un instante el teléfono, giró como una bailarina sobre las puntas de los pies y su falda se levantó vaporosa. El corazón se le iba a salir del pecho. ¡Por fin había llegado el momento! Hacía una eternidad que soñaba con una audición. Era la última pieza de su rompecabezas. La imagen de su futuro se dibujó con nitidez en su mente.

Norma volvió a ponerse al teléfono.

—¿Voy a actuar en el estudio cinematográfico más grande de Hollywood? Es lo mejor que me ha pasado nunca. ¿Y me creen capaz de interpretar a Scarlett O'Hara? —Profirió un grito de alegría que solo Pearl pareció no oír. La tía Ana la abrazó por un costado.

—Mi niña preciosa —dijo con lágrimas de alegría en las mejillas.

Norma vio por el rabillo del ojo que Pearl hacía desaparecer las pastillas debajo de la mesa en vez de tomárselas. Luego las limpió como si fueran migas.

—No podía guardarme la noticia hasta el lunes —añadió la jefa de la agencia.

—Gracias, señorita Snively. Que tenga un buen día —dijo Norma, y colgó el auricular en el gancho.

La tía Ana llevó a Norma con aire solemne frente a la portada enmarcada del *Family Circle* del salón y se limpió las lágrimas de las mejillas arrugadas. Norma caminó con garbo a su lado como aquella vez en la escalera alfombrada del Cocoanut Groove. Disfrutó de cada paso y sonrió como si la enfocara una cámara.

—No conozco a nadie que lo merezca más que tú, niña —dijo Ana entre sollozos, y acarició con ternura el marco de la portada. Le limpiaba el polvo a diario, aunque le doliera la espalda debido al reuma.

Norma se arrimó a la tía Ana. En realidad, quería ser reservada y no mostrar sus sentimientos hacia mujeres cariñosas. Al final, además de Grace, también se había llevado una decepción con Ethel. Aun así, en ese momento no pudo evitarlo. Estaba cansada de ponerse una coraza ante todas las personas que significaban algo para ella. Echaba de menos la cercanía, quería amar y ser amada, necesitaba que los sentimientos calaran en su piel en vez de rebotar en ella. Relaciones que no fueran campos de batalla.

—Eres la mejor, tía Ana. Te quiero mucho.

Ana ni se esforzó en reprimir sus lágrimas. Norma oyó el ruido de las bolsas de la compra de su madre en la mesa del comedor y la miró con prudencia. Sin embargo, Pearl toqueteaba perdida las bolsas vacías. Norma dio un fuerte abrazo a la tía Ana.

—Hoy mismo empezaré a estudiar la escena.

—Ensayaré el texto contigo si a partir de mañana vuelves a comer más, ¿entendido? —dijo Ana con falsa seriedad, pero enseguida volvió a mostrar su sonrisa cariñosa y a mecer a Norma en sus brazos blandos.

Norma asintió entusiasmada. Era una sensación agradable la de no trabajar sola por su sueño.

Ana adoptó una rara postura de orgullo y dijo con aire dramático:

—«Aunque tenga que estafar, ser ladrona o asesina, ¡a Dios pongo por testigo de que jamás volveré a pasar hambre!».

—¿Has visto la película tantas veces como yo? —preguntó Norma entre risas. No pensaba que la tía Ana fuera capaz de recitar el texto con tanta seguridad y dramatismo.

—Seguro que dos docenas de veces —le aseguró Ana—. Una también se puede enamorar de Rhett Butler a una avanzada edad. —Esbozó una sonrisa pícara—. Y ahora vete, tu mamá y yo ya nos las arreglaremos.

Norma pensó un momento en corregir a la tía Ana al decir «tu mamá». Pearl solo era su madre biológica, no una mamá de verdad. Sin embargo, al ver a esa mujer triste en la mesa del comedor que seguía sin ponerse nada más que su vestido gris y las sandalias desgastadas, no tuvo valor. No quería entristecer aún más a Pearl.

—Antes te ayudaré a recoger —dijo Norma, que ya estaba pensando en dónde podía conseguir el guion de *Lo que el viento se llevó*.

Volvió a la cocina y recogió las pastillas de su madre del suelo; no era la primera vez que tenía que hacerlo. Hacía tiempo que no tenía idea de si su madre se tomaba siquiera una pastilla.

Cada día que pasaba, Pearl se hundía más en su pena y Norma estaba más convencida de que lo mejor sería volver a ingresarla en un hospital para que recibiera cuidados médicos. Cada vez era más frecuente que tuviera que ir a buscarla a la calle y la encontrara muda y confusa. Su madre deambulaba por Sawtelle, caminaba entre los coches de aquí para allá murmurando cosas que nadie entendía.

Norma ya no dormía bien casi ninguna noche. La anterior casi se le paró el corazón cuando oyó gritos en la calle, el chirrido de unos neumáticos y un frenazo. Salió vestida solo con un camisón fino y se encontró a Pearl como una estatua delante de un Buick cuyos ocupantes parecían también muy confusos y le gritaban. Con sus bolsas de papel apretadas contra el pecho, su madre estaba allí de pie, sin indicios de sentir miedo, y eso que el coche se había detenido a solo un palmo de ella. Norma pensó que Pearl estaría herida, pero no tenía ni un rasguño.

Norma se disculpó con los hombres, indignados debido al susto; rodeó a su madre con un brazo tembloroso y la acompañó de vuelta a casa.

—Ven, voy a arroparte en el sofá —dijo sin darse la vuelta.

Pearl se dejó llevar sin rechistar y agarró la mano de Norma tan fuerte como antes durante el paseo en Venice. Se quedó junto a la cama de su madre y no la soltó hasta que amaneció.

Por la mañana, después de la mala noche, recibió una visita inesperada en Nebraska Avenue. Sonó el timbre y, al mismo tiempo, llamaron a la puerta. La tía Ana, Pearl y Norma acababan de desayunar con calma.

—Querida tía Ana, ¿estás ahí? —dijeron desde fuera. Era la voz de Ervin.

Norma se quedó helada en la silla y vio que su madre también reaccionaba. ¿Qué hacía su antiguo padrastro allí? ¿Le habría dado Grace calabazas definitivamente? Tal vez se había enterado de que Norma la ayudaba económicamente y ahora quería sumarse a la lista de beneficiarios.

Tocó el timbre más veces, impaciente. Ana abrió la puerta y, sin darle tiempo ni a saludar, Ervin entró.

A Norma se le aceleró el corazón al ver a Grace en la entrada. Se le puso la piel de gallina, como si le hubieran tirado una jarra de agua fría por encima. Se levantó de la mesa del comedor mientras en su mente veía de nuevo aquella imagen de ella sangrando en el suelo de la cocina de Chicago y el portazo de la mañana siguiente a la pelea. Aunque últimamente creía haberlo superado, se le encogió el corazón al ver a Grace. Al tenerla delante, parecía que lo de Chicago había sucedido hacía nada.

Grace saludó a la tía Ana, pero sobre todo miraba a Norma. Se plantó delante de ella.

—¡Norma, corazón! Por fin ha vuelto tu mamá. Ahora todo irá bien —dijo.

Norma se frotó los brazos helados. ¿Con «todo irá bien» Grace se refería a que quería compensar las mentiras de antes o se consideraba tan irreemplazable que creía que la vida de su hija adoptada solo podía ir bien si ella estaba cerca? ¿O quizá solo pretendía contagiarle su buen humor y abrazarla para reconciliarse y recuperar a partir de ese día todo lo que había perdido durante los últimos años? Norma no sabía qué pensar.

Norma no se había sincerado con ella en los envíos de dinero ni le había hablado del estado de su matrimonio. Grace debía de haberse enterado de que se había mudado al ver el remitente.

Hacía mucho que no tenía madre, ¿y ahora dos mujeres a la vez aspiraban al cargo? Alternó la mirada, nerviosa, entre Pearl y Grace, y luego hacia la tía Ana, que en realidad era con la que sentía mayor cercanía y la que la trataba con más cariño.

La primera en reaccionar fue Pearl. Se levantó de la mesa del comedor y se marchó al apartamento de abajo con pasos pesados y las bolsas de la compra apretadas contra el pecho. Iba maldiciendo para sus adentros.

Mientras Ervin abrazaba a la tía Ana, Grace le tendió los brazos a Norma.

—Me alegro mucho de volver por fin a Los Ángeles. —Con su sonrisa cariñosa y su buen humor parecía la Grace de antes, aquella que acogió con generosidad a una huérfana pobre necesitada de amor.

Habían pasado cuatro años desde su despedida entre el polvo de Van Nuys. Cuatro años que, en principio, debían ser uno, máximo dos. Tal vez Norma debería haber previsto el retraso, era típico de Grace. En el orfanato, los seis meses que le había prometido también se habían convertido en dos largos años. Eso lo había superado; pero lo de Chicago no, por lo visto.

Desde que David la había animado a iniciar una carrera como modelo, y luego como actriz de cine, procuraba mirar solo hacia delante y dejar atrás el pasado.

—Me alegro de verte tan animada —dijo Norma para empezar.

Grace estaba deslumbrante gracias a su maquillaje, el laborioso recogido (de nuevo rubio platino) y los zapatos de tacón de piel auténtica. Era un calzado caro, del tipo que Norma solo podía usar si lo tomaba prestado del fondo de la agencia para las sesiones de fotos.

Grace atrajo las manos de Norma hacia sí y les dio un apretón a modo de disculpa.

Era una sensación curiosa la de volver a tocar a la que había sido su madre. Las manos de Norma estaban frías; las de Grace, calientes. Norma apenas la rozó. Algo le pedía cautela, pero en su interior también comenzaron a formarse poco a poco las palabras «nuevo comienzo». Tal vez había llegado el momento de perdonar a Grace. Aunque poco a poco empezó a entrar en calor, se recordó que no podía precipitarse.

—Ervin y yo hemos vuelto —anunció Grace con orgullo—. Nos queremos más que nunca, eso nos da fuerza.

Norma no percibió ese típico olor intenso que emanaban los alcohólicos, y el bolso a la última moda que llevaba Grace era tan pequeño que ni siquiera cabía una petaca. Parecía que sí que había gastado los quinientos dólares que le había prestado Norma en facturas médicas. Era una buena noticia. ¿Debería abrazarla ahora que estaba sana, felicitarla y alegrarse con ella? Antes de poder aclarar sus sentimientos, Grace la estrechó entre sus brazos y le susurró al oído con toda confianza:

—He pensado que mi hija, ahora que sonríe a todo el país desde las portadas, podría necesitar el apoyo de su madre.

Norma se zafó del abrazo. Había necesitado su apoyo antes de sonreír a todo el país desde las revistas. Por ejemplo, cuando sufrió un terrible mal de amores en Sherman Oaks o le pesó en la conciencia la desgracia de los Gonzáles. Podría seguir enumerando situaciones durante horas, pero tenía que mirar hacia delante. Estaba en proceso de convertirse en una nueva persona. La Norma de la que todo el mundo se compadecía pronto sería historia.

Miró hacia la puerta, que seguía abierta de par en par.

—¿Dónde está Bebe? —preguntó con tono esperanzado.

Su hermanastra debería haber recibido el autógrafo de Ingrid Bergman hacía tiempo. Le habría gustado más disfrutar de la presencia de Bebe que ver a Grace y Ervin. Echaba de menos a su hermanastra y ansiaba tener la oportunidad de compensar su actitud. Lo primero que haría sería dejarle un ramo de flores silvestres en la almohada para que tuviera dulces sueños, como había hecho Bebe con ella. La idea de volver a estrechar a su hermana entre sus brazos por fin como si no hubiera pasado nada dibujó una sonrisa en el rostro de Norma.

Ervin se plantó delante de la portada enmarcada en la pared y asintió con un gesto de aprobación. El sombrero de vaquero beis que llevaba, de ala ancha y con una cinta de piel con doble costura, se parecía sospechosamente al de John Wayne. Debía de haber ganado mucho dinero en Virginia Occidental.

—Bebe quiere terminar primero sus estudios en el instituto de Huntington —le explicó, sin parar de desviar la mirada hacia Norma y luego a la portada del *Family Circle*—. Es muy dulce… el corderito. —Luego rodeó la fina cintura de Grace con el brazo y la atrajo hacia sí.

—Está bien que por lo menos Bebe termine el instituto —subrayó Norma, que lanzó a Grace una breve mirada de reproche. Todas sus compañeras de la agencia tenían estudios. Grace entendió lo que quería decir y le dedicó una sonrisa de disculpa, pero Norma no se la devolvió—. Me alegro de oír que no os habéis divorciado —dijo en cambio, antes de que se impusiera un silencio incómodo.

Entonces ¿cabía la esperanza de que incluso los matrimonios más distanciados se reencontrasen? Enseguida pensó en Jim y en su cara de tristeza cuando se fue. No quedaba ni rastro en él del carisma alegre que la enamoró. Tenía los ojos aún más hundidos que de costumbre, en la frente alta de los Dougherty se habían dibujado arrugas, pero sobre todo parecía derrotado. Norma no estaba segura de qué sentía por él. Durante las últimas semanas, sus sentimientos estaban bastante desordenados. Ya no sabía a quién debía querer y a quién no. Tal vez debería haberse puesto una coraza con su marido también antes. Así habría evitado sentimientos dolorosos, aunque quizá también se hubiese perdido los agradables. Y tampoco ella era completamente inocente en su dilema matrimonial.

—¿Y tú, Norma? —preguntó Grace con cautela—. Ethel me contó por teléfono que tuvo que sacar a Jim del barco en el Pacífico para hacerte entrar en razón.

Ahora lo entendía todo. No había sido casualidad que Jim apareciera de pronto la noche del Cocoanut Groove. Ethel había llamado a su hijo para que volviera a casa para controlar a su mujer porque ella no lo había conseguido.

—¿Ya has contratado a un abogado para el divorcio? —preguntó Grace—. Conozco a uno que hará que sea breve e indoloro para ti.

—Pensaba que te caía bien Jim —repuso Norma, molesta por la determinación de Grace. Ella todavía no había pensado en el divorcio, solo en tener una conversación con él.

—Pero si no te trata bien y tienes que alejarte, sería mejor divorciarse —aclaró Grace, rodeando a Norma con el brazo en un gesto compasivo—. Además, resultaría conveniente para tu carrera.

Norma se quitó el brazo de Grace de encima. ¿No fue su madre la que dijo, cuando se mudó, que podría hacer carrera en Hollywood siendo una mujer casada?

—Voy a por las maletas —dijo Ervin, y besó a Grace en el cuello—. ¿Lo aclaras con tu tía, cariño?

Norma respiró hondo: ¿querían quedarse? De pronto, se agobió. Se sentía como si estuviera en una habitación donde las paredes estrechaban poco a poco y amenazaban con aplastarla. Aparecieron los viejos retortijones del estómago.

Grace se volvió hacia Ana.

—Querida tía, ¿te parece bien que nos quedemos unos días en el otro apartamento hasta que encontremos otro alojamiento? Desde fuera no parecía alquilado, ¿o me equivoco?

Ana desvió la mirada hacia Norma, que tenía las manos apretadas contra el estómago y estaba muy pálida.

—Así la familia estaría unida como antes —insistió Grace—. Ervin y yo podemos cuidar de ti. —Sonaba preocupada—. ¿Cómo va tu reuma?

Norma conocía ese tono. En realidad, no había mejor actriz que Grace y no se le ocurría mejor profesora para las pruebas del estudio. Pero si se le iba a revolver el estómago constantemente con ella y se iba a sentir tan terriblemente presionada como en ese instante… sería una pura tortura.

—El reuma y yo nos hemos acostumbrado el uno al otro —dijo la tía Ana.

—Mira, tía Ana, si estoy cerca de la familia me resultará más fácil no volver a beber —confesó Grace en voz baja—. Cuando os veo las caras sé lo que me juego con el alcohol. Y a ti te pasa lo mismo, ¿verdad, Ervin?

Ervin asintió con vehemencia mientras cruzaba el umbral de la puerta cargado de maletas.

Norma advirtió la mirada compasiva que le lanzaba Ana. De nuevo se quedó congelada, se sentía dividida. Por supuesto que no quería que Grace y Ervin volvieran a beber, pero aún no se sentía del todo a gusto con ellos. Necesitaba más tiempo.

—Además, pagaremos alquiler —prometió Grace, y se acercó a Norma—. Por favor, dame la oportunidad de compensar lo de Chicago.

Norma le dio forma con los labios, letra a letra, a las palabras «nuevo comienzo». Asintió en silencio. Ana se sorbió los mocos, emocionada, y también cedió.

—De acuerdo, me parece bien.

Grace soltó un sonoro suspiro de alivio; tenía los ojos llenos de lágrimas. Era incapaz de apartar la vista de Norma.

—¿Qué os parece —propuso Ervin— si os invitamos a cenar hoy para agradeceros la acogida en vuestra casa?

—¿Y Pearl? —preguntó Norma. No quería dejarla sola después de una noche tan difícil.

—Lástima que haya desaparecido tan rápido —comentó Grace.

Norma no estaba segura, pero Pearl había murmurado algo parecido a la palabra «ladrona» al irse.

—Pearl vive aquí desde mediados de abril y casi no sale de casa —aclaró la tía Ana.

—Me necesita —dijo Norma—. Además, tengo que prepararme para las pruebas. Organizaremos la cena cuando todo haya terminado a finales de julio, ¿de acuerdo?

—¿Tienes una audición? ¡Es fantástico! —se alegró Grace, como si llevara años trabajando con ella para conseguirlo.

A Ervin casi se le salieron los ojos de las cuencas.

—¿En qué estudio?

—En la Metro-Goldwyn-Mayer —contestó Norma con orgullo. Dejó que hiciera efecto el nombre del estudio cinematográfico antes de añadir—: La tía Ana ya me está ayudando a prepararlo.

—¿De verdad, en la Metro-Goldwyn-Mayer? —Ervin soltó las maletas y se acercó a Norma—. A lo mejor podrías mencionar mi nombre a Louis B. Mayer, si tienes ocasión.

—¿La tía Ana te ayuda? —preguntó Grace con la voz tomada. La sonrisa se desvaneció de su rostro. Saltaba a la vista que quería asumir ella esa función.

La tía Ana rodeó a Norma con el brazo.

—Norma tiene que prepararse bien, y para eso nuestra actriz en ciernes necesita calma y concentración.

Desde que Pearl vivía con ellas en Nebraska Avenue, Norma apenas sabía deletrear ya la palabra «calma». Durante las últimas semanas había ido a casa todos los días a ver a su madre durante la pausa del mediodía. No quería dejar a Ana la carga de los cuidados, aunque ella quisiera ayudar.

—En Martin's Books, en el cruce de Sawtelle Boulevard con Olympic Boulevard, venden guiones. A lo mejor la encuentras allí, niña —dijo Ana—. Abren también los domingos.

Norma asintió, agradecida por la oportunidad de huir un rato de los invitados. Cuando bajó la escalera a la planta baja, notó la mirada penetrante de Grace en la espalda.

Cuando Norma volvió al salón de su apartamento, Pearl estaba sentada con Muggsie en el sofá. La perra estaba apoyada en su muslo, hecha un ovillo. Pearl se había vuelto a dormir, abrazada a las bolsas de la compra en su regazo.

Norma no quería despertar a Muggsie, por lo que fue sola a Martin's Books. Era una tienda anticuada del siglo pasado, con ladrillos antiguos y agujereados desde hacía tiempo. El letrero de madera había palidecido bajo el sol de California con el paso de las décadas. El escaparate repleto de libros enseguida cautivó a Norma. No dudó en entrar en la librería y observar con detenimiento la acogedora tiendecita antes de preguntar por el guion que necesitaba para la prueba.

Rápidamente se le quitaron las ganas de volver a casa debido a la paz y tranquilidad que reinaba en el establecimiento. Era la única clienta y el sofá que allí se encontraba, con los reposabrazos curvados y el terciopelo granate como sacado de la *belle époque*, invitaba a leer y a evadirse de la realidad. El regreso de Grace la había cogido por sorpresa, pero además ya no sabía qué más hacer con su madre biológica. En cuanto mencionaba la posibilidad de buscarle un nuevo hospital, Pearl se quedaba petrificada y apretaba los labios.

Norma se sentó en el amplio sofá de lectura y hojeó el guion. Intentó meterse en el mundo de Scarlett, plagado de riqueza, pérdida, amor y guerra, pero no paraba de pensar en los Goddard. ¿Habían vuelto para siempre a Los Ángeles? Y ¿qué esperaban de ella? ¿Qué ocurriría con su relación?

Norma se adentró en la guerra civil más desgarradora de todos los tiempos hasta poco antes de que cerrara la tienda. El guion de *Lo que el viento se llevó* era un mamotreto de un grosor impresionante, aunque no era de extrañar para una película que duraba cuatro horas. Se propuso volver el domingo siguiente. Quizá ese precioso sofá fuera el único lugar de Sawtelle donde encontrar la calma en ese momento.

Regresó al apartamento a regañadientes y dando un rodeo. Cuando entró en el salón, oyó hablar a Grace y Ervin. Las paredes eran finas como el papel.

—Le pediré al señor Smith que prepare los papeles del divorcio de Norma —dijo Grace—. Si se decidiera a dar el paso, todo habría terminado. Es una modelo solicitada, merece algo mejor que el hijo de Ethel.

Norma estaba horrorizada. ¿Cómo podía Grace hablar de Jim con semejante desdén? Había sido su apoyo en la época en que ella más lo necesitaba. Además, había trabajado mucho por su familia. Era un buen hombre.

—Ya no tiene dieciséis años, cariño; no lo olvides —contestó Ervin con calma.

—Pero me encantaría ayudarla —aseguró Grace con convicción—. Desde la primera vez que la vi de niña supe que tenía potencial para ser una estrella de Hollywood.

—Deja que lo haga ella sola. A su manera —opinó Ervin—. Además, si la animas a divorciarse dejarás en la estacada a tu amiga Ethel.

Norma quería olvidar de una vez a los Goddard. Desvió la mirada hacia Muggsie, que dormía con la cabeza entre los cojines del sofá. Su madre estaba sentada en silencio a su lado, con las mejillas encendidas. Ni siquiera parpadeaba, por mucho que Norma la mirara.

Por primera vez en su vida vio llorar a Pearl. La conmovió, pero sabía qué hacer. Se agachó delante del sofá para no mirar a Pearl desde arriba.

—¿Qué pasa? —le preguntó con cautela, con un tono suave.

Sin embargo, Pearl se quedó ahí sentada, muy tiesa. Al cabo de un rato movió los labios durante unos instantes sin decir nada, antes de soltar:

—Ha sido más rápida que yo.

—¿Más rápida? ¿En qué ha sido Grace más rápida? —preguntó Norma en voz baja.

Siguió la mirada de Pearl hasta Muggsie. Al ir a acariciar a la perra, enseguida notó que le pasaba algo. Le dio la vuelta y la puso boca arriba. No respiraba.

—¡No puede ser! —exclamó horrorizada.

Se arrimó al animal y lo abrazó, pero Muggsie no se movió.

Norma recordó el instante en que descubrió a la perra aquella noche, delante de la puerta del porche. Con la llegada de Muggsie a su vida, sintió que había encontrado a otra marginada como ella. La perra la protegió y siempre le dio un motivo para sonreír en los momentos tristes. ¡Necesitaba a Muggsie, la quería! Era su mejor amiga. ¡Si alguna vez había tenido una familia, eran Muggsie y ella!

Norma se volvió hacia su madre.

—¿Qué ha pasado? ¿Le has dado tus pastillas? —Pearl sacudió la cabeza con brusquedad, como si le pasara la corriente. Norma agarró a su madre de los hombros—. ¡Dime de una vez qué ha pasado! ¿Por qué está muerta?

Pearl hablaba tan bajo que Norma apenas la entendió.

—Cuando he despertado ya estaba muerta.

A Norma se le encogió aún más el corazón. ¿Habría sufrido Muggsie un infarto? ¿O habría sido otra enfermedad que la aquejaba desde hacía tiempo y que ahora le había provocado la muerte? Solo podía esperar que, con suerte, la perra no hubiera sufrido.

Acto seguido, se puso furiosa consigo misma por no haberse dado cuenta de nada. Los perros eran maestros en ocultar el dolor, pero a una dueña atenta no debería escapársele algo así.

—Pobre perra —susurró Pearl, y no paraba de repetirlo.

A Norma le rodaron lágrimas por las mejillas. ¿Por qué no se había fijado más durante los últimos meses? Si hubiera prestado atención y no hubiera tenido en la cabeza solo la siguiente sesión fotográfica, a lo mejor se habría dado cuenta a tiempo.

Se arrimó a la difunta Muggsie. Dolía tanto que parecía que se le iba a partir el corazón. No quería dejarla. No era la primera vez que había descuidado a su mascota.

Le asaltaron recuerdos de cuando aún vivía en casa de los Bolender. Tippy era un macho mestizo que acudió a ella y del que cuidó con mucho sacrificio. Se convirtió en su mejor amigo, todas las mañanas la acompañaba hasta la puerta de la escuela. Hasta que ladró demasiado fuerte delante de casa de los Bolender una vez y el vecino sacó la escopeta de perdigones y le disparó. Ese funesto día, Norma se había quedado castigada después de clase porque no estaba al día en matemáticas. Si hubiera sabido calcular mejor, habría llegado antes a casa y habría protegido a Tippy del vecino enfurecido. Jamás se perdonó no haber estado a su lado. Su muerte era culpa suya.

Norma sollozaba, lloraba a moco tendido contra la piel de Muggsie. Había sido una egoísta y una ambiciosa mientras su mejor amiga se iba apagando. Había notado que Muggsie estaba cada vez más tranquila, menos ágil, y que apenas comía. Inez también lo había advertido. ¡Si por lo menos la hubiera llevado al veterinario! Hubiera bastado con rechazar una de las cuatro o cinco sesiones semanales para hacerlo.

Norma acarició la franja de piel de color negro azulado que Muggsie tenía en el cuello, un poco sucia porque hacía tiempo que no la cepillaba. Se sintió aún peor. Era una dueña desastrosa, irresponsable y egoísta. Con su primer sueldo en Radioplane le había comprado un juguete a Muggsie. Los primeros dólares como modelo los había invertido en un maletín de cosméticos sin pensar en absoluto en la perra.

Sacó el guion que había guardado en el armario al llegar a casa, hecha un baño de lágrimas, y subió arrastrándose a ver a la tía Ana. De camino al teléfono estuvo a punto de chocar con Ervin, que le ofreció la mano para apoyarse, preocupado. Sin embargo, Norma lo evitó.

Marcó el número de la señorita Snively con las manos temblorosas. El temblor se le extendió desde las rodillas hasta los muslos. ¡Pero qué egoísta había sido durante los últimos meses! Mientras sonaba el teléfono, tiró el guion de *Lo que el viento se llevó* al cubo de la basura, sobre los restos del último guiso de alubias.

Cuando Emmeline Snively descolgó, Norma ni siquiera le dijo su nombre y habló directamente, sin tapujos:

—Anule la cita con la Metro-Goldwyn-Mayer. Y también mi contrato con la agencia. De todos modos, no tenía validez legal, porque mi marido jamás llegó a firmarlo.

Sin esperar respuesta, Norma colgó y luego corrió a ver a su mejor amiga muerta, para por lo menos ahora estar con ella.

El sol se estaba poniendo cuando Norma dejó la pala. En la franja de césped que había junto a la casa ahora se abría un agujero de un metro de profundidad. Tenía tierra pegada a los dedos y notaba gotas de sudor cayéndole por la espalda. Miró con apatía el pequeño abismo a sus pies. En realidad, ella era la que merecía ser enterrada. No había parado de llorar desde que descubriera a Muggsie muerta. Le escocían los ojos y tenía la cara horrible e hinchada.

Pearl la ayudó a colocar a la perra en una manta. Al ver de nuevo el cuerpo inerte del animal, Norma rompió a llorar y negó con la cabeza. No quería asumir que de verdad hubiera llegado el momento.

—No me lo puedo creer… —dijo también la tía Ana y dejó otra golosina al lado del cadáver.

Ana envolvió a Muggsie con la manta y, con ayuda de Pearl, Norma la introdujo poco a poco en la tumba.

Amenazaba con desmoronarse en cualquier instante. Ana la apoyaba a su derecha; Pearl, a la izquierda. En su cabeza, Norma entonó una de las canciones más tristes de los últimos años, interpretada por la cantante de jazz Billie Holiday:

I'll be seeing you
In all the old familiar places…

Norma se agarró con más fuerza al brazo de Ana. Se sonaba la nariz con uno de los grandes pañuelos de cuadros de Jim que se había llevado sin querer en su última mudanza.

That this heart of mine embraces
All day and through…

La canción era lenta y dolorosa. Hablaba de dos amantes a los que separaban. Pese a que en ningún verso aparecía la palabra «muerte», Norma no paraba de ver a una mujer junto a la tumba de su amante, deleitándose en recuerdos tristes y bonitos.

Pearl apoyó la cabeza en el hombro de Norma.

In that small cafe
The park across the way
The children's carousel
The chestnut trees
The wishing well…

Norma apretó la mano de la tía Ana mientras Pearl se ponía a echar tierra en el agujero. Con cada palada, la perra desaparecía un poco más. No podía creer que ya nunca fuera a volver a jugar con Muggsie, ni a abrazarla ni a observarla mientras dormía.

Norma se derrumbó de rodillas frente al agujero y dejó la pelota amarilla preferida de Muggsie en la tumba. Vio que su precioso pelaje largo sobresalía de la manta en un rincón. Un nuevo llanto irrefrenable sacudió su cuerpo. Quería tocar a su perra, no dejarla sola ni un minuto más. Únicamente gracias al apoyo decidido de la tía Ana no cayó Norma hacia delante en la fosa.

I'll be seeing you
In every lovely summer's day
In everything that's light and gay
I'll always think of you that way.

Norma temblaba y apenas podía respirar cuando la tía Ana y Pearl se la llevaron a casa.

Grace y Ervin estaban en la entrada, compungidos y con la cabeza gacha, según vio Norma entre lágrimas. Habían ido de tiendas y estaban tan complacidos como si hubieran vuelto a beber.

—¡Ladrona! —masculló su madre biológica hacia Grace.

Le dio igual lo que eso significara. Solo pensaba en Muggsie y en que habría podido evitar su muerte.

La tía Ana la ayudó a acostarse y la arropó. Pearl le hizo una infusión calmante.

29

Mayo de 1946

Norma estaba parada delante de la casa de los Dougherty en Hermitage Street, en North Hollywood. Llevaba unas gafas de sol negras para que no se le vieran los ojos enrojecidos. Su rostro sin maquillaje lucía lívido y cetrino y estaba más delgada. Comprobó que su madre aún estuviera sentada en el coche. Iban de camino al norte de California.

Cada movimiento era un mundo para Norma; apenas sacaba fuerzas para cosas tan sencillas como llamar al timbre. Eran las siete de la mañana y por tanto demasiado pronto para una visita, sobre todo si era inesperada.

Pasó un rato hasta que oyó pasos. Edward abrió la puerta con unos pantalones agujereados y una camisa con las siglas del equipo de fútbol americano Los Angeles Rams. La gorra de béisbol le quedaba suelta en la cabeza. Escudriñó a Norma con la mirada y gruñó:

—¿Vienes a buscar el contrato de formación profesional de mi hijo otra vez?

Norma se estremeció. Edward seguía sin haberla delatado y nadie más sabía que había falsificado la firma de su marido en el contrato de la agencia.

—Gracias —dijo—, pero no he venido por eso.

Edward hizo un breve gesto con la cabeza para que entrara y se dirigió al dormitorio.

—¡Ethel! ¡Tenemos visita!

Norma se colocó las gafas de sol en el pelo. Su suegra apareció en el salón en camisón e inundó la estancia con el clásico olor de su fijador de pelo. Ethel seguía poniéndose rulos para dormir, con un pañuelo de malla encima que lo sujetaba todo. Hacía tiempo que Norma había perdonado a su suegra por que hubiera hecho volver a casa a Jim aquel día para que le parara los pies. Entendía que la sangre era más espesa que el agua.

—Solo quería preguntaros cuándo volverá Jim —dijo Norma desde el pasillo.

—No tienes buen aspecto —dijo Ethel. Intentó sonar fría, pero Norma percibió también preocupación en su voz—. Esperamos que Jim vuelva dentro de una semana para quedarse unos días. —Ethel miró por detrás de Norma hacia el coche, pero no preguntó quién era la mujer que también llevaba gafas de sol.

—Me gustaría hablar con él —dijo Norma, y procuró esbozar una sonrisa fugaz.

Si Jim y ella conseguían empezar de nuevo, puede que les fuera mejor. Había llegado a esa conclusión durante los días de luto. Desde la muerte de Muggsie no había nada que la animara. Tom y Mary lo habían intentado varias veces invitándola a tardes de póquer, pero Norma extrañaba aquellos brazos grandes y fuertes que la habían abrazado y protegido de las injusticias del mundo desde aquel día en la casa del árbol.

—Le diré que quieres hablar con él cuando venga —aceptó Ethel.

Norma esperaba que Jim accediera a hablar con ella.

—Eres muy amable. Gracias, Ethel. —Norma se volvió a colocar las gafas en la nariz y dio media vuelta, dispuesta a irse, cuando la voz de Edward la detuvo.

—¿Cómo está Muggsie?

Antes de que se mudara de casa de los Dougherty, su suegro le había cogido tanto cariño a Muggsie que la perra incluso dormía a sus pies en la cama. Seguramente por aquel entonces el animal se había sentido desatendido por Norma y había encontrado en Edward un amigo más atento.

Norma se puso rígida al responder.

—Murió hace unos días —dijo en voz baja. Aún le sonaba irreal. Aún no había reunido el valor para deshacerse de su escudilla de la comida ni de su manta.

—Lo siento —dijo Edward, y se dio media vuelta. A Norma le pareció que se limpiaba los ojos llenos de lágrimas bajo la visera de la gorra manchada—. ¿Dónde está su tumba? —preguntó con la voz tomada y sin mirarla.

Antes de que Norma pudiera contestar, Ethel dijo:

—Seguramente la perra murió de pena.

Norma tuvo que contener las lágrimas. Con voz trémula, le dijo a Edward:

—Muggsie está en Sawtelle, en casa de Ana Lower, enterrada en la franja de césped que hay en el jardín delantero.

Dicho esto, se dio la vuelta para irse.

—Cuídate mucho, Norma. La fama y el dinero cambian para peor a muchas personas —añadió Ethel.

Norma pensó que lo decía porque el alegre Marion, el segundo hijo de Ethel, evitaba el contacto con ella.

—Ya he dejado la agencia —dijo con resolución—. Se acabaron los encargos de modelo y la carrera en el cine.

Su egoísmo se había cobrado una vida. Jamás se lo perdonaría.

No fue ningún problema salir de Los Ángeles el domingo por la mañana, pero a partir de Santa Bárbara el trayecto al norte era largo. Por suerte, Norma había conseguido reparar a tiempo el motor del Ford.

Su madre pasó la mayor parte del viaje en silencio, con las bolsas de la compra apretadas contra el pecho. Pearl se había retraído aún más desde que los Goddard se habían mudado al apartamento de al lado. Últimamente incluso evitaba las comidas en común y se quedaba temerosa en un rincón del salón.

Hacía poco, Pearl había vuelto a irse de casa y Norma la había encontrado en medio del Santa Monica Boulevard, una calle muy transitada. Se había vuelto imprevisible y la policía ya se había presentado en dos ocasiones en casa de la tía Ana porque los vecinos se habían quejado de la vecina perturbada. Se sentían amenazados cuando Pearl deambulaba por el barrio maldiciendo para sus adentros.

Al final fue Pearl quien decidió no seguir siendo una carga para Norma y volver a ingresarse. Aunque Norma suponía que lo había hecho sobre todo porque no soportaba más la convivencia con los Goddard.

Tras una hora de viaje, Norma dejó de ver el mar y la peculiar costa rocosa que acompañan a la ruta 101. Le sentó bien poner algo de distancia con Los Ángeles, aunque fuera por poco tiempo. Norma ya no sabía qué más decirle a la señorita Snively para que la perdonase, y tal vez poner distancia de por medio la ayudaría. La jefa de la agencia se negaba a rescindir el contrato y estaba desconsolada, aunque por lo menos había accedido a cancelar la cita con la Metro-Goldwyn-Mayer.

Atardecía cuando Norma y su madre llegaron a la clínica. Norma solo la conocía por un folleto, y, en comparación con las instalaciones de Santa Clara y el hospital de Norwalk, saltaba a la vista que estaba pensaba para pacientes que necesitaban estancias mucho más largas. Era más bien una residencia medicalizada que un hospital. Estaba muy cerca del mar y, con su histórica fachada que recordaba a un hotel, destacaba entre las demás instituciones de cuidados para enfermos mentales de California.

Norma sacó la maleta del coche. La había llenado de ropa interior nueva y unos cuantos libros que había comprado en Martin's Books. También estaba la edición de la novela de *Casablanca*. A partir de entonces, la maleta acompañaría a Pearl. Norma ya no la necesitaba, su viaje había terminado.

Pearl salió a sus anchas del coche.

—Entro contigo —anunció Norma—. Quiero ver que estás bien.

Pearl sonrió por primera vez. Las comisuras de los labios se elevaron claramente, aunque con rigidez.

—No, por favor —le rogó y cogió la pequeña maleta—. Prefiero que me recuerdes libre. —Sonó como si se separara para siempre de su hija, como si no quisiera volver a ser una carga para ella nunca más.

Con paso lento y erguido se dirigió a la entrada de la clínica.

Norma se ahorró el contradecirla enumerando las ventajas del lugar, que, en comparación con otros, ofrecía mucha libertad. Lo habían escogido juntas entre numerosos folletos. Costaba una fortuna que, ahora, Norma no sabía cómo iba a pagar.

—¡Pearl, espera! —Norma corrió tras ella y le dio un abrazo impulsivo.

El tiempo que habían pasado juntas en el piso había sido una locura, agotador y lleno de preocupaciones, pero había llegado a conocerla mejor. Aunque no había podido ejercer como su madre en un sentido estricto, Pearl era una mujer de buen corazón a la que la vida no había tratado bien. Debería poder disfrutar de la vida sentada tranquilamente en un porche o yendo al cine, pero, en cambio, cargaba con su pasado como si fuera un saco de harina.

Pearl se apartó de Norma y le acarició la mejilla con los dedos rígidos.

—Tienes que seguir tu camino. Eres una chica fuerte.

Norma se arrimó a la mano de su madre. Ese día, los dedos de Pearl estaban cálidos. Deseó prolongar ese momento, pero ella retiró la mano enseguida. Sin decir nada más, entró en la clínica.

Norma se volvió hacia el coche, sumida en sus pensamientos. No sabía qué hacer. Se sentía como si fuera un papel que podía salir volando en otra dirección con cualquier ráfaga de viento. ¿Debía volver a trabajar en Radioplane para pagar las cuotas mensuales de la clínica?

Norma ocupó el asiento del conductor, pero no tenía ganas de regresar a Los Ángeles, donde oía las voces de Grace y Ervin durante toda la noche a través de las finas paredes.

Cuando metió la llave en el contacto y arrancó, las bolsas de la compra que siempre llevaba su madre cayeron en el asiento de al lado. Norma cogió las bolsas y volvió corriendo a la clínica. Pearl estaba en el vestíbulo y parecía perdida como una niña pequeña.

A Norma se le escapó un «mamá» sin poder evitarlo. Pearl se giró hacia ella, pero le dio a entender con un gesto que no se acercara. Norma levantó las bolsas de la compra, pero Pearl sacudió la cabeza y se dirigió al mostrador.

Norma jamás habría imaginado que la despedida de su madre pudiera ser tan dolorosa. Las instalaciones estaban bien, sin duda, pero durante las últimas semanas había leído en cada gesto de Pearl que deseaba disfrutar un poco de la familia, pese a su enfermedad.

Cuando salió del aparcamiento miró varias veces por el retrovisor, en el que la clínica se hizo cada vez más pequeña hasta ser engullida por la oscuridad. Norma estaba muy despierta y pensó que podría conducir durante toda la noche. ¿Y si seguía hacia el norte sin más? Primero estaba Oregón y luego, Washington.

Paró en una gasolinera y pidió que le llenaran el depósito. Posó la mirada en las bolsas de la compra que tenía al lado. Se había preguntado en multitud de ocasiones por qué Pearl llevaba consigo bolsas vacías, pero tras echar un vistazo se dio cuenta de que no lo estaban.

De una de ellas sacó un sobre con los bordes desgastados dirigido al departamento de Servicios Sociales del estado de California. No estaba cerrado, la solapa de cierre solo estaba metida por dentro, como si fuera la invitación a un cumpleaños. Norma extrajo un viejo formulario amarillento del sobre. El título era «Solicitud de devolución de la tutela». No podía creer lo que veían sus ojos. ¡Parecía que Pearl había intentado recuperar su custodia! Encontró la fecha de la solicitud en el dorso, junto a la firma. Pearl firmó la solicitud, que por lo visto nunca llegó al departamento de Servicios Sociales, en junio de 1934. En aquel entonces la tutela de Norma aún la tenían los Bolender, aunque ya no vivía con ellos y fue unas semanas después cuando Grace la llevó al Teatro Chino de Grauman. Recordaba muy bien ese día porque, después del cine, Grace le había dicho que pronto sería su nueva madre, que había solicitado su tutela y que se haría cargo de ella para siempre.

Con ocho años, Norma se imaginó una vida colorida y deslumbrante, en vez de soledad en blanco y negro. Pero, para obtener la tutela, Grace había tenido que demostrar que Pearl estaba incapacitada mentalmente… ¿Acaso las dos mujeres habían librado una batalla por Norma de la que Grace salió victoriosa? ¿Por eso se rompió su amistad?

Pearl ni siquiera llegó a enviar la solicitud. Norma podía imaginarse a la astuta de Grace convenciendo a su madre, mentalmente exhausta, de que lo mejor era confiarle a su hija a una mujer sana. Por el bien de la criatura, claro. Después, Pearl debió de sentirse como si Grace le hubiera robado a su hija.

¿Cómo había podido Grace hacerle algo así a su amiga? Norma dejó caer el formulario de las manos. La decepción era doble. Pensar que la víspera había oído el estallido de un corcho en el piso de los Goddard le hacía ver un futuro aún más sombrío. Resultaba evidente que era imposible empezar de nuevo con Grace.

30

Mayo de 1946

Jim solo llevaba un día en tierra cuando llamó a Norma. Se puso de punta en blanco para la cita que habían acordado. Llevaba la americana de la boda y el pelo peinado con gomina. Era un intento de parecer un poco más moderno y sofisticado, que incluía también abundante loción de afeitar. Hacía un año que Norma no lo veía sin su uniforme de marinero.

Jim estaba en la puerta de casa de sus padres, buscando las palabras para saludarla. Con las manos en los bolsillos de los pantalones, se aclaró la garganta, indeciso, como si fuera a hablar ante un estadio lleno de gente. Norma nunca lo había visto tan inseguro.

Su vergüenza la conmovió, así que al principio a ella tampoco le salieron las palabras. En realidad, se había estudiado su propuesta de un nuevo comienzo como si fuera un papel: «Siento haber pensado solo en mí últimamente», empezaba su monólogo. Sin embargo, ahora que lo tenía delante, todo era distinto. El bochorno que sentía Jim le indicaba cuánto significaba Norma para él aún y lo importante que era su matrimonio. Le dieron ganas de abrazarlo. Llevaba demasiado tiempo durmiendo sola en su cama fría.

Nerviosa, Norma daba golpecitos con la punta de las sandalias de piel en el suelo. Clavó la mirada en los antebrazos musculados de Jim porque ahí se le tensaba la americana. Se sentía muy sola y anhelaba seguridad.

—Me alegro de volver a verte —exclamó Jim al final—. Te queda muy bien el pelo rubio.

—Yo también me alegro de verte —contestó Norma, y se atusó el cabello con un gesto cohibido, en vez de meterse en el papel que quería representar. Estaba demasiado ocupada siguiendo todos los movimientos de Jim como para interpretar.

Se impuso de nuevo el silencio, como si se tratara de una torpe primera cita de dos adolescentes. Por la ventana de la cocina llegaba el ruido de los golpes de las varillas de Ethel en el bol para mezclar.

—Está haciendo masa para tortitas —comentó Jim.

—¿Con arándanos? —preguntó Norma, que se arrepintió enseguida de haber contestado con una pregunta tan banal. Mientras las tortitas se hacían en la sartén, podía comentar el fascinante camino que seguía el trapo del polvo sobre los muebles de la casa.

—¿Y si vamos a otro sitio? —propuso Jim, con la mirada puesta en la ventana abierta de la cocina.

—Cuando estábamos en la montaña solíamos hablar durante horas y estábamos relajados —recordó Norma con una sonrisa de añoranza.

Poco después estaban los dos sentados en el Ford y Jim conducía hacia el norte.

—El coche ronronea como un gatito —fue lo primero que dijo Jim al cabo de media hora. No preguntó de dónde había salido el dinero para la reparación.

Norma se sintió aliviada cuando apareció ante ellos la silueta del Bosque Nacional de Ángeles. En la Little Tujunga Canyon Road Jim apretó el acelerador a fondo, aunque pronto las carreteras se estrecharon. Era un día nuboso, de los pocos al año sin sol.

Norma deslizó la mirada hacia el Limerock Peak, cuya figura le parecía hoy como el transcurso de una vida: empezaba con una leve ascensión y, a medida que avanzaba, se volvía más escarpada y peligrosa. Algunos no conseguían jamás llegar a la cima y contemplar las vistas más bonitas. Con la altura el oxígeno escaseaba y algunos no podían respirar, por lo que emprendían el descenso antes. Otros se despeñaban sin previo aviso, como le había sucedido a ella.

Norma suspiró para sus adentros. Cada día echaba un poco más de menos a Muggsie, pero la semana pasada había vuelto a Martin's Books a buscar un nuevo guion. Aquello era lo único que la distraía de su tristeza y le daba fuerzas para pensar en otra cosa durante un tiempo. Todo era distinto desde que Muggsie y Pearl no estaban con ella. Los médicos de la clínica del norte de California le habían asegurado por teléfono que su madre estaba bien.

Jim giró en la carretera principal y recorrieron aquellos caminos intransitables tan familiares. Norma respiró hondo el aire fresco.

Jim paró en el lugar que ya conocían y la ayudó a bajar del coche. La bruma flotaba en el bosque. Se dirigieron al arroyo y entonces ella se abrió un poco la chaqueta, bajo la cual llevaba un vestido elegante y recto porque Jim no quería verla con ropa ceñida.

—Durante estas últimas semanas he tenido mucho tiempo para reflexionar —empezó Jim, mirando el agua que tenía a los pies— sobre lo que es importante para mí, sobre mis sueños para el futuro.

Norma había dejado de soñar desde la muerte de Muggsie y no contaba con volver a hacerlo. Con todo, sentía una presión en el pecho al pensar en la oportunidad perdida en la Metro- -Goldwyn-Mayer, pero intentaba ignorarla con toda su fuerza. Con el tiempo pasaría, como la añoranza cuando una se acostumbraba lo suficiente a una nueva situación.

Se negaba a admitir que echaba mucho de menos ese cosquilleo que sentía delante de la cámara, esa aproximación coqueta al «momento del vértigo». Al fin y al cabo, seguía pensando que aquello era lo que había provocado la pérdida de un ser vivo que le había sido leal.

—Hace poco pillé a dos compañeros que, en la pared del camarote, habían colgado una portada en la que aparecías tú, y parecía muy manoseada —prosiguió Jim—. Fue una sensación muy desagradable.

—Ah. —Fue lo único que le salió a Norma.

No podía decir nada más, porque, de todas formas, lo de las fotos ya había terminado. Sin embargo, en ese instante miró un poco por detrás de Jim, como si hubiera una cámara entre ellos. Aún le costaba dejar todos los movimientos que tanto había practicado durante los últimos meses. Acababa de bajar del coche como si fuera una modelo de camino a una rueda de prensa, con movimientos lentos y mirando hacia la luz. Y ahora interpretaba a una mujer casada que vivía separada.

Cuanto menos decía Norma, más hablaba Jim.

—No soportaba imaginarte en sus fantasías más salvajes, y, cuando luego encima dijeron que soñaban contigo, aluciné y arranqué las fotografías de las paredes. Cuando pienso en cuántos hombres te comerán con los ojos cuando conquistes la pantalla con tus curvas… —se interrumpió y sacudió la cabeza.

A Norma le sorprendió que aún la considerara capaz de dar el salto al cine. Al fin y al cabo, ¿no estaba convencido de que no estaba hecha para el sector? Pero algo era cierto: en cuanto apareciera en pantalla, aún más gente se fijaría en ella. Las estrellas de Hollywood eran más veneradas que los mejores científicos, que el presidente o los líderes religiosos. Seguramente porque las películas eran más cercanas y comprensibles que los hallazgos científicos o la política. Vivien Leigh se había convertido en una superestrella con *Lo que el viento se llevó* y ya no podía dar ni un paso en público sin que la reconocieran y le hicieran fotografías.

—He renunciado a mi sueño de la interpretación —repuso ella con apatía. Aquellas palabras tenían un sabor amargo—. No hace falta que te preocupes más por eso. ¡No habrá más fotografías ni películas! ¿No te lo dijo Ethel?

«Jamás volveré a pasar hambre», oyó jurar a Scarlett en su cabeza.

Volvió a notar esa presión en el pecho, tan amarga como la añoranza.

—Sí que me lo dijo, pero no me lo creí. Entonces ¿es verdad, Norma? —preguntó Jim con ojos brillantes.

Ella asintió. Recorrió con la mirada el rostro de Jim, los ojos hundidos que ahora la miraban esperanzados. Le acarició con la mano el cuello moreno en un gesto conciliador.

—Lo que más deseo en el mundo es que mi dulce Norma sea toda para mí y tener hijos contigo de una vez —dijo Jim. Le rozó la punta de la nariz con los labios al hablar de tan cerca que estaba de ella.

Norma alzó la vista.

—¿Hijos?

—Sí. Siempre quisiste formar una familia —dijo él.

Norma paró las manos de Jim, que de pronto querían llegar a todas partes. En algún lugar del bosque se oía un pájaro carpintero.

—La muerte de Muggsie me ha enseñado que no debería ser responsable de otro ser vivo —dijo en voz baja. Desvió la mirada hacia el riachuelo, luego subió hacia los árboles y hasta el cielo, donde ahora estaba su amiga. Deseó que Jim la estrechara entre sus brazos para consolarla.

—¿No exageras un poco? —se limitó a preguntar él—. Muggsie solo era una perra.

—¿Solo una perra?

Norma se apartó de él. ¿Es que no tenía idea de lo importante que había sido Muggsie para ella durante las semanas solitarias en las que no tenía a nadie a su lado? ¿No era consciente ni por un segundo de por qué había renunciado a ser actriz? ¿Lo mucho que la atormentaba que Muggsie estuviera muerta? ¡Dios había puesto en sus manos una vida y ella no había estado a la altura!

—¡Norma, cariño! No discutamos por un animal. —Jim quiso tocarla, pero ella lo rechazó.

¿Por qué se negaba a entenderla, a ponerse en su lugar y a sentir lo mismo que ella? De pronto resurgió esa vieja rabia que había quedado oculta por la tristeza y el deseo de tener pareja.

Jim la agarró con fuerza.

—¿No será que has pasado demasiado tiempo con tu madre?

Fue un golpe bajo. Jim sabía que uno de sus puntos débiles era su miedo a una enfermedad mental hereditaria. ¿Cómo podía preguntarle eso?

—¡Claro que no! —masculló.

El recuerdo más bonito que le quedaba de Pearl era que su madre la había apoyado con actitud comprensiva durante el duelo por la muerte de Muggsie. Era algo que seguramente Jim jamás haría: sentir pena con ella por un animal, por un ser sometido con demasiada frecuencia a la voluntad de los demás.

Tozudo, Jim se cruzó de brazos.

—¡Yo quiero tener hijos!

Sonaba herido, aunque intentaba emplear un tono viril y seguro. Norma apretó los labios. De nuevo, él pasaba por alto sus sentimientos. Si tan solo hubiera dado un pequeño paso para acercarse a ella, si hubiera tenido una pizca de comprensión por su deseo de ser más independiente, si se comprometiera a hablar con ella de sus distintas ideas de futuro… Con todo ello, habría logrado obrar un milagro.

Pero él ni siquiera se lo planteaba.

—¡Pues, por desgracia, eso no va a pasar! —soltó, antes de acabar de pensar la frase.

Seguía sin soportar la visión unilateral que tenía Jim de su matrimonio. Ya no tenía edad para soportar aquello, aunque estuviera en un mal momento o tuviera problemas de dinero.

—¡Muy bien, pues no! —Jim la soltó y se alejó dando zancadas—. ¡De todos modos, te has vuelto demasiado remilgada para mí! No me sirves de nada. —Llevaba la herida escrita en el rostro sombrío. No estaba acostumbrado a que su mujer lo rechazara.

Sin abrirle la puerta del copiloto, se sentó al volante y, en cuanto subió ella, apretó el acelerador de manera que Norma acabó contra el respaldo.

Durante el camino de vuelta no se dijeron ni una palabra. A Norma la cabeza le iba a mil por hora. Ese día perdía a la última de una larga serie de personas de confianza. Por lo visto, estaba destinada a estar sola hasta el final. Era duro, pero aún la desesperaba más que un egoísta chapado a la antigua la redujera a esposa, ama de casa y madre. No quería cualquier hombre ni un compromiso vago para no estar sola. Quería a alguien que la entendiera, que la deseara con todo su ser y compartiera sus valores. Tal vez solo pudiera ser alguien con un pasado parecido al suyo.

Jim paró de un frenazo en Hermitage Street, bajó del coche de un salto y dijo, ya en la acera:

—Puedes quedarte con el Ford. A estas alturas lo han ocupado demasiados hombres para mí.

Norma no hizo amago de corregirle sobre lo de los hombres. Algo que, de haberse reconciliado, seguramente tendría que haberse pasado toda la vida haciendo.

—¡Hollywood estropea a todo el mundo! —se lamentó Jim y rodeó furioso un cubo de flores que seguramente Ethel acababa de poner ahí.

Norma intentó esbozar una sonrisa amable para despedirse, pero su rostro permaneció rígido como una máscara funeraria. Por mucho que imaginara una cámara mediando entre ellos, no le salió una expresión afable. La decepción era demasiado profunda. Cambió al asiento del conductor, arrancó el motor y se fue, sin ni siquiera mirar atrás hacia la casa de los Dougherty. Pero no iba a ignorar esa conversación. Le había abierto los ojos; ahora sabía que Jim no estaba dispuesto a ceder en nada.

En un semáforo en rojo, Norma se quitó la chaqueta porque olía demasiado a la loción de afeitado de Jim y la dejó en el asiento trasero.

Ahora que quedaba descartado retomar la vida de esposa junto a Jim, se preguntó qué sería de ella. Necesitaba dinero urgentemente para pagar la clínica de Pearl y el alquiler de la tía Ana. ¿Quizá podría volver a hacer alguna sesión de fotos? ¿Solo una por semana? Si solo era una, no correría el peligro de olvidar todo lo demás. Como modelo ganaba veinte veces más que en Radioplane. El retorno a doblar paracaídas era la segunda alternativa.

¡Tenía que decidirlo pronto! Ahora que Jim ya no importaba, no hacía falta que rehuyera al público. ¿O se estaba comportando como una adicta que restaba importancia a la dosis mínima de la anhelada droga? Necesitaba hablar con la tía Ana, pero primero quería hacer un viaje al pasado. Tal vez luego lo vería más claro.

Norma condujo por North Hollywood y luego hacia el oeste por Van Nuys, donde había vivido con los Goddard. Delante de la casa de Odessa Avenue jugaban unos niños. Observó que una mujer sacaba unos cojines al jardín. Arriba, en la casa del árbol, asomaba la cabeza de un niño pequeño. Saludó a la mujer, seguramente su madre.

Recordó cuando Bebe y ella se refugiaban allí arriba, bebían cerveza de raíz y se confiaban sus secretos. «¡Ay, bebe! Me encantaría volver a verte. Contesta de una vez a mi carta y dime que me perdonas». Seguro que su hermanastra sabría qué debía hacer Norma. ¿Radioplane o unas cuantas sesiones de fotos?

Giró el vehículo en dirección al sur, hacia Sherman Oaks. Tenía la sensación de que la película de su vida se proyectaba ante las ventanillas del coche. Sin querer, pasó por delante de la casa de una sola habitación donde había vivido con Jim al comienzo de su matrimonio.

Norma apagó el motor y abrió la puerta una rendija para que entrara aire fresco en el coche. Su antiguo jardín estaba perfectamente cuidado, no se veía ni una mala hierba. Se preguntó si la cama plegable Murphy aún estaría en la casa. Aunque Jim y ella jamás volvieran a ser pareja, habían compartido bonitos ratos allí. Jim le había enseñado a disfrutar del deseo desenfrenado en vez de tocarse con vergüenza o amarse solo a oscuras y medio vestidos. Merecía una buena esposa, de eso estaba convencida. Una que quisiera hijos y cuyos momentos mágicos quizá consistieran en recibir a su marido arreglada, junto a una butaca con un vaso de whisky en la mano después del trabajo. Le parecía muy bien, pero no era su camino.

Norma estaba mirando por última vez su antigua vivienda cuando una voz aguda exclamó desde la otra acera:

—Norma, ¿eres tú de verdad? ¿Norma Jeane Dougherty?

Norma dio un respingo, sorprendida.

Recordó el hocico sangriento de Muggsie el día en el que su perra había escapado de la muerte por poco y oyó el aullido de las sirenas de policía en la noche violenta que sufrieron los Gonzáles. Por un instante, estuvo tentada de apretar el acelerador en dirección a Sawtelle; ya tenía la mano en la llave de contacto.

Pero se detuvo. ¿Y si sus antiguas vecinas habían cambiado? ¿Y si se arrepentían de lo que habían hecho? No podía precipitarse al juzgar, estaría cometiendo el mismo error que ellas. Así que miró a Abigail.

La mujer se acercó al coche balanceando las caderas con la misma elegancia de siempre, pero el sol le daba de lado y le iluminaba el rostro solo a medias. Norma se fijó en que la nariz proyectaba una sombra en la mejilla izquierda. Tras ella se erguía el rosal trepador inglés en plena floración.

Cuando Abigail llegó al Ford, dijo:

—Me alegro de verte por fin.

Señaló hacia la casa de Betty Lancaster y acto seguido se movieron también las cortinas en casa de los Miller.

—Buenos días, Abigail —saludó Norma insegura, y bajó del coche para que ella no pudiera seguir mirándola desde arriba.

Abigail observó con admiración el cabello rubio de Norma y el vestido elegante y sofisticado.

—Me habría gustado hablar contigo antes de que te mudaras —dijo y se retiró el brillante cabello rojo cobrizo sobre los hombros. ¿Acaso quería disculparse con ella? Si así fuera, ¿podría Norma perdonarlas tan fácilmente?—. ¿Dónde vives ahora? —le preguntó.

—Vivo cerca del mar —aclaró Norma. Era cierto en el caso de Sawtelle.

—Ah, seguro que vives en una preciosa casa de playa ahora que eres famosa —supuso Abigail.

Norma no llegó a corregirla porque Betty se acercó a ellas con un plato de magdalenas y los Miller detrás. Por lo visto, al final de la calle estaba Violet con sus dos hijos. Betty lucía con orgullo el vestido que anunciaba Norma como modelo para Arnolds of Hollywood.

Betty giró con él como Norma cuando flotaba de felicidad, pero su falda no se levantó ni un poquito. El vestido le quedaba demasiado estrecho y se le dibujaban unas feas arrugas en la espalda y sobre los muslos.

—Estabas estupenda en el anuncio —aseguró Betty—. ¡Y en la fotografía con el cordero en el *Family Circle*! —Le ofreció a Norma el plato con magdalenas de arándanos como oferta de reconciliación.

Las demás mujeres estudiaron el peinado de Norma, los zapatos prestados y la postura al apoyarse en el Ford. Sin querer, había adoptado una pose fotogénica. Su nueva actitud era la capa protectora que escondía a la antigua Norma insegura del mundo exterior y mostraba a una mujer de mundo. No se sentía a gusto rodeada, cada vez con menos espacio, por sus antiguas vecinas, sin saber si seguían siendo racistas.

—Nuestro barrio está más bonito que nunca —anunció Betty—. Y todo el mundo se lleva de maravilla. Me alegro de que pusiéramos orden entonces. —Señaló las casas homogéneas con los cuidados jardines—. Ahora todo encaja y es bonito y claro. Desde entonces, cada vez hay menos delitos en nuestra calle. —Sonreía de oreja a oreja mientras las demás mujeres daban buena cuenta de las magdalenas con las perlas de azúcar de color rosa.

Ese «pusiéramos orden» arrebató a Norma cualquier ilusión de que hubiera cambiado algo en la mente de sus antiguas vecinas. Estaba a punto de expresarles su opinión cuando Abigail tomó la palabra con un tono meloso.

—Me encantaría saber cómo os va a ti y a tu marido. ¿A Jim la guerra le ha sentado tan bien como a mi Bernie?

Norma tardó unos instantes en comprender la situación. Las mujeres que la rodeaban no eran en absoluto conscientes de su deplorable conducta. ¿Serían tan amables con ella si no fuera una modelo solicitada que sonreía a todo el país desde las portadas? La memoria se le fue con añoranza hacia la última sesión de fotos. Echaba de menos el trabajo delante de la cámara, se sentía plena. Pero ahora no se trataba de eso. Primero quería que sus vecinas entendieran su terquedad.

—¿Os acordáis de la fiesta de Hollywood que quise dar? —La fiesta fue una excusa para que sus vecinas sintieran más empatía y tolerancia. Nunca se celebró porque Abigail y Betty la trataron con desdén y la rechazaron cuando se esforzaba por reconciliarse—. Creo que deberíamos volver a organizar la celebración —anunció Norma en el mismo tono adulador que Abigail.

—¡Ah, sí! —Abigail estaba entusiasmada. Esbozó su sonrisa más dulce. La misma que lucía cuando Norma le confesaba sus secretos con un ginger ale en la mano en su porche.

Betty asintió, con la boca llena de magdalena. Apenas se la entendía.

—¡Así podrías hablarnos de las estrellas que has conocido!

—En el hotel Ambassador hablé con Ingrid Bergman. Es una persona fantástica —la elogió Norma. Con el tiempo, la señora Bergman había comprado varios cuadros de Inez.

Violet aplaudió exultante.

—¡Vaya! ¿Tratas incluso con la ganadora de un Oscar? ¡Es increíble! —soltó un gritito agudo de alegría.

Norma notó la mirada del señor Miller en sus pechos como si fuera sirope de arce que se pega a una tortita. No le hizo caso.

—¿Crees que podrías conseguirnos un autógrafo de la señora Bergman? —preguntó Abigail con demasiada sumisión.

—¿O incluso invitarla a la fiesta de Hollywood? —se atrevió a preguntar Mildred, con los dedos nerviosos sobre un collar nuevo de perlas de plástico.

—Podría preguntárselo, sí —respondió Norma a la ligera. Su plan funcionaba.

—Yo podría hacer magdalenas para la fiesta —se ofreció Betty—. ¡He creado una masa que no engorda nada! ¡Sería un honor que Ingrid Bergman comiera mis dulces! —susurró, entregada.

—Yo podría traer a Lynn y Alison, mis vecinas de al lado. Tienen una colección de discos increíble. Así tendríamos la música adecuada —propuso Violet, eufórica.

—Y Bernie seguro que también querrá venir —aseguró Abigail—. Mi pequeña Donna pregunta mucho por ti, Norma. También se alegraría de volver a verte. ¿Qué os parece si organizamos la fiesta en nuestra casa? Para mí sería un honor ser la anfitriona.

—Entonces yo también traería a mis amigos. ¡Podría ser una buena pandilla! —confirmó Norma, aunque ya le costaba disimular la sonrisa.

—Tus amigos son también nuestros amigos —anunció Abigail, magnánima, también en nombre de las demás, que asintieron.

—Muy bien. —Norma sonrió—. La tía Ana está un poco mayor y tiene problemas de retención de líquidos en las piernas, pero seguro que le apetece mover el esqueleto. Y también invitaría a Tom y a Mary. Ella ya conoce a la señora Bergman —siguió diciendo con toda naturalidad. Las mujeres asintieron encantadas—. También vendrían Inez y Pedro Gonzáles —siguió enumerando Norma.

Las vecinas se quedaron heladas un instante. Norma vio cómo la expresión de alegría iba desapareciendo de sus rostros, uno por uno. Solo el señor Miller seguía con esa sonrisa obscena sin mirar a Norma a la cara.

Durante un rato nadie dijo nada. Las vecinas se miraban indecisas. Norma les dio unos segundos más y luego dijo:

—Pensaba que mis amigos eran también vuestros amigos…

Violet se retorció las manos, desesperada; parecía que el dilema interno era tan fuerte que le caían gotas de sudor de la frente.

—Bueno, a lo mejor es suficiente con un autógrafo y nada de fiestas —dijo Abigail, vacilante.

Betty se quedó boquiabierta, confusa, todavía no había acabado de masticar del todo. Fue la primera en entender la artimaña de Norma.

—Un autógrafo de la señora Bergman estaría bien —murmuró Mildred a media voz. Violet lo confirmó con un gesto.

Norma miró a las vecinas una por una. Parecían horrorizadas y fascinadas al mismo tiempo. El brillo en los ojos por la esperanza de acercarse más a Hollywood aún no se había apagado del todo.

—Lo siento, pero mientras consideréis a familias como los Gonzáles personas de segunda clase no quiero saber nada de vosotras —dijo Norma, y volvió a subir al coche con una actitud muy cinematográfica.

Cuando metió la llave en el contacto, la calle estaba muy tranquila. Se fue sin mirar atrás ni una sola vez.

Al llegar por fin al final de la calle, miró de nuevo por el retrovisor. Las mujeres seguían ahí petrificadas y mudas, siguiéndola con la mirada. En realidad, le daban lástima.

Cuando salió de Sherman Oaks volvió a pensar en su futuro. El reencuentro con las vecinas le había mostrado la vida que no quería volver a llevar. La del ama de casa conservadora que se sumaba a la opinión de la familia y del vecindario. Esas presiones eran como una cárcel para la mente. Necesitaba un trabajo bien pagado que le diera la libertad de movimientos que le gustaba y le brindara tiempo para sus seres queridos. La muerte de Muggsie se lo había dejado muy claro. No podía desatender a las personas que más quería. En ese momento decidió llamar ese mismo día a la señorita Snively y preguntarle si podría hacer de modelo esporádicamente. Lo suficiente para pagar sus facturas. Además, sentía la atracción de la cámara cada vez más fuerte. Tal vez si fuera una modelo conocida podría dejar al descubierto a más personas estrechas de miras.

Cuando Norma regresó a casa de la tía Ana, Grace estaba sentada en la mesa del comedor hablando con Ervin de los papeles del divorcio que tenía delante.

—¿Y? ¿Cómo ha ido con Jim? —preguntó.

—Jim y yo seguiremos caminos separados —aclaró Norma, y se sentó a la mesa enfrente de Grace.

Ervin asintió benévolo y salió de la estancia. Grace empujó los papeles hacia Norma sobre la mesa.

—Yo te metí en este matrimonio; ahora me gustaría ayudarte a salir de él.

Norma tuvo que admitir que un poco sí la conocía Grace. Había pedido los papeles del divorcio por intuición. Leyó por encima el documento y luego lo firmó sin dudar. Así quedaba sellada la separación de Jim.

—Gracias —le dijo a Grace.

Aun así, pensó que sería mejor esperar a poder hablar por teléfono con la señorita Snively a solas. Quería solucionar lo de la agencia lo antes posible.

—Hay otra cosa… —continuó Grace—. ¿Podrías prestarnos algo de dinero a Ervin y a mí? —Forzó una sonrisa; saltaba a la vista que la incomodaba pedirlo.

—¿Necesitáis dinero? —Los dos habían llegado a Los Ángeles bien vestidos—. ¿Qué ha pasado?

—Nuestros ahorros se han acabado rápido y Ervin tardará un poco en encontrar trabajo en Los Ángeles. El dinero sería solo hasta que dé con un empleo.

—Ahora mismo no tengo mucho —repuso Norma—, pero, aunque lo tuviera, no me gustaría seguir siendo vuestra prestamista. Será mejor que penséis en cómo limitar vuestro estilo de vida.

Desde que había vuelto, Grace no había dicho ni una palabra de devolver los dólares que Norma le había enviado para las facturas médicas. Había preferido comprarse ropa cara.

Cuando Norma terminó de hablar, Grace se quedó con la misma cara de boba que las vecinas de Sherman Oaks antes. Norma leyó una mezcla de sorpresa y confusión en sus rasgos.

—Y una cosa más… —Norma ya llevaba unos días pensando en pedir explicaciones a Grace por la solicitud de devolución de la tutela de Pearl—. Impediste que mi madre pudiera volver a ocuparse de mí después de los Bolender. Pearl me enseñó la solicitud.

—No habría podido cuidar de ti entonces —dijo acalorada Grace—. Habría sido un peligro para ti.

—¿Y te correspondía a ti tomar esa decisión sobre su salud? —preguntó Norma sin tapujos.

—¡Solo quería lo mejor para ti! Entiéndelo —se lamentó Grace.

—No, querías lo mejor para ti —la corrigió Norma.

Si Grace la hubiera querido como si fuera hija suya de verdad, no la habría dejado esperando dos años en ese odioso orfanato. Nunca se habría ido a Huntington. No se era madre temporalmente o solo cuando a una le venía bien, sino durante toda la vida, pasara lo que pasara.

—Lo siento —dijo Grace compungida—. Créeme, por favor.

Norma era prudente con eso.

La tía Ana entró resollando en la cocina con una bolsa de la compra en cada mano. Norma dio por terminada la conversación con Grace y ayudó a Ana a ordenar la compra. Le contó brevemente cómo había ido el encuentro con Jim. Grace no dejó de mirarla en todo el tiempo con desilusión.

A Ana no le sorprendió mucho que Norma y Jim hubieran discutido de nuevo. Tampoco hizo más preguntas.

—La estirada señorita Snively ha estado aquí —dijo, en cambio, mientras colocaba los bidones de leche en la nevera.

A Norma estuvo a punto de resbalársele el tarro de mantequilla de cacahuete de la mano. Lo dejó enseguida con los demás ingredientes del desayuno.

—¿Ha estado aquí?

—La señorita Snively dice —prosiguió Ana— que destacas claramente entre las demás chicas en las fotografías por tus maneras desenfadadas y tu ambición. Está convencida de que te espera una gran carrera. Y yo también.

A Norma ya no le gustaba la palabra «carrera». «Camino» le parecía mejor. Le sentó muy bien que la señorita Snively hablara de ella en semejantes términos después de que Jim dijera que Hollywood la había echado a perder. Y la fe inquebrantable de Ana en ella era como un bálsamo para su alma herida.

—Espanté a la Metro-Goldwyn-Mayer —dijo Norma ensimismada, y se apoyó en la encimera de la cocina—. Aunque a lo mejor sabría manejar mejor el asunto ahora que no hace sufrir a nadie… —murmuró para sus adentros—. Me encantaría volver a posar para unas cuantas fotos.

La sensación de expresar en voz alta ese deseo otra vez fue muy agradable. Y de nuevo surgió esa añoranza, ese anhelo ardiente de cumplir un sueño que parecía estar al alcance de la mano. Seguir ignorándolo equivalía a renunciar a una vida plena. Ya había invertido demasiado en cumplir sus deseos.

—Creo que deberías volver a las sesiones fotográficas con toda tranquilidad —comentó Ana, y se desplomó exhausta en una silla—. Por cierto, la señorita Snively también dice que desde ayer hay otro estudio cinematográfico interesado en ponerse en contacto contigo.

Norma corrió hacia ella.

—¡Será broma!

Ana sonrió con ternura.

—Los señores de la Twentieth Century-Fox quieren conocerte. Te invitan el diecinueve de julio a las instalaciones de su estudio para una prueba.

¿Tan pronto? ¿Un estudio tan grande? Las mariposas en el estómago de Norma empezaron a batir las alas como locas hasta que casi se quedó sin aliento.

—No tendré tiempo de prepararme bien.

Ana le dio el guion de *Lo que el viento se llevó*, manchado y que aún olía un poco a guiso de alubias y a cubo de la basura.

—¿Qué pierdes por intentarlo?

Las mariposas hicieron que Norma cogiera el libro.

—Prepárate con mucha calma, niña. No te molestaremos a menos que nos necesites para preparar el papel. —Al decirlo Ana lanzó una mirada suplicante a Grace, que agachó la cabeza—. Eres buena, lista y trabajas duro, Norma. Lo conseguirás. —Ana estaba convencida.

—¿Quién estará ese día? ¿Lo sabía la señorita Snively? —preguntó Norma.

—El cazatalentos de la Twentieth Century-Fox, un tal Ben Lyon. Si no recuerdo mal, lo he visto en el cine… Es un hombre de lo más atractivo. —Sonrió con picardía.

A Norma se le aceleró el pulso.

—Ben Lyon rodó junto a Jean Harlow. La película *Los ángeles del infierno*, que hicieron juntos, supuso la consagración de la actriz. Se lo considera el descubridor de Jean porque la propuso para el papel de Hellen.

Grace confirmó con un gesto cada frase que decía Norma.

—También estará un tal Darryl Zanuck —añadió la tía Ana—. El jefe de todo el negocio de Pico Boulevard.

¿Darryl Zanuck? Norma no había oído ni leído nada bueno de ese donjuán. Solo sus películas la impresionaban. Se decía que el señor Zanuck prefería claramente las morenas.

A lo mejor podía aprovechar la prueba para demostrarle a ese hombre tan desagradable lo que valían las rubias.

31

Si uno pone un gato en la arena, lo deja allí un tiempo y lo levanta con cuidado, verá en la arena la huella de todo su cuerpo. Con una persona solo se reconocería la huella de la espalda y los omóplatos, porque habitualmente todas las demás partes del cuerpo están tensas. Para un actor es esencial, el gran Stanislavski estaba convencido de ello, localizar y distender esas contracturas, pues impiden al artista meterse en el papel.

Precisamente por eso Norma estaba en el suelo del camerino de la Twentieth Century-Fox e intentaba relajar el cuerpo. No era fácil si temblaba de los nervios, y desde hacía semanas los pensamientos giraban en torno a una sola persona, Scarlett O'Hara. «Aunque tenga que estafar, ser ladrona o asesina, ¡a Dios pongo por testigo de que jamás volveré a pasar hambre!».

Norma ronroneó un par de veces seguidas, se enrolló como un gato e inhaló y exhaló hondo, pero el cuerpo no quería relajarse. Ya le había resultado bastante desagradable entrar tras la secretaria de Ben Lyon en uno de los camerinos de la nave de producción llevando tacones altos con poca elegancia. Para ese importante día la señorita Snively le había prestado del fondo de la agencia un par de zapatos de tacón negros y altos que Norma ya había llevado en algunas sesiones. La molestaban porque le temblaban incluso los muslos. De ninguna manera quería subir así de crispada al escenario.

A las diez y media estaba a la puerta en Pico Boulevard, West Los Angeles, entretanto debían de ser poco antes de las once. La tía Ana y los Goddard la habían llevado en el Ford y la esperaban delante del estudio. Tenían una botella de refresco de uva, que con el gas y el corcho sonaba magníficamente al abrirla. Con la tía Ana en casa, Grace y Ervin habían hecho saltar muchos corchos de esa bebida sucedánea popular durante la prohibición. Pero no volvieron a beber. Con lo inquieta que se sentía ese día Norma, seguro que el refresco de uva quedaría intacto.

En las últimas semanas se había aprendido la escena palabra por palabra. Era como si hubiese desenterrado un tesoro. Por primera vez entendió lo básico que era un recuerdo emocional para la interpretación. Era su revoltijo de emociones que ya había vivido como Norma. Odio a la discriminación, como con Inez y Pedro, pena por la muerte de Muggsie, el amor que había sentido por Jim, decepción por el silencio de Bebe y esperanza de librarse por fin de su triste pasado y convertirse en actriz; por nombrar solo algunos. Con ello tenía un tesoro increíblemente rico de sentimientos que podría utilizar para los más variados papeles a fin de encarnarlos con expresividad y autenticidad. Con el deseo de Scarlett de no pasar hambre nunca más, había recuperado toda su desesperación y firmeza de la época en que ya no quería ver un orfanato desde dentro. El pasado la ayudaba para el futuro. ¡Era importante para una actuación veraz ante la cámara! Nunca lo habría considerado posible y le daba al mismo tiempo un sentimiento de fortaleza.

Norma estaba a punto de ponerse de lado cuando llamaron a la puerta del camerino.

—Señorita Dougherty, ¿está lista para las pruebas de cámara? —Era Ben Lyon, el cazatalentos de la Twentieth Century-Fox.

Norma se levantó a duras penas. ¡Ya empezaba el momento más importante de su vida! El corazón le latía más rápido, sudaba entre los pechos y le temblaban las piernas. Era raro que la llamasen «señorita». Había sido un largo camino hasta llegar allí, que le había exigido lo máximo. Casi había fracasado a causa de su egoísmo.

—¡Un momentito, por favor! —exclamó y se quitó la falda amarilla que la tía Ana le había estrechado un poco en la cintura. Pasó una eternidad hasta que se puso primero el miriñaque, el corsé repleto de finas varas de metal y encima el vestido de crinolina con el capote adornado con volantes. Necesitó otra eternidad para enganchar las dos docenas de ojetes del corsé. Solo logró cerrar con torpeza el acordonado con las bonitas cintas de terciopelo. Por lo menos sus anquilosadas piernas no llamaban la atención bajo la amplia ropa.

Por último, Norma se calzó los tacones altos y negros.

—¡Estoy lista! —exclamó hacia la puerta, lo que era una mentira evidente. Aún podría necesitar una hora o un día. O aún mejor, volver dentro de una semana. ¿Sería posible?

Ben Lyon entró en el camerino.

—Ya se ha puesto el traje, muy bien. Bienvenida a los estudios de la Fox. Espero que se sienta a gusto aquí.

Norma sonrió con afección, aunque el cazatalentos parecía amable y se comportaba como un caballero. Llevaba un traje con chaleco y corbata, y un pañuelo en la chaqueta, pero sobre todo su voz y su actitud daban esa agradable impresión. Ben Lyon se tenía firme sin parecer arrogante. Al verlo, Norma se estiró automáticamente.

Le estrechó la mano, húmeda de los nervios.

—Me alegro mucho de conocerla por fin, señorita Dougherty.

Cuando apartó un segundo la vista, Norma se limpió el sudor de las manos en el capote.

—Yo también me alegro —dijo con voz aguda. Era probable que la tomase por una incompetente.

—Antes de que se ponga ante la cámara, Allan Snyder la peinará y maquillará —aclaró Ben Lyon—. Venga, señorita Dougherty.

La llevó a una habitación en la que, ante un espejo enorme, había productos cosméticos por valor de varios cientos de dólares. Solo la montaña de pintalabios habría podido enterrar la mesa de la tía Ana.

—Whitey, dentro de media hora la señorita Dougherty debe estar lista en el plató —dijo Ben Lyon vuelto hacia el maquillador; después se despidió de Norma inclinando con elegancia la cabeza y abandonó la sala.

—Por favor, aplique mucha base —pidió Norma al maquillador para que no se le viesen las manchas rojas en las mejillas.

Allan Snyder vaciló un poco al principio, pero le hizo el favor. Era un hombre tímido y no se puso a charlar, como los maquilladores y peluqueros a los que Norma estaba acostumbrada en las sesiones de fotos. Con un estilo agradable se concentró en su trabajo, ella lo observó fascinada. Le destacó los ojos más de lo que Norma había hecho hasta entonces. Para los labios eligió un rojo cereza oscuro y primero los encuadró con un lápiz de contorno. Así su boca parecía claramente más marcada. Otras veces lo había vivido de otra manera, pero los nervios no disminuían.

Se acordó de las situaciones difíciles en su pasado más reciente, que sin embargo había superado pese a los vertiginosos nervios. Su boda, su noche de bodas, la entrevista con la señorita Snively en la agencia, muchas sesiones con fotógrafos nuevos cada vez, su disputa con el gerente del Cocoanut Grove… En el espejo se hizo una seña de ánimo con la cabeza mientras Allan la peinaba con un recogido del siglo XIX.

Cuando terminó, el maquillador la llevó por un laberinto de pasillos, decoraciones y habitaciones. Norma se alegró de que estuviese a su lado, así podría cogerla de un momento a otro si las endebles piernas le fallaban. Probablemente incluso pudiera verse el latido del corazón a través del corsé.

—Boda, noche de bodas, entrevista en Blue Book… —dijo entre dientes.

Norma no volvió del mundo de las ideas a la realidad hasta que Allan le dijo:

—Sus pruebas de cámara son muy importantes, señorita Dougherty. —Para ella eran lo más emocionante y angustioso que había vivido—. El señor Lyon ha pedido que venga Leon Shamroy, el mejor cámara de la Fox y ganador del Oscar —siguió diciendo Allan—. Por lo general, solo los asistentes de cámara realizan las pruebas.

Una prudente alegría por conocer a ese mago de las imágenes se mezcló con los nervios de Norma. Con los fotógrafos siempre había simpatizado, ojalá con los cámaras también. Boda, noche de bodas…

Cuando poco después estuvo en el plató de un salón, empezó a recitar el texto de Scarlett. De repente, un hombre movió los brazos como loco y corrió nervioso hacia ella.

—Pero ¿qué tiene en la cara, Whitey? —le gritó al maquillador y señaló a Norma, que no sabía qué le estaba pasando—. ¡Tiene demasiado maquillaje!

El corazón le dio un vuelco a Norma, que se quedó de piedra. Necesitaba tanto maquillaje para que no le vieran las embarazosas manchas rojas. Desearía que la tragase la tierra si se veían aumentadas en una pantalla. Entonces se darían cuenta enseguida de que no era perfecta. Intentó moverse, al menos sonreír con amabilidad, pero todo el cuerpo parecía petrificado. ¿Cómo debía fingir en ese estado? Jadeó desesperada, todavía logró respirar al menos breve y superficialmente. Habría preferido que la tragase la tierra.

Ben Lyon se unió al grupo.

—Tranquilízate, por favor —le pidió.

Norma tragó saliva y apretó la lengua contra el paladar. Era el peor comienzo que podía imaginarse en el día más importante de su vida. Ojalá lograra por lo menos contener las lágrimas. Seguía tiesa como una tabla e intentó desesperada mover el pie izquierdo bajo el vestido de crinolina.

Sin embargo, el susodicho se enfureció de veras y la cara se le puso de un rojo oscuro. Tenía la piel muy porosa y ardiendo mientras se acaloraba.

—¡Aquí estamos en una película, no en una sesión de fotos! ¡Y mientras yo sea el cámara, no os presentéis así!

¿Ese monstruo era el cámara Leon Shamroy? A Norma le caían sudores fríos por la frente y notaba que la espesa base se le deshacía poco a poco en la cara porque sudaba muchísimo.

¿Ya antes de la primera toma había perdido las simpatías del cámara premiado con el Oscar del estudio cinematográfico? No podía salir peor, excepto si se le caía el vestido.

—Yo... yo... pedí ta... tanto maquillaje —dijo en defensa del amable maquillador.

Su tartamudeo sorprendió a Ben Lyon, aunque no dejó que se le notara. Le aclaró con serenidad:

—En el cine tenemos que reconocerle todos los pequeños movimientos de la cara, señorita Dougherty, por eso ponemos muy poco maquillaje. Y eso hará Whitey con usted, ¿de acuerdo?

—¿Le preguntas si está de acuerdo? —chilló el cámara con la cabeza al rojo vivo, evidentemente un colérico de primera—. ¡Aquí no vive Papá Noel!

Norma asintió desesperada. El asunto le resultaba muy desagradable, tenía ganas de vomitar. ¿Podía compensar de alguna manera ese error? No era una actriz formada, seguro que no haría una actuación brillante que levantase el aplauso de todo el mundo. Desesperada, se mordió el labio mientras Allan la llevaba de vuelta por el laberinto de pasillos a la sala de maquillaje. Hacía tiempo que estaba desorientada. Ya nada tenía sentido. No podía seguir malgastando el escaso tiempo de los importantes cineastas.

—No tiene que volver a maquillarme, Whitey —dijo cuando recobró el aliento.

El motor del Ford debía de seguir caliente. Era mejor que les evitara a todos los presentes más situaciones lamentables. En su imaginación, el puzle de un futuro mejor estalló en mil piezas. También ella se puso como un tomate. No estaba furiosa con el colérico cámara, sino consigo misma. ¡La había pifiado por completo! Solo ella era la culpable de ese desastre. Debería haber preguntado antes cómo maquillaban a las actrices en lugar de convencerse a sí misma para imponer su propio estilo. ¿Qué se había apoderado de ella? ¿El antiguo egoísmo o una desmesurada seguridad en sí misma?

—Por favor, permanezca tranquila —dijo Allan—. Inhale y exhale. Tranquila. —Levantó y bajó los brazos—. Leon es muy irascible, pero hace los mejores planos. Por favor, no abandone antes de tiempo. Más de una actriz exitosa no lo ha tenido fácil en el rodaje de prueba. Es normal.

Norma volvió a respirar con normalidad poco a poco. Algo parecido le había recomendado encarecidamente David Conover. Había señalado las hojas de trébol en el local irlandés diciendo: «Si algún día quieres estar allí arriba junto a Bing Crosby, no puedes rendirte tras el primer tropezón. A riesgo de repetirme, este negocio no funciona así».

Si de verdad se iba, David no podría volver a mirarla a los ojos, la tía Ana quizá llorase de decepción y ella seguiría infeliz y sin un centavo. Además, perdería la única oportunidad de demostrar a ese Darryl Zanuck de lo que eran capaces las rubias. Si pensaba en desterrar para siempre de su vida el método Stanislavski, no quería mirar al futuro ni un minuto más. Así que finalmente asintió, aunque en el estómago notase como si al pajarillo se le hubieran roto las alas.

A continuación, Allan empezó a atarle bien las cintas de terciopelo del vestido de crinolina, pero sin tocarla. Después le pidió que se sentara en la silla delante del gran espejo y se puso a maquillarla de nuevo.

Cuando acabaron y volvieron al plató, Norma evitó mirar en dirección a la cámara. Con el corazón palpitante dio a entender a Ben Lyon que estaba lista para las pruebas de cámara.

Para sorpresa de Norma, Lyon le tendió el guion de *Laura*.

—Tengo mucha curiosidad por ver su representación —dijo y sonrió con audacia.

—¿*Laura*? —dijo desconcertada.

Solo se sabía al dedillo el papel de Scarlett, era el clásico para las pruebas de cámara. Eso le había asegurado la señorita Snively varias veces. A lo largo de muchas y laboriosas horas había aprendido a comer con desesperación rabanitos podridos y después a llorar con el cuerpo tembloroso tirada en el suelo. ¿Todo eso había sido en vano? Pero ¡qué remedio! Tenía que acordarse a toda costa de *Laura*. Era una emocionante película policiaca en la que se entretejía el ascenso de una mujer fuerte. Los protagonistas eran la inteligente y adinerada Laura, que había conseguido llegar hasta la directiva de una agencia de publicidad; Waldo, un cínico radiocolumnista con cincuenta largos y al mismo tiempo el mentor de Laura; y el detective Mark McPherson, del que Laura se había enamorado.

—En nuestra escena, Waldo intenta explicarle a Laura que ella no debe enamorarse del detective porque Waldo quiere a Laura para sí —aclaró Ben Lyon—. ¿Se acuerda de esa escena en el piso de Laura, justo antes del final de la película?

—Sí —respondió Norma desconcertada.

La escena se alimentaba, por un lado, de la tranquila entrada en escena de Laura y, por otro, del nervioso Waldo, que poco a poco empezaba a perder el control. A Norma le parecía que Gene Tierney la interpretaba magistralmente. Seguro que había ensayado durante semanas para el papel principal femenino. ¿Y ella debía llevarlo a cabo tan rápido? ¡No podía conseguirlo!

—Haremos una lectura, usted será Laura y yo Waldo —dijo Ben Lyon—. Solo después añadiremos la cámara.

Norma se quedó de piedra por el respeto que le infundía. Conversar con Ben Lyon era una cosa, estar con él en el escenario era otra muy distinta. ¡Había actuado con Jean Harlow! Nunca olvidaría ese momento, aunque fracasase.

—Pero, entonces, ¿por qué llevo este vestido de crinolina? —preguntó.

Ben Lyon sonrió y se puso una flor blanca de pega en la solapa, como llevaba Waldo en la escena.

—Es un pequeño ejercicio para ver si está a la altura de las situaciones extraordinarias, como se presentan con frecuencia en el cine.

Norma asintió, pero mentalmente ya estaba en la prueba. Se sentó a la mesa donde Laura estaba en la escena y cuya sencillez la desconcertó un poco. En la película, el piso de Laura estaba bien amueblado: amplios ramos de flores por todas partes, caras arañas en las paredes, puertas de doble hoja y pesadas telas ante las grandes ventanas. Quizá también por eso tenía problemas para familiarizarse con el papel. ¿O se debía a su peinado, que no encajaba con la época de Laura?

Norma cogió la taza de café que tenía delante. Eso ponía en las instrucciones del libreto. Dijo para sí mecánicamente las primeras líneas de la escena mientras Ben Lyon brillaba a su lado haciendo de Waldo. Decidido, iba y volvía ante la mesa de café con las manos en los bolsillos de la chaqueta.

—Él es incapaz de tener una relación humana amable y normal —dijo sobre el detective, haciendo de Waldo—. Cuando eras inalcanzable, cuando te daba por muerta, más te deseó.

Norma no levantó la vista del libreto cuando replicó:

—Pero se alegró cuando volví. Como si siempre me hubiese esperado. —Intentó esbozar la serena sonrisa de Laura, pero fracasó, porque con la palabra «muerta» vio ante sí a la inerte Muggsie, su hocico entre los cojines del sofá. Su memoria emocional era enorme, pero estaba desordenada.

Ben Lyon se puso detrás de ella.

—¿Conoces su tipo de mujeres? ¡Las chavalas! Le ha regalado una piel de zorro a una chavala de Washington Heights… Son sus propias palabras.

—Eso no quiere decir nada —replicó Norma esforzándose por resultar segura de sí misma. Las lámparas del plató la cegaban, de modo que se apartaba de la mesa y Waldo, aunque debería haberlo mirado.

—¡No merece la pena! —exclamó Leon Shamroy desde detrás de la cámara—. ¡Es un verdadero despilfarro poner una película en tecnicolor para ella!

Norma volvió a pensar en las palabras de David en la taberna. No podía dejar de creer en ella. Se lo había prometido a él y, con ello, también a sí misma. Como actriz en ciernes necesitaba tener mucho más aguante. Era demasiado sensible. Debería tener presentes sus oportunidades, en vez de lamentar constantemente sus debilidades. «Boda, noche de bodas», empezó a enumerar mentalmente y permaneció en el plató. Era una oportunidad extraordinaria y única poder interpretar junto a Ben Lyon. Quería darlo todo solo para quedarse y poder aprender de él.

Ben Lyon siguió actuando sin turbarse por las palabras del cámara, su Waldo era genial de una manera sutil y amenazante.

—Laura, por desgracia tienes una debilidad trágica. Para ti un cuerpo delgado y robusto es la medida de un hombre. Y así siempre acabarás herida.

Allan sonrió a Norma para animarla. Por eso dijo las siguientes palabras más convencida y se apartó de su compañero de actuación.

—Nunca más me herirá un hombre, ninguno, ¡ni siquiera tú! —dijo dándole la espalda a Waldo.

Se acordó de la conversación con Jim en lo alto de las montañas y de la valentía con la que había abogado por su idea de futuro y del hombre a su lado. Entonces se había parecido a Laura.

Ben Lyon la cogió y la volvió hacia él con un gesto dominante. Por un segundo Norma se salió del papel y le miró fascinada las manos, que habían tocado a Jean Harlow. Apenas podía mantenerse en esa pose, el pie amenazaba con torcerse y en una mano tenía que seguir sosteniendo el libreto.

—¿Yo? ¿Herirte a ti? —preguntó; su voz era más cariñosa.

Norma se abismó en los oscuros ojos de Ben y estaba fascinada por la pasión de su voz. Solo un instante después se quedó sin fuerza y cayó al suelo. Desesperada, se levantó a duras penas para volver a empezar, pero Leon Shamroy negó con un gesto y se tapó la cara con la mano.

Norma tenía claro que acababa de dar todo menos la idea convincente de una mujer fuerte. A los presentes se les notaba con claridad la gravedad de la situación. Avergonzados, volvían la cabeza por el plató. Nadie se atrevía a mirar directamente a Norma.

Ben Lyon se frotó la frente, pensativo. Por lo visto pensaba en cómo podría formular la negativa con las palabras de un caballero.

Enfebrecida, Norma pensó en proponerle hacer la escena de *Lo que el viento se llevó*, aunque aún no se sentía lo bastante fuerte, cosa que sin embargo era necesaria para el papel de Scarlett. Las manos le temblaban y el corazón le dio un vuelco. Había ensayado todos los días la escena con Ana, incluso se había ensuciado la cara y las manos, y hecho la raya al medio, como Scarlett. Se agarró el recogido y soltó las pinzas, pues Scarlett llevaba el pelo suelto en la escena. Incluso con pocas fuerzas quería intentarlo, no rendirse.

—¡Mándala a casa de una vez! —exigió el cámara.

Sin embargo, Ben Lyon sacudió la cabeza y se acercó a él.

—Deberíamos afrontarlo de otra manera. Déjanos hacer una breve pausa y pensar.

Norma se quedó en el suelo del plató. Había perdido, pero luchado con ahínco. Por lo menos no se lo reprocharía más tarde, cuando volviese a doblar paracaídas en Radioplane. Tras atrancarse al principio, lo había dado todo y la actuación con Ben Lyon sería un bonito recuerdo. Una lágrima le cayó por la mejilla, pero no se la limpió. Podía estar triste, no le importaba que la viesen así.

Cuando alzó la vista con los ojos llenos de lágrimas, un amable señor entró en la nave con un puro en la mano. Lo reconoció enseguida por su figura grácil y pequeña y los dientes de conejo. Era el actor en busca de papeles al que había conocido en las montañas y vuelto a ver en el Cocoanut Grove. Lo saludó con la mano, por lo menos había una cara conocida en el día más penoso de su vida.

Se acercó a ella en el plató.

—Se ha teñido de rubio —dijo sorprendido, también un poco decepcionado.

—Contra toda previsión me gusta mucho —respondió Norma. En los preparativos para las pruebas de cámara se había teñido el pelo incluso un tono más claro. Ya no era rubia dorado, sino claro. Examinó al actor con más detenimiento y tuvo la impresión de que parecía menos deprimido que en su último encuentro.

—¿Se han reconciliado su mujer y usted? —preguntó con cautela.

Dio una calada al puro y asintió.

—Solo cuando me engañó comprendí lo hiriente que es un comportamiento así y lo mucho que la había herido. Hablamos toda una noche al respecto, fue curativo. Experimenté sus sentimientos de antes. Al final me reconoció que nunca fue infiel, solo lo dijo para darme una lección y dejarme un poco en vilo.

—Parece una mujer segura de sí misma, con sus propios deseos —observó Norma y sonrió entusiasmada.

—Lo sé —dijo— y trabajo con ahínco para realizar su deseo. Como nuevo comienzo la he invitado a una comida romántica, pero sigo esperando su respuesta.

—¿Le toca a usted después de mí en las pruebas de cámara? —preguntó Norma—. En todo caso, le deseo más suerte de la que he tenido. —Se inclinó hacia él y reveló—: Acabo de comportarme como si hubiese acabado aquí más bien por casualidad. —Una vez dicho, estaba de alguna manera aliviada.

—¿Le han hecho ponerse esa rígida falda precisamente a usted? —preguntó y se dirigió a los señores alrededor de la cámara que seguían asesorándose—. ¡Esperen un momento!

—Pero una actriz debería tener buen aspecto también con un traje histórico —acababa de replicar Norma cuando vio que su conocido se acercaba de forma decidida a Leon Shamroy. El cámara era una cabeza más alto que él.

¿Qué hacía? Si abordaba a Leon Shamroy, seguro que este reventaría de rabia, tenía que impedírselo a toda costa. Podría costarle la carrera.

—Por favor, no lo haga. También podría perder su opor...

Pero la voz de Shamroy la interrumpió:

—¡Por fin has llegado!

Norma se detuvo abruptamente. Pero ¿qué había pasado con el cámara? ¿Por qué de pronto era tan amable?

—¡Aquí no avanzamos, Darryl! —aclaró.

¿Darryl? No podía ser. Norma volvió a quedarse de piedra. ¿Cómo había podido pasar?

—¿Le toca a usted después de mí en las pruebas de cámara? —volvió a preguntar.

Ben Lyon llamó a Norma.

—Darryl, esta es la señorita Dougherty.

Habría preferido que la tragase la tierra, pero con el amplio vestido no era tan sencillo. Con paso vacilante se dirigió al jefe del estudio. Era increíble que conociese al jefe de la Fox desde hacía tanto y hablaran con confianza. Quería pedirle perdón, pero Darryl dijo ante ella, dirigiéndose a Ben Lyon:

—Ya nos conocemos. —Y le hizo un guiño a Norma—. Tiene el mejor lanzamiento de caña que he visto.

La situación era tan absurda que la tensión de Norma se convirtió en una risa. Por supuesto se calló que él solo había pescado gobios.

—Cuando sonríe, me gusta mucho más —observó Ben Lyon. Leon Shamroy siguió mirándola con desconfianza.

—En todo caso, quiero verla al natural —aclaró Darryl a su alrededor con el puro en la comisura de los labios—. Para ella entrarían en consideración otros papeles que el de *Laura*. Quiero verla sin nada de maquillaje, con el pelo suelto y el vestido con el que ha venido —ordenó.

Poco después Norma estaba en el plató contiguo al del salón sin maquillar y con la falda amarilla que Bebe le había cosido. Era el interior de la taberna en la que se habían rodado algunas de las escenas de *Incidente en Ox-Bow*.

—Lo hacemos todo sin prueba —indicó Darryl al equipo. Las luces se atenuaron y pusieron sin discutir en la cámara una película en tecnicolor.

—Imagínese —le dijo Darryl a Norma con tono relajado, como si estuviesen pescando a orillas de un arroyo en algún lugar de las montañas—. Entra en esta habitación y quiere atraer sobre sí la atención de todos los presentes, pero sin mediar palabra.

Allan fue corriendo y solo empolvó un poco a Norma para que no se perdiera nada de su naturalidad, como él decía. Al momento siguiente chascaron una claqueta y Ben Lyon exclamó:

—¡Y acción!

Ya no se sentía como una actriz, sino como Norma Jeane Dougherty, que seguía sola su camino.

Al principio el corazón le palpitó cuando oyó el ligero traqueteo de la cámara. Insegura, miró por la taberna para comprender el plató. Al borde, al final de la barra estaba Darryl para seguirlo todo desde cerca.

La cámara giró cuando Norma se puso delante de Darryl con un poco de torpeza. Quería ser atrevida a su manera, como había logrado en el Cocoanut Grove. Allí donde un objeto estrecho se perfilaba en el bolsillo de la chaqueta de Darryl, Norma lo cogió y sacó un mechero. Ella no movió ni un músculo, como si se le acercara tanto todos los días; a la vez, no lo perdió de vista.

Él siguió fumando, pero sin apartar la vista de ella. Cuando quiso agarrarla, ella le volvió la espalda y fue con los tacones hasta la mitad de la barra, donde había una cajetilla de cigarrillos. No había olvidado sus andares, eso la animó. Disfrutó cada paso y bamboleó la cadera con todavía más desenvoltura. Se sentó en una silla frente a la barra y encendió el primer cigarrillo de su vida. Poco a poco y con placer sopló el humo y cruzó las piernas. Al estar sentada, la falda le descubría la pantorrilla.

Fascinado, Leon Shamroy apartó la vista del visor de la cámara y la miró. Como si quisiera verlo todo con sus propios ojos porque la cámara pudiese engañarlo.

Los nervios de Norma habían desaparecido, ni siquiera le temblaban ya los dedos. Al mismo tiempo, el humo del cigarrillo le rascaba muchísimo la garganta. Se abismó en su actuación. Solo estaban ella y la cámara, que traqueteaba un poco, nada de directores, cámaras ni maquilladores, solo luz. La veían, la admiraban, no la olvidaban tan rápido.

Apenas se enteró de que los hombres detrás de la cámara empezaron a cuchichear nerviosos. Su sonrisa se acentuó y pronto mostró una radiante e irresistible que, de repente, hizo aplaudir a Leon Shamroy. Cuando el ingeniero de sonido le dio a entender que se calmara, se calló de inmediato.

Norma se sentía infinitamente viva, ligera y animada, y se perdió en el instante. Sentía todas las fibras del cuerpo, todos los poros de la piel. El estómago empezó a hormiguear como si fuera cola desbordante y la cabeza se le encrespó, pero no perdió el equilibrio en el taburete. Estaba loca de contenta en el papel de la mujer a la que nadie pasaba por alto ni mandaba a casa. Era su «momento del vértigo».

Cuando Norma volvió en sí, Leon Shamroy, Allan Snyder, Ben Lyon, Darryl Zanuck y algunos otros señores estaban junto a la cámara y la miraban fijamente, desconcertados.

El cámara, que hasta un momento antes tenía la cara colorada, estaba pálido.

—No, no... había visto algo así des... desde Jean —titubeó impresionado.

Ben Lyon dijo con la apasionada entonación de Waldo:

—Es muy visual, no necesita texto. Una mezcla encantadora de complejo de inferioridad y sensualidad.

Para Norma, las voces seguían sonando lejanas, pero ya sabía cómo era el «momento del vértigo». Y quería revivirlo una y otra vez. Poco a poco su mirada se aclaró y vio a los cineastas reunidos.

Darryl expulsó el humo del puro en forma de «O» mientras le hacía una seña elogiosa con la cabeza.

—Solo hay un problema. Y deberíamos hablarlo fuera del plató. Ben y la señorita Dougherty, acompáñenme, por favor, al despacho.

¿Un problema? ¿Otro? ¿Su sueño iba a volver a fracasar? ¿Había exagerado su feminidad? Ni siquiera había recurrido al seductor tarareo de Jean Harlow, no había llegado tan lejos, en realidad los señores ya se habían entusiasmado muy pronto. Aún sentía el «momento del vértigo» hasta en las puntas de los pies. Ya nadie podía quitarle esa sensación, no importaba lo que pasase al día siguiente.

Cuando Norma siguió embriagada y a la vez confusa al jefe del estudio y a Ben Lyon hasta la salida de la nave de producción, Allan le hizo una seña alentadora con la borla de polvos en la mano.

Fueron por el estudio hasta el edificio de oficinas de la Twentieth Century-Fox. Una joven fue nerviosa a su encuentro.

—Señor Zanuck, su mujer por fin ha aceptado la invitación para la cena.

Darryl respondió visiblemente aliviado.

—Dígale que estoy impaciente. —Enseguida caminó a paso más ligero y subió dos peldaños de una vez.

Darryl y Ben llevaron a Norma a un despacho en la primera planta. Darryl tomó asiento tras su escritorio, un mueble que Norma conocía de alguna película. Prefería quedarse de pie para disfrutar el hormigueo del «momento del vértigo» hasta el último segundo.

—Nos gustaría ofrecerle un contrato como actriz —comunicó Darryl—. Con un salario semanal de setenta y cinco dólares, y las condiciones habituales de las que seguro ya ha oído hablar.

Norma apenas se creía la suerte que tenía. Su anhelado sueño por fin se realizaba. La pequeña y despreciada huérfana podía convertirse realmente en una actriz de Hollywood con un contrato fijo. Hacía no mucho tiempo, eso solo había sido una ensoñación fugaz, un puzle con infinitas piezas todavía metidas en una caja. Su trayectoria vital hasta el momento se engarzaba en su imaginación como las perlas en un collar. Ella había sido demasiado difícil para la familia adoptiva, los Bolender; Grace solo la había querido como hija mientras eso no restringiese su propia trayectoria vital. Como hija se había sentido a menudo abandonada; como esposa, decepcionada; como amiga, demasiado crédula. La nueva Norma, la actriz, quería dejar esto por fin atrás, pero nunca jamás olvidarlo. Se le había grabado en la memoria para siempre como una parte de ella. La ayudaba a meterse en los papeles más variados. Sí, también estaba un poco orgullosa de todo lo que había aguantado para llegar tan lejos. Los sueños más lejanos podían realizarse si una creía lo bastante en sí misma y también mantenía la cabeza fría. En el futuro quería hacerlo aún más, pero siempre cuidando de no volverse egoísta y hacer valer las opiniones de los demás. Parecía que la película de su vida acabase de empezar. Nunca había sentido tanta fuerza ni amor por el mundo.

—¡Claro que sí! —respondió feliz y mentalmente dio las gracias a todos los que la habían apoyado por el camino—. Estoy muy contenta por esta gran oportunidad. —Era consciente de que como actriz aún tenía mucho que aprender. Ni siquiera había logrado un diálogo con un disfraz histórico al nivel de una actriz de instituto.

Ben Lyon le tendió el contrato. Seguía viendo al genial Waldo.

—¿Ha traído a su tutor, señorita Dougherty? —quiso saber.

¡Norma no había pensado en ello! Como mujer casi divorciada, hasta que cumpliese veintiún años dentro de unos meses, volvía a depender de su madre adoptiva.

—Así que necesito de nuevo a Grace —murmuró y fue hacia la ventana del despacho. Vio que Grace, Ervin y la tía Ana iban de un lado a otro ante la puerta del estudio.

Ben Lyon se acercó a Norma.

—¿Hago que suba su madre?

—No es mi madre —respondió Norma con educación—. Pero sí, gracias.

Cuando Grace entró en el despacho, quiso abrazar entusiasmada a Norma, pero ella retrocedió. Aún no le había perdonado que no hubiese tenido en cuenta a Pearl para la tutela. Desde entonces ni siquiera estaba segura de si Grace y Ervin habrían vuelto a Los Ángeles en caso de que no hubiera tenido tanto éxito como modelo de fotos. Para su cumpleaños hacía siete semanas, Ervin le había dado un sablazo. Después de haber firmado el divorcio, se había jurado seguir en lo sucesivo su camino sin los Goddard. Quizá algún día sus caminos se volviesen a juntar si el dinero no intervenía.

Grace se mostró desconcertada y bajó los brazos, pero ya con la siguiente respiración se recompuso en el escenario de la vida, cuya mejor actriz era ella. Con elegancia se inclinó sobre el contrato y estampó una artística firma, después la secretaria la acompañó afuera.

—Bueno, y ahora su problema —dijo Darryl y sacó a Norma de sus pensamientos. ¿Debería escribir a Pearl sobre su éxito?

—El problema es su nombre. —Ben Lyon se sonrió—. Norma Jeane es claramente demasiado largo.

Norma respiró aliviada.

—También podría llamarme solo Jeane. Es más corto —propuso.

—Jeane, Jeane —repitió Ben Lyon—. No lo sé.

—¿Qué tal Dora o Eve? —mencionó Darryl.

Norma vio el cariño con el que él pasaba la mano por la foto con los tres niños.

—Me recuerda a la actriz Marilyn Miller —dijo Ben Lyon—. Y ¿qué tal Marilyn?

—¿No suena demasiado artístico? Y en realidad vuelven a ser dos nombres, Mary y Lynn.

—¡Marilyn me parecería maravilloso! —corroboró Darryl y enseguida dio varias caladas seguidas al puro.

—Marilyn Dougherty —murmuró Norma. No sonaba tan melodioso, pero no consiguió repetir varias veces su nuevo nombre porque Darryl intervino.

—También tenemos que cambiar el Dougherty. Muchos no saben cómo se pronuncia ese apellido. ¿Cómo es su apellido de soltera, Norma Jeane?

—Baker —respondió, pero añadió de un aliento—: Aunque no me gustaría hacer famoso ese apellido. —Lo mismo pasaba con Mortenson—. Sé un apellido que es importante para mí: Monroe... En recuerdo de mi abuelo Otis. —Y mentalmente siguió diciendo: «Te prometo, abuelo, que realizaré tu sueño de una vida libre».

—¡Estamos de acuerdo! —exclamó Ben Lyon, entusiasmado.

Norma no respondió. En su lugar se levantó ante la inquisitiva mirada de los hombres y separó un poco la falda del cuerpo con las manos.

Ben Lyon y Darryl Zanuck la observaron con la misma atención que antes, cuando había encendido su primer cigarrillo en el plató de la taberna.

—Entonces a partir de hoy soy Marilyn Monroe —susurró y giró de puntillas sobre su propio eje, de modo que la falda amarilla voló—. Marilyn Monroe, Marilyn Monroe —repitió varias veces hasta que casi se mareó.

Los labios pronunciaron con facilidad el nuevo nombre, que le hacía cosquillas en la boca. Encajaba a la perfección con su nueva y emocionante vida. Cuando se quedó parada, esbozó su radiante sonrisa. El hormigueo se apoderó de ella como una ola, le recorría todo el cuerpo, incluso lo sentía en los lóbulos de las orejas. Había encontrado el papel de su vida.

Cuando Norma salió con el contrato en las manos, la tía Ana la esperaba con una copa de champán llena de zumo de uva. Grace y Ervin ya estaban de camino a casa de Emmeline Snively para transmitirle la buena noticia de la firma del contrato. Ana lo dijo con una graciosa entonación nasal, pero tampoco pasó por alto que Grace había abandonado el estudio muy pensativa y los Goddard volverían en autobús a Sawtelle.

Brindaron por el éxito, después Norma se echó agotada al cuello de la tía Ana.

—Ahora soy una actriz de la Twentieth Century-Fox. —Necesitó un momento para comprender todo lo que había pasado en las últimas horas—. Hoy es el nacimiento de Marilyn Monroe.

—Mi valiosa muchacha —dijo Ana sorbiéndose los mocos, pero a continuación se estiró—. Sabía que lo conseguirías. ¡Ven! —Le abrió a Norma la puerta del copiloto y se mostró impaciente por ponerse en marcha.

—Pero ¿adónde quieres ir con tanta prisa? —preguntó Norma.

Ana sonrió con picardía y aceleró tanto como un adolescente. Norma ni siquiera sabía que la tía Ana conducía.

Durante el trayecto, Norma dejó que las imágenes de la ciudad desfilasen ante ella, absorta en sus pensamientos. El día seguía pareciendo surrealista, pero allí estaba en casa. Sentía que la vida le deparaba mucho.

Ana paró en Mulholland Drive, donde Norma había disfrutado con David de una impresionante vista sobre Los Ángeles. El mirador era muy popular. En un día soleado como ese, allí había una docena de coches en fila.

Ana extendió el mantel de pícnic delante del Ford. Aunque a menudo le dolía la espalda por el reuma, se agachó sin dejar que se le notaran los dolores.

—Pensaba que celebraríamos tu éxito de forma sencilla. Con un par de sándwiches y zarzaparrilla —dijo.

Norma estaba entusiasmada. De forma sencilla: sí, eso le gustaba.

443

—Qué idea tan bonita.

Ana le rompió al arbusto cercano una rama de acebo y la plantó en el suelo junto al mantel de pícnic. Norma no tenía ni idea de para qué era, pero estaba conmovida por los esfuerzos. Se quitó los tacones y movió los dedos.

—Pero ¿por qué sabes que me gusta tanto la zarzaparrilla? Hace una eternidad que no la he bebido.

Ana abrió dos botellas que silbaron y volvió a ponerse cómodamente en el mantel. No dio muestras de querer responder.

—Lo sabe por mí —dijo una voz tras el oxidado Dodge que aparcó a su izquierda.

Norma tuvo que mirar dos veces.

—¿Tú? —Se frotó los ojos, pero su hermanastra no desapareció. Así que no era un sueño. Su imperioso deseo se cumplió. Su nueva vida se estremecía con otro bombazo. Apenas se podía aguantar. Se desahogó llorando de alegría. No se imaginaba un desenlace más bonito para ese intenso día.

—Grace me ha informado de tu audición —dijo Bebe con los ojos también llorosos—. Y no quería desaprovechar la oportunidad de felicitarte después. Sabía que lo conseguirías.

Los ojos de Norma centellearon de alegría. Bebe siempre había creído en ella y en que era capaz de todo. Era su mejor amiga, no quería volver a perderla.

Bajo la incrédula mirada de Norma, Bebe colgó de la punta del acebo la hoja de trébol de Norma con su nombre y el autógrafo de Ingrid Bergman, de modo que no estaba sobre ellas, sino a la altura de los ojos. Después se sentó en el mantel junto a Ana, cogió una botella y brindó por Norma con una sonrisa cariñosa.

—Por ti, Norma, mi mejor amiga.

En lugar de beber, Norma se colgó del cuello de su hermanastra.

—Te he echado mucho de menos y me avergüenzo de mi comportamiento. Lo siento muchísimo.

—Está bien. —Cohibida, Bebe alisó una arruga en la falda amarilla de Norma. Llevaba la misma—. Ambas estábamos un

444

poco confusas entonces. —Pasó la mano por el pelo de Norma y sonrió—. Te queda bien.

—Norma, enhorabuena. —Tom y Mary se acercaron haciendo manitas, se sentaron en el mantel y pusieron en el corro un paquete de seis zarzaparrillas.

Norma sonrió todavía más cuando también aparecieron Inez y Pedro.

—Enhorabuena a nuestra joven actriz —dijo Pedro.

—Desde el principio fuiste distinta a las demás —añadió Inez y depositó una colorida cesta llena de sándwiches en el corro.

Norma también saludó a los Gonzáles con un abrazo.

Allí sentados, miraron Los Ángeles y bebieron zarzaparrilla hasta que oscureció. Después aparecieron luciérnagas a su alrededor. Norma miró el centelleante firmamento y pensó que había descolgado la primera estrella del cielo. Y rodeada de tantas personas queridas, se atrevió incluso a soñar que pronto habría muchas más estrellas.

FIN
Y UN NUEVO COMIENZO

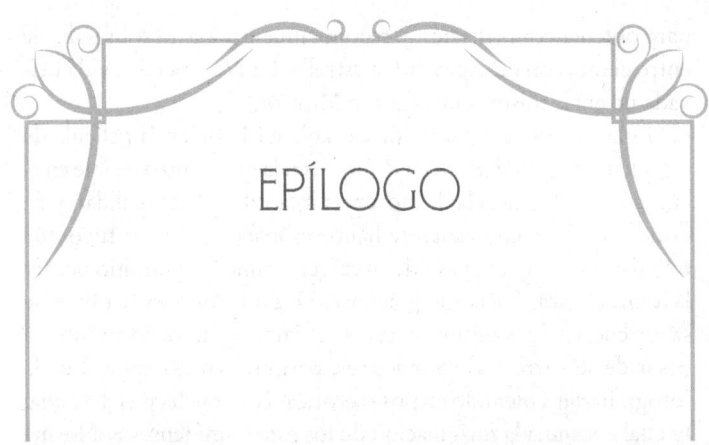

EPÍLOGO

A pesar de su contrato con la Twentieth Century-Fox, Norma, que ahora actuaba con mayor determinación y seguridad en sí misma, tuvo que esperar mucho tiempo para su primera actuación ante una cámara cinematográfica. En su época, los actores no firmaban contratos individuales por película con el productor (como es habitual en la actualidad), sino con los estudios respectivos por un periodo de siete años. El estudio cinematográfico empleaba entonces a su antojo a los actores en las películas, haciéndolos intervenir o no en ellas.

Norma hizo su primera aparición en la película *Tormentas de odio*, en la que se la puede ver y oír un segundo entero.

Los primeros años como actriz contratada los pasó sobre todo en el banquillo de los reservas. Sin embargo, al haberse convertido en la mujer resuelta que era, no se permitía desperdiciar nada de ese tiempo. Profundizó en el oficio de actriz y estableció contactos con personas importantes del ramo y con la prensa. De la señorita Snively aprendió cómo ganarse a los periodistas. ¡Norma fue una maestra de primera categoría en este menester! Tuvo toda la vida a la prensa de su lado.

Sus colegas de aquella época la describían como tímida y con complejo de inferioridad a menos que estuviera frente a una cámara. Hemos llegado a la conclusión de que la sexy Marilyn Monroe de los vestidos vaporosos era un papel que Norma desempeñaba para obtener confirmación y reconocimiento y para sobresalir de entre el montón de aspirantes a estrella. La Norma de la vida privada no era la misma que Marilyn Monroe.

Hizo su primera actuación notable en 1948, en la película de segunda categoría *Las chicas del coro*, en la que se hizo visible en el cine su singular mezcla de inocencia infantil y de sensualidad y en donde su voz como cantante halló resonancia. Norma tuvo que trabajar duro en cada paso de su carrera, nunca se permitió perder la fe en sí misma (tal como le aconsejó David Conover) y tuvo que saber encajar los continuos reveses. Para seguir siendo visible a pesar de su carrera a trompicones, permitió en esa época que la fotografiaran a menudo en poses eróticas con mucha piel desnuda, lo cual encendía la imaginación de los estadounidenses, y Norma acaparó mucha atención en ese periodo recatado y mojigato. Lo «prohibido» ha sido excitante y atractivo desde siempre.

En los años cuarenta, las chicas que querían divertirse pasaban por ser moralmente depravadas, y el sexo oral entre cónyuges estaba prohibido por ley. Según las directrices de autocensura en Hollywood, los baños desnudos estaban estrictamente prohibidos en una película, y los gánsteres tenían que morir siempre para que el espectador experimentara que la criminalidad no tenía nunca un final feliz.

El éxito como actriz lo cosechó Norma con *La jungla de asfalto* (1950), su quinto papel cinematográfico, en el que visualmente se aproximaba mucho a la posterior Marilyn rubia platino que la mayoría conoce por la película *Con faldas y a lo loco* (1959). A partir de entonces comenzó a aparecer más a menudo en los repartos y ella desplegó además su talento para la comedia. Esta mezcla fue uno de los muchos paralelismos con Jean Harlow, que también brilló en lo sensual y en lo cómico. Tal como puede comprobarse por las fuentes, Jean Harlow fue el modelo de Norma desde su infancia. Sobre todo en sus años más jóvenes, el cine le proporcionó una vía de escape de su solitaria y pobre vida cotidiana.

Entre los años treinta y comienzos de los años cincuenta, considerados «la época dorada» de Hollywood, se veneraba con fervor a las estrellas de cine, que se convirtieron en modelos ejemplares para muchos estadounidenses. Sin embargo, a partir de mediados de los años cincuenta, el cine se fue viendo cada vez más relegado debido a la expansión de la televisión, y los grandes estudios cinematográficos perdieron poder porque se los privó del monopolio fáctico sobre la distribución y la proyección de las películas. La mayoría de los cines eran propiedad hasta ese momento de los estudios cinematográficos, los cuales decidían qué películas se proyectaban. Los estudios más modestos sin cines propios apenas tenían la oportunidad de exhibir sus películas en el mercado.

Hollywood, en la época de Norma, era la encarnación del sueño americano. La mayoría de los grandes popes del cine eran inmigrantes pobres; muchas actrices no tenían experiencia en los escenarios. Todo parecía posible en aquella época dorada de la industria cinematográfica. Los mejores ejemplos los ofrecen la propia Norma y Darryl Zanuck.

Darryl, al igual que Norma, comenzó desde muy abajo y se abrió camino hasta la cúspide como niño prodigio. Debido a sus continuas aventuras amorosas, su matrimonio se hizo añicos en los años cincuenta. Sin embargo, los Zanuck no se divorciaron nunca.

Tal como se describe en la novela, Darryl no era alto, como la mayor parte de los jefes de los estudios de esa época. El crítico de cine británico Philip French describió a los jefes de los estudios cinematográficos de la época dorada en su libro *Movie Moguls* (1969) con las siguientes palabras:

> En una reunión de los popes de la industria cinematográfica podrías haber blandido una guadaña a metro y medio de altura del suelo sin poner en peligro ninguna vida; algunos ni siquiera la habrían oído vibrar.

Norma estuvo toda una vida en busca de una familia, que tampoco encontró en su segundo ni en su tercer matrimonio. Sufrió varios abortos involuntarios y se quedó sin tener hijos.

Al mismo tiempo, se emancipó de su primer marido, de su papel de esposa infantil de los Estados Unidos pudorosos y mojigatos y de todos aquellos que creían que para hacer carrera se necesitaba dinero o al menos una familia que te cubriera las espaldas.

A mediados de los años cincuenta, Norma participó en algunos clásicos del cine, como *Niágara* (1953), *Los caballeros las prefieren rubias* (1953), *Río sin retorno* (1954) y *La tentación vive arriba* (1955), por citar solo algunos. Hollywood la absorbía cada vez más. La presión por el rendimiento aumentaba mientras que en su vida privada no hallaba equilibrio, ni paz ni amor. Actuó en un total de treinta películas.

Norma recibió clases de interpretación teatral de un colega de Stanislavski y posteriormente también de Lee Strasberg, cuya «actuación del método» (en la actualidad, una de las teorías más reconocidas sobre cómo actuar como actor) se basa sobre todo en las ideas de Stanislavski. Lee fue discípulo del famoso profesor de interpretación ruso y continuó desarrollando las teorías de su maestro.

Todavía se especula mucho en la actualidad acerca de la muerte de Norma. Murió de una sobredosis de somníferos con solo treinta y seis años en la noche del 4 al 5 de agosto de 1962 en su casa de Los Ángeles. No está probado si fue un asesinato, un suicidio o si se aunaron una serie de circunstancias desafortunadas que condujeron a su muerte. Colegas y allegados opinaban que en el año de su muerte había llegado a un punto de su carrera en el que por fin ella quería que la percibieran como a una actriz seria y pretendía reducir fuertemente su imagen erótica. Por aquel entonces, la antigua huérfana que por mucho tiempo nadie quiso tener había conseguido convertirse en la personalidad femenina más famosa de Hollywood hasta nuestros días. Y uno de sus emblemas es el contoneo descrito en este libro.

Gladys Pearl Baker Mortenson Eley, la madre biológica de Norma, sobrevivió veinte años a su hija. No está del todo claro qué enfermedad padecía, porque la ciencia psicológica en la época de Pearl no había alcanzado todavía el nivel de conocimientos actual. El biógrafo de Norma, Donald Spoto, sospecha, entre otras cosas, que se trataba de un trastorno bioquímico, un complejo patológico de culpa y una atrofia emocional. Esto último podría estar relacionado con las largas y recurrentes estancias en diversos centros psiquiátricos.

Después de que Norma firmara su contrato con los estudios cinematográficos, fue teniendo cada vez menos contacto con Grace, quien pronto se entregó de nuevo a la bebida. En 1953 encontraron muerta a Grace Goddard en un pequeño bungaló del distrito de Van Nuys. Había fallecido de una sobredosis de barbitúricos después de muchos años de padecer una adicción intensa al alcohol. Se la considera la creadora de Marilyn Monroe. Su Ervin murió veinte años después que ella.

No se nos ha transmitido ninguna información sobre una posible continuación de la amistad entre Norma y su hermanastra, Eleanor Goddard (alias Bebe). Probablemente, Bebe no regresó a Los Ángeles hasta el año 1955. Murió en el año 2000 con setenta y cuatro años.

Tras su separación de Norma, Jim Dougherty obtuvo lo que tanto había deseado: una esposa preocupada por el bienestar de la familia y tres hijos. Después de su boda con Norma, Jim se casó dos veces más y falleció con ochenta y cuatro años en California. ¡Ah, sí, claro! No vamos a olvidarnos de Tippy y Muggsie. Esos perros existieron, no son ninguna ficción. Norma adoraba a los perros. Allan «Whitey» Snyder se convirtió en el maquillador de Norma de por vida. Ella dejó dispuesto que él se encargaría del maquillaje en su lecho de muerte, cosa que cumplió. A David Conover lo reencontró en los años cincuenta.

Al escribir esta novela nos hemos ceñido a los hechos que se nos han transmitido. El desafío consistió en armonizar en la medida de lo posible los numerosos datos y opiniones diferentes, tanto en contenido como en cronología, sobre las distintas etapas de la vida de Norma, y en indagar y sopesar las diferentes descripciones. Solo en unos pocos pasajes en los que carecíamos de informaciones nos tomamos la libertad de interpretar y de simplificar.

Norma solía lamentarse de que nadie se tomara la molestia de averiguar quién era ella en realidad. Nosotras lo hemos hecho y la clave se halla en su infancia, en su adolescencia y en su primer matrimonio con Jim Dougherty. Hemos conocido a una mujer joven, magnánima y necesitada de afecto, que creía en la bondad de todo ser humano y que abogaba por los marginados porque ella misma fue una durante mucho tiempo.

FUENTES IMPORTANTES

Conover, David, *Finding Marilyn. A Romance*, Nueva York, Grosset & Dunlap, 1981.

Dougherty, Jim, *To Norma Jeane with Love, Jimmie*, Beach House Books, 2001.

Franse, Astrid, y Michelle Morgan, *Before Marilyn, The Blue Book Modeling Years*, Nueva York, Thomas Dunne Books, 2015.

Friedrich, Otto, *Markt der schönen Lügen. Die Geschichte Hollywoods in seiner großen Zeit*, Colonia, Kiepenheuer & Witsch, 1988.

Gussow, Mel, *Darryl F. Zanuck. Don't Say Yes until I Finish Talking*, Nueva York, Da Capo Press Inc., 1971.

Holden, Anthony, *The Secret History of the Academy Awards*, Nueva York, Simon & Schuster, 1993.

Spoto, Donald, *Marilyn Monroe. Die Biographie*, Múnich, Wilhelm Heyne Verlag GmbH & Co. KG, 1983. *

Las reflexiones de Norma sobre Stanislavski proceden, conforme a su sentido, del libro de Konstantín S. Stanislavski *Die Arbeit des Schauspielers an sich selbst. Tagebuch eines Schülers,*

---

* Obra traducida al castellano: *Marilyn Monroe: la biografía*, Barcelona, Club Círculo de Lectores, 1994. *(N. del T.)*.

Teil 1, Die Arbeit eines Schauspielers im schöpferischen Prozess des Erlebens, Berlín, Henschelverlag, 1961. *

La canción que canta Norma en el entierro de Muggsie («I'll Be Seeing You») es de Sammy Fain (la música) y de Irving Kahal (el texto) y fue interpretada de forma muy emotiva por la cantante Billie Holiday en el año 1944, entre otros artistas.

---

* Obra traducida al castellano: Stanislavski, Konstantín S., *El trabajo del actor sobre sí mismo: en el proceso creador de la vivencia*, Barcelona, Alba Editorial, 2003. *(N. del T.).*

Queremos compartir
más momentos contigo.

Únete a la comunidad de PenguinLibros
y encuentra tu siguiente lectura.

¡Únete hoy!

Penguin
Random House
Grupo Editorial